掌事

贰 泉心劫

清枫聆心 著

浙江出版联合集团
浙江文艺出版社

目录

目录

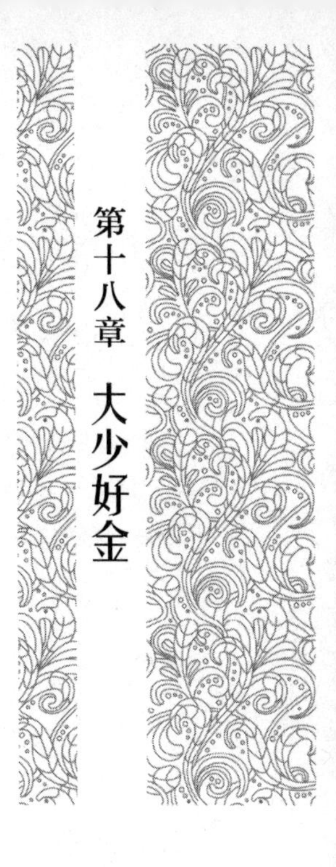

第十八章 大少好金

上都。

金银坊。

金银钱庄。

金银字的招牌下头，两个金光闪闪的狮子中间，墨紫再次深刻且无奈地体会到自己的贫穷。不过，似乎有这种体会的人，还有一个。

“这金银总庄是怎么回事？大门里外跟浇金身一样，怕别人不知道它是钱庄？”相较于墨紫的腹诽，裘三娘是有什么说什么的主。连着来反问句，其实就是眼红嫉妒的。这位，爱钱的程度应该不比金银钱庄的东家差多少。

“是啊，咱洛城里的金银钱庄没那么……耀眼。”墨紫觉得太阳又大，再加上反射在身上的金光，不多会儿就开始热了，“姑娘，你以前不是来过上都？”

“五年前来过一回，那时还没有金银钱庄呢。”说到这个，裘三娘更来气，“不知道从哪儿冒出来的，雨后春笋似的疯长，如今大周哪个府没有它？”

“不过信誉是真好，金银出的汇票都有自己的号，就算弄丢了，只要不是假名，也能凭户籍本领钱。”而且，掌柜们做事灵活，很能应对客人的不同要求，这是墨紫自己经历过的。

“三位客人，外头热，我们供清凉酸梅汤，还有点心，请先进来吧。”一个看着就机灵相的短衣伙计，满脸笑容出来招呼。

“要是信誉不好，我可不敢把银子存在这儿。”裘三娘一身宝蓝锦衫，乌发高束，用宝石环扣住，翩翩美男子的扮相。

不过，这个美男子，美得实在十分女人味儿。墨紫不知道别人怎么想，反正她觉得，不肯往脸上涂暗霜的裘三娘，除了眉毛特地画粗些，本白色的五官美艳惊人。

同样女扮男装的小衣，平时长手长脚不像个纤细女子，青丝一长束如侠客儿，穿了黑色劲衫，宽扎腰带，修长身材而冷峻的眼神，一柄长剑按在手里，竟是十分帅气。

反观她墨紫，一脸油黄跑腿相，眼珠子东瞄西看，又像整日混市井之辈。

三人随伙计进了前堂，就有一个柜事迎上来，问明裘三娘是来开户存银子，又看她气势派头十足，就想是大户，要领进包间去。

"东家，我在堂下等吧。"墨紫不想跟进去看人数银票，而里面没一分钱是自己的，尤其至少有一半是自己给裘三娘赚回来的？

不，不，大家别把她想得那般小气，其实她还有些别的事。

裘三娘想了想说："也好。"

墨紫知道裘三娘存钱问得很仔细，没一个时辰搞不定。于是，在见她和小衣进了单间后，也没真等在堂下，而是走进正堂大柜间，找到托管的那一高格，踮脚尖敲敲隔板。

隔板啪一声升了上去，露出一张不苟言笑，却硬挤出的笑脸，"小哥，托物还是取物？"

墨紫先让那张别扭的脸弄得心里很别扭，再一想人家也是秉着顾客至上，天生不是笑脸，却还得笑给人看，实属不易，忙正了正神色。

"我来问询。一个半月前，我在洛城贵宝号托了一物到上都总庄，不知安全到否？"说着，拿出一张叠得四方的纸，再踮脚，吃力地递进隔门里，"这是贵号开的凭证。"

那柜事飞快看一眼，再开口语气变得极恭敬，"小哥可带了户籍本？"

"有。"那小本子墨紫随身带，被骗取自由后得来的，当然要分外珍惜。不过，这人为何突然客气起来？

她把户籍本也递进去，强调："所托之物与我主家无关，乃是我私人之请，柜事不要弄错了。"

金银钱庄接受假身份存银托物，但凭立约时信物或暗语相取。可是，墨紫很小心。信物暗语都可能丢失，户籍本有官府大印且原本存于文书库，故而用"官方认定"的身份存物不易被赖账。

"小人理会得。"户籍本上一看就知道墨紫是女的，那柜事却半点异样不露，将本本和凭证还给墨紫，"客人请稍候片刻。"

"我只是——"要查查到没到而已。

喀——隔板放下，把墨紫的话砍去一半。

这是什么意思？难道自己托的东西弄丢了，还是钱庄要私吞？她可是报价二

十万两,金银钱庄承诺丢了会照价赔偿。当初给洛城分号的人看这东西,连大掌柜都亲自出来验过真假,他亲笔写的凭证,想赖是赖不掉的。

墨紫在那儿盯着自己的鞋尖,一个人胡思乱想,到最后几乎肯定金银钱庄有人见宝起贪念,看她是大户人家的丫头,打算仗势欺人,以大压小。想想,若对方真一声不吭吞了东西,她就算用的是真名实姓又如何?出发点很仔细,可事到临了,才发现全是无用功。那东西跟赃物差不多,东西的主人还是大周叛国贼的后代。她根本不能到官府去告金银钱庄,一告先把自己变成了叛国贼的同谋。

这样东西便是——水净珠。

墨紫唉声叹气。本想带在身上,又怕让裘三娘发现,又怕弄丢,还要赶时间,因此就用了金银钱庄最快的托物。她决定将珠子还给元澄,是想这值钱的东西能让他自救,当然越快到越好。据庄子保证,价值十万两以上的物品,十天半个月就能到上都。要是人被砍头,珠子还没到,她"与君明珠"还有什么用?

"这位客人?"身着铜钱袍的一个老伯看墨紫愤恨地蹭着地板,踌躇着不敢上前。

墨紫一听有人喊,视线立刻扫荡过去。见一个老伯离她三丈开外,面色惶惶地看着她。

"你叫我?"墨紫瞧四周没别人,稍微收敛了神色。

"客人可是刚才问托物之人?"老伯倒很谨慎。

"正是。"哦,有下文了?

"还请跟我来。"老伯转身在前面带路。

墨紫心想,自己又不是一个人来的,实在不行也只好冒着被裘三娘发现的风险,向小衣喊救命。她本身又是胆大的人,当下也没迟疑,跟上前去。

穿过正堂,入廊道。过了廊道,又进厅堂。走到这儿,墨紫觉得跟在人后面从一个堂到另一个厅这种事似曾相识,然后立刻想起初见元澄那一回来。七弯八折,一进一进的地方,似乎不会有令人愉快的经历。

这厅,华丽丽而扎人眼。桌椅是秋山顶好的岩松木,虽然不是按斤称两来算,一棵原木可叫价百两以上。两根左右相称的红木柱,人家用来打家具,这庄子用来当撑房顶的。柱子上面龙飞凤舞地写了一副金光闪闪的对联。

金一两银一两二两不多,金千山银千山万山太少。

横批:大少好金。

墨紫心里默念完毕,噗地笑了出来,"这对联——"

"我东家写的,客人以为如何?"老伯突然转回头,很是亲切地笑了笑。

"挺……好,挺好。"要不是门面装点得很金贵,光看对联的话,她会以为金银钱庄的东家是个吝啬鬼。

"我也觉得挺好。"笑声朗然,有人撩开莨绸门帘子,打后面走了出来。

墨紫一看,嗬!红锦的底色,元宝的亮纹,腰间挂的坠饰有金有银,发间辫入红

蓝宝石，高扎成髻，插一根赤金火球簪子。双手食指戴两枚戒，一枚乳白玉石，一枚波斯猫眼。

墨紫从来没见过有比眼前这位穿着打扮更华丽的男子了。但她一点都不觉得那些金银珠宝戴过了头。好马配好鞍的比喻可能不太恰当，可是这个男人长得太好看了。丹凤眼，石刻鼻，绛珠唇。肤如冰雪，全无瑕疵。要不是一双剑眉如峰，喉头有结，穿上女装可以和裘三娘的明艳相媲美。当一个男人有这么一张绝世俊容的时候，所有的饰物都会成为绿叶般的陪衬，再也散发不出自身的光泽了。

虽然是少见的绝色，墨紫稍愣即过。在这个年代，也有崇尚男风的贵族。不过，那些漂亮的男孩下场往往凄惨。因此，男人长得太美，实在不是什么值得庆幸的事。

"你是金银钱庄的东家?"绝色容颜在墨紫眼中褪去，她淡淡一问。

丹凤眼中惊诧一现而散，华美男子笑道："姑娘的眼睛不但漂亮，还很能识人。"

"倒是大东家的眼光不太好，我的眼睛并不漂亮。"穿成那样，她还能把他当成谁?

"哦? 那我只能说，各花入各眼。"人要谦虚，他乖乖配合。

"墨紫如今男装示人，大东家可称呼我墨哥。"穿着男装被人叫姑娘，她不自在。

"墨哥是吗? 我叫金银。金银的金，金银的银。"美男子也自报家门。

"金银钱庄的金银?"墨紫不得不又怔忡，这也太——直白了。

"正是。"金银似乎见惯别人听到他名字的反应，"且真名实姓。还有，我不喜欢大东家这个称呼，叫金大少便可。"

金——大——少?

原来是这么个"大少好金"啊!

"一两，你可以下去了，顺便让那两个小鬼中的一个端茶待客。要是不肯，直接赶走，省得浪费我米粮，顿顿吃那么多。"悠悠地坐上主位，金银对堂中垂手而立的老伯吩咐道。

一两? 墨紫看看灰白头发的老人家。不是她想的那个一两吧? 可是，主人都叫金银了，仆人叫一两倒是一家门。

"少爷，我这就去跟他俩说。"一两退走。

"不知金大少找我，是否为了我所托之物?"本来想有人要私吞，如今看来是自己多想。不然，身为老板的人为何要见她?

话说，这金银钱庄的东家真年轻，或者他太会保养，看上去二十五六岁的模样。五年前，他才二十左右，怎么能一下子开得出上百家钱庄? 恐怕来历不小。

"墨哥聪慧。"明明双方心知肚明的事，非要夸人一句。

墨紫面不改色地接受，"好说，好说。可是我托的东西出了问题?"

墨紫遇事，最大的优点在于稳重。这点也是她和裘三娘最大的不同。哪怕心里急得火烧火燎，看神色绝对不显半点忧虑。

“哦？自然不是。墨哥怎会如此想？”金大少不知何时手上多出一把扇子，哗啦打开。

墨紫顿觉金光阵阵扑面而来，弄得她一下子“失明”了。

“金大少，你这扇子真……好看。”眯着眼，墨紫保持有礼貌的笑容，“真……金啊。”

“墨哥可真识货，我这把扇子，不提上面的画和字是当朝书画大师梵丁亲手所拓……”他得意地再扇两下，“用的是纯金的扇骨，赤金的扇面，连这一颗小小的扇钉亦是十成金的。”金银戴猫眼儿石的左手食指点着扇柄，指尖青葱玉白。

墨紫说的真金是真金光闪闪的意思，以为顶多就是贴了一层金砂纸，没想到真是金子做的扇子，当然无语，光在那儿嘿嘿笑。

“墨哥若喜欢，我可送与你当见面礼。”合起扇子，金银将它放在岩松木桌面上。

一句话，让墨紫顿生警觉。一个是钱庄东家，一个是小姐丫头。地位差那么多，他送这么贵的见面礼，其中深意是什么？

“金大少，你我初次见面，就送这么份大礼给我——”墨紫直视着金银的脸，没时间跟他打哈哈，“果真还是我的东西出问题了？大少只管说，我心里有准备就是。”

“都跟墨哥说了不是，墨哥怎的不信我？我金银钱庄开始做托管的营生，迄今为止，还未曾弄丢或弄坏过一件宝贝。只是，墨哥所托之物委实不一般，柜事们职微权小，不敢擅自回墨哥的话，碰巧我在，就定要让我出面罢了。照庄里规矩办事，墨哥不必太过紧张。毕竟，二十万两价值的东西，不常见。”金银朝墨紫一伸手，“还请将凭证和户籍本让我看看。”这就要再验。

墨紫自然不能不给，可边递出去边说：“不用这么麻烦吧？我只想问问东西到了没有而已。”

金银但笑不语，接过去便低头，好像真看得很仔细。看完之后，上上下下又盯了墨紫好一会儿。

“墨哥女装亦是如此相貌？”

“这个问题和查验身份没什么关系吧？”墨紫不回答。

“好奇而已……”金银哈哈一笑，又把东西还给墨紫，“那么，暗语是——”

为了让元澄一人可取，她设了暗语。只要来人能说得一字不差，就可以提走水净珠。这当然是有风险的，但也是唯一的法子。她不能把珠子直接给元澄，一个重犯，身上的东西根本藏不住。她自己是丫头，以后进了敬王府，出入肯定不方便，元澄也没办法找她。所以，只有放在钱庄里，等元澄有机会来取。

“东西是我托的，还需要暗语吗？而且，我只想知道东西到了你们这儿没有。”根本不用那么麻烦。

“墨哥，暗语是你设的，取物的条件是任何来总庄说出暗语的人。那我是否可这样以为，你希望此物由特定的人取走？”金银望着她。

他的眸子是墨绿色的？墨紫清了清嗓子，“我明白你的意思了。”就是不管来干吗，问到东西，要先说暗语就是，“与君明珠，金银可取。由你们庄里的柜事问来人称号，必须答是第一好官。”

“第一好官啊？倒不知道会是何等样人，我还没瞧过真正的好官。”金银的笑一下子油腔滑调，“可是墨哥心上人？”

这人长得比女人还美，还比女人八卦，墨紫哼一声，“女人帮男人，那男人就是她的心上人吗？未免肤浅。金大少还是回归正题的好。我随主子来的，怕她办完事找我不见，再疑起我来。”

“墨哥不用担心。我想我家二柜正和她说一份新开的三年息，一时半会儿完不了事。若真办好了，自然有人来通知我，你家主子绝不会知道你的事。”金银气定神闲地说道。

这男人不但美，还很聪明，一早已纵观了全局。

“墨哥说得是，女人帮男人，什么关系都可能，我想法太肤浅了。”金银承认完自己肤浅，又道：“这茶怎么还不来？”

“茶来啦！”伴随两声轻快的欢笑，突然就有两道青色的风刮了进来，一道停在金银面前，一道停在墨紫面前。

其实是两个青衫少年，而且还是长得一模一样的双胞胎，大概十六七岁，眼睛圆圆的，像一对小老虎，十分可爱调皮的表情。

“咦？”站在墨紫前面的少年一下子凑近她鼻尖。

墨紫连忙往后仰。

“姐姐，你易容啦？”小老虎眼眨啊眨。

不知道怎么一眼就让人看出来的，墨紫不自在地摸摸脸。她这也称不上易容，顶多就是化装术。

“公子，这位姐姐很漂亮，你哪儿骗来的？”另一只小老虎离墨紫虽然有一段距离，不过字字句句说得很响亮。

“百两、千两，我让一两叫你们其中一个端茶来吧？”金银完全没理会双胞胎的话。

墨紫一听，好嘛，这一家子的名字都和银子是亲戚。

“公子嫌我们光吃饭不干活，要赶我们走，我们当然要勤劳一点了。百两，是不是？”站金银身边的那个少年问墨紫身边的这个。

“公子、姐姐，别听他的。他是百两，我才是千两。”墨紫身边的这个自称是千两。

别家双胞胎比年龄大小，这家双胞胎比银两多少。算不算，有其主必有其仆？

“你们俩要争‘千两’这个名字，回去争。我正和客人说话，要么闭嘴，要么出

去。”主人一声令下，百两、千两立刻乖乖收声。

“金大少……”墨紫这是第几次开口问东西到了没有，不记得了。那两个双胞胎能被允许在这里，应该是获得金银信任的人。

“东西自然已经到了总庄，墨哥，我说过不必担心。事关金银钱庄的名声，绝对不会马虎的。”金银笑笑说道。

这人笑的时候，怎么说呢？也很“金”。

“墨哥请看。”金银从袖子里拿出一方小小木盒，打开来，水净珠静静地陷在紫绒布里，却令满室生辉。

双胞胎瞪大了虎目，也不知是百两还是千两，“哇”了一声。

墨紫仔细，上前将珠子放在手心里，干脆看个清楚，免得被人鱼目混珠。

确定是水净珠不错，她拱拱手，“既然东西安全到了，那么还请贵宝号帮我妥善收好，等那人来取。劳金大少亲见，我不胜荣幸。那，就此告辞。”虽然还是没觉得需要他亲自接见她。

“墨哥留步。”有人事还没说完。

墨紫回身，面上神情却已经变了，有了一股迫人的气势，“金大少，我不认为还有留步的必要。”

果然，这个金银有其他的目的。可是，是什么？

“墨哥可知水净珠的价值？”金银那张美得没天理的脸突然抹上一层妖艳色，就像要引诱人走上歧路，“想来应该是知道的，否则也不会保值二十万两了。我同墨哥做个交易如何？”

墨紫看着他，眉双挑。交易？

“二十五万两，把这珠子卖给我。”水净珠的价值如今已不是银两可以估量的了。

“金大少可知，这珠子的主人如今不是我。”她可怜地只当过几天的主人。

“是墨哥大方。与君明珠，还是借花献佛？”金银修长的手指摆弄着那把金扇子，“第一好官，我未曾听过。不过，第一贪官之名，倒是如雷贯耳。”

墨紫缓缓呼出一口气，装傻，“第一好官也好，第一贪官也罢，我既然把珠子给人了，怎能再卖掉它？”

“第一好官可能会来取珠，可是这第一贪官嘛，怕是来不了了。”金银啪的一声，开了扇子，“墨哥，识时务者为俊杰。存在我这儿，只是一枚死珠。卖给我，你得银，我得珠，何乐而不为？”

第一贪官，来不了了？

“公子，人都走了，您还瞧什么？要不要千两把墙打穿让您继续瞧得见？”原本站在墨紫身边的小老虎眼凑到金银面前。

金银用金扇子将他脑袋顶开，“百两，你敢拆墙，我就真把你赶出去讨饭。”

发带绿色的，是百两，也是弟弟。

"公子，这世上还有不喜欢银子的人吗？"千两的发带是蓝色的，歪着头想，"您愿给她二十五万两，她竟是眼睛不眨，呼吸不变。"

以下是金银脑中还原的对话——

墨紫："金大少，等人真来不了，再说。"

金银："墨哥，怎么才能确定人来不了？一个月，半年，一年？"

墨紫："不必。等上都有他的游街过市，午门外斩首，我亲眼看那人头落地，就来跟金大少做这笔交易。"

金银："不瞒墨哥，我有些消息来源，那人入了皇宫之后，再无人见过他。皇帝要让一个人死，根本不用大张旗鼓。"

墨紫："金大少只知那人入了宫，也不能肯定是死是活。我这人，做事向来慎重，还是等等为好。或者，大少有了明确的凭证，再跟我谈不迟。我家主人两日后就要嫁到夫家，因她是金银钱庄的大客，我不时会过来。到时，就像今日，金大少让人请我就是。"

金银："墨哥不问我因何得知那人身份？"

墨紫："这还不简单。水净珠乃南德传世之宝，像金大少这等能把钱庄开到南德的人，以那位当时的权势，又怎会不与他打交道。你还别告诉我，这珠子原本就是你拿来送人情的。如今见物如见人，知道那人来了，有何稀奇？反正这珠子我存在你这儿，人来不了，咱就做笔买卖，来得了——"

金银："来得了，如何？"

墨紫转身就走，声音传来："来得了，你就跟他买。我猜，以他的处境，即便能活命，日后需要现银远大过一颗能看不能吃的珠子。到时，你是二十万两跟他买，还是二十五万两跟他买，就是你的本事了。"

金银的声音追上去，"墨哥，你既非他的女人，亦非他的仆人，他如今是丧家犬，人人能将他踩在脚下，你何须待他以诚？你可知，只要给那人一滴水，他日后就能翻江倒海。我了解的他，不会感激一个落难时救助过他的人。你帮了他，不过是白帮的。"

墨紫脚步不快，声音不高，却能让三个人听得清清楚楚："金大少从一开始跟我说话，就句句有他意，我果然不曾误会。实话说了，我跟那人不过相处过几日，话都没说过多少，对他的为人更是一点都不清楚。不过，我救人，全凭当时的心意。这人，命不该绝。所以，我还他一颗珠子，却从未想过要他感激我。天下财富数之不尽，何必对一颗珠子耿耿于怀？我相信，该是我的，便是我的。金大少，我给你提个意见，你家柜台高高在上，对像我这样的矮客实在吃力之极，感觉不是到钱庄存钱，而是到当铺换钱。笑脸待客不错，最终却看心。心跟人那么远，叫人如何信任贵宝号？"

“她也不是不喜欢钱，不过是有原则的人而已。有原则的人，通常都发不了大财。”金银若有所思间站起身，腰间的坠饰雅俗共赏地晃着。他将水净珠收进衣袖，突然问一句，“百两、千两，咱家的庄子像当铺吗？”

“呃——还好吧。”千两比较懂得主子的心思。

“公子，你不说我不觉得，说了还真有那么一点。”百两比千两少了九百两，不是没道理的。

“瞧瞧去。要真像她说的那样，我大概知道咱的银子涨那么慢的原因了。”金银悠悠地逛了出去。

墨紫在前堂等了不过一刻，裘三娘和小衣就出来了。

“姑娘，银子都存妥了？”她笑着问，似乎完全不受刚才金银那些话的影响。这年头，谁要死，谁能活，她无力多管。自己能活下去，已属不易。

“存妥了。有一个三年的，给我六分息一年，别的钱庄哪有这么好的？可也没敢全存，怕一时半会儿要急用，就存一半。剩下的，都没一分息地存放。望秋楼一天开不成，我就日日损失利钱。”裘三娘从墨紫那儿得到的水净珠当然不会存在钱庄里，而是自己收妥了。

这便是一般有钱人的做法。银子可以存着，宝贝就得自己藏好。裘三娘要不是还不了解夫家什么状况，连银子都不会存。

三人上了马车，小衣和车夫并坐。

裘三娘一进去，就从怀里掏出那把小金来，要再仔细算算利钱。

墨紫不由得笑了一声。

裘三娘瞟她一眼，“平白无故的，笑什么？”

“姑娘，没什么。只是我突然想起来，金银钱庄大门里外，姑娘说是像浇了金身。那颜色，真是挺好笑的。”墨紫其实想起来的，是那把有名家字画，扇骨扇面纯金打制的，金大少的扇子，还有那副金光闪闪的对联。这么一看，裘三娘的小算盘跟大少好金的程度比起来，简直就是小巫见大巫了。不知裘三娘见了浑身金光的金大少会说什么？同道中人，惺惺相惜，还是敌视眼红？墨紫一个人想着就偷乐。

“一看就知是从哪个小村子里跑出来的土包子，没见过大世面，莫名其妙发了笔横财就炫富。”裘三娘对那个未曾谋面的金银钱庄大东家没好感。

裘三娘说金银是从小村子里出来的暴发户，可墨紫看，此人悄无声息地建起这么多银庄，而且还这么年轻，不是隐藏了身份，就是旁门左道厉害，不好随意得罪。

裘三娘打得小金啪啪响，墨紫不用帮忙，就看窗外，很快发现并非来时景色。

“姑娘，咱们这是还要去哪儿吗？”

“出城。”裘三娘专心的时候，话精简。

“咱们出来一个多时辰了，再出城一来一回，赶得及回李府用晚膳么？”墨紫默算一下时间。

"赶不及就在外面吃,难得出来一趟,心急慌忙回去干什么?"裘三娘四根手指一抓小算盘,唰唰唰,齐整整的珠子,一手将随身小账册拿起另一本。这是一本算完,要接着算。

墨紫看来,是裘三娘太久没有扮男装出来,心野了,不想那么早回去。只是——

"姑娘,后日就是你的大喜日子。再说,我们如今是住在别人的府上,偷跑出来两个时辰,白荷、绿菊勉强能用睡觉应付过去。要吃过饭再回去,两人怎么顶得住?"

昨日到的上都,因为不是吉利日子,敬王府那边派人对卫姨太太说,三日后迎亲。萧维和卫姨太太本来要安排裘三娘她们在王府的别苑住下,不过李氏邀请她们到她娘家住。她是裘三娘的干娘,而李氏的父亲是名满上都的大学士,说法上就很过得去。裘三娘可以从大学士府到敬王府走轿,名义上又算是从娘家出嫁,一路将经过官员们齐聚的各大坊间,可谓风风光光了。

"不用她俩给我顶,我干娘自会帮我找借口。"裘三娘抬眼瞧瞧外头的街面,五年了,哪里还有印象。"你以为,我怎么认的这干娘?小时候,父亲带着女扮男装的我下酒楼宴客吃酒,巧遇上刺史和他夫人,两人看我能说会道,长得模样儿俊,戏言说认干儿子。结果,知道我是女儿家,就成了认女儿了。后来,我上刺史府看我干娘,几乎都穿男装去。她笑我是女儿身男儿心呢。今日出来,我也没打算瞒她。让白荷待我们出去后就给干娘传话,想来这会儿已经知道了,顶多就是回去挨两句说。"

墨紫跟裘三娘的时间不长,因此是头回听说认亲的缘故,"本来我就觉得唐夫人性情特别好,想不到还有这般的趣事,喝个酒就认干儿子干女儿的。"

"你道呢?我干娘还是学士府的千金小姐时,性子比我还皮。干外公不让她读书,她自己换了哥哥的衣服,跑到书院去听先生讲课。干外公实在没法子,只好请了人到家里来教。如今,李府姑娘们都读书,就是从她们这个姑姑开始的。"裘三娘五指捻出一朵兰花,翻开第二本账册,"我干娘女扮男装在我之前,我都得尊称一声前辈。"

墨紫听得,竟忍不住拍起手来,"真想不到唐夫人这么活泼大胆。"

"嫁人之后收敛了很多。不过,我干爹喜欢她的真性儿,也不拘小节常带她外面走动,算是一对令人羡慕的恩爱夫妻,如果我干爹……"裘三娘顿了顿,低下头去,"没娶小妾的话。干娘性子坚韧,不爱跟我说那些,可我看得出来,她终究还是失望的。也因此,她特别纵容我,常跟我说,少女时期最幸福,让我喜欢做什么就做什么。嫁人之后的漫长岁月,对女子而言,很可能是酿苦酒的过程。"

墨紫悄然一叹。

墨紫虽然叹息,叹完之后却说:"故而,我们女子自己要争气。花木兰代父从军,却何尝不是来自那份同男儿比高下的决心?姑娘的出嫁,我瞧着不是酿酒。"

“那是什么?”裘三娘有了兴致,账本也不翻了,笑呵呵望着墨紫。

“……”想找一个合适的词,最后说的是,“挂着羊头卖狗肉?”

裘三娘一听,又好气又好笑,“什么?”根本挨不上边。

墨紫自己也觉得纯粹是胡说八道,于是这么解释:“咱们是借敬王府三少奶奶的名头,再借敬王府上达天听,开营生赚大钱,而敬王府想用姑娘正室嫡妻的身份压着小的那一位,抑或是能助萧三郎的一把力,这该是互相利用的一种关系。酿酒这事,就算姑娘愿意,白荷、绿菊还不愿意呢。”

小衣在外面咳嗽一声,探进个头来,“我也不愿意。”

裘三娘咄一声,“这丫头什么耳朵,外面吵里面轻,她照样一字不漏。”

“姑娘平日要是没事,闲下来了,酿酿酒,打发着玩儿,那还行。”墨紫冲着小衣做个鬼脸,“是不是,小衣?”

小衣眼珠子转一圈,“酿果子酒,我可以负责摘。”

裘三娘被逗乐了,笑了好一阵。

墨紫这才问:“姑娘,咱们到底去哪儿?”

裘三娘也不马上开口,从旁边的袋子里掏出一个长木匣,递给墨紫,“自己瞧去。”

墨紫满腹狐疑,打开一看,里面有卷成筒状的一张纸,写了某天干地支年某季月某时令日,上都城外的某个地方,某块名为红萸坳的地归属裘某某的地契。

红萸坳?

第十九章　灿烂祖业

“这什么时候的地契，纸都发黄了?”墨紫看呆了。还好这保存得当，用厚纸衬了，收在干燥的木匣子里，字迹可读。至于天干地支，她搞不太清楚。

“大概百年前。具体什么年代，别问我。”裘三娘也不关心朝政。

“那这个裘某某是——”墨紫还没搞清楚。

“父亲说，那时我的曾曾曾……”几个曾，裘三娘也懒得数，“反正就是我裘家发家致富百年来的先祖。”

墨紫眼睛亮了亮，一般人说到先祖留下来的东西，那就是传家宝了。虽说不是她的先祖，没准她也能沾到点宝气。

裘三娘将墨紫的神色看在眼里，也笑了笑，道:“就知道你跟我想的一样。这次我出嫁，张氏连块地都舍不得给我，更别说铺子店面了。我爹心疼我，私底下塞给我这张传在裘家百年的地契，说是绝对绝对不能卖的宝贝。我猜这红萸坳至少也有良田千亩，比张氏抢走的所有庄子都大吧。再说，还是祖业，怎么也不能差到哪儿去。”

的确，红萸坳，名字一听就很大。墨紫点点头，同意裘三娘的话。

“如你所说，后日我便嫁进去了。里头的情况也不清楚，我估摸着十天半个月出不了门，所以趁着今日，一并把这地看了。看看究竟有多大，现在种些什么，庄子里养着多少人，谁又主管着事。也得让他们知道，如今我是地的主人了，怎么记账，多少收益，又如何交银这些，都得清清楚楚，可不像我爹似的好糊弄。”

“姑娘怎么知道他们糊弄老爷?”墨紫不明白。

“我帮我爹管过账本，他那点私产我一清二楚，可从来没有过这红萸坳的账，亏的盈的，一本没有。多半是些先祖留下来的后人，以为时间久了，地就是他们的。”

墨紫皱眉，“这种事也有可能。不过，老爷既然把地契给你，应该不会也扔给你这么大的麻烦吧？”

“不知道。许是我爹也给不了我别的。麻烦可能麻烦，地契在我手里，打官司也是稳赢的。”裘三娘手上的田庄有两处，年净利三千两的肥田果林鱼塘，不在上都，倒也离得不远，七八日的车程。

一路快马加鞭出东城门，偏离了官道，眼前风景一变。远山近水，稻田新绿，油菜花金黄。刚过午，家家青烟直上。几只燕子，一剪一拍，低时划水，起时入云。一切清冽，好似山水画一般。

“怎么越跑越荒了？”裘三娘终于看完了所带的全部小账本，揉揉眼睛，捶捶腿，发现了外头的异样。

墨紫“呃”一声。真的，也不知跑了有多久，绿田、鱼塘和村舍全都从清冽的画面中退去，齐人高的荒草，孤僻站立的灰石，那般狂野，那般放肆，顶天立地，浓墨渲染。

空气中有潮湿的水味道，突然漫进她的嗅觉。“这附近有江。”她说。

“江？”裘三娘想起来，“东城门外，应该是雅江吧。”

裘三娘刚说完，马车便绕过一个荒芜的小土坡，停了。

“不会又不认路了？”裘三娘这回有点皱眉，“两边杂草丛生，上哪儿再找人问？真是，八成刚才就问错了人走错了路。”正要喊小衣。

小衣却已经掀起车门帘子，轻声说道：“小姐，咱们到了。”

“什么？到了？”裘三娘惊讶得不敢相信，端坐在那儿，往两边的窗外瞧。目光透过小小的方格，看不了太远的地方，全让杂草矮树挡住了。

“姑娘，下车瞧瞧吧。”虽然脑袋里勾勒不出裘三娘之前说良田千亩的景象，墨紫还是相信眼见为实。她率先起身，弯腰出去，跳下马车，举目四望。

一大片的青青茅草中，一棵枯焦枯焦的大柳树。两只漆黑羽毛的乌鸦一见有人来了，呱呱地扑腾着翅膀，倒也不十分害怕。

裘三娘那双漂亮的眉毛都拧成毛毛虫了，站在车夫座旁，眼中全然不可置信。小衣拿了垫脚凳给她，她却连脚沾地的意图都没有。

“墨紫。”裘家的祖业，原来不是有人私吞，而是荒芜了，可能荒芜了近百年。她爹当宝贝的地契，拿出来给她时，还犹犹豫豫。怪不得呢！她还以为是老爹舍不得给，原来是不好意思给。“你去前面看看有没有人家，如果有，就问问看是不是弄错了地方。”裘三娘对那个看上去笨头笨脑的车夫已经失去了信心，因此想派能干的人去。

“我没弄错啊。”车夫很不服气，他伸手往前方三丈远的地方一指，“你看

石碑——"

墨紫离得最近，走过去，将那块倒伏的石碑翻过身来，又拔了一把草，蹭掉上面的泥巴。三个字原本的朱红色已经褪得东一撇西一捺，但刻得很清晰。她大声地读了出来，让裘三娘听清楚——

"红萸坳。"

"叫什么红萸？分明一朵红萸都没有，野花倒遍地都是。"裘三娘站得高，看远了却没有任何惊喜，"回去吧。荒成这样，这地也肥不到哪儿去。我现在可没多余的心思整一块废弃近百年的贫地。"

"这位公子，好歹地大啊。我听说，以石碑为界，一直到雅江边上，五顷的地都属于红萸坳。那可有前头那个小村子的田地一半大啦。有江，对岸又有山。靠水面山，风水好。"车夫说道。

"地要有产出，才算风水好。瞧瞧你脚下的地缝，能看到硬邦邦的坚石。这叫石床地，泥土瘠薄，根本种不出庄稼来，靠水面山又有何用？"裘三娘可不是无知的富贵女，买两个庄子前，还亲自跟农夫下过地，对地的肥瘠能够区分。

车夫踩踩脚下的地，见上面一层土泥分开，下面真是石头，话锋转向，"怪道这么大的地连个鬼影子都没有。"

"走了。"裘三娘心情不好。

"东家，来都来了，不若让我去看看？"墨紫是近水则安的人。土地贫瘠还是肥沃，老实说，她五谷不分，拿不了锄头种不了地，当然就并不特别关心。

"还有什么好瞧的？"裘三娘掀门帘，欲弯身进车里，听墨紫说要去瞧瞧，回头问道。

"地种不了，没准能捕鱼，不是有江吗？"

"要能捕鱼，早有人住江边上了，可我一个草屋顶都没瞧见。"裘三娘刚才站的地方其实瞧不见坳的全貌，因为坳是由高往低，呈环抱形的。但她对红萸坳的第一印象已经完全失望，所以没有心思再待下去。

"东家，我就下去瞧上一眼江水，立刻回来。"墨紫坚持，"您在车上眯会儿眼，保准不等睡着，我就上车了。"

"行了，不让你去，恐怕你不死心。去吧，看仔细点儿，有我家老祖宗藏下的宝贝，赶紧给我拿来，免得我不当心把这地贱卖了。"裘三娘拗不过，只好允了。

墨紫说了声"是"，扭头就往前找入坳的路。

小衣想跟着去，却因为裘三娘入了车里，不能留她和车夫两个人，只好没精打采地走回马车旁，细眼眯眯，一边看那棵被雷劈过的大树，一边望墨紫的背影。树当然纹丝不动，那袭旧青衫却扎入草丛，很快不见了。

原来红萸坳有路，虽然因为纵横的杂草高秆几乎让人错过，但还是让眼尖的墨

紫发现。路很小，只容一人过，不时有各种障碍物挡着，譬如一条不深的小水沟，一片突然长铺的草，一块横在地上的怪石头，但总的来说，比没头没脑以身开路强。而走了没多久，墨紫就察觉，这小路是人为开辟出来的。有些断了的茅草叶上是十分齐整的割痕，而且，越往腹地，小路就越干净。

当墨紫走出小路尽头后，视线突然一片开阔。伸手摘掉头上的草叶子，又拍拍身上的尘土，她如愿以偿地看到了流动的水。

不过，不是江，而是河。一条很宽的河。往北百米的上游处被山岭挤窄而过不了一条走江船，可到了红萸坳这段，宽宽阔阔地往南去。

她走到河岸边，往河的流向看去。河口竟就在不到两里处，一出河口就是浩瀚的江面。那大概才是雅江，能见白帆大舟，伴巍峨高山而走。驻足站立好一会儿，她就明白为何这段河上没有船只。首先，北边太窄，大船从江面入，只能到红萸坳便无处可去；其次，河流入江之南口，多奔腾放纵，如千军万马杀到，尘嚣风鸣声随浪逐波，水流得劲且急，一般中小捕鱼船很难行得稳，一不当心就可能冲到河口去了。

看清楚这一点，可她还有好几个疑问在心里揣着。为什么红萸坳会成为裘姓发家致富的祖业呢？这块看似不能种田也不能捕鱼的地方，裘三娘的先祖到底做何营生？还有，既然能赚钱，为何这个营生却被后代放弃了呢？

想着想着，墨紫又换了个方向前行。沿着另一条小路才走十来米，眼前的景象让她愣了愣。

一座用石头垒起来的屋子，有门有窗。屋前用石头夹干草堆了矮墙，墙内围了鸡圈鸭圈，大概鸡十来只，鸭子一两只。不远处，开了一亩大小的菜园子，绿绿红红的。菜园子旁边竟然还有一个小池塘，二十多只鸭子正在那儿戏水。

墨紫走过去，轻轻地推开柴木的院门，扬声问道："有人在家吗？"

应她的只有咯咯的母鸡，还有嘎嘎的鸭子。

看这情形，小屋一定有人住，却不知是什么人。她往里探探身，又问一遍："有人在吗？"

还是没人回答。墨紫以为人出去了。正待她转身要走时，突然，眼角余光瞥到石屋后冒出的一对羊角辫。

那是一个粉嫩嫩的女娃娃，眼睛不大，却灵动得很，躲在屋子后头亮晶晶地瞧着她。年龄大概还很小，三四岁的样子。

"小姑娘？"墨紫这么一声，自己都觉得有点像不怀好意的人贩子，赶忙露出友善的笑容来，语气更缓和了，"你爹娘在家吗？"

女娃娃摇摇头，羊角辫拍到她的小脸蛋，她伸出小手抓住，又从石屋子后面侧跑出去，奶声奶气地叫着："爷爷，爷爷。"

墨紫顺着方向一瞧，一个一手拿镰刀，一手提菜篮子，穿着满是补丁的短衣黑

裤，肤色黝黑，却留一把雪须的老人家，先朝自己看了一眼，又笑呵呵地将刀放进篮子里，单手把女娃娃抱了起来。

“妞妞真乖，等爷爷洗把手，咱们就吃饭，好不好?”老人的声音洪亮，精神矍铄。

“妞妞要吃青菜，不吃鸡蛋，这样妞妞就能长得跟爷爷一样高。”娃娃认真地说。

“对！而且，这鸡蛋啊，不是咱们吃的，要拿到镇上去卖的。等爷爷把这个月的钱凑够了，有多的铜板，再给你买鸡蛋吃。”老人慈爱地贴贴娃娃的额头。

有鸡蛋，为什么还要买来吃？奇怪的逻辑。

墨紫再次开口：“老人家，请问这里是不是红萸坳?”

那老人将篮子放到矮墙的一角，又让娃娃坐在矮凳上，这才转过头来，“这里是红萸坳，不过只有我和我孙女住，你找错地方了吧?”

“既然是红萸坳，我就没找错。”这老人是见这里荒着，以为是无主的，才安了家吗？如果裘三娘知道，会把人赶走。毕竟，这地方不能赚钱是一回事，让人霸着却是另一回事。

“你是什么人？来红萸坳做什么？我先跟你说，这地不卖的。”老人一听是特意找上门来的，就不太友善起来。

霸地的人说不卖地？墨紫一怔，脱口而出，“我不是来买地的。红萸坳是我主家的，今日随主人特地过来看看。不知老人家你——”

“你说红萸坳是你主家的?”老人的脸上刹那满是激动的神色，双手有点不知该往哪儿摆，最后大掌相搓，跨步上前，“请问你主家贵姓?”

“姓裘，现居洛城。”

“没错没错!”老人咧着个大嘴直点头，“红萸坳就是姓裘的，如今知道的也没几个人。小哥刚说和主人一起来的?”

“正是。”墨紫瞧老人的高兴不似作假的，心下就有了几分明白。

“小的先祖就跟主家姓，后来主家南下，留了他守在红萸坳。小的叫裘大东，还请小哥跟主子禀一声，能让小的见如今的主子一面，认个脸，等下了黄泉，还能跟我祖爷爷报个主家仍然兴旺昌盛的吉讯。”老人恳求墨紫。

能冠主人姓的仆人，可能是主人最喜欢的帮手。而能看守主人祖业的仆人，且几代未曾离开过，这份忠义，简直就是稀世之宝了。

“老人家，那你就跟我来吧。主人在石碑那儿等着。”裘三娘也一定很好奇这块土地上究竟发生过什么。

裘大东也顾不上吃饭，临走时给抱在手上的妞妞一个大饼，跟墨紫入了杂草丛生的小路。

裘三娘在车里哪儿睡得着，躺着就觉得气闷。一块地，看着那么大，却不值钱。不好怪她爹，只好把责任都推到张氏头上，要不是她把着上都的丝绸铺子不肯给，

她爹也不会拿这地契来充数。

“这都去多长时间了?”她已经没有了耐性。

小衣抬头看太阳的位置,估量一下,答道:“半个时辰。”

“她敢情是吃过午饭再回来吧?”裘三娘说到这儿,开始觉得饿,立刻没了力气继续声讨,将墨紫的背包拿过来,翻出两盒点心,“小衣,你也上来,吃点东西。”

小衣上了车,裘三娘把点心分成两份,一份给她,她却不接。

“怎么? 你不是爱吃甜的?”裘三娘奇怪。

“墨紫没地方吃午饭。”小衣这般回答。

裘三娘嘴一撇,“谁知道。她本事那么大,没准就在杂草丛里抓到一只兔子,立马自己烤来吃了。你心疼她,就把自己那份留给她。”

小衣默默地将自己那份分出一半来,放好了。

裘三娘看着,捏了芝麻酥糕进口里,也没再说什么。

两人吃得七七八八的时候,小衣说一句回来了,就蹿了出去。没一会儿,便听见墨紫柔柔的说话声音,是打发车夫到村里去等。

裘三娘心想,把车夫打发走,难道真是捡了宝? 手一抬,弯身从车里出来,这回脚沾到地面。回身一瞧,除了墨紫之外,还多了一老一小。原来这红萸坳也有人住。

墨紫见车夫走远了,就对裘大东说:“东伯,这就是红萸坳现在的主人。”

裘大东赶紧放下妞妞,带着孩子一起给裘三娘重重地磕了个头。

“怎么回事?”裘三娘没明白。

“这位老伯是裘家先祖留下来看管红萸坳的家仆的后人,叫裘大东。这是大东的孙女,小名妞妞。两人如今就住在坳里的石屋。”墨紫站在一旁答道。

“这红萸坳就你们祖孙俩了吗? 你儿子媳妇呢?”裘三娘没想到老祖宗还在这荒地留了家仆。不过,这样也好,能问个清楚明白。

“这个嘛——”裘大东有些吞吞吐吐,目光就落在妞妞身上。

墨紫正好留意到。心知老人不想让孙女听到有关爹娘的话,就让小衣给妞妞找点心去吃,把孩子带开了。

“回少爷话,妞妞不是我的亲孙女,是几年前有人丢在路上,我捡回来的。”裘大东仍然跪着,“不敢瞒主子,我也是我爹娘抱养的。”

但他却在这坳里替可能一辈子也见不到的主人,甚至可以说根本就不是他主人的人守了大半辈子的祖业!

墨紫不知道,这世上真有这么老实诚信的人。

“东伯,请起吧。”连如此现实精明的裘三娘都不得不感叹这位老人的孝义,她本来还有点不太相信对方,如今再也不怀疑,亲手将人扶了起来。

裘大东何曾想过能有今日,湿花了一双沧桑的眼,用袖子擦过,哽咽着说:“自我先祖以后,红萸坳再未有人见过主人面,如今我得见了,想必他们在九泉之下也

高兴。不知少爷这次是在上都久待，还是就要走的？”

“东伯，你也不要叫我少爷了。”裘三娘睨一眼墨紫。把车夫支开，是为了让她自曝女儿身吧？

墨紫正对上裘三娘那一眼，甜丝丝儿一笑。

“那……那要叫什么？”裘大东不解。

“这红萸坳的地契已经由我爹转给我当嫁妆，你叫我小姐就行了。”裘三娘将目光收回来，对裘大东笑了笑。

“小……小姐？”裘大东直结巴，“可……可这是祖业啊！”

自古祖业传男不传女。

“以前是祖业，现在就是嫁妆。”墨紫补充，“东伯，您和您的孙女如今也是咱们姑娘的陪嫁了。不过，姑娘嫁到上都来，你们算是有靠山了。”

“一直说祖业祖业的，我眼里光看到地，没看到营生。东伯，这红萸坳原本是做什么用的？田庄还是渔业？”裘三娘问了一个她和墨紫都很感兴趣的问题。

裘大东一愣，“姑娘不知道吗？红萸坳不产庄稼，河水急，也难捕鱼。你曾曾……爷爷吧，当年在这儿开了个小小的船场，专给人造捕鱼小船和那种一人两人坐的小舢板子。因为工活细，出的船又稳又快，赚了些钱。后来上都乱了，他才带全家南下。之后捎过信来，说子孙们不想接手船场子的生意，让我先祖看着地，怕将来裘氏再遇什么灾什么难的，说不定还需要干回老本行。”

墨紫听着，面色沉静，心涛起伏。

船场？红萸坳！是了，那样外凸内凹的大鱼肚地形，宽阔的河面，布袋般的河段，就近的江，别说造小船小舟，即便是千石载量的江船都能造好航出去。

这个坳，简直就是完美的船场地段。她一开始竟然没想到。

“船场？”裘三娘的反应和墨紫的心情截然不同，她本来就对红萸坳不抱希望，看到裘大东后，还以为祖业可能是指别的什么，谁知道只是造小船的工场。怪不得，裘氏子孙都不肯继承，她老爹常到上都看铺子，也从来不曾来过这地方。

“我听我爷爷说，那时红萸坳可忙活了，从早到晚都是敲打声。”裘大东没察觉到裘三娘渐渐黯淡下去的面色。

裘三娘挥挥手，“东伯，行了，我对木匠活一窍不通，一听梆子声就头疼。”

裘大东本来兴致正高，一下子就怏怏然，“小姐，那您会把船场重新办起来吗？”

“恐怕难。你不知道如今的形势。造船业全掌在朝廷手里，对民间私人船场控制很严，难以申请许可凭证。而且，不是内行人，吃不了那行饭。”裘三娘对船业还真不了解，只知道几乎所有大的船场都由工部统设统管，而对民间有哪些人做得好的，一无所知。“再说，这行我瞧着，没什么大赚头。”

“小姐，咱有从业许可凭证啊。”裘大东一句话又让人诧异了。

墨紫偷偷造过橄榄船，因此对船业还算有点了解。裘三娘说得一点不错，造船业一向由朝廷把持。因为水运是最重要的国本之一，特别是四国由江而分，以水为界，一旦决裂，水战便是第一场仗，所以造船术的强弱，根本上决定了国家的强弱。各国都重点发展造船业，而大周在这个领域里是领先者，当世最好的船工几乎都集中在工部之下。也因此，大周对民间获取从业许可的条件十分严苛，能进入者寥寥无几。即便能把船场开出来，找好的船工也几乎是不可能的事。优秀的，都被招到工部效力去了。所以，民间造船工艺十分贫乏落后，造出的船不能与官方船场造出的相比。

即便环境如此苛刻，裘三娘有一点却说错了。造船的利润，一点都不少。不但不少，还很大。

首先，船的需求量大。官方船场虽是工艺好工匠能，但他们主要造的是官船，优先的也是官家订单。接民船的单子，但一年有限额，买家得走后门，而且出船的效率实在不敢恭维。这么说吧，墨紫曾想过偷懒，请洛城船场把橄榄船上下两个盖给打出来，居然跟她说要三个月。后来她找了散工帮忙，二十天就弄好了。那些嫌官家船场速度太慢，又无门路的人，只好转而寻求民间船场。

话说民间船场，整个洛州只有两家。墨紫找过一家问，确实生意好得很，但工艺也真是很一般，造价却比官家船场的贵，裘三娘给的买船银子根本不够。只是对一般的买家而言，根本没得选，贵也只能贵了。这个市场，几乎是不能讨价还价的，都得客人巴巴地求着船场老板。

所以在墨紫看来，船场是一个很难进入的行业，可是一旦进去了，利润是可观的。不然，她跟民营小船场老板讨价还价时，对方也不会理直气壮说订单已经接到明年年底，让她过两年再来了。那个船场的面积只有红萸坳的五分之一大，普通的二十人画舫那种尺寸到顶了。

裘三娘对船业完全没概念，才轻易地说出没有赚头这种话。因为普通的商人不会对船业有了解，只觉得官府限制得严，又几乎没什么人做这一行，就认为无利可图而已。

“东伯，你可知从业许可凭证是有年限的。如果缴税便罢，缴不上税三年就会取消从业资格，得重新申请。”目前，入船业的本金条件是三万两。墨紫当时听人说后咋舌，从此对造船业敬而远之，“红萸坳荒了这么多年，应该早过了年限。”

“不是的，不是的。”裘大东着急摆手，“裘老太爷当初南下时，缴清了税，又给我家祖爷爷留了银子可缴十年税。船场虽然已经没有再做，可休业期的税一年五十两。再加上这地种不了庄稼，官府征收也无用，就一直保留到现在。今年年初刚给咱们换了新的从业本，还有皮面子包着。我一向随身带着的，怕家里万一遭偷儿。小姐，你请看。”

说完，就从怀里深掏出一个棕皮簿子。

墨紫接过，递给裘三娘。

裘三娘看完，就给墨紫，“你也看看。”

墨紫一看，果然是今年的日期，盖着上都工部大官印，写特许红萸坳经营船业等字样，续给了五十年期。

“可是，东伯，如果只给了你家祖爷爷十年的税银，之后怎么缴的?”墨紫看过祖孙俩的生活环境，就是穷人一双，连鸡蛋都吃不起——

突然，墨紫明白了。

“老太爷也给了我祖爷爷安家费，差不多有百余两。我们都自己种菜种稻，养了些鸡鸭猪，虽说坳里没多少好地，总算能自给自足。用不上那笔银子，税银就可以多缴两年。卖菜卖蛋卖家禽，一年也有十来两的积蓄。这期间，战乱的年头和免税的年头倒不少。这么东拼西凑，再靠老天爷帮忙，该缴的都缴上了。”裘大东的话，证实了墨紫所想。

“姑娘，东伯自己省吃俭用，家里能卖的，都卖了换钱上税。连妞妞吃个鸡蛋，都自己掏腰包贴钱。”墨紫觉得此刻她要不跟裘三娘说出这件事，会遭天谴的。

裘三娘也不是铁石心肠，红萸坳这么破败，裘大东还能这般赚钱为主死守着这份家业，她亦有些动容，“东伯，这么多年辛苦你们一家人了。”

“小姐，这是小的应该做的。没有裘家人，今天就没有我祖爷爷，也没有我大东，更没有妞妞。小姐既然如今嫁到上都，这证您就收好吧。不管小姐要不要把祖业重新经营起来，可终于又回到了主人手上，我心里也踏实。”实心肠的人说话句句出自肺腑。

裘三娘看着墨紫手里的棕皮簿子，虽然也知道裘大东几代能把这份祖业保留下来实属不易，换个居心不良的仆人，卷了银子就跑了，但裘家这三代只做丝绸米粮的买卖，还有购肥地开庄子这些营生，对这片荒芜的土地，实在提不起兴趣。

“东伯，这事我再想想吧。过两日，我便要嫁进夫家去，一切等我安顿完，是放着，还是转手，一定有安排就是。不过，即便卖了，你和妞妞照跟我，不用担心没去处。”裘大东这样的仆人，能不能干另说，单忠心一样，裘三娘就不会亏待他。

“小姐，小的身份卑微，也不曾读过书，不过知道当初裘家先人的良苦用心，是想给后代哪怕一个念想，一个可以从头开始的地方。小姐若不急需用钱，要么觉得年年缴税太费银子，小的会想办法的，请别卖出去。许是将来小少爷、小小少爷有兴趣了，接过去做，也算是祖业的承继。”裘大东没读过书，但说话条理分明，不是愚钝之人。

墨紫听到小少爷、小小少爷这两个词，笑得明眸灿灿。

裘三娘瞪墨紫一眼，对裘大东的话却没怎么放在心上，口中只敷衍应了，“再不回城就晚了，我以后会再来的，你也带孙女回吧。”

“小姐，今日既然来了，要不要给东伯补些银两?”墨紫一直等裘三娘提，但没等到。不知这位是犯了小气的毛病，还是压根儿没想到。

“啊，对了，可也不叫补。既然如今才成了我名下的产业，日常开支就从我这儿取。”不过，不可能补她那些爷爷欠的。裘大东刚才还说了，银子他自己能想办法。当然，她还不至于那么过分。“东伯，你平时就记个账，用多少钱买了什么，卖多少鸡鸭赚了多少钱。每隔一段时间，我让这丫头来拿账本派银子。”

“小姐，小的不识字。”裘大东对这个任务犯了难。同时多看了一眼墨紫，想不到这小哥是丫头。

墨紫真是服了裘三娘，嫁妆都几万两了，还斤斤计较卖鸡蛋鸭蛋的钱，“东伯，那你就拿个小箱子，把姑娘给你的钱放在里头，用的时候取，卖了东西就把赚的钱放进去，我每次来，你跟我说说买了什么卖了什么就成。具体的，我以后再教你。”

“这个成，我平时存钱也这样。”裘大东憨笑。

“姑娘，给东伯多少银子？”墨紫等人示下。

“二十两吧。十五两备个急，其中五两是给东伯爷孙俩的私用银子。以后按月给，每月二两。等妞妞大一点会再多给一两。东伯，菜地从今就不用算主家的，还有家禽那些，分一半出来当作你们自己养的吧。”裘三娘这是发了一回大善心？

墨紫拿出几锭小银子，约二十两，塞进裘大东手里。

裘大东差点又老泪纵横，连声道谢，见妞妞喜滋滋地吃着饼过来，忙拉着又磕头。而且，怎么拉都不肯起来，直到载着他新主子的车转过弯去。

第二十章 如此洞房

花轿在震天的鞭炮声中入了敬王府大门。

按上都迎新娘的惯例，轿子该在大门外停下，由媒婆背进去。不过，这惯例在敬王府行不通。因为，太远了。

这个府邸住了萧家两代王爷，自老王爷而下四代同堂，全住在一起。

老王爷有三个嫡子，二子受皇命承袭王爷位，大子、三子均在朝中有武官位。因老太爷主张家和万事兴，嫡室子孙不分家。而皇上赞赏其治家有道，赐织云坊一大半拨为敬王府第，其中园林景致，碧湖绿岛，亭台楼阁，不出敬王府门就可玩赏。因此，大老爷、三老爷两家住在王府里，还有将近八百的三家仆从，依然宽宽落落。平时三房互相串门子，轿子是必需的，马车是高效的，快马是紧急的。

敬王府内分为三个园子。敬芳园为主园，由敬王爷这家和老王爷王妃住着。华明园给了大房，惠喜园给了三房。

第三代萧姓子孙，尚且嫡庶同住，但庶子一成亲，就必须分家出去单过。这也是大部分贵族官家高门的做法。

乐手在最前，媒婆接着走，新娘的轿子跟着，四个陪嫁丫头跟在后面，还有那已经风光游过街的八十抬嫁妆箱子，长长一条队伍。

前庭据说也是男子们会客的地方，却不像裘府的前园。这里树少花圃多，矮矮地从地上拔起。没有花圃的地方，都铺了青石。屋子比洛州的高大，却全部是平房。整个庭院看上去空间很大，很高，多用青乌双色，用花的明亮装点，门廊下一卷卷垂着苍洁的纱片，风一起，就飘动起来。

若说裘府偏南，因此庭院有江南的雅趣别致，那么敬王府的前庭，则实实在在是大唐建筑的风格。庄严中有灵秀，肃穆中有飘逸。

“敬王府好气派啊。”四个丫头中，绿菊随裘三娘在外走动的时间最少，而且从未到过北方。

近五十年来，南士北进的安居商贾和士者增多，整体风格产生了变化。学士府的建筑就偏江南调，讲究细巧精致的园林和楼阁的层次。因此，让她们这些南来的人，不会有太大的心理落差。

过了前庭，就见一条四马并行宽的过道，往两边弯伸过去。而乐手不拐任何一边，直直上过道，进入对面贴着喜字的一扇大门。

这道门比敬王府的大门小一号，上挂金字牌匾，写着敬芳园。

门口迎出小厮，还有管家管事之类的人，请了媒婆说话，因此就停在门前。

白荷回过头来，神情又是紧张又是喜悦，“就要进王府内园了。绿菊，你别东张西望了，让人以为咱们没见过世面似的。”

又交代墨紫：“墨紫，带着她点儿。这丫头平时就最爱瞧热闹，没人在耳边提着醒，我怕她忘了今天是什么日子。”

“我才不会。放心，怎么都不能给咱姑娘丢脸。”绿菊噘噘嘴，很不服气，却还是下了保证。

“白荷，让我带着绿菊，还不如你紧带着小衣。她别一进园子，就没了影。”小衣能做到神不知鬼不觉，不过墨紫这话有缓和大家紧张的意图。

“我都没看到什么树。”小衣也回头一说，那样子很是不满。她大概是四人中唯一对这种王府气派没兴趣的。

“小衣，知不知道为什么这里没大树?”墨紫看管家样的男子和媒婆背着她们在那儿嘀嘀咕咕，就觉得不是什么好事。不过，到如今，即便某人不肯娶，这门亲事也得进行到底。按道理，裘三娘踏出府门之时，已经是敬王爷家的三儿媳了。皇上还说老王爷治家有道。有个孙子休两任正妻，如果再毁一门婚，墨紫还真想问问看，到底有道在哪里。

“为什么没大树?”小衣追问，“为什么没有?”对自己关心的问题，不但不沉默寡言，还重复说。

“因为怕刺客。”墨紫眼睛不离那两个还没嘀咕完的人，可怕刺客的说法倒不是编的。

“刺客来了，打走就是，跟树有什么仇?”小衣一身武功，天不怕地不怕。

“大树靠墙，刺客就能进府。大树在园子里，刺客就能藏身。大树越多，能藏的刺客就越多，打也打不走。所以，干脆没有树。”至少，没有根深叶茂的那种大树。

小衣的脸垮下来，“我不喜欢这里。”还干脆直说了。

媒婆那边的声音高了起来，“我说，新郎倌不来，新娘子怎么进门啊?”

敬芳园里有很多独院，除了老王爷王妃和敬王爷夫妇各自所住的院落之外，最大的三个是庭草院、维风居和咏古斋，由长子萧庭、次子萧维、三子萧永分别居住。三院各有特色，其中咏古斋的净泉阁，是上都好学之士极想踏入一睹的地方。原因无他，这净泉阁有一万多册藏书，其中不少更是百年以来的孤本珍本，千金难求。

萧永自幼不爱舞枪弄棒，从懂事起就爱读书，琴棋书画一点便通。萧家儿郎一向从武的多，也不是没有资质平庸之辈，但至少拿得起刀枪棍棒。偏出了个萧三郎，一碰兵书就睡觉，一拿兵器就脚软，却做得一手锦绣文章。若不是他连休两妻，引得皇上不悦，罚他当了个清闲的文库编修，本有可能提为大学士。

萧永喜文，又不爱家里父兄舞剑弄刀的热闹，在敬芳园西北角，以竹为界，划出咏古斋清静一隅。而众屋舍之中，他最爱待的地方，就是净泉阁。其次，是他小妾金丝的住处——思丝屋。他该和正妻所住的默知居，本该在咏古斋的正中位，嫌离得思丝屋太近，休掉第二个正妻之后，就迁到咏古斋最偏一处去了。

听着隐隐约约的喜乐，萧永的书童青雀在净泉阁外急得团团转。

“公子，我的好公子，你快出来吧，能听到喜乐，这花轿八成到咱园子门口了。”不管新进门的三奶奶能不能得宠，拜堂这种事可马虎不得，上面的长辈都紧盯着呢。要是出了什么差错，他们这些贴身的小厮第一个倒霉。

净泉阁的木门纹丝不动。

青雀急得恨不能拍门，可他也懂自家公子的脾气，净泉阁大门一关，就是闲人免进的意思。

“青雀。”另一个书童白鸽回来了。

青雀只往白鸽身后瞧，见到那个盈盈的身影，心里喊一声好了，忙走过去，“丝娘，可把你请了来。赶紧帮咱们劝劝公子，他要不去接轿，咏古斋谁都别想清静了。”

紫萝草绕藤儿的百褶裙，青烟色的环臂云纱，未盘发，用一只铜簪在颈后松拢了。再往上瞧容貌，一双青黛眉，春叶卷儿的柔眸，笑若流云轻漾，气如兰花姣美。

那不是一个明光灿烂的大美人，却从头到脚让人看得心里舒服。

“把我请来也没用，我又进不得这净泉阁，不过和你们一起在外头干着急罢了。”金丝在木门前停住，既不伸手推门，也不扬声像青雀那般把人喊出来。

“丝娘，你虽然进不得，可公子最爱听你唱小曲。你一唱，公子一定出来。”青雀早想好了主意。

金丝柔眸轻轻一转，说话依旧淡声淡气，“你说的是多久前的事？如今我都是两个孩子的娘了，还做小姑娘时候的事不成？”

“好丝娘，公子再不出来，误了良辰，王爷王妃怪罪下来，恐怕还累你受平白之冤。管那新娘子是谁，赶紧拜了堂成了礼就完了。今后，就是公子和新奶奶两人的事，合还是不合，长辈们也管不着了不是？要我说，长痛不如短痛，闹别扭也等以后

关上咱们的院门，慢慢来呗。”青雀跟萧永多年，对咏古斋了如指掌。

白鹄新顶上来，年龄还小，一切听青雀的。

“你这话要让新奶奶听见，还不扒了你的皮？”金丝白青雀一眼，“不知道的，还以为咱们院里又要出什么事呢。”

“别管要不要出事，至少现下不能出。丝娘，不唱曲，那你就想个别的办法？”青雀突然听不到喜乐，脸色一变，“要命，要命，喜乐都不吹了，一定是新郎不到，新奶奶生气了。”

金丝往敬芳园大门的方向慢悠悠瞟了一眼，又将目光慢悠悠转了回来，扬起声，“永郎，别误了吉时，快出来吧。”

门里头悄无声息。

“瞧吧，便是我来也无用。”净泉阁里的萧永，从来不是她能撒娇的那一个柔情夫君，而是即便天塌下来，也我行我素的人。

所以，金丝不爱踏入净泉阁。而萧永也不爱她来，或者这么说，他不爱院里的任何人来这里打扰他。

萧永说，只有真正爱书之人，能与他分享书中妙趣之人，才能入净泉阁。因此，他邀请他欣赏的有才之士来，也邀请他的知己好友们来，在这儿赏月喝酒，听风吟月，但这其中从来没有女人，也没有她金丝。

金丝知道，那是因为萧永的正妻们中没有一个能有他欣赏的才华。而她，不过是侥幸早早遇到了他而已。她所懂得的琴棋书画，由他手把手教。她并无天分，却胜在努力。而他，可能正因教她费尽了心思，又获得的成就感，独钟爱了她，独放纵了她。

她一向很满足，只要不威胁到她如今夫爱子孝的生活。净泉阁的大门对任何女人紧闭，那她就可以忽略被排拒在门外的不快之意。

“我不管了，他去不去接他的新娘子，与我何干？”金丝掉头要走。

就在这时，木门吱呀一声，一只手伸出来握住了金丝。

“你新奶奶要来了，怎与你无关？”

金丝听得那熟悉的声音，不由得一喜，顺势往后仰去。但她并没有如愿进得藏书楼，反让一股力推回原点。

“金丝儿，小心，站稳了。”手的主人已经走了出来，双手离开金丝的肩，转身将木门关上，交代青雀落锁。

金丝回头，见他仍着一身书生灰袍，笑得柔情似水，“永郎，那你还不快换了喜服，到门口牵了新奶奶拜堂成亲？明天一早，我给你们俩斟茶倒水，好好伺候着。”

“一张嘴，灌醋的酸，太明显了，这可不像我教出来的。”大手轻捏金丝的小嘴，“收着点儿，别让新奶奶看了不舒服。”

“青雀，把喜袍拿好，三爷我边走边换。”那手陡然离开金丝，人已经大步下了

石阶。

青雀忙不迭将放在廊下的衣盒拿了起来，招呼着白鹄，小跑跟着出了净泉阁外的拱形门。

金丝愣愣地望着那道青影，怅然之后，猛地眼神一凛。是了，刚才不知不觉软弱了，不像他教出来的。她可不能那么没出息，他若是不喜欢了，她和孩子们该如何是好呢？

“三爷，三爷，您慢点走。”青雀不高，前头萧永走一步，他要走两步。

“催的也是你，叫快的也是你。误了吉时，别怪我推你出去挡骂。”萧永心情似乎好得很，健步如飞。

“三爷，我瞧丝娘有些难受呢。”白鹄还小，说话不经脑子。

青雀差点没扇他脑袋，心里骂，人难受，关你什么事？刚才在金丝面前把新奶奶说轻了，那是讨她的好。他在这府里，人情世故学得最快最明白。

“我在净泉阁里有‘三不’，就是我娘我奶奶来了都一样。青雀，告诉白鹄，免得下次还替人操心。”萧永的背影成了大红色，喜袍已经穿上。

“白鹄，你听好。三爷在净泉阁闭门读书的时候，第一，什么人来都不给开门。第二，刚读完圣贤书，绝不说谎。第三，不出净泉阁的花园，绝不哄女人。”青雀给白鹄掰手指。

白鹄听了，嘴巴张得老大。

“张那么大嘴干什么，直说明白就是了。”青雀摇摇头，觉得此子还有得教呢。

“是，是，三爷。”很奇怪啊，平日里跟着公子在思丝屋，好似夫妻恩爱，羡煞旁人。再一想，丝娘大概也知道这点，所以他三请四请的，开始就不愿意跟他来。

“你教他，我倒要问问你。”背影不回头，且越走越快，“既然知道规矩，你还找丝娘来做什么？”

青雀喉头一哽，磕磕巴巴地说道：“小的……小的……不也是没办法了吗？想来……想去，说不准丝娘……一曲能把三爷唱出来。”

“你永三爷我是鸟儿吗？金丝一唱，我就飞出来？”

“三爷，您不是鸟儿，我是鸟儿。”青雀没法回嘴，只能自己认。

“可不是？一只金丝雀，一只青枝雀，在外头唱得那个热闹，本想把书看完，自打你俩唱，就硬没瞧进一个字。”萧永的声却一直有笑音。

“三爷可是看了一本好书？”青雀闻声而上，不再说金丝。

“不错。整理几年前游玉陵时买的那箱子书，翻出一本《玉陵花神传》，讲得极有趣。可惜，还差几页就看完了。”已经走出了竹林，看到自家二哥正过来，想必是来抓自己，于是跑了起来，要显得不是故意不去接轿子。

“《花神传》？”这种书有那么好看吗？青雀跟着萧永，能读不少书。“三爷不是不爱看神鬼怪谈？”

“不是神鬼传说。”萧永气息有点急，见离得萧维已近，就没再说下去，而冲着面色沉冷的萧维解释，“二哥，我看书看忘的，不是不肯拜堂。我虽然本来不愿再娶一个，不过既然爷爷奶奶和爹娘非逼着娶，我也不能担不孝之名。”

萧家这俩儿子，别的不好说，至少都孝顺。

墨紫和绿菊派过给小丫头仆妇婆子们的喜钱，往回走。虽然天色暗了下来，四周却让喜字灯笼照得十分明亮。

“这居所可比咱们在裘府的院子都要大多了。”绿菊感叹道。

墨紫嗯了一声，“居所是大，不过好像偏了些。”

拜堂在主院，墨紫是二等丫头，也没进去观礼。后来等裘三娘蒙着红头巾出来，她一路跟着走了半天，看到竹林时，媒婆说前头就是萧三爷住的地方，叫咏古斋。以为就到了，谁知还绕来绕去走了不少路，最后才看到挂着默知居的牌匾。

虽说默知居很大，有厨房、绣房、书房，有冬居的暖屋、夏居的凉屋，还有普通的厢房十余间，中间有棵大树，四角还有凉亭花圃，甚至一小方竹林，不过，当墨紫指着最西面比另两面要高出很多的墙，问守门的婆子墙外是哪儿的时候，得到的答案居然是织云坊另一家府邸。这偏得可不是一点半点，完全是敬芳园大门的另一头了。

闻着新漆味儿，手摸过走廊的雕栏木，新刨的刺手感。可过喜房门，手感就变得很平润，是旧房新漆。这地方不是新建的，而是在旧屋之上添建的。以萧三奶奶的身份，住在这儿，显然是冷遇。就如她来之前预料的一样，因此也不太惊讶。

喜房里，点满了红色的喜烛。大红喜被大红帐，红纸喜联红包金，一室通红彻底。

“人都走了吗?”白荷见墨紫她们进来，就问。

“嗯。”和绿菊不同，墨紫在大宅院里反而话少。

“白荷，咱们如今是有小丫头使了吧? 刚才派喜钱，来领的人可不少呢。小丫头大概有五六个，打扫庭院整理花圃的有两个仆妇，还有专门守门的婆子。”绿菊没心眼，笑得那个开心。

“不知道是临时调来的，还是给咱们用，反正先别忙着使唤她们做事，等姑娘明日问过再说。”白荷谨慎又细致。

“小衣，把窗开开，这些烛火烟烧得我眼睛疼。”裘三娘不但开口，还伸手将红头巾拿了下来，“白荷，拿点吃的给我，饿死我了。”

“姑娘，盖头不能拿的!”白荷要去给她罩上。

“新郎倌来的话，小丫头会报的。”墨紫看小衣打开窗后，就靠在那儿可怜巴巴地瞧着默知居中央唯一一棵大树，“小衣，没树爬，爬房顶也一样，这儿的房顶高。还有，咱西面那座墙，很有高度。”

一下子帮了两个人。

裘三娘就着墨紫的话说："等人一来，我立即盖上这劳什子。这会儿先让我喘口气，喝杯茶，吃点东西。"

而小衣说一声出去瞧瞧，墨紫只来得及关照小心让别人瞧见，她就蹿到外屋去了。

白荷看着一个小姐狼吞虎咽，一个丫头跑得飞快，叹口气道："如今可不是在裘府咱们自己的小院子里，不知多少双眼睛看着呢。姑娘，小衣那儿你得说说。"

"别看她大大咧咧的，心里有数着呢。你们什么时候瞧见她在人前露功夫了？"裘三娘吃着吃着，头上的珠冠开始往下沉。

"我的姑娘呀，抬着头吃，要不然珠冠掉下来可麻烦了。"白荷操不完的心。

绿菊给裘三娘倒了茶，"姑娘，咱们姑爷长得可俊了。"

裘三娘却不大上心，"俊也好，丑也好，不见得能多喜欢我。他不是专宠那个妾吗？叫金丝的。"

"姑娘可别这么说。您那么美，姑爷看到一定会动心的。"白荷急忙劝道。

"如果因为我美，他就动心，这人八成是个好色之徒。"裘三娘继续说道，"那就更不能跟他圆洞房了。"

"姑……姑娘？"绿菊差点把裘三娘叫成姑姑，一噎开始打嗝了。

"姑娘，这话……这话……"白荷也吃了一惊，"从何说起？这就是洞房，姑爷等会儿过来，自然……自然……"

"人我都没见过，怎么跟他今晚洞房？我就不愿意。"裘三娘说着说着脸一红，"他想洞房，可以去找他的爱妾。"

墨紫跟裘三娘大半年，从没见过她像别扭的小孩这一面。原来即便见识多广如裘三娘，也会害怕女孩变成女人那一刻的来临。

"姑娘，你不是看过《素女经》？"墨紫有点起了兴致。

"《素女经》是什么经文？"白荷不懂这和洞房有什么关系。

"姑娘是不是抄经太多？"绿菊怪才，以为裘三娘累的。

裘三娘这下脸涨得通红，喝一声："墨紫，你好哇。我看过《素女经》，你就没看过？是谁巴巴地问我借去看，十天才还我？"

"我承认我看过。翻了一下，就没兴趣了，顺便放在床垫下面，忘了还，结果还让姑娘你提醒我。"墨紫简直忍不住要笑。

"如今随便你怎么说了。"裘三娘哼道。

"到底这《素女经》是什么啊？"白荷终于觉得不对。

"就是——"墨紫想说春宫图。

"墨紫，你敢说？说出来，你也跑不掉。"

白荷、绿菊一头雾水。

墨紫呵呵直笑。有人看她苦，偏她要在这苦中找出一份自在来。

一条狭路，所有人尚未察觉之时，在墨紫眼前，却已经渐渐宽了。

大红喜烛烫得熔化，蜡刚流下来，却又凝了，就和大多数大宅门里的婚姻一样。在这个连被子里都要撒红枣莲子，什么都讲吉利的屋子里，千百年来居然没人发现喜烛其实一点都不吉利。

墨紫看着那对手腕粗的金红蜡烛，一时又跑了神。

裘三娘见丫头们似乎对她不愿洞房的话听不太进去，于是又说道："你们要是不帮我想些好主意出来，我就直接把人赶出去。"

"姑娘！你从刚才开始是说笑的吧？"白荷少见的，不能把主子的话当真，"唐夫人说，明天一早，会有婆子妈妈们来拿……"

她说着话，走到喜床那儿，将那绣着荷苞青叶的喜被轻轻掀开一半，果然看到那方白色丝绢，重重地叹口气，回身用手一指，"姑娘，您瞧瞧吧？这可是上都王府，到处讲规矩的。明早，就会有婆子来收这绢子。要是看到上面没有……落红，姑娘，那谁都知道您不受姑爷宠爱了。以后姑娘可怎么办？"

墨紫瞧见那白绢，浑身不由得一哆嗦。裘三娘也更觉得不自在了。

"听说，有人拿鸡血鸭血混过去的。"墨紫说。

"墨紫，你今晚上笨一点行不行？"白荷真是头痛极了，她这儿拼命想打消姑娘荒谬的念头，乖乖地去为人妻，可那儿就有个人满肚子的鬼主意，一想一个，令她徒劳无功。

"墨紫，鸡血鸭血能行吗？要不，你们几个扎手指给我凑上一杯？"裘三娘够狠。

绿菊脸吓白了，"姑娘，别整了行不行？我怕血啊。"

"相信我，姑娘，鸡血鸭血还是人血，不用特别的方法，人分辨不出来。"

"我去抓鸡？"刚一进来的小衣可积极了。

"你们够了吧？"白荷觉得自己像是对着一群闹着玩的小孩子，"鸡血也好，鸭血也好，我们几个的血也好，根本没用。你们当姑爷是傻瓜吗？"

"清醒的姑爷不一定傻，喝醉的姑爷肯定不聪明。"墨紫还玩上瘾了，"等他早上醒过来，看到一方带血的绢帕，根本不会想到别地去，一定以为自己洞过房了。"

"墨紫，万一姑爷没醉呢？"绿菊问。

"对，没错，要是姑爷很清醒，怎么混过去？"白荷终于找到驳回点。

"所以啊！"裘三娘要把难题出完，"不想混，就帮我想个办法，不让他有机会洞房不就完了？这样，责任在他，不在我。"

裘三娘不想洞房的心思再认真不过了。"白荷、小衣、绿菊、墨紫。"她一一点名，"谁想出好办法来，我赏她十两银子。"

没人说话。

白荷自然不会为了十两银子，让裘三娘以后难得宠。绿菊挺爱赚这银子，但脑袋不争气。小衣是既不关心银子，也不爱动脑子。墨紫，觉得为十两银子要费脑细胞，不合算。

“嫌少?”裘三娘这么说，因为单看了墨紫的反应，“二十两?”

墨紫察觉裘三娘寄希望于她，“姑娘，洞房这种事，一闭眼就好了，别太紧张，其他的反正姑爷会做。”墨紫其实也没经验。

“墨紫，你帮我，我帮你。”裘三娘一看，不下重诱不成。

“姑娘的意思?”墨紫不掩盖自己感兴趣的神色。

“你帮了我这次，我就再减一年，如何?”裘三娘知道墨紫最想要的东西。

白荷、绿菊不懂这意思，墨紫却很清楚。自上回她弄到三百两银子，十年契就变成了九年。而她差不多跟了裘三娘快一年，还有八年。这会儿，只要做得好，又可以少一年。

“姑娘，要说主意，我还真没有。”墨紫费了一下脑细胞，为了那一年三百六十五天，可她只冒出来一个主意，就是在洞房门口贴一张“新郎和狗不得入内”的字条。不过，这么一来，后果就太严重了。

“我倒是想不到这么件小事，还能难倒你墨紫?”裘三娘也想过了，没辙。

“事情看上去小，可也不能随便处理。可以让白荷在点心里下巴豆，也可以让小衣把姑爷打昏，或者说姑娘身上不爽利。这些法子，都不能让不洞房的责任转到姑爷身上去。弄得不好，让人发现咱们动了手脚，姑娘怎么面对长辈?”都是不完美的方法。

“好姑娘，好墨紫，你俩就别折腾了，好不好?”白荷要哭出来了。

这时，听到梆子声，三更天，前头估计要散席了。

“一年哪。”裘三娘还没有放弃墨紫那聪明的脑袋瓜子。就像墨紫所了解的她，下决心的事，她是一定要做成的。

墨紫让这一年刺激得脑袋还真转得很快。能让新郎在清醒的情况下，忘记洞房的方法是——

“那萧家三郎，是连皇上都欣赏的大才子。通古博今，琴棋书画无所不通。一手好棋，能和天恩寺方丈大师下三天三夜。天恩寺方丈的棋艺，天下闻名……”

突然，李氏的话跳进墨紫的脑中。

裘三娘不想洞房，拖大概是最好的法子。而要拖得顺理成章，就得用萧三不排斥，甚至兴致勃勃的东西。裘三娘读书虽多，诗词歌赋却不是长项。要拉着萧三吟诗作赋的话，对方一首就能把她打倒。但裘三娘的琴棋书画很出色，棋艺在洛州算是难逢对手，却不知那萧三到底有多厉害。

这么想着，墨紫就说得不太自信，“姑娘，听说姑爷好棋。”

“他喜欢下棋吗?”裘三娘还没往拖字诀上想，“如今，是个才子就能下上几个子。”

“是啊。一局棋，也有人下上三天三夜的。”墨紫心说，不管了，方法有用，她就早一年自由；没用，她也不损失。

裘三娘听到这儿也明白了，“天恩寺的方丈大师棋艺高明，我五年前去寺里上香时，看过他与人对弈。我想，五年后，或许也能跟他手谈一局。”

“输赢无所谓，只不知姑娘能不能拖上一夜?”围棋这东西，是个高手，就能拖。

“那得看萧永的棋艺高低。”裘三娘并不盲目自信。

“也得看咱们分人心的本事。”墨紫吧，有个主意，就能自我完善，“让白荷上个消夜，吃上半个时辰；让绿菊打破个瓷器，清理上半个时辰；咱们值夜丫头换个班，半场休息上一个时辰，再加上下棋的工夫，天就亮了。”

拖，拖，拖，拖到这对新婚夫妇眼睛睁不开，再没力气洞房。

裘三娘则想，萧三有过三天三夜下棋的历史，长辈们也无可奈何。拖过洞房夜，就过了最佳的时候，以后得看金丝小鸟儿的魅力，能不能让萧三再不踏足这默知居一步。

“有人来了。”小衣宣布了洞房时刻的来临。

白荷知道裘三娘心意一旦决定，就不可能改变。咬咬唇，将被子再度铺好，回身过来，拿起桌上的红盖头，叫一声姑娘。

裘三娘看着墨紫，一笑，“此计若有用，我当履行承诺。”当下，对另三个丫头说道，“丫头们，今夜我不好说话，你们听墨紫调度吧。”

白荷、绿菊说是，小衣点点头。

“好大的责任啊。”墨紫回裘三娘一笑，“看来，今晚咱们谁都不好睡觉了。”

“三爷来了——”院子大到听不到开门的声音，小丫头的报信声随脚步由远而近。

不一会儿，萧永笑嘻嘻地踏进喜房来。

一室红光摇曳，新娘子端坐床前，两个大丫头侍奉左右，另有两个丫头站在窗边。四人同时福了一福，清清脆脆喊得他一舒服。

“姑爷好。”

却不知，漫漫长夜方始。

天灰亮了。

萧三累了。

不知道的，以为他暖玉温香抱了一夜。虽然他的洞房夜之前有过两回，不过了无新意。这回真是，连他自己都搞不清楚怎么会这样。

面前就是他的新娘子。即便他在娶之前就决定和这一任保持相敬如宾的关系，但还是不得不承认，这个裘三娘实在是少见的美人。看着她那张明亮的容颜，

脑中就不自觉地冒出几句赋文来——仿佛兮若轻云之蔽月，飘摇兮若流风之回雪。

还好，他不是见色忘本之徒，就是看着过于赏心悦目，忘了本来该冷的表情，变成了现下这般。

哪般？

眼睛困得半眯着，头重得要用手撑着，但脸上微笑着，思绪高度活跃着。就因为，一盘棋。一盘下了几个时辰的棋。

裘三娘是商家女。裘氏在洛州只是商户。这门婚事，如同他爹娘没得选，他也一样没得选。他因此准备见到一个精明到俗气的女子，却没料到这女子不但美若天仙，竟还下得一手好棋。

会下棋的女子不多见，下得好棋的女子更是凤毛麟角。

尽管他承认他这位新妻的棋艺高超，却不认为自己下不过她。但出乎意料的是，她坚持得很久，不将棋格塞满不肯认输。而他，也不能以压倒性的优势赢她，原本可赢三子四子，到如今只有二子，以为是填格子的游戏，对方却还有反败为胜的余地。

挺有趣的。

对手是一位名副其实的大美人，令这黑白之争比起以往生动万分。怪不得，二哥和石磊老兄都说了"艳福不浅"四个字。也对，以他休掉两妻的恶名，还能娶到洛神般美貌的女子，这样的运气不是每个男人都有的。

想喝茶醒神，发现杯面有些凉了。可明明他落子的时候，还是热的。许是自己分不清了。

"三娘，你还要想多久？"这棋，她已经可以不用想了，直接往里填便罢。萧三想着打击她。

然而，没人应他。

他的指尖离开茶杯，抬眼仔细望过去，不由得哑然失笑。

新娘子的手托着桃红的腮帮子，撑着小方桌的一角，青丝如乌金穗子，双眼虽然还留着缝儿，其实已经坐着睡沉了。呼吸轻如羽毛，姿态慵懒像猫。

他站了起来，上前两步，又退了一步，这般睡姿的美人固然让他赏心悦目，不过要是睡醒了，估计腰酸背痛会很难受。但若是抱佳人上床，又不符合他原本的设想。因此，他踌两步躇一步的，手臂半伸不张。

"姑爷。"

此时，身后传来一声唤。

萧三郎侧脸一瞧，两个三娘的陪嫁丫头进了来，已经不是之前的白荷、绿菊。

其中一个身段窈窕，头垂得让人看不太清五官的丫头说道："姑爷可要换茶？"

这些丫头可真忙啊！几个时辰以来，夜宵、点心、茶水未曾断过，还有不小心打破瓷器的，琐琐碎碎，转眼天都蒙白了。要不是他记性好，每次将两人请到外间去，还以为是裘三娘让丫头们偷换棋子呢。不过，要是有懂得换棋子的丫头，这裘三娘可是更了不得了。

丫头们倒可以换班，他喝了酒，又下了一盘虎头蛇尾的耐久棋，头昏眼花的。还喝茶？再喝下去就轻飘飘了。

"什么时辰了？"萧三看到天色后，问道。

"卯时。"再过一会儿，就吃早饭了。墨紫心想，关键时刻，为了早一年自由，绝对要死守住，不能让有人来个"棋后乱性"。

"这么晚……早了？"早晚都分不清了，萧三决定在自己新妇丫头面前表现一回风度，伸手去抱裘三娘，"你们奶奶睡得还真是时候，本来我要赢棋了。"

"姑爷，小心姑娘的手！"墨紫疾呼一声。

萧三还没懂墨紫的意思，眼看就要到他怀里的裘三娘突然挥起了手，啪地打中他的头。他连忙退开去，而另一个不说话的，手长脚长的丫头正好取代他之前站的位置。

"小衣，还是你抱姑娘到床上去吧。"墨紫吩咐那细长丫头。

萧三见小衣将裘三娘轻轻抱起，又小心地放到喜床上，给她盖着被。裘三娘又挥了两下手，不过那丫头倒灵活，两回都躲过去了。

"你们奶奶睡相可真活泼。"萧三明白墨紫为何让他当心了。

"还好，就是姑娘睡着的时候，不喜欢人搬她。"墨紫低着头，心里狂笑。这裘三娘，八成装睡，不然哪能跟她这么有默契。她一喊小心手，就正好给了萧三郎一记脑袋贴？"墨紫帮姑娘说声对不住了。没打疼姑爷吧？"

怎么不疼？结结实实打得正好！可萧三是男人，虽然是不爱武的男人，但一样爱面子，说声不疼，再走到床边，看裘三娘被子里的手脚铺得很开，将床占了大半。

"你们奶奶在家的时候，也这么睡？"

"姑爷，这哪能呢？也就是小衣刚才放的时候没注意。要不，墨紫把姑娘的手收一收？"墨紫假意要上前，嘴里却又说，"就怕把姑娘弄醒了。顶多能睡半个时辰，还要给长辈们请安呢。"

萧三听着墨紫的嘟哝，一想也是，就说："罢了罢了，也别弄醒了她，我睡隔壁间就是。"

"姑爷，这怎么好呢？新婚头一夜，您就睡别的厢房，传到王爷王妃那里……"墨紫说得很为难。

"那待怎的？难不成要我睡地上？"

"外间有软榻，墨紫会让小衣给铺得舒舒服服的，姑爷若能将就——"

萧三本想表现得冷淡点，正在积蓄甩袖而走的情绪，却见那叫墨紫的丫头走向棋盘，将剩下的棋子从木托里拿出来，开始打算分棋盘上的黑白子。

"你做什么？"甩袖子的事可以等一下，棋的输赢事关他萧大才子的名声。

"姑爷刚说要赢咱们姑娘了,墨紫却瞧着黑白子差不多。姑娘下棋很少输人,墨紫还是数数的好,免得姑娘醒来,对墨紫的话不信。"萧三真让一盘棋拖到天亮,显然是个不服输的。想要达到裘三娘的要求,也不让萧三郎拂袖而去,只能由她墨紫继续拖。

萧三一听,到底是陪嫁丫头,帮小姐不帮姑爷,不但不信他说赢棋的话,还要来证明是裘三娘赢的,当即说道:"等一下。"

墨紫手里捏了第一颗黑子,转过脸来微笑着,烛火在她身后。

萧三能见到面容姣好,却因背光而看不太真切。

萧三看不真切墨紫,墨紫则把萧三看了个清清楚楚。绿菊说得不错,这人长得不错,星眸剑眉,鼻梁架子也高,神情间有股书生的狷介之气,又是天生后养的华贵。一挑眉,一开口,是萧家人的倔强不屈。

"姑爷,我会不偏不倚的。黑就是黑,白就是白,要是数得不对,您自己可以再数一遍。"这就看穿了某人的心思。

萧三还不怕承认,"我怎么知道你不会顺手抓一把白子进去?"

墨紫笑得捂了嘴,"姑爷,要不我把棋盘整个端出去再数,剩下的黑白子就留在这间房里,如何?"

"也好,不用吵你们奶奶睡觉。"萧三真怕墨紫作弊似的,盯着她的两只手。

两人一步一跟走到外屋。

小衣抱着两床被子出来,在那儿铺软榻。

萧三瞧见了,却也顾不得说什么,光听墨紫一颗颗数棋。

"白子胜了一子。"墨紫摇头叹息,"可惜,差一子就和了。姑爷,姑娘要是没睡着,这棋也未必是她输。"

"你这丫头定然不会下棋。你们奶奶要是没睡,输得更多。"萧三记得是一子半,没想到又让裘三娘追上半子,这女子棋艺了不得,但他嘴上一点不让。

墨紫不同萧三争,那么多棋子数两遍,可以看日出,"姑爷还是歇下吧,再过一会儿就出日头了。"

萧三一看天色,真是,还折腾什么,和衣就往榻上一躺。

小衣先出去,墨紫轻手轻脚熄了烛,也要掩门而出,突然听萧三问她一句话。

"墨紫,可是墨水的墨,紫色的紫?"

墨紫停了停,回声"是"。

"玉陵牡丹万千株,王来只为看墨紫。你这丫头倒取了个好名字。"黑暗之中,萧三的声音终起了一丝困意。

"听说玉陵女子多墨紫名,也没什么好不好的。"一样遭遇国破家亡的命运。

"你是玉陵人?"一丝兴味,萧三想起今日看到的一本好书来,"可知《玉陵花神传》?"

“墨紫的确是玉陵人，不过不曾听闻。”但她对玉陵总是很好奇，想多听一些，“是传说吗？”

“是一本书，说得很有些意思。不过我看，可能过于夸大了事实，又是手抄本，想来不可信。当故事书，倒写得不错……”声音渐低了下去。身下的软榻实在很舒服，被子有一种令人放松的香气。

可不可以借她一看，可墨紫并没有问出来，而是弯身将门关好。

默知居廊里的灯此时几乎全灭了。

一夜的烛火，已经燃尽。

花园中，转廊下，只有她们两个丫头还醒着。

“小衣，你再去睡会儿，我守着就行。”

小衣摇摇头：“不困了。墨紫……”

墨紫道：“有人陪我聊天也不错。”

“你其实早就可以离开的。”小衣这么坦诚，就证明周围绝对没有隔墙耳。

“然后呢？”墨紫蹲身摘了一朵粉蝶花，坐到石椅上，“一个女人，因为很聪明很能干，就能当自己的主人了吗？”

“不是吗？”小衣歪着头。

“那我问你，你那么好的身手，为什么不离开姑娘呢？”

“姑娘救了我，给我饭吃，又允我上山跟师父学艺。离开了姑娘，也没地方可去。”

“我跟你一样，没地方可去。如果我是聪明能干的男人，一切就不同了。”这个时代，男人可以闯，上天入地，只要他有本事去。

而有勇气闯的女人，一多半闯到青楼里去再也出不来，另一半闯成高门里的姬妾，然后汲汲营生要当大老婆而为此奉献全部的才智和青春。她，不知来处，孑然一身，空有惊世之才，恐怕显露过头，立刻招来豺狼虎豹，将自己生吞活剥，再无退路。裘三娘，至少是她能掌握的。

“可小姐说，你总要离开的。”小衣也这么觉得。

“小衣，我要离开的时候，势必是别人再不能轻易欺我的时候。”

她不想隐居在没人的山里，自己开荒种地。她亦想双袖生风，大口酒大声笑，不怕人多就嫌人少。一呼好友成群，看这大好河山，万里且行舟！

她面前已经有了机会——红萸坳。

没错，红萸坳是裘三娘的嫁妆，不是她的。没错，裘三娘“利”字当头，要知道她又能帮着大赚一笔，那她自己绝对白忙活。

但是，裘三娘绝对不会亲自管理那些大日头底下晒着流汗的营生。三娘喜欢钱，可她同时也是有钱人家的大小姐，含金钥匙出生，打小她爹待她如掌上明珠。

打算盘看账本,经营漂亮的铺子,还有买卖景色秀丽的田庄,凡是大老板的气派她一样不缺。可要让她日日泡田里盯收成看人汗流浃背,杀了她还痛快些。

而红萸坳,却不是随便找人就能把船场办起来的。船的成本就不低,弄砸了,上千两银子就没了,与酒楼十两二十两的吃饭买卖根本不能相提并论。裘三娘用人,一定是要笃定能干且可以信任的。岑大是裘三娘母亲陪嫁的家仆,自然信得过。田大正帮裘三娘买房子,而且他的才不是管理之能。至于裘大东,忠心可表天地日月,却不像有主管的本事。

红萸坳,就好像是裘家老祖宗知道裘氏后代会遇到墨紫一样,要让她把裘家这份早变成灰尘的祖业发扬光大起来。

但,墨紫不能开口跟裘三娘讨这份活来做。一讨,必定白干。但,墨紫又一定要做。那么,只能是裘三娘主动让她接手,如此一切就有得谈了。走私货这些存货数得清,还有人盯着一举一动,完全不可能自己辟出什么机会来。红萸坳,则是大盘营生,即便裘三娘安插监视自己的人手,她照样能得到自己想要的。

墨紫想要的究竟是什么?

她要的是整个造船业在她面前的透明化。要让人们明知她是女子,却因为需求太大,有本事造船的人又太少,只好当木兰从舟,不得不男女不限。要是离开裘三娘,也能混得不错,且逍遥自在。

她的头脑告诉自己,路要一步一步走,饭要一口一口吃,永远不要当最着急的那个人,要当笑到最后的人。

"墨紫,你若离开了,可还会当我们姐妹?"这夜,裘三娘嫁为人妇。这夜,小衣突然感性。

"一日是姐妹,终身是姐妹。"

小衣笑起来,露出白碎碎的一排牙,点点头,伸手拿过墨紫手里转了百圈的小花,往自己发上一插,率性得可爱。

墨紫也挺有好心情,又弯身摘一朵,学小衣,插在发间。

两个双十年华的少女,在这个已经是她们新家的地方,嘻嘻哈哈地笑。

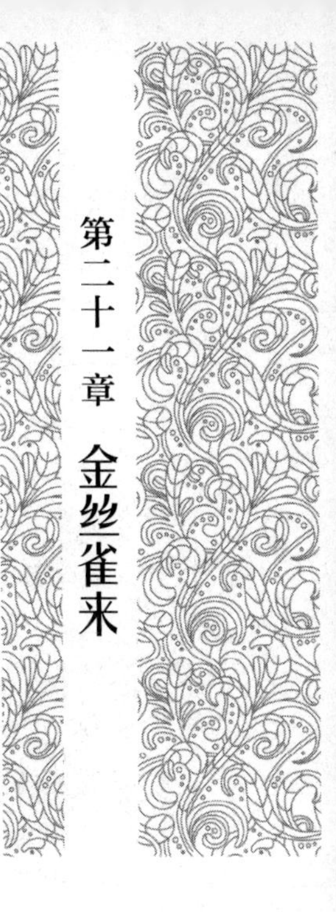

第二十一章 金丝雀来

墨紫又开始了蛰居生活，就像在裘府里那样。不和白荷、绿菊她们一起行动，也不跟在裘三娘身后进进出出。

三天下来，倒有两天半在默知居里待着，除了做些白荷交代的事，就在西北小角屋里刨木头。裘三娘带进敬王府的，是八十抬嫁妆。墨紫带进来的，是两大箱工具和木头。

默知居又不像裘府小院，杂活都有小丫头和仆妇做了。她好歹是二等丫鬟，这里只有主子和白荷、小衣、绿菊比她大。这四个不在，她还能做个小主。

差点忘了提，裘三娘嫁进来的第二天给公婆敬完茶，敬王妃说府里奶奶该有四个大丫头，说裘三娘只有两个，太少。于是，绿菊正好在跟前，裘三娘就顺势升了她一等，如今也算是墨紫的小小上级。至于还有一个，老王妃说她那儿有个好丫头，不知裘三娘要不要。裘三娘哪能说不要，自然应得快。不过，那个大丫头还没来，估摸着也就这两天。

绿菊回来后直叹，说墨紫也该跟去，那就一起当上大丫头了。

墨紫本来就没那个心，笑着说可惜，其实一点没在意。

裘三娘就说有什么可惜，府里大丫头不多，一走出去，大家都熟的面孔，做点事根本不方便。那意思，就是墨紫藏得越深越好。

白荷一听，就知道自家姑娘虽然嫁了个好人家，不过赚钱的心思是不会收回来了。

墨紫和裘三娘在这一点上，极为默契。嫁得再好，女子也应当自立。更何况，

那个萧三，目前还是个很靠不住的。三天了，再没露过脸。倒也不是在金丝雀那儿，而是在净泉阁里看书，谁也不让打扰。

那天一大早，还真有王妃遣来收帕子的婆子，那萧三算得上有担当，当着人面把帕子收进自己怀里，直说这东西当由自己保管，不管婆子们怎么劝都不给，最后只好罢了。

要说，也是。人家老婆的那什么，给谁也不合适，实在要收藏，那也就得是老公了。墨紫当时这么想。

裘三娘却闹了个大红脸。根本还没有的事，一大早就沸沸扬扬。

也因为萧三这么弄了一出，老王妃和王妃那儿居然还放了心，想这回老三的正室虽说娘家经商有点上不了台面，至少让老三愿意费神。没准，就娶对了这回。于是，对卫琼玉更高看几分，笑说若老三转性，裘三娘能怀上儿子，就将卫琼玉记上萧家族谱去，那可是侧妃的身份了。

这日，裘三娘照例去伺候婆婆用早膳，不过少带了小衣。三日来，第一次不带小衣出去，当然不是放丫头假，而是别有用意的。

"这是咱们住的房子?"小衣在等。等前头打扫庭院的仆妇收拾完毕，等小丫头们到井院洗衣。换句话说，她在等没人能看到的时候。

墨紫左手拿一把小锉刀，右手一根小圆棍，嘴里衔一片削薄的木片，一时不得空，只能点点头。

"做得真像。"小衣想去拿一个亭子，又怕给弄坏了，最终就乖乖看着。

对于不爱说话的孩子，绝对不能持续跟她保持沉默，否则那孩子就更不爱说话了。鉴于这种想法，墨紫放下手里的活儿，先跟小衣交流。

"照默知居仿下来的模型，尺寸按比例缩小，外形却是一模一样的。"大唐的遗风，让她心痒难耐，就忍不住动刀了。

小衣似懂非懂嗯了一声，看着窗外，院里时有人影。她嘟哝一句:"没完没了。"

"小衣，只有西墙可走?"墨紫三日来出去过半日，整个咏古斋有好几个小门，可都是通到华明园和惠喜园去的。要出敬王府，从敬芳园来说，只有大门，或从华明和惠喜这两个园子走侧门到织云坊的另两条大街。

她们几人初来乍到，对大房、三房和二房的关系还没厘清，当然不能随意用银子打通门路。而在不引人注意的前提下，出敬王府的唯一途径，就是西墙。西墙外是另一户人家的园子，是谁还不清楚，不过总不姓萧。小衣过去，就像小猫路过邻居家的篱笆墙。

"姑娘让我去打探。"好不容易瞅着没人的空子，小衣立刻从木工房的后窗跳出去，提一口气，踩到房顶，再提一口气，如鸟儿般飞过墙去。

墨紫还来不及眼红，就听到小丫头针儿边跑边报:"墨紫姐姐，丝娘在门外候着，要见三奶奶。"

虽然才三天，裘三娘已经立了默知居的规矩。将默知居分为前后两段，以莲池为界，小丫头、仆妇、婆子未经许可不得进后面的各个房内。而墨紫的木工房就在莲池边上，在西墙根下，算后尾房。

墨紫走出去，随手拢上房门，问针儿："没跟丝娘说奶奶去给王妃请安了么？"

"说了。可丝娘说，今日一定要给奶奶奉了茶才行，想进来等。"针儿才十四岁，因进府不过月余，很多事还欠机灵。这不，裘三娘说不能过莲池，她却大大咧咧地跑过了界，眼睛骨碌碌地往墨紫身后的屋子看。

墨紫看在眼里，却一句话也没说她，只是加快了脚步，直接走进廊道，"也不知奶奶几时回来，说不准要在前头用完晚饭呢，那要等到什么时候去？"

"可是……可是……"针儿连说两个"可是"。

"可是什么？"

"丝娘好歹也是主子，她要进来，婢子怎么拦？"

墨紫突然停了下来，转过身来。

针儿差点撞上墨紫，豆豆的眼睛疑惑地望着她，"墨紫姐姐，怎么了？"

"针儿，谁跟你说丝娘是主子的？"听白荷说，金丝的爹娘是王府里卖断终身的仆人，那么生下来的孩子也属于王府。金丝的爹是为萧元郎办差的管事，金丝老娘本是替咏古斋打理庭院的一等仆妇，因女儿被萧三收房，避嫌出敬芳园，到华明园干活去了。金丝虽然因为生了儿子而抬了妾，卖身契却一直在王妃处。也就是说，这个妾，只要一天让人捏着小命，就算不得主子。

"丝娘是小少爷和小小姐的娘，而且还是三爷心头上的肉，不是主子是什么？"针儿忽闪忽闪豆豆眼，语气中明显带着不服气。

到底年纪小，沉不住气。墨紫淡淡一笑，这个针儿的来历大为可疑。

"丝娘是三爷心头上的肉，那咱们奶奶又是三爷身上哪块肉？"

"那个……"察觉到自己说错了话，针儿涨红了脸。

墨紫懒得跟这笨丫头计较，转身就走。到了门口，看见一个漂亮的女子正和默知居的看门婆子聊天。

笑容恬静淡雅，蛾眉轻扫，淡淡胭脂红，双眸如月，身段儿细细如柳，穿着亦不华丽，轻葛色春褶裙，腰间丝绦串了粉珠儿两条。单看外表，一点不像有心计的，是个柔弱到能掐出水来的女子。

墨紫蹙眉，眸光微敛，低眼而笑。裘三娘给她上的第一课，世人多狡，不能以貌取人。

"墨紫姑娘来啦。"看门的婆子夫家姓陶，是咏古斋里的老人了。

"墨紫见过丝娘。"墨紫的礼数从没人能挑出过毛病。

"丝娘只是服侍三爷的妾室，姑娘是三奶奶陪嫁来的，不必对丝娘行礼。"这礼数，金丝也是个明白人。

墨紫当下笑道:“丝娘不必自贬。初见之礼,本不论高低。你是客,我代主,自是要有待客的礼数的。”

果然,墨紫一说完,金丝雀儿就不知道该怎么叫了。

还是墨紫再开的口,“只是丝娘来得不巧,奶奶去了王妃那儿请安。这两日都是用过了午膳才回来的,今日也不知要到几时去。这五月的天,越近晌午就越热得不好受,怠慢了客,怕奶奶怪我。丝娘且先回去,待我回了奶奶,再请丝娘过来一叙,可好?”

要说这话,一点毛病没有。有理有据,退中则进。明明是将她拒之门外,却那么客气,还怕她热着。金丝刚听针儿说墨紫是二等丫头。一个二等丫头便巧舌如簧,那新奶奶另三个大丫头还了得?

“墨紫姑娘,想必你也知道,我前两日来过,因奶奶不在才回去的。今日就想着,无论如何该给奶奶奉茶,不然怕奶奶以为我不懂规矩。丝娘可以在角房里等,不与墨紫姑娘麻烦便是。”

墨紫心想,你不找我麻烦,裘三娘要找我麻烦。裘三娘对这只金丝雀本就没想着打交道,眼不见心不烦。

“这可不好。”墨紫这几日闲得发慌,难得有人送上门来让她有事做,“刚就听针儿说,丝娘是姑爷心头上的肉,墨紫便是再不明白,也不能让你在角房里等着。”

金丝听到这儿,飞快地瞥一眼墨紫身旁的针儿,一抹难掩的厉色。

墨紫眼尖,心道果然。

“墨紫姑娘,别听一个新进小丫头胡说八道,丝娘自知身份低微,只一心一意想要服侍三爷和三奶奶,绝无非分之想。”怕眼线让人察觉,情急之下,便有了破绽。若不心虚,何必急辩?

“丝娘,这话你不用跟我说。”墨紫自始至终神情淡定,“以丝娘的身份,本该由我请进内院去,上壶好茶,定定心心地等奶奶回转。只是奶奶吩咐过,她不在,内院不能随意让人进去。我也不好不照奶奶的吩咐。”

金丝还想说什么,突然从她身后落下一把清脆的女声。

“既然三奶奶有她的规矩,丝娘还是回去的好。”

金丝一转身,脸色微变,“红梅姑娘。”

红梅姑娘?墨紫刚要偏过头去瞧,却见金丝让开身来。

一个女子,一身粉蓝追蝶的高腰裙,一件宽中袖四片云丝衫,梳着高髻,景蓝瓷的蝴蝶簪子坠宝蓝珠子,一边一支。

墨紫在裘三娘大婚之日看到过这裙子的样式,只有跟在女主子身边的丫头们才穿,应该是大丫鬟的统制裙。

敬王府到底是贵族,连丫头的穿戴都出挑。

衣服虽然好看,那女子长相却是一般。平板的五官,中规中矩的妆。只是眉宇间有些不同一般丫头的傲气，该是跟了厉害的主子带出来的。

红梅手里提了个老大的包袱，走过金丝身边，头不点身不弯，就好像金丝是个普通的丫头。

墨紫算是开了眼，这王府里难道大丫鬟比公子的宠妾都高出一头?

“你是三奶奶的陪嫁丫头?”

“是。”墨紫答。

“二等?”红梅打量墨紫的旧布裙，本想说粗使丫头，可看年龄似乎大了些。

“是。”墨紫再答。

“叫什么名字?”红梅皱皱眉，“怎么穿布裙子?”

“我叫墨紫。这裙子是干活时穿的。红梅姑娘可是来伺候奶奶的?”老王妃不是说要给一个大丫头吗? 八成是她。

红梅、白荷、绿菊，名字放在一起还挺像那么回事。

“老太太说三奶奶新嫁，怕不熟府里的事，特意调我过来帮帮三奶奶。”红梅称老王妃为老太太，因为王爷的爵位一旦被承袭，所谓的老王爷老王妃就只有一个空衔。家里人觉得叫起来难，就用老太爷老太太来称呼了。

“奶奶跟我们说起过。墨紫给姐姐见礼。”墨紫微弯膝，头轻轻一低。

红梅受了这一礼，将她那大包袱递给旁边的针儿，见她傻愣着，蹙眉就训斥道:“怎么学的规矩? 以后奶奶给你东西拿，难道还要说一句才动一动不成?”

针儿嘟着嘴接过。

墨紫一看，裘三娘这回终于要有一个真正懂规矩说规矩的模范丫头了。不像她们四个，红梅很严厉，讲等级。跟过王府里的主母，无可避免地带着她主子为人处世的习惯，或许会对裘三娘有帮助，或许也会拖裘三娘的后腿。

就在墨紫暗自寻思的时候，红梅已经站到墨紫前面，对金丝说话了。

“墨紫刚说了，奶奶不在，丫头们不好擅自待客，丝娘你还是回去吧。”

“红梅姑娘……”大概碍于红梅的身份，金丝不敢再开口要留。

“这样吧，我大胆一回教你个法子，明日你赶在奶奶去请安前来磕头奉茶便是。”红梅当着墨紫的面，其实就是让金丝明天一早来。

墨紫说的是，回了奶奶，再请金丝过来。两人的说法看起来相似，其实不然。一个是把事情交给裘三娘决定，一个是替裘三娘做了回主。

墨紫心想，这才是当大丫头的气魄，自己那点缩手缩脚的推诿本事，在红梅面前，一看就是做不了主的二等丫头样。

“红梅姑娘，我明日卯时便来。”金丝也算目的达成，对红梅和墨紫一笑，转身走了。

“红梅，卯时奶奶还不曾起呢。”墨紫想到裘三娘的起床气，明早还是自己轮值。

“墨紫，你是奶奶的陪嫁丫头，我本来也不好意思说什么。不过，你刚才在门口

对丝娘说的那些话，我听了个七七八八，礼数倒是足了，奶奶的气势却没有了。"红梅让婆子关了门，又交代针儿跟着，往默知居里走去。

墨紫却对针儿说："将红梅姐姐的行李放到东面第二间房里去。"把这枚小针差开了。

红梅不明就里，边走还边继续对墨紫说："三奶奶是什么身份？那可是三少爷的正室嫡妻。金丝虽在少爷跟前得宠，可卖身契在王妃手上。收房丫头再抬的妾，生了庶长子，却不让她的姓上族谱，因为老太太眼里不容一颗沙子。出身摆在那儿，生一百个儿子又有什么用？别说奉一杯茶，照理金丝该一日三次来伺候三奶奶起居用膳，这是王府里一代代不变的规矩。即便是王爷最宠的卫氏，王妃与她情同姐妹，她也要服侍王妃用膳，一直到大少爷娶进媳妇来。三奶奶要是一开始不给金丝立规矩，以后她势必仗着爷的宠爱和奶奶的软弱嚣张起来，到时再说规矩，那可就迟了。"

墨紫当然说是，又见红梅对自己没什么防备，趁势问道："那前两任奶奶可是软性子？"

"第一个是。"红梅不思量便说了出来，不由得有些懊恼，犹豫着不肯往下说。

"红梅姐姐是老王妃身边的人，一定知道些底细。即便姐姐不说，奶奶以后便不知道了吗？还不是迟早的事。我跟你说，外头坊间那些传言可是够难听的。说什么偷人，毒小少爷的。"墨紫故意刺激红梅一下。

红梅愣了愣，竟没立刻反驳，稍后才像要掩盖失误似的，"别听外头的人乱说，根本没有的事。反正，老太太既然调了我来，我自会全心全意帮三奶奶。老太太说了，咏古斋的规矩该立都要立起来，再不能像从前一样随三少爷的意思。这内宅女眷本就是三奶奶要管的，该说的说，该训的训，该罚的罚，该打的打。"

"这是老太太亲口说的？"墨紫一听，不就跟拿了尚方宝剑一般？

"那是当然。"红梅眼睛一瞪，"我还骗你不成？"

墨紫忙道不会不会，又说："姐姐刚来，想必要整理行李。奶奶体贴姐姐，特别拨了一间单间给姐姐用。姐姐稍事休息，等奶奶回来，再给奶奶磕头吧。"

红梅觉得有理，听得自己单用一间，面色一喜，走到东厢，掀门帘进去。

墨紫瞧着晃动的蓝碎花布帘，眸中兴味正浓。这红梅花儿开，却不知是冬还是春？弄不好，是裘三娘的冬天，她的春天？

裘三娘在练字，墨紫在一旁磨墨。看似两人漫不经心，耳朵却都竖着。

书房外，新来的大丫鬟红梅正在教新来的丫头们规矩。

裘三娘带着红梅去向老王妃谢恩的时候，红梅暗示默知居里的小丫头们不够机灵手脚笨，老王妃立令全换掉，顺便连仆妇婆子都遣出默知居，说干脆重新调教出来，免得歪草随风倒，看爷爱谁就奉承谁去。

这一批，是找了上都最好的牙婆子，裘三娘亲自挑选出来的，粗使的小丫头们名字以知为辈，后缀春夏秋冬雨雪晴暖。二等丫头三名，以默为辈，分别为默烟、默钰、默馨。

"默知居，默知居，在这里就得多干活少说话。"红梅把默知居的名字混在训诫里，颇有点道理，"平时要听从吩咐，什么话可说什么话不可说，自己掂量清楚。要是让我听到乱七八糟对主子的议论，我便立刻回了奶奶，哪怕是其中一个的错，你们这一批都一齐卖给牙婆子。奶奶宽厚，可也不是你们随意拿捏的性子。好好做事，把嘴闭牢，自然不会亏待……"

白荷、绿菊、小衣三个，站在廊下，听得那个津津有味。

裘三娘将目光转回来，"真吵啊，害得我练个字都不得清静。"

"这不是在立规矩吗？我觉得红梅讲得还挺有道理的。自古内宅里的是非，好多都是嘴碎的捣鼓出来的。"墨紫笑得有些不收敛。

裘三娘瞧在眼里，说道："不过来了一个红梅，你乐成这样？按理，她压在你头上，你该不那么舒服才对。而且，如今这二等丫鬟可又多了三个。"按王府规矩，少奶奶们的院里，如果没有年长的仆妇和婆子，丫鬟为四个一等，四个二等，八个三等。

"我怕什么？横竖顶着陪嫁丫头的衔，凡事姑娘，不，奶奶您护着我。"

裘三娘作势白眼，"姑娘我就成了你的挡箭盾牌了？"

墨紫笑着眨眨眼，"那是姑娘心疼我这个老人了？"

裘三娘被逗得一乐，遂又正色，"依你看，这个红梅可用否？"

"为何用不得？她是打着老王妃的旗号来的，想借姑娘的手压住金丝。那金丝，手里有庶长子。若萧三再休了姑娘，又无嫡子，就不得不立庶为嫡，金丝就顺理成章上位了。王府这等爱体面的人家，怎能让一个收房丫头成正妻。我瞧着，王府里的长辈这回无论如何也会帮着姑娘压下金丝去。红梅来得正是时候，谁都知道她是老王妃跟前的红人。姑娘本就懒得理宅子里的这些是是非非，由她站在姑娘身后出主意，可以用的就用，也省得姑娘多操这份心。"

"听你这么说，她是不是比你还伶俐些？"裘三娘见墨紫滔滔不绝一长串，就说红梅好。

"那是自然的。红梅从小就服侍老王妃，这王府里的人和事，不说全知道，定然比我熟悉。要是能让红梅对姑娘真心真意，宅子里的事就不用我了，我可以功成身退。"

"正是这句——得让红梅真心真意。不然，你当我喜欢大材小用，把你困在这里，没银子赚？这红梅虽然可用，也不过就是对着府里头的。咱们自己的事，还得密不透风，瞒着她进行。我嫁妆中两处庄子是明面上的，望秋楼的营生却不能让我婆婆知道。以后再有什么别的营生，也都只能捡些无关紧要的小利慢慢告知长辈。"裘三娘的考虑是周全的。若知道她有大营生，不满媳妇太外放是一回事，引人

觊觎又是另一回事，“不过，也算你说对一半。功成身退。这红梅能暂时在这王府帮我一把，你就专主外头的事吧。都五六日了，出不了门，也传不来消息，我心里烦得很。”

是墨紫意料之中的事，她的神色却一点不显兴奋，反而还稍作反调，“我出去也不好吧？红梅若问起来——”

裘三娘打断她，“就说我遣你到园子里办事。我看，这王府别的好处没有，就是地方够大，一去半天一日的，找人都找不到。”

“那也不能常用这借口。一次两次便罢了，三次四次，红梅必然起疑。”

“大不了，就说我派你木工活，把门一关，谁也不能打扰。我当主子的，高兴徇私护短，红梅要是连这点都心里没数，我难派她的用场。”裘三娘已经决定。

“姑娘说得是。”墨紫笑了笑，见纸上墨迹干了，便问，“还接着练字吗？”

裘三娘刚想说不练，突然听得屋外红梅喜出望外的声音。

“三爷来了！”

“三爷来，她那么高兴做什么？”裘三娘本欲放下的笔又提了起来，“她要想替代金丝，我绝不拦着。要说，萧三多收几个，也不至于人人都盯着我了。”

墨紫噗一声，连累了转腕的动作，溅出几滴浓墨，“姑娘这话有道理。要不，姑娘也效娘家四奶奶的做法？”

“他萧三愿意，我就帮他，还我清静就好。”红梅坚持立了规矩，小妾就天天来伺候她吃饭，直倒胃口。

“姑娘，嫁了人，是不能清静的。按规矩，金丝的一双儿女都该在姑娘身边养的。我猜，红梅或者王妃过不久就会提这事。到时候，姑娘还得当娘。美好的生活刚要开始。”

墨紫说着说着，幸灾乐祸，少见地坏笑起来。

裘三娘看她得意忘形，伸手就在她脸上涂了一笔，从鼻梁到右脸颊，样子很滑稽，不由得哈哈笑。

墨紫抬了袖子要擦，偏有人不肯。

“等等，别擦，让我瞧瞧。”萧三推了门进来。

“姑爷忥损人，脸涂黑了，有什么可瞧？”墨紫不理，照擦不误。

“哎，我只想瞧汉黄门令的章草写在脸上可有狂放之意罢了。”萧三再看墨紫的脸，“反正擦也擦不干净，何不等我瞧个仔细？”

“姑爷何必看我的脸，那儿有一大张姑娘刚练过的汉黄门令章草，可一个字一个字放大到眼皮底下看。”墨紫指着裘三娘手下的宣纸。

萧三哦哦两声，真走到裘三娘身边，俯首一看，“三娘的棋下得好，想不到字也写得好。”

“不但字写得好，而且琴弹得好，画画得好。”墨紫模仿一回红娘。

裘三娘冲墨紫眯了眯眼，意思让她少说话。

“大白日下，你来找我有事？”裘三娘已经知道萧三被降了清闲的编修小吏，多数时间都在净泉阁看书。

“我刚去了娘那儿，碰上玉姨正给娘看一首词。我瞧着大好，玉姨说是你写的？这几日贪看书，忘了你才进门，就过来向你赔罪。”萧三说着，就叫青雀进来，“这是我的书童。”

“青雀给三奶奶见礼。”青雀手里拿着一卷轴，交给萧三后，双膝一跪，行个大礼。

裘三娘把青雀叫起来，对萧三说道：“不是我写的词，是墨紫念过，我写了一遍而已。赔罪什么的，那可不必。看书如同下棋弹琴，一入境界便无我了。”

萧三见裘三娘说话率性不失真意，不禁朗声大笑，“好一个无我。”

墨紫觉得这两人还能谈得起来，一不小心，又插嘴，“听闻姑爷也练章草，不知你和姑娘的字，谁写得更好？”

“这要比过才知道。”萧三起了兴致，“三娘，如何？”

“吃过饭再说。饿了，就没比兴。”三娘是个好胜的，“墨紫，你让人摆桌吧。这儿也不用你伺候了，该干什么干什么去。”

两道吩咐，一明一暗。

墨紫微笑退走。

第二十二章 功成身退

上天是厚待自己的。当墨紫由小衣带着落在西墙外的那一家,看着眼前的景色时,这么想道。

"不知道多久没人住了,居然连兔子都生了窝。"墨紫啧啧叹奇。

野草青青随风响,一只白兔蹦蹦跳。偌大的庭院只有最前边和最后边各一排厢房。百多亩的地,中间却空荡荡的,只有花草树木和一个人工湖。湖上的桥断了,花圃的石台塌了,假山还保持着原样,在一片长野了的花草树木中,显得很孤僻怪异。

这么大的地方无人住,对总要偷偷往外跑的墨紫,是不是很厚待?或者,是对裘三娘的厚待。因为裘三娘的运气,比她好多了。

小衣皱皱鼻子,"这里比王府好。"

墨紫当然知道是树多的缘故,笑着说:"怪不得这两天少见到你,跑来这里玩了吧?"

小衣点头承认:"不过,我也有替小姐办事。前排的房子可以用来换男装。北角门出去是很僻静的小巷子,两边大实墙,不会有人走动。我看,今后传消息也从那儿出入最好。"

"你跟姑娘说吧。"墨紫往北面走,"小衣,记得听小猫叫唤,我可不想走王府大门。"

没听见小衣答她,回头一看,两只兔子从草丛里傍地跳过。

这地方,到底有多少只兔子啊?墨紫失笑,快走了好一会儿,在靠近北角门的屋子里换了衣服化了暗妆，悄悄推开一条门缝，确定没人，这才闪身出去。

出了巷子没走多远，看见并不热闹的小街尽头停了辆蓝布篷的马车，车夫头戴宽边斗笠，刻意遮住脸。她本以为是岑二郎，可那身板把一件旧灰衫撑得结结实实的，看上去人要比岑二郎高多了。

正想着是不是岑二郎派来接她的，深蓝布帘突然一撩，露出岑二那张瘦长的笑脸。

"墨哥，两个月不见，近来可好?"

墨紫见到熟人面，在王府里的憋闷一扫而空，双手抱拳，发自内心地笑道："岑二郎，恭喜恭喜。"

岑二不明白，眼中有疑问，"墨哥，喜从何来?"

"东家让我告诉你，自今日起，你便是上都望秋楼的大掌事了，不恭喜怎么行?"墨紫今日出来，是一早就安排好的。

岑二大喜过望，对着墨紫就作一个长揖，"多谢墨哥。"

墨紫呵呵一笑，让身避开那一大礼，"该谢东家才是，谢我做甚?"

"待见了东家，再谢。不过，要不是墨哥这半年领着我替东家立了功，这大掌事的位子怎么轮得到我坐? 而且，墨哥肯定也替我美言了吧?"岑二郎心里有数，又说得隐晦，"其实，要不是墨哥得在东家身边，这位子该是墨哥的。"

"罢了，少说好话哄我。"墨紫其实对望秋楼的经营兴趣不大，"我呀，当不当大掌事没关系，有人请我吃饭就成。"

岑二忙道："那是当然。今天我就请客。等望秋楼开出来，墨哥日日去吃都成，难不成谁还敢问你收银子?"

"行了吧，拿着鸡毛当令箭。小心东家知道，说我俩以权谋私。"墨紫怎能不知裘三娘，绝对是个地地道道的小气鬼。

岑二皱起脸，摇头说，"咱们东家其他还好说，就是……"爱财啊! 想到这儿，就问，"东家涨我工钱不?"

墨紫立时大乐，拍拍岑二的肩膀，"放心，你如今和你爹拿等份的，按月结，年底看利润有分红。等酒楼开业，东家会有一份契给你，上面写得清楚明白。"

岑二一听又来了劲，"我跟我爹拿一样多? 还有分红?"

岑家的人聪明，还简单，因此能成为裘三娘的好帮手。

"对啦，一样多。那么多银子，你岑二可以娶个漂亮媳妇，生上一窝的娃，乐呵呵地过日子。"墨紫开好玩笑，一撩青衫就要往车上跨，"再不走，天就黑了。你墨哥我出来一趟不容易，抓紧时间办……"

突然，一柄碧绿的剑跃入眼帘。

墨紫慢慢收回跨上车辕的左脚，盯着头戴斗笠的赶车人，悠悠两个字："赞——进。"

赶车人立刻取下斗笠，好看的眉毛好看的眼，五官长得很正直，皮肤小麦色，笑起来牙白眼亮，不是赞进，又是谁？怪不得远看就又高又壮。

“岑二，你输啦，一两银子。”赞进大掌朝岑二一伸。

墨紫就感觉掌风扑面，却听赞进问岑二要银子，问道：“赞进，才两个月不见，你还学会赌了？”

别看赞进耿直得傻气，其实一点不笨，听出墨紫语气不对，猛地缩回手来，“是岑二教的，我以前从没赌过。”

岑二悻悻然，“墨哥，我们就是闹着玩的，不算真赌。”

墨紫问：“赌什么？”

“赌你能不能认出我。”赞进看到墨紫是真开心，“岑二，银子我不要了。我就说嘛，能让我效命的主人，一定是最聪明的。要是没我聪明，我也不愿意跟着。我武功那么高，不能随随便便叫人使唤，不然丢我爷爷的脸，丢我爹的脸，丢我们赞家所有人的脸……”

看上去像钢做的男人，这啰唆劲儿，墨紫头大，一摆手，“赞进，我说过了，你不能跟着我。”

“墨哥，我知道你有主子。可是，也没人说，有主子的人就不能当主子啊。就说岑二老爹，他的主子也是你主子，可他手下几十个人不也跟着他吃饭吗？你帮你主子办事，我帮你办事，各办各的事。再说吃饭的问题，我已经解决了。岑二让我给他当护院，包三餐。你平时用不着我，我就给岑二干活，又有饭吃，又有钱赚，这样你就不用给我银子。而且我可以睡岑二那里，连住的地方也解决了。”

赞进将墨紫上回拒绝当他主人的理由全部驳倒了。看到他如此愿意效忠身为丫头的自己，墨紫还真无法再硬起心肠来。其实，她也知道，如果要独立，就必须有像赞进这样的人，只忠于她。

岑二此时突然说了一句话，令墨紫发现，原来她的运气不是太差的。

“墨哥欲展大才，赞进这人不可缺。”见墨紫惊讶，岑二又说道，“墨哥不必诧异。我岑家虽效力于东家，但亦有情有义。墨哥帮我岑家父子良多，如今岑二终能独当一面，自要报墨哥之恩。从今往后，凡墨哥不想东家知道的事，岑二必定为墨哥守密。墨哥可绝对相信岑二此话。”

墨紫对岑家父子的全心相帮，今日终于有了回报。

“岑二郎，你既真心，我也不说谎话。我不会做出对东家不利之事，不过要我一辈子为奴为婢，亦非我所愿。若得你助力，犹如双腋生翅，我感激不尽。”墨紫抱拳短促一振。

岑二郎但笑且点头，“有朝一日，若墨哥有了好前程，莫忘提携岑二一把就是。岑二亦没有当一辈子仆人的心思。”岑家第二代，不像他爹那般守旧。

赞进到底阅历浅，又不曾念过书，听他们你来我往说得文绉绉，神情狡猾，他却不明其意，只关心墨紫到底收不收他。他张口正要问，墨紫就对他说话了。

“赞进。”一开口，语气与以往不同。

赞进习惯了墨紫温和的说话方式，见她周身之气凛然一变，声音里有不可抗拒的傲然，自己的高大身材仿佛就矮掉半截，不由自主地低下头，恭恭敬敬回答一声“是”。

“我是女子。”墨紫道。

赞进即刻抬头，眼睛瞪大如铜铃。

“之前无意与你深交，故此隐瞒。如今因你执意要跟随我，才告诉你。你要是想改主意，现在还来得及。不想跟着我，你仍可为望秋楼效力，我相信岑二乐意包你食宿，另付工钱。”

“你是女的?”赞进依旧瞪着她。

“我是女的。”墨紫不躲不闪，坦然直视赞进的眼睛。

“娘个爹咧!”赞进仰头向天，骂完一句，又平望墨紫，说出两个字——

“我跟!”

“我跟你们说，这样的地，这样的铺面，就是整个上都都不多见。咱上都十大名坊，这穿燕坊可是其中之一。还有最大的玉和坊离这里不过隔了几个坊市，骑马一刻工夫都不用。三位，瞧瞧这楼的位置，坐北朝南，就在穿燕坊最热闹的集市大街上。人来人往，川流不息。用来开酒楼，那是最好不过。伙计只要在门口伸个手，就能拦下八个九个来。”这个叫小马的掮客能说会道。

墨紫自然知道这是王婆卖瓜自卖自夸，十句里只能信一两句，因此并没有像岑二那般点头。

刚进来时看过大门的位置，确实地段还可以，处在大街中间。不过两边的店铺稀稀拉拉，说是集市，临时路边摊比较多，都是些卖菜的、卖布的、杂货的。整个坊市的房子拥挤简陋，看得出生活在这里的人不太富裕。

进了门，见前方二十米才有一栋三层红楼，门和楼之间是一个看上去很艳俗的花园，月季美人蕉牵牛花乱种一气，还在树干上绑了红纱绿绸，让人摸不着头脑。待走近小楼，就发现破败得厉害。三楼二楼的窗，绵纸破着大洞，任快乐的春风吹进吹出。阳光之下，将红楼显得那么旧，全是灰蒙蒙一层厚尘的功劳。

小马眼尖，瞧见墨紫蹙眉，立刻说道:“这楼虽旧，可我听说你们是要重建的，那就无妨了，对吧? 要不然，若是新楼，也不可能是这个价。”

墨紫仍然只是笑，不说话。

小马暗忖，以为岑二是个主事的，如今看来，这位话不多的倒可能才是拿主意的。

于是，他下定决心要多笼络墨紫，又说道:“价钱还能再商量。因为东主急着回

老家，低个百来两应该没问题，包在我身上。”

岑二之前来过一次，对这地方还挺满意，跟墨紫说：“我倒不是图它前头的院子和这楼，主要是后面有个带塘子的花园。上都人住得密，地本就比别处金贵，还要地段好，又得地大，实在不易找。这块地的大小差洛州一圈，可也是我能找到的，最大的一处了。”

“不错不错。就因为这地大，已经有好几个大商户找过东主。要不是我跟东主有交情，早事先说好，恐怕等不到你们看第二次，就让人买走了。”小马自以为够机灵，能接客人的话说。

墨紫却听出了矛盾之处。小马先跟她说能压价，该是急于找买主。后来又说有好几个大商户的潜在买家，那就是吹嘘的。不然，这楼早售出了。

“这地方本来开的是什么铺子，做的是什么营生？”一直听人说，是时候轮到她来说了。结构上有些奇怪，有大门，却不是街边铺面，要走过花园，才到楼里。一般没这么待客的。

“……”小马看看岑二，那眼神的意思是——你没告诉吗？

岑二清清嗓子，表情很是不自在，别扭半天，要说不说的样子。

墨紫定定地瞧了岑二一会儿，心思已经转了两圈，“很难开口？我猜猜，地方大，又不是街铺，一园子花红芭蕉绿，又是纱又是绸，不会是晚上做的买卖吧？”

岑二眼白多过眼黑，咧开嘴，“墨哥……”

“墨哥，你可真是好眼力。”小马试图把劣势扭转过来，“这儿以前是上都闻名的细柳园，出过好几任的花魁。当家的妈妈如今年纪大了，想回乡养老，才肯把地皮让出来。要不然，哪能有这般的好机会，是也不是？”

墨紫一听，从前是妓院也就罢了，居然还是上都闻名，出过花魁。她说呢，刚进来的时候，门外一排小贩盯着他们几个嘻嘻地瞧。

这下那楼，和后面的花园也不用看了，墨紫停在前院里，对小马道：“除了这块地，还有别的吗？”

“墨哥，你进去瞧瞧，要是不想重建，稍稍整修也能开大酒楼啊。还有后面的园子，带了池子的，弄好了就是别致景色，修个亭子能吸引人客。这么好的地段，这么大的地方，还有这么便宜的价钱，不可能有第二处了。才两千两银子！”小马这掮客，若遇了其他的买家，也许能说得服，可惜遇到的是墨紫，他说也是白说。

“你手上若没有别的地，那我们只好找其他掮客了。”墨紫不想再浪费时间，“岑二，我们走。”

岑二一向挺服墨紫，因此虽然他觉得这地方可以，墨紫看不上，也只好跟着她往外走。可是跟归跟，他还是表达了自己的意思。

“墨哥，我知你嫌这儿以前是妓院。我一开始听小马说了也犹豫过，可后来想，这地买下来，横竖要彻头彻尾重建，以前经营什么都没关系不是？价钱也好。只有这儿十分之一大的铺面，就在这条街尾，要三百两银子。”岑二不是光听小马说，自己也好好了解过。

“岑二，这不是银子的问题。”墨紫边走边说，“别的营生也就罢了，如你所说改头换面，跟从前这里经营什么关系不大。可是，望秋楼的特色之一在于葛秋娘。葛秋娘是表演才艺的女子，我们都知道那是正正经经的一份活计，但不熟悉的人未必清楚。在酒楼里唱歌跳舞为客人倒酒，很容易就让人将咱们这楼和曾经的细柳园混在一起，产生不正经的联想。望秋楼一开，把特色一宣扬，恐怕最容易找上楼里来的，就是那些熟客。至于不明就里的，还当咱们是妓院兼卖酒水。那望秋楼从此在上都就做不出名声了。我们就只有两条路可走：一条路，咱们按原来的坚持做，那就得把来寻花问柳的客人赶出去，而好客不来，生意渐渐清淡。另一条路，干脆把望秋楼改成烟花地，不过葛秋娘们就不肯干了，你就得去买一批肯干的来，实在不行，逼良为娼。”

岑二哎呀叫道：“墨哥，我是那种人吗？”还逼良为娼呢？平时楼里那些葛秋娘，他可是尊重地保持着距离。

“那就是第一条路。在这片卖菜卖油盐酱醋的大街上做高级酒楼的生意，最后关门大吉。”望秋楼的消费群是有点钱又爱风雅的人，穿燕坊整体配合不上。

“东家非杀了我不可。”岑二想都不敢想。

“所以不是钱的问题，而是地段。不是普通的热闹地段，而是——”墨紫还没说完。

岑二开了窍，“而是要上好的热闹地段，好比玉和坊。玉和坊集中了上都最好的珍宝楼、酒楼客栈、绸缎铺、名药铺等，来来往往的，多是有些家底的人。我也不是没想过，可那儿如今都挤满了大商贾，根本没有铺面，更别说有园子的地了。要带园子的，必定就是私宅。咱酒楼又不能放在私宅里。”

“那倒也不一定。”听到没铺面，墨紫本来一时也想不出主意。岑二最后一句话，却给了她灵感。

酒香不怕巷子深。望秋楼只要能在上好的坊间落脚，即便不临着大街，也不见得就招不来客。要说那真正有钱有权的人，可能还不喜欢上大街听曲赏舞的，就图个清幽别致。上都与洛州不同。洛州是商人多，爱显贵，爱高呼朋大唤友，一群人选最热闹的地方，边看美娘边看街景，让路人听他们笑声朗朗。上都是帝都，王侯将相，文武百官，赏花爱去人宅子里赏，喝酒爱去人府邸上喝。宅院一进进一重重，普通老百姓要到郊外才能赏到的湖光山色，上都的贵族们将良辰美景都围在了家里。望秋楼如果想在玉和坊众多酒楼中显出独特来，用私宅的高雅格调，建出雕梁画栋，飞檐翘角，绿水白桥，水中亭，湖中船，错落在园子中不同装潢的包房，再以宽敞明亮的豪华高屋接待堂客，很可能一炮而红。

“小马？”墨紫思路一开，挡都挡不住。

那掮客原本在后头嘟嘟哝哝，对墨紫他们突然走人很不满意，因此听到墨紫唤他，应得是有气无力。

“玉和坊的铺面你没有，私宅有没有?”墨紫并不在意小马的态度。

“私宅?”小马见对方似乎仍有意要让他牵线，就打起了精神，耸着眉毛，歪着嘴，想半天，“僻静的，没有。”

“僻静的没有，靠坊市那头的有没有?”她本来就不要太僻静。

“你这么一问，还真有一家。”小马先是眼睛一亮，又黯了下来，“不瞒墨哥，那家吧，有点麻烦。”

骗死人不偿命的掮客说麻烦?

“说出来我听听看。”墨紫还就起了好奇之心。

玉和坊南市的鹿角巷，黑漆斑驳的大门朝西南方向斜开，上方牌匾写着“林府”。

墨紫不急着下车，让赞进绕着林府的围墙走了一圈，发现位置真不错。林府后墙所处的巷子正和玉和坊最大的桐雨街相接，站在后墙角，能听到人声鼎沸，坊市的车水马龙尽传入耳来，难怪说不僻静。从墙角再走到桐雨街，就是斜对面。虽然不是桐雨街的中心位，可周围有一家大的绸缎庄，一间装修富丽堂皇的珠宝行，还有不少精致的小店铺。不见得人来人往，但一直有客人，且从衣着上判断，不会是普通老百姓。

也不知是林府的佣金不如细柳园给得多，还是小马真心认为细柳园更符合墨紫他们的要求，他在墨紫身边喋喋不休，可都不是好话。

“我说，这位小哥，看你年纪轻轻就主事，想必是能干的人。不过，你们初来乍到，到底人生地不熟啊。这林府我瞧你挺看得上眼，可有一句说一句，哪有人把酒楼开在私宅里的呢? 好吧，就算能开，这个地方……”小马突然悄了声，手挡了嘴，往墨紫耳边就凑。

不待墨紫闪开，岑二就将小马拉住，“说什么悄悄话? 告诉你，这里没人不能听的，只管说你的就是。”

小马眼珠子溜溜，“我这不是怕别人听到，跟官府告一状，收了我从业的牌子吗?”大周全法规定，凡从事房屋买卖的中间人，需到官府注册，领官府许可牌。

“方圆二十丈没别人。”赞进突然开口。

墨紫发现他确实挺好用的。一直以为他啰嗦，后来察觉到如果是主动跟他说话，他的话就特别多。如果把他放一边，这不，沉默到现在。而且，虽然不知道他的武功到底好不好，这会儿他说附近没别人，她还是相信的。

“这地方，风水不好。”小马自己也看了一下四周。

岑二果然就重视起来，问道:“怎么个风水不好?”

“几十年就换了十来个住户，你说风水好不好? 这林家十年前搬来的，当初也是知道风水糟糕，可林老爷不信邪，说自己的八字硬，其实就是贪便宜。五年前，突然暴病一场，两腿一蹬，没了。林夫人哭了一个月，渐渐滴水不进，也跟着林老爷赴了黄泉。临走前，闭上的眼竟然又睁，说了四个字——家破人亡，这才咽了气。”小马瞧岑二变了脸色，语气更瘆得慌，“这还不是最稀奇的。林家夫妇膝下一双儿女，儿子聪明伶俐，女儿知书达理。谁都说林家儿子要考秀才的。谁知林老爷林夫人死后不到半年，林家儿子就迷上了无忧阁的一个歌姬，不顾同族长辈和妹妹的反对，非要娶进门。娶就娶吧，却又不能好好过日子，不知哪儿认识了一群狐朋狗友，三天两头在家胡闹，大把大把地撒银子。还听信老婆的话，和人一起做生意，把家里用来收租的田产地产都卖了，结果输了个精光，如今欠了一屁股的债。别说考秀才当官，连家里的书都拿到书斋里卖掉了。”

岑二哟了一声。

小马趁势就来个“结案陈词”：“三位哥，这林府若不是风水不好，那就是有鬼了。”

墨紫笑了笑。

正让小马瞧见，他面色一正，“墨哥，你还别不信。就对面桐雨街有位很出名的风水师兼相士独孤先生，年前林公子实在没法子，请了他来看。他一眼就说这块是极阴地，所盖之宅为阴宅，通地狱鬼府，少不得有魂鬼游荡，吸活人阳气，所以住在这儿的人都活不久，更别说前程了。”

“想来这位风水师必定帮林府捉妖驱鬼，从此应该就太平了吧。”墨紫自然不信阴宅之说。风水神鬼说古今有之，信则有不信则无。

“独孤先生说无法可解，唯有搬宅挪院，另觅居所。”小马说到这儿，就又劝墨紫，“墨哥，做我们这行，少不得要把东西往好了说。可我还是讲良心的，哪家死过人，哪家有过灾，我一定会跟买家交代。毕竟买屋不同买吃的，真金白银，动辄数百上千的。不然，我管它阴还是阳的，卖给你就一拍两散，拿了我那份走人便是。”

这些话听着倒是实在的。

但墨紫不信风水闹鬼什么的，她有自己的主意，“小马，你说的麻烦就是风水？”

哪里是风水？虽说林家二老怎么去的，她还不能瞎猜。林家的儿子根本就是色迷心窍，娶的老婆很能生事，又是交友不慎，又是轻信人言，完全是因为他自己窝囊，把家产败光了。

小马听墨紫说得那个轻飘飘，就知道那番苦心是白费了，心道，这些人死活要找晦气，他还拦什么拦。当下便不再劝。

“也不止这个麻烦。”

“还有什么？”

“林公子听了独孤先生的话，再加上他原本欠了一大笔债，就想卖房子。因他找了好几个掮客，自然有睁眼说瞎话的，骗了好几个上门来看府园。结果，看到一

半，就被林家小姐赶出来了。林家小姐说，谁想买房子，她就死在谁面前。听说，她手里真拿了绳子，人往园子里多走一步，她就把绳子往房梁上抛，打好结挂脖子。这么一闹，谁还敢买，一个个甩袖就走。”小马摇摇头，毫无办法的模样，“哥哥说要卖，妹妹死也不愿。又不是出了阁姓了别家姓的已婚妇人，如今尚且是林府的小姐，林公子也不好过于强硬。就这么一日拖着一日，应付完要债的，又托我们找买家。可他要的价不便宜，一直就没有真心想买下来的人。”

墨紫心想，之前小马说得那个玄乎恐慌，其实根本不存在什么麻烦。倒是这林家小姐，才真是个大麻烦。

但墨紫并未打退堂鼓，“不管怎么说，先给我们瞧瞧里面吧。”

小马见墨紫坚持，耸耸肩，“那我跟你们打过招呼了，等会儿别让林小姐吓跑。”到这份上，他也看出来多说无益。

绕到林府大门口，小马上前拍门，可拍了老半天也没人来应。

“这么大的府，一个人也没有？”岑二对风水说相当顾虑，不过墨紫决定要看里面，他也不好反对。

“这府里原先也有二三十个仆从，主人付不出工钱，谁还肯干，不是卖断终身的都跑了。如今只剩几个签了死契，实在走不了的。不过，也别指望他们能好好干活。”小马回头对岑二说，手里没停，啪啪直拍。

“有人在门后面。”赞进在墨紫身旁说道，“鬼头鬼脑扒着门缝半天了。”

墨紫朝赞进跷起大拇指，无声说了好。

赞进乐得两眉毛飞扬起来。

墨紫走到门边，冲门缝说道：“我们不是来要债的，是来看房子……”

话没说完，门嘎吱开了。一个穿着烟青色锦缎斜襟旧衫子的年轻男人，紧张兮兮地张望了一下门外，一手拉小马，一手拉墨紫，又对岑二和赞进使眼色。

“快，快进来。”那男子拉进去两个，又拉刚要进门的两个。

“林公子，要债的还天天上门哪？”小马神色镇定，好似习以为常，见怪不怪了。

“这不是废话吗？我没还钱，他们当然天天来要。”看着斯文相，言语却粗陋，这男子就是林府的大公子。听说林公子小时候聪明伶俐，可此时墨紫只看到一个落魄的纨绔公子哥而已。

“小马，这三位是？”林公子的面色不太好，眼圈又青又黑。显然，那些不愁吃穿的日子已经离他遥远很久。

“林公子，你这也是废话。我既然带人上你家，自然就是对你家这块地方感兴趣的人。”小马反过来讽刺他一回。

“这不是太久没人来，我有点不敢想嘛。小马，要说人好，到头来只有你。”为了钱，堂堂的少爷卑微到这个地步，还要奉承一个小小的掮客。

“林公子，不敢当。买卖成了，我也有好处的。”小马实事求是，话锋一转，“不过，林小姐今日不会吓跑我的客人吧?”

“不会,不会。你还来得真巧,我媳妇带我妹子出门了,不吃过午饭不会回来,你们可以慢慢看。”林公子嘿嘿笑得像偷油老鼠。

墨紫没来由地厌恶起这个人来,而她很快就会知道为什么。

看了林府里面,墨紫发现比她想象中的还要好。从外面看,至少地的面积不大不小,正符合望秋楼的要求。至于里面,她想大不了就是把结构整个重理一下,多花点银子推旧建新。

裘三娘暂时也考虑不了别的,除了固定产出的两个田庄,望秋楼就是唯一来钱的营生,初期的一笔投入早已经估算在内。

因此,当墨紫看完林府的构造后,知道完全可以利用它现在的亭台楼阁、碧湖春园营造出贵客喜爱的幽静且美丽的气氛。另外,只需将大门改到后墙来,再加建个街面的酒楼大堂,调整错落在园中厢房的装潢,做成大小不一的各种包间。而原本的前园可以弄成葛秋娘们生活学艺的独院,稍事修整,加内墙即可。仆从管家住的院落可以当护院和楼中掌事伙计们的住处,若想省钱,连改都不用改,直接搬进去就能住。

这个林府,在墨紫眼里,就好似为望秋楼度身定做的一般完美,甚至能比洛州的望秋楼更上一档次。但她也深谙一个道理,当着卖家,即便你对他的东西喜欢得要命,也绝对不能让他看出你两眼放光。这样的话,谈价钱的优势就在他手里了。

所以,小马和林公子看墨紫的神情越来越淡,就想这人失望了,多半不会对地或房子有太大兴趣。

小马本来卖兴就不浓,见墨紫这般,暗道,这墨哥说是不在意风水,其实还是在意的。于是,他也不起劲说好话。

之前来看屋的人全部被倔强的妹妹赶了出去,林公子好不容易见到一个能出得起钱的,自然不像小马放羊吃草的随意态度。那小马不说话,光跟在墨紫、岑二身后,根本不理会林公子时不时的暗示,打定主意沉默,逼得林公子急了,等墨紫一走到面前,就道:“这么着,两位要诚心买,我两千两银子就卖了。实话说,不算房子,单这地就能卖到两千五百两。”他那笔债是一千五百两,再剩五百两银子买个小院,还能继续过日子。

“两千两?”岑二瞄墨紫一眼,“老实说,我们是要开酒楼的。这儿偏得大街那么远,我还愁招不来生意,你卖两千两这么贵?”

林公子一听,不是住的,是用来做营生,就去看小马。又心想,那怎么找到他府里来?他这地方,一瞧就是私宅啊。

小马耸耸肩,表示非自己所愿。

这下,林公子觉得卖不成了,双肩一塌,没动力再接着说好话。

卖主放弃的时候，就是买主谈价钱的最好时机。

墨紫终于开口："若是再便宜个五百两，我看可以考虑。"

一千五百两，在上都寸金寸土最繁华的坊间能买到这种园子，便是什么都不做，空个十年，把那些风水神鬼的谣言沉淀得干干净净，转手一卖，可以翻个几倍。

林公子没想到墨紫给了他一个价钱，虽然整整少了五百两，那也说明对方有买的心思，立刻便有了希望。

"就像岑二说的，这地方僻静了点，还得花钱盖三层的楼宇。不过，这园子该很合我东家的口味。要知道千金难买心头一好。可是吧，我心里也犹豫，究竟是营生重要还是东家这喜好重要？"墨紫露出很为难的表情，"所以，要是价钱上能再低一低，我好歹跟东家也有个交代。林公子，我第一次出来为东家办事，也不能一下子办砸了，是不是？"

林公子心想，原来是个初出茅庐，什么都不懂，就知道拍东家马屁的蠢小子。

"墨哥，你也说了千金难买心头好。你东家一定喜欢这园子，必然奖赏你。我瞧你确实诚心诚意，也罢，一口价，一千八百两。不能再低了。"

岑二等着等着，瞧两人一人一句出上价了，有点发蒙。

发蒙的，还有小马。

至于赞进，纯粹就是墨紫的跟班，别的都不关心。

"一千八百两？"墨紫似乎不是太满意，转身看了好一会儿园林景致，叹口气，好像心不甘情不愿的，"若林公子实在不能再低……"

人人紧盯着墨紫。

"那就这个价吧。"墨紫接受了。

林公子大喜，又怕墨紫改主意，忙说："墨哥，先付订金，还是今日咱就地契现银地换了？"

"林公子放心，我东家倒是不缺钱，银票我这会儿就在身上带着呢。只要小马有官府出具的从业印信，写好转契文书，盖上印章，这买卖就能做成。"墨紫相信夜长梦多，且裘三娘给了两千五百两的额度，在这之内的数额可以由她和岑二共同做主。

"小马，你身上带了印信没？"林公子也相信夜长梦多。

"吃饭的家伙，能不带吗？"小马拍拍腰带，那里鼓鼓地吊着一个布袋子。

"那好，我这就去拿地契。"林公子转身就跑。那是真在跑。

小马在后头喊他，"我跟你去，得写文书。"说着，也跑着跟上去。

一眨眼的工夫，两人就不见了。

岑二这才急着反对，"墨哥，你怎么真要买？这地方，我看不行。"

墨紫明白他的顾虑，他虽然急，她却说得很慢，一字一字咬，"岑二，大门这会儿朝向很偏，可把后墙打掉，改成大门，正对面就是桐雨街了。"

岑二呃住了声，张大嘴。

墨紫把她大致一个上都望秋楼的概念跟岑二细说了一遍。岑二听着听着，嘴巴闭上，开始认真地想了起来。还真是的，换个大门，前后一掉头，正是望秋楼最好的构造。

“咱们第一有葛秋娘，第二有美酒美食，第三有别于普通酒楼的环境氛围，第四有全上都的达官贵人，该比洛州做得更好才对。”

“经墨哥你这么一说，我觉得我怎么那么笨呢?”岑二很是懊恼自己笨脑瓜。

“各人看的角度不同罢了。我也是说得简单，做起来还要找专人看过以后来建。我猜，大门一换，风水也会改。”

“没准就是大门开得不对。”岑二吸收新事物的能力不差。

墨紫就是胡说的，见他当真，暗自好笑，“到了东家那里，这买地的决定就是咱俩一起下的?”她不想一个人承担责任。

“那是当然。”岑二想明白之后，就仿佛看到了望秋楼的美好前景。

第二十三章 英雄救美

约莫等了小半个时辰，林公子兴冲冲来了。

就近选一间厢房，小马把写好的文书铺开。岑二拿出裘水云的名章盖上，又按了自己的手印，林公子也盖章按印。小马当见证人，盖上官府所发的印信。一手交钱，一手交契。

接着就没林公子什么事了。岑二只要拿着文书和地契，就能到官府办新契，换上裘水云的名字即可。

"林公子，照文书所说，七日内麻烦你搬离。"地和房子都姓裘了，岑二开始如大掌事般行事。

墨紫退到岑二和林公子身后，与赞进并行。

以为墨哥是主事的，谁想岑二盖的章，小马心里奇怪。瞧墨紫安心地走在后头的模样，到底是不是自己看走眼，还真不好说了。

"那是一定的。自我爹娘去了之后，家里情况实在不好。别瞧我刚才得了这一千八百两银子，一大半是要还债的。我和拙荆打算搬到乡下祖屋去住，从此简简单单度日，再不理凡俗中事。青山绿水，粗茶淡饭，也是一种快意。"林公子说得自己好像陶渊明一样。

墨紫实在忍俊不禁，在敬王府里待得郁闷，跑出来也不想憋屈了一张嘴，当下笑道："听说林公子娶得一位美娇娘，府中常大宴好友，不醉不归。却不知，林少夫人可过得起这青山绿水不凡俗的日子?"

林公子哈哈两声笑，似乎在掩饰尴尬，"拙荆本是穷苦出身，如今回去乡间，应能适应。”

“林公子不是还有一个妹子？她是否也愿意回乡？”墨紫嘴角一勾，反正没人瞧得见，在那儿冷笑。刚才林公子那番好听话里，似乎没有带着妹妹的意思，光想到和老婆一起过日子了。

“哦——对，还有我妹妹。她若不嫁人，自然要一起回的。”言语似乎吞吐含糊。

连小马都听出来了，问道：“可是林小姐许了人？之前未曾听说。”因为要帮林公子卖房子的关系，他对林府挺了解的。

“之前不曾……”林公子的谎话有些说不圆，“只是有这个可能。未定，未定。”

“若林小姐许配给了好人家，林公子不必急着回乡。房子虽然卖了，到姑爷家去叨扰些日子，应是无妨，省得兄妹从此难相见。既然父母走得早，想必你兄妹二人感情极好，到底也是彼此唯一的亲人了。”墨紫那一句句话要指戳某人的良心。

林公子怔了半晌，喃喃言：“墨哥说得有理，有理。”

穿过正屋前堂，进了前花园，不远处那面影壁，突然荡起一声哐啷的巨响。

接着，有个女子恼羞成怒的尖厉声音，“你放手，给我放手。哎哟，疼死我了。林郎！林郎！你快来救我。”

林公子大惊失色，加快脚步往前走。

小马对墨紫挤眉弄眼，“瞧，我说什么来着，麻烦这就来了。”

不等林公子转过去，就有两个人从影壁后绕了出来。两个女子，一个拉着另一个。走在前头的那个穿天青色的素花长裙，云白牡丹春枝比甲，乌发绑成一束落在右肩，看着十分淡雅，面貌娟秀，却一脸怒容。后头那个，和前头的素色一比，简直是红黄蓝绿七彩上身，穿得那个花枝招展，抹了大红胭脂，抿过玫瑰纸，眨着盈盈大眼。先是恶毒表情，又是气得七窍生烟，见到林公子，一百八十度的大转弯，啪啦掉下两粒眼泪来。

“林郎——”娇滴滴一声长唤，带抽噎气。“你瞧你的好妹妹，要把我的手都拉断了，还不赶紧让她放手！”花枝招展抬高手腕，素衣姑娘的手真的很用力，恨不得掐进她肉里。

“珍娘，放开你嫂子，你把她的腕儿掐红了。”林公子简直是扑过去的。

墨紫早料到他一定帮他老婆。不过，当真见到他用力去掰他妹妹的手，毫不顾念亲情时，不由得心中有怒，“林公子最好手下留情，你娘子的手腕只是红，你妹子的手指却是要被你掰断了。”

林公子听墨紫这么说，多多少少收敛了些。

偏他老婆有气，媚眼一瞥，看到说话的是个不起眼的男人，诮呵骂道：“哪来的贼矮兀子，别人的家事乱插嘴。老娘豆腐花儿嫩的皮肤叫掐红了，我相公帮一把，要你满嘴喷粪！亲妹妹怎的？老娘是她嫂子，就比她辈分大。我还没掐她，怪她不安好心，倒让她小蹄子掐了我去。凭哪桩？说出去，那是她没大没小。我瞧你一副

贼相，眼珠子乱溜，不认识就敢抱不平？我呸！”

墨紫瞧那林公子全然不在意他娘子的粗鄙不堪，还满脸心疼。

“听闻少夫人歌唱得美妙，想不到骂人也如天籁。敢情那无忧阁里出来的姑娘个个能文能武，以后大周将士上阵杀敌，该派你们当前锋。双手一叉腰，先骂敌人几十回合，没准人仰马翻，自动败北。你说是你们家的家事，那就别跑到我们家门口来吵。你说你手腕红了，我瞧你小姑脸是真肿，一巴掌下去，你手也疼了，赶紧让你相公再揉揉。我英雄救美，救的不是少夫人，少夫人也不必难受。自古云，嫁了的女人再美也是凋谢的花儿，也不能怨我偏心。”墨紫一口气讲完了。

众人只觉吧啦吧啦，一个脏字没有，却把林公子老婆砸过来的粗鄙全部挡了回去，而墨紫神清气爽，带笑的眉眼闪闪发光。

珍娘从诧异到感激，对墨紫的仗义相助微微颔首。

林公子没吭声，因为墨紫说那句别到他们家门口来吵，确实林府已经是他们的了。还有一句“自古云，嫁了的女人再美也是凋谢的花儿”，虽然从来没听过，却似乎真有道理。他在无忧阁里认识的温柔女人娶回来后像变了个人似的，他依然疼她，其实一大部分是怕极了。早年把家里的账本都交给了她，如今从她手里拿钱花，所以哪里敢说不。对外，也就打肿脸充胖子，装夫唱妇随。

那婆娘气得一佛出世二佛升天，见相公不开口帮她，更是哼哼，可也不算没见识，问到点子上，“贼矮兀子，你说这是你们家门口，是什么意思？”

墨紫不理她。

岑二实在也火大了，“我们刚买下了林府，地契在我们手上，有小马见证，银货两讫。给你们七日搬屋，林公子已经答应。”

那婆娘一听，顾不得私人恩怨，喜上眉梢，抓着林公子问：“可是真卖了？得了多少银子？我就说家里有个丧门星，带出去就走吉运。”眼荡过去，朝珍娘冷哼。

“卖了一千八百两，这是银票。”林公子妻管严，一分银子不私藏。

“才一千八百两？”本来不愿意，可一想到别人出得更低，婆娘也只好作罢，啐一声道，“都怪这鬼地方风水不好，不然何至于。”

“兄长，你怎么真能卖了这里？那，以后我们要去哪里安身？”珍娘虽然挡了无数次买家，却也知道并非长久之计，只不承想卖得这么快。如今事已成定局，有点认命。

林公子并不回答珍娘，而是看了一眼自家娘子。

那婆娘瞧见了，小声嘀咕了一句，摇摇头。

岑二想到底不关他们的事，就对墨紫说声“走吧”。

墨紫逞过口舌之能，却知真正帮不了这位珍娘，遂带着赞进，走出林府。

“这珍娘也可怜，摊上这等兄嫂。”岑二叹息。

墨紫也无奈。

但,望秋楼好歹是决定开在哪儿了。

一转眼,便是七日。

墨紫跟裘三娘说了买下林府的事,裘三娘一句一千八百两倒不贵,就算定了。

顺便说一说,萧三郎跟裘三娘,暂时不成夫妻,却成了棋友字友。萧三隔两日便来找裘三娘下棋写字,待得时短时长,不过未曾留夜。

不知道是萧三真没往那方面去想,还是为了显示风度,对裘三娘想的那些漏洞百出的理由,居然也就此接受了。

可墨紫想,那萧三绝不是笨蛋,要不然昨夜他特意留到很晚,而裘三娘让他去睡客房,他也不会别扭着说去丝娘那儿了。任谁都瞧得出来,那是故意说给裘三娘听的气话,可裘三娘还笑眯眯地让白荷拿了两匹绢丝给青雀、白鹄,让萧三带给丝娘去,还说她这些日子每天过来服侍自己吃饭辛苦了,要赏她的。

正轮到绿菊和小衣带着默烟、默钰伺候,哪里应付得了这种场面,除了照裘三娘的话做,也别无办法可想,任三爷就那么气冲冲地走了。

一早起来,红梅听绿菊说了,就怪她们不会替奶奶着想。白荷在这点上和红梅是统一战线,只觉得要早日成了真夫妻,以后在府里也就平顺了。于是乎,两人急匆匆赶到裘三娘的屋子,一顿苦口婆心的劝。

墨紫捧了茶壶进去,就听见红梅还没停口。

"奶奶,三爷这些天日日来,难道真是同奶奶您下棋写字吗?"红梅是奉了老人家的意思来的,最想这房赶紧产生个嫡嫡正正的小少爷出来。可几日下来,明明小夫妻两个之间的气氛好得不得了,明明多少回能水到渠成,竟然什么都不发生。弄得她很心焦,如今身在这里,也不好一天到晚跑到老太太那边打小报告,不然得不到三奶奶的信任,她也就白来了。

"我瞧他就是来下棋写字的。怎么,你觉得不是吗?"裘三娘也会装傻。

虽然这些天立了不少规矩,那金丝更是每日三餐来伺候,可她一点也不开心,反倒羡慕墨紫出了一趟府。她虽是当主子的,可是出个府门,要跟婆婆提前十天半个月的报备,还要详细说明是干吗去的。

红梅呃一声。

裘三娘又说:"也或者是心疼丝娘,怕我苛待她,所以三爷来得勤快了。昨夜里,不就当我面说去丝娘那里吗?"

"那是奶奶你不肯留三爷过夜,三爷说气话了。"

"你又不在场,怎知他说的是气话还是真话?三爷宠丝娘可不是一天两天的,我进门才半旬,也明白虽然我是正室,却未必见得能一直留在这个默知居里。要想相安无事,还是本分些好。免得得罪了爷的心上人,等来一纸休书。"裘三娘瞥见墨紫进来,就想起墨紫说过红梅应该知道休两任正妻的真相,只是红梅嘴严,不肯透

露。此时,她趁机套一套。

“奶奶,这话可吓到我。老太太说了,有一有二,没有三。这回无论如何,也不会再让三爷胡闹了。不看咱们敬王府的名声,也要顾虑皇上那边。老太爷下了战场后最为皇上称道的,就是咱们府里的家和万事兴。因为三爷的任性,惹皇上生了两回气。再来一次,恐怕要雷霆大怒,不只罚三爷一个,连大爷、二爷都要罚了。那丝娘便是再受宠,若仍不安分,痴心妄想的,就算为三爷生了一儿一女,老太太绝不会再姑息。奶奶,放心好了。”那休妻的真相,并不容易被套出来。

“咱们姑娘可不是那么狠心的人。其实,男人多三妻四妾的,一点不稀奇。只要各自安守本分,都是女人,谁愿意去整大家的太平日子。”墨紫开了口。

红梅见了墨紫捧热茶进来,想果然是娘家带过来的,贴心。

“墨紫,你这话说得不错。咱们奶奶自然心宽仁厚,可也得别人知道自己几斤几两才行。”终于,话中漏出一丝缝隙。不过,只是露那么一丁点儿,红梅就收住了,上前接过墨紫手里的壶,倒了杯温茶,双手奉给裘三娘,“还有,你那称呼也要改改了,虽说我知道你是从奶奶娘家跟来的,可奶奶如今毕竟是嫁了人,不能再姑娘姑娘地叫了。要是当着王妃老太太的面叫,她们必然觉得怪怪的。”

裘三娘对墨紫眨眨眼,故意顺着红梅的话,“听见没,我如今可是奶奶了。”

墨紫笑了,对着裘三娘盈盈一福,“奶奶,老奶奶,您说得是。您小孙子在哪儿呢,我带他玩儿去。”

“我喜欢小女孩儿。奶奶,我带您孙女吧。”白荷也来开玩笑,想要缓和一大早的气氛。

裘三娘摔了梳子,站起来转身叉腰,“你们这是说我老?”

红梅和跟着墨紫进来的默馨刚服侍裘三娘没多久,没见过丫头对主子这么说话的,刚为墨紫和白荷的放肆吃了一惊,见裘三娘发脾气,则心道果然。但,见那两丫头嘻嘻哈哈的,一点怕的样子都没有。然后,裘三娘接下来的话完全震惊了她们。

“来,来,你们一人一个,快把这俩孩子领下去,一大清早吵得我头疼。”裘三娘竟跟着墨紫、白荷玩闹起来。

三人笑作一团,红梅和默馨这才知道,原来主子丫头也有这么相处的,真是没瞧见过,更没经历过。特别是红梅,一直跟着老太太,不会有放肆的时候。

墨紫如今的注意力也不在萧三这位仁兄身上。他和裘三娘都是成年人,该处理的应该都会自己处理,用不着她多管闲事。

说实话,她更担心那个淡妆素衣的珍娘,不知她的兄嫂会不会做出昧良心的事来。那日,作为一个外人,实在也不能为珍娘做太多。可也因此,心里总好像有什么惦记着。

“墨紫。”笑过之后,裘三娘有吩咐。

“是,姑……奶奶。哟,一不小心,叫成姑奶奶了。”墨紫又笑了起来。

墨紫真心笑起来的时候，是清澈澄净的，具有深深的感染力。无论是裘三娘，还是白荷，都会不由得跟着她笑。如今，更是连红梅和默馨都笑了起来。

“奶奶，再笑下去，太阳下山了。”昨日就商量好的事，不过是要在红梅面前找借口让自己名正言顺地出默知居。

“你帮我去府中的书阁找这两本书来。”敬芳园除了萧三郎萧永那一阁的宝贝藏书，还有给其他主子用的书阁。

红梅当初知道墨紫不但识字还能看书时很是惊讶，还有点不以为然。不过，看裘三娘是喜读书的千金小姐，有个会读书的丫头，也就不稀奇了。心想，那三爷也是爱看书的，说不准还真能和三奶奶好到一起。

“奶奶也真是爱书，一大清早就遣墨紫出去找书。”红梅笑着拿起梳子给裘三娘梳头，又对墨紫说，“可别像上回，一去大半日，还以为你迷了路，回不来了呢。”

白荷是“内应”，帮衬着说道：“那可保不准。咱们府里这么大，即便是我常常随奶奶四处走动，要我一个人去哪儿，还未必能找准呢。墨紫，到厨房拿俩馒头，迷路也不怕了。要是明日一早还不见你，就让小丫头们找你去。”

“行了，都别玩了。”裘三娘摆摆主子的架子，“我跟婆婆说过了，今日要出府去办事，身边也不用太多人伺候，墨紫你慢慢找便是。”

裘三娘不亲眼看上一眼望秋楼的地是不会放心的，和王妃说早先在上都买了个宅子，亲事说定后，就让管事先过来打理。如今听说弄好了，就想自己去看上一眼。

早知道这个儿媳妇嫁妆丰赡，王妃也没说什么，就让路上小心，早去早回。还暗示了裘三娘如今身份不同，把这些琐事尽量交给下人去做，尽量不要抛头露面。居然派了一队王府内院的护卫，无论三娘怎么推辞，也必须跟着。

裘三娘为此，回来跟墨紫发了好一阵牢骚。不得已，墨紫还得单独行动。因为，裘三娘恐怕只能看上一眼。有人盯着，不能理事。

墨紫心想，这裘三娘以后都得束手束脚了。

墨紫一出邻家的门，就见赞进那大个头儿牵着两匹马。

“岑二让你来接的?”墨紫一愣，她说了自己去玉和坊的。

“嗯。他说，你一个姑娘家走那么远的路不合适。我自己也想来，反正他还没活儿让我干，我闲着也是闲着。而且，你是我主人嘛。其实，我该整天跟着你的。我说，要不我把你那主人——”赞进一手握剑，一手在脖子上比画。

“赞进?”墨紫瞧他一脸耍起狠来的样子。

“呃? 啥事?”赞进的表情其实没杀气。

“你才跟了我多久，就把你爷爷、你爹教给你的武德丢掉了，是我这主人太窝囊吧。”

赞进闹了个大红脸，“我就是烦自己的主人还有主人。万一我不在的时候，你出个事我也保护不了啊。只要想到这个，心里就起急了。刚才你没来时，我绕了一大圈。长这么大，还没瞧过这么长的墙。进去倒很容易，就是要立刻找你出来，得花好一番功夫。墨哥，我听你说过，自由最好。其实，你那么聪明，再凭我手中的剑，干脆出来了就再也别回去。”

啰唆，也是啰唆得有理。

墨紫笑笑，“赞进，你的武功有多高?”

赞进歪着头想了想，“还行吧。我爹说，打猎的话，绝不可能空手而回。爹也说了，跟人较量，当然是打不过我爷爷，不过一两个身强力壮的，应该没问题。我自己也不知道。除了跟爹较量过，我长这么大，还没用过这柄剑。”

“那就是真的还行。”墨紫也认为，世上没那么多武林高手。“我这话，说一遍。你听好，而且以后也不要再问。这世道险恶，凭咱们两个人根本不够好好生存，特别我是个女子。我正在找个法子，让以后谁都不能欺负我们。现在那个主人，绝对不是你和我需要去担心的阻碍。倒是她在前面帮我挡风遮雨，我才能在后方做我想做的事。路，我喜欢脚踏实地，一步步踩出脚印来走。没有把握的事，我不会随便去做。如同行舟，你看着是逆风，只要帆冲对了方向，逆风就变成了顺风，别人以为不能走，偏是顺风又顺水。不久，我就会成为那道墙内能自由出入的人。到时，山高皇帝远，有主也等于无主。好处自然有你我一份，天塌下来第一个压死的绝对不是我。”

赞进听得有些明白有些糊涂，他最高兴的是，墨紫的话都把他也包括了进去，全心全意相信她就是了。

看到马喷气，墨紫不是太舒坦。她不喜欢骑马，骑在马上总有要被甩出去的感觉。不过，路途短，骑马是最好的选择。墨紫抓紧缰绳，背部僵得反挺，马肚子磨蹭着大腿小腿，真是一点都不自在。

好在织云坊离玉和坊不远，赞进还带她抄了近路，在屁股发麻之前，就到了桐雨街。今日岑二他们只是进驻，还未开工，大门还在鹿角巷里。

墨紫不愿再骑马，翻身下来，将缰绳交给赞进，自己从桐雨西街走过去，顺便再实地勘测一下距离。她发现，鹿角巷附近的街其实也有很多商铺，可能是桐雨街带出来的，蛮热闹。

可是，等她看到林府大门时，就见一群人围在那儿指指点点。

赞进跑过来，面不红气不喘，就是声线紧着，“墨哥，岑二让我叫你快过去呢。出了件事，他不知道怎么办。”

墨紫走快起来，问道:“知道是什么事吗?”

赞进皱巴一张黑里俊的脸，“不知道，就听到有女人在哭。”

墨紫一惊，立刻想到那个珍娘。待走近，她发现看热闹的委实不少，里三圈外三圈，要不是赞进大个子给挤出一条路来，她还得费脑子想办法进去。而赞进一让开，恶狠狠的话语好似豺狼凶猛扑来。

“哭什么哭！哭得老子我头都炸了。要怪就怪你六亲不认的兄嫂去，我们兄弟今天要么拿银子要么拿人，不把这一千五百两银子的债给消了，绝对跟你没完。告诉你，就算见官，你也没理。白纸黑字画的押——”

墨紫见到几个凶神恶煞的男子站在石阶下，膀大腰圆，守成一排。大春日里，穿着无袖的红边白底短衫，腰间扎了红带子，灰青绑脚裤，手臂和胸口露出狰狞野蛮的黑毛，一看就是打手。而站在石阶上，原本林府的牌匾下，有三个人。两女一男。男的，比起打手来瘦精精的，三角眼，塌鼻架，太阳穴上贴了个铜钱膏，头发在顶上盘了个髻，扎了蓝巾子，两缕胡子稀稀拉拉。大概个子矮，说着狠话时，上蹿下跳，以显得自己有高度。不过，唾沫星子乱溅。两女的，一个还就是墨紫一直有不祥预感的那个珍娘，旁边大概是她的丫头。两人皆脸色惨白，在哭的那个是年纪还小的丫头，珍娘则怒瞪着，眼睛发红，却一滴泪都没有。

墨紫见了她两次，每一次她都很坚强。

那枚铜钱膏继续跳着脚，手上抖着一张纸，朝看热闹的人晃半周，又弯身在珍娘面前挥，“瞧清楚了，你兄长亲笔写的，还不了债，就拿你来抵。听说你识字啊，应该看得懂吧？”

珍娘伸手就去抓，铜钱膏连忙往后一跳，将那张纸折好，放回怀里，“哎哟，小娘子，别这么粗鲁，让你抢过去撕了，我家九爷还不拧了老子的脑袋。白花花的银子打水漂，连能赚钱的美人也没了。”

珍娘咬着牙，眼睛都不眨，“我兄长亲笔写的，你找他去，与我何干？”

“小娘子这是为难老子了。连你都不知道人去了什么地方，老子上哪儿找人去？你未出阁，爹娘早死，长兄为父，就能替你做主。如今他写得清清楚楚，交不上银子，就交你。你不肯也没用。其实你也是自找的，要是几日前你嫂子带你见了八爷，你就答应当他的小妾，如今何至于由九爷来讨债。九爷不好女色，你便是天仙下凡，也得进窑子给他赚钱去。”啧啧出声，铜钱膏嬉皮笑脸，伸手去捏珍娘的下巴。

“我若是你，最好现在就停手。”墨紫的声音轻扬重落，“不然，一张状纸把你告到官府去，就是调戏良家妇女。”

姓林的那对夫妻真是做得出来啊。她付了一千八百两，想着林公子会还债，还觉得剩下的银子估计挥霍不了多久。没想到，夫妻俩压根没还债，卷了这银子，丢下妹子，跑了！而且，还用妹子当抵债品，怪不得人群里有人骂丧尽天良。原来买下林府那日，珍娘跟她嫂子出府吃饭，是她嫂子想把她推给人做妾！

墨紫再低调做人，也没法视而不见。因此，她开口了。她没法不开口，因为良心。她不得不开口，因为这些人这么闹，影响望秋楼的名声。后面这条理由有点扯，可她也得跟上头交代不是？

"哪个浑球敢管我们豹帮的事？吃饱了撑的，活着不耐烦啦？"铜钱膏强横多年，还没见过敢吭声的。

豹帮？黑道上的！

市井之徒就得由市井之徒来对付，墨紫一乐，刚要上前。那一排打手轰隆就把她和赞进围在中间。

赞进突然喝道："谁敢再跨近一步，我让他立时见血！"

墨紫但觉耳鼓一震，心想，这小子功夫还行，气势比功夫更行。好！这时候，就是要有气势。接下来，就看她狐假虎威。

"几位，有话好好说嘛。"墨紫把船帮子的皮厚精神发挥了出来，"大庭广众的，我也是为了你们好。欠债还钱，天经地义。不过那位小姐，未曾确定需要她抵债前，可是清清白白的姑娘家。你——"

墨紫个头在女子里算中等，不过在结实的肌肉男们面前，还是小鸟一只。但铜钱膏站在台阶上面，她手一指，照样点对人。

"你这么动手动脚的，有损姑娘清誉。要上了公堂，你告她兄长是一状，她告你轻薄可又是另一状。要是碰到怜香惜玉的官老爷，一状抵另一状，这银子和人都没了，你如何同你的九爷交代呢？"前面说的还是有些道理，后面那却是唬人的。暂时唬得住就行。

铜钱膏见墨紫瘦了吧唧的，穿得一副跑腿样，便打心眼里小瞧了三分。可再看她身旁的赞进，比他带来的帮众还高出一头，生得相貌堂堂，腰上一柄翠绿翠绿的剑，没准还是个侠客，倒是顾忌三分。一来一去，扯平了心理，腰杆挺直，叫人退开，要来个当众羞辱。

"老子瞧你毛还没长齐，嘴皮子挺能说。打抱不平，也该打听爷爷们是谁，省得倒了霉还叫冤枉。"三角眼瞪起来恶凶狠。

墨紫借赞进开道，一步步走上去，"那我打听一下，你们这几位老人家是谁啊？"

人群中有聪明的，听出其中的嘲讽，爆出几声哄笑。

铜钱膏恼羞成怒，骂道："你个王八羔子，找死！"

"我怎么了？不是你说自己是爷爷的吗？"

笑的人更多了，还有人高声说没错。

"你们既然放债收债，照着所签的借据做事就成。口口声声问我知不知道你们是谁。那我倒真要问问，你们豹帮是干什么的？是不是欺压老百姓，调戏良家妇女，视国法为无物的乌合之众？你要敢应一字是，我还就敢写状子将你们整个豹帮告上官府。上都天子脚下，我不信王法管不着！"墨紫嘴角一撇，连铜钱膏这样的人，也能看出她目光中的鄙夷。

铜钱膏在墨紫那样鄙夷的目光中突然瑟缩了一下，心想，难不成是些有来头的人物？那倒要小心，不能随便得罪了。

心里这么想，嘴里就干净了很多，“我们豹帮自然不欺负普通老百姓，这林府的大少爷跟我们两位爷借了一千五百两银子，可是亲笔写的借条，盖了手印的。已经拖欠多日，我等上门来讨债，谁想人居然跑了。借条上说得清楚，还不了债，就拿人来抵。我们可是奉公守法的好人，国法也不能让借钱的人平白吃亏吧?”

“明明能说人话，之前偏要学狗吠。”墨紫瞧铜钱膏一变脸，嘻嘻笑了笑，“大家都好好说话，问题自然也好解决。像你那般要债，人心都倾了欠债的那边去，平白坏了你们帮的义名，有何好处呢？拿来让我们都瞧瞧吧。”

“拿什么?”铜钱膏跟不上墨紫的思维，突然从一个穷凶极恶之徒变成了乖乖听话的小狗，傻乎乎了。

“借据啊。”墨紫说得理所当然，“大伙儿刚才的确瞧见你拿出来晃了晃，可谁瞧见上面写什么了?”

众人纷纷说没有。

“也不知道是真的还是假的，总要看清楚了才行。我和这位小姐非亲非故，愿给大家做个见证。若是下面还有谁识得字的，请上来两位，帮着过过目。”墨紫不给铜钱膏将来质疑的把柄，再请路人甲乙。

真有两个读过书的人自告奋勇走上前来。

铜钱膏见群情激愤，知道不好惹得众怒，而且手上有凭有据，也不怕再拿出来让人看，就将借据掏出来，却双手拿住头尾，“你们也明白借据重要，要有人居心叵测撕坏了，我跟谁哭去。几位，看归看，可别伸上手。不然，别怪我不客气。”

其实，墨紫知道这借据必然是真的，不过就是想看看有没有漏洞可钻。古代最讲究白纸黑字，不过，像裘三娘读书读得多，又精明得很，一份契从大往小了条条列清楚，让她找不出漏洞，那样的人很少。

林公子这份借据是这么写的：某年某月某日，林某某自徐某某处借得白银八百两，利钱多少，按日结息，最长借期为一年。一年之后，若林某某无能力偿还债务，将由其妹林珍娘以身抵债。林珍娘为奴后，生死处置皆听凭徐某某之意。林某某及其家人不得在限期之后赎之讨之。

上头有三方签名，盖章，手印。

上来过目的其中一个中年文士，大声地将借据的内容念了出来。人群立刻一片叹气之声，高利贷固然可恶，可那真是亲哥哥卖亲妹妹，可怜的珍娘注定要入青楼遭人作践了。

铜钱膏一看这种反应，自然理直气壮起来，“瞧见没？这可不是我们胡作非为，都照着当初立的字据行事呢。大伙儿也别瞎管闲事，赶紧散了干自己的事去吧！”

墨紫觉得这份借据的内容有点奇怪，不及细想，见铜钱膏要把壮自己声势的群众赶走，立刻说道：“且慢。”

大家本来就散得不情愿，突然听得那位哥说且慢，就跟听了一口令似的，唰唰

地回到原位站定。

凡是听过墨紫“且慢”这一声的人，心里从来不会好过。从前有个萧二郎如此，如今这个铜钱膏也如此。因为在他们看来，根本不存在能够且慢的说辞，听她那调调，却有十分不妙的感觉。

铜钱膏是混混，一上火就容易暴跳，也自觉有理，便是真有来头也不怕。当下跺了两只矮脚，粗话又来，“且慢个鸟！林家欠了老子的债，你吃饱了撑的没事干，瞎操心个屁！”

“你在我东家的地方大呼小叫耀武扬威，惹了这么多人围观，我这可不是瞎操心。”墨紫说着，就瞧见了岑二。他匆匆从林府影壁后绕出来，身后有十来个人，其中还有鱼虾蛇三弟兄。那三位，也是功夫好手，再加上赞进，武力上就相当了。

铜钱膏闻此言，抬头瞧瞧林府大门，“哦？原来小哥的主子买了这里。你可知，这块地的风水好……”

墨紫不跟他费话，手掌一抬，“这就不劳你费心了。我们长话短说，林小姐你们还不能带走。”

“你什么东西？你说不能带就不能带？老子跟你客气，你还跟老子对上了。告诉你，姓林的如今跑了，林珍娘就是我们九爷的人。今天这人我们非得带走。你有种，就跟咱九爷要人去。”铜钱膏瞧日头，他可被这事拖得够久，再不回去，非挨剋不可，“兄弟们，给我上来，把小娘子请走！”

墨紫并没有生气，而是和和气气地说：“赞进，把林小姐她们请进大门里去。”

铜钱膏嘿了一声，挽起袖子，伸手就来推墨紫。不过，连墨紫身上的衣服片都没碰到，眼前一花，脸就换了一张。

“嘿嘿，兄弟，有话说话，不要动手。”臭鱼将墨紫拉到他身后，回头冲墨紫乐，“墨哥，我来得及时不？”

“你每回就赶巧。”见到跑船的帮子哥们，墨紫心情大好，对着已经来到身旁的肥虾和水蛇点点头。

那是什么交情？没有利用关系，也不论身份高低，惊鱼滩上共患难同进退，三进三出，过命的交情。

铜钱膏一看，怎么对方的人比自己带来的气势强多了，有点犹豫该不该铆上。

墨紫站出去些，扬声，以所有人都能听到的音量，说道：“我说这人你不能带走，自然是有道理的。这么多街坊听着，我也不会胡说八道。那借据上有一句，若林公子无能力偿还债务，将由其妹林珍娘以身抵债。也就是说，林小姐抵债的前提条件，林公子无能力还债。可是如此？”

铜钱膏连哼数声，“知道了还不赶紧交人？”

“那就奇怪了。我们七日前付给林公子一千八百两银票买下了林府，他明明有能力还债啊。”墨紫抓到了漏洞，又叫岑二出来，“岑二，你可做证，那林公子确实收了咱们的银子吧?”

“不错。还有掮客小马可见证。”岑二虽不知墨紫的用意,但他补充的那点很好。

不单岑二不懂,在场的,还没人能明白墨紫的目的。

春日底下,好多影子,不怕热不怕晒,静静等待着。

铜钱膏冷笑道:“你耳朵聋了?他拿了你的银子又如何,他并没还钱,而是跑啦。丢下他亲妹子,带着他老婆,今天天不亮,就跑了。”

“那我管不着。”墨紫摇摇头,“我只知道林公子手里有一千八百两银子,他就有能力还债。他有能力还债,林珍娘就不用抵债。如今他跑了,是他想赖账,这跟有没有能力毫无关系。你不去追能还钱的人,跑来这儿欺负身无分文的弱女子,要是让他跑了,就是你们自己无能了。”

铜钱膏傻眼,愣是吐不出一个字。

墨紫怕他还不明白,好心好意再解释了一下,“打个比方啊,一头豹子饿了,盯上两只羊,一只明明又肥又大,跑得也很慢,可豹子笨,追丢了,只好转头回来吃瘦小没肉的那只。可能吗?”

铜钱膏先前已经弄明白了墨紫的意思,可是他根本驳不倒。听到墨紫打比方,三角眼终于一亮,心想这小子倒霉了,说道:“可能啊。怎么不可能?大的吃不到,当然吃小的。”

“对,不是可能的,是肯定的。可那是畜生,不懂得白纸黑字,没法立个约说我吃不着大的,也不吃小的。你家九爷是人,还是畜生啊?你一口一个白纸黑字,我这不也是照着你那上面的白纸黑字说的吗?要说,当初你家九爷不咬文嚼字,直接让林公子写,若林某某不还钱,就由谁来抵债,便是十个妹妹都要,我也没得可说。说什么无能力啊?明明有能力。”墨紫这是骂了人禽兽,又得了理。

人群爆出大笑,一片叫好声。

“你……你……”铜钱膏憋红了脸,咬着牙,“你小子有种留个名,报个姓,我等兄弟以后再找你说理。”

岑二怕给墨紫招来后患,想抢说无名无姓的小人物。

墨紫拉他一把,她既然敢出面救人,就不怕人找上门,何况,望秋楼在这儿,跑得了和尚,跑不了庙,也免得牵扯无辜。

“在下小小一个仆从,没大名,人称墨哥。你自管回去禀了九爷,要是堂堂豹帮的当家人物非说我今日说的话有一句不对,暗中找我晦气,倒也不必。这么多人瞧见了,我要是有个好歹,坏了豹帮的义名。九爷不痛快,大大方方地来教训我便罢,至少落个光明磊落。”明枪易躲,暗箭难防。她把话撂开,那九爷要还是个人物,就不会不顾面子对付她。

“好,你放心,我一字不漏报给九爷听。小子,咱们后会有期。”铜钱膏死瞪着墨紫，好像要记住她这张脸一般，然后一呼哨，再不看林珍娘一眼，带那几个帮众走了。

人群见问题解决，这才散开去。其中好几个有些见地的，对墨紫抱抱拳，表了要保重的敬佩。墨紫微笑点头而过。

“墨哥，咱们进去说话吧。”岑二见大门外终于平息，松一口气之余，又担心事情恐怕没完。

臭鱼瞧出来了，哈哈一笑，拍拍岑二的肩膀，“不用担心。若那小子确实是豹帮徐九的手下，应该不会做出不道义的事来。徐九在江湖上还算得上是正人君子。”

岑二的嘴撇撇低头委屈的珍娘，还有眼泪未干的小丫头，“就这样，还君子？”

“豹帮是华北帮派之首，不说侠肝义胆，却也不是作恶多端之众。豹帮老帮主膝下无儿，如今年岁渐大，将豹帮事务交给最信任的两个徒弟打理，一个霍八，一个徐九，皆是同辈中杰出的人物。霍八最大的毛病就是好色，徐九……”臭鱼想搜出个合适的词来形容。

“徐九最大的毛病是好男风？”墨紫爱听江湖事。

噗——肥虾喷笑。

臭鱼对墨紫连连摆手，“没有，没有，那徐九绝对是正常的男人。”

惹得众人皆笑，连遭家人抛弃的珍娘都笑了。然后，关门的关门，上闩的上闩，一干人往园子里走去。

没人注意到，林府外不远，一棵大树下，停了一辆乌篷马车。待风平浪静之后，车里就钻出两个长相一模一样的少年。

一个百两，一个千两。

“公子，那姐姐好生厉害威风啊。”穿蓝衣的百两扬起小马鞭，嘚儿嘚儿两声。

“公子，她得罪了豹帮，那徐九一定会来找她的。”穿绿衣的千两伸手掀着布帘，皱着眉头。

“你那是白操心。我瞧着，皇帝来了，她都是不怕的。”长得美，声音也好听。金大少一身珠光宝气，金灿灿地斜躺在车里，伸手挥了挥。那五根完美的手指这回戴满了宝石指环，“把帘子放下，大太阳刺坏我眼睛。这下，顺你们的意，瞧完了热闹，赶紧回庄，我还有一大堆的事。”

千两乖乖地把布帘放下了。

金银在里头听着百两、千两议论着刚才的一幕，撑起下巴，手指轻轻弹过脸，以极微的声音自言自语，“墨哥……墨紫……同名乎？同人乎？”

说完，凤眸不由得一笑，竟是流光溢彩，美不可言。可若是看仔细，那深深浅浅的眸色，有一抹碧幽碧幽的绿，令似乎清濯的目光陡然神秘。

马车慢悠悠地走着，就好像随了主人这会儿的心情，嘚啦嘚啦，走进了一条僻静的小路。阳光猛晒猛晒着，仿佛这么做，早蝉就会来迎夏了一般，唱起知了知了，什么秘密都揭开了。

“墨哥，咱们这下如何是好?”岑二没想到第一天就惹来这么个大麻烦。他倒不是怨墨紫，其实，他把护院们找来，就打算要出手相帮。比起他预料中的激烈冲突，事情这样收场，已经算是很文明的了。不过，对那些人来说，颜面扫地，恐怕比打上一架更难受。

“臭鱼既然说豹帮不算坏，等人找上门，大家坐下来把话说清楚就是。堂堂一大帮派，干吗欺负弱女子? 总之，要是我不在，你就跟人定下个日子，我会想办法出来一见。”墨紫颇具胆色，最不怕市井之中什么帮什么派的。

说白了，不过就是将几个相近行业的人，多数是劳力，拉成一帮帮的，内部有一定帮规，对外有一定行规。走船的，也有帮派，统称船帮，但各个江有不同的船帮，且规模有大有小，其中五大船帮几乎覆盖了大周最重要的水域，并结友好盟。墨紫这种小小走私的船帮子根本不入他们的眼，因此尚未打过交道。

“这事你就别管了，要是找上门来，我们人也不少，哪里要你出面。我是说——”岑二指指一旁坐着的林珍娘，咳咳嗓子。

墨紫恍然大悟，点头表示知道。

“林小姐?”是得先关心一下这个人的去处。

林珍娘抬起头来。她的表情柔和多了，虽然仍看得出悲痛，但至少已经冷静。站起身，突然对墨紫双膝跪地。

墨紫赶忙去扶，“林小姐不必跪我。”

林珍娘却不肯起，固执地跪着，“若不是墨哥相助，恐怕珍娘唯有一死才能保住清白。珍娘不知如何感谢，只得向墨哥行全礼。”双手就去伏地。

墨紫力气挺大，不肯让珍娘五体投地，“林小姐，今日即便不是我，相信也会有他人出手相助。这世上，本来就是好人要比坏人多。不过，有句话，不知我当讲不当讲?”说完，已经把珍娘扶了起来。

珍娘本是养在深闺的小姐，力气当然比不过墨紫，“墨哥，请讲。”

“若小姐真不幸入烟花之地，也不该有轻生之念。身体发肤，受之父母。你爹娘走得早，如果看到你这么不珍惜自己的性命，即便在天之灵，也会不安。你兄嫂弃你，是他们没人性。你弃了你自己，却可以让他们推脱罪责。性本高洁，怎怕惹尘埃。就算所有的人都因此看轻你，你自己不看轻自己，便已足够了。”

墨紫说完，却瞧林珍娘不太理解的懵懂样，暗自叹一口气，对于像她那般养在深闺的富家小姐而言，这番话终究过于深奥了啊。大周强调三纲五常，尤其对女子的礼教越来越严苛。听说，南德、大求和玉陵三国女子的性情要奔放泼辣些，她走的地方还不多，不知真假。

把大道理放一旁，墨紫只希望林珍娘有一天能活得潇洒自在。于是她问道：“林小姐……”

"墨哥是珍娘的恩人,请叫我珍娘就好。"林珍娘在墨紫的坚持下,终于落座。

"珍娘,那我也不跟你虚应了。不知你还有没有其他亲人可以投靠?"当务之急,是要把林珍娘安排妥当。

林珍娘垂下眼眸,不知想什么,过了一会儿抬起头来,"珍娘还有一个舅舅在云州做买卖。"

岑二一听,眼睛很亮,"这好啊。我们同洛州常有来往,云州与洛州相邻,可以送你们去。"

"小姐,舅老爷和夫人早就没了来往,连你的面都没见过,也不曾有过书信往来。咱们去投靠,不知道人家收不收留呢。"小丫头名叫灵香,年纪不大,资格挺老,可是爱哭鼻子,同林珍娘倒是有几分姐妹情意。

墨紫笑看岑二拉下了原本高兴的脸,继续问林珍娘:"那……可否有族人宗亲?"

"有是有,可自从老爷夫人去世后,大少爷把族人都得罪光了,连带着小姐也被亲戚们嫌弃。小姐要是去投靠他们,势必遭受白眼。"不待林珍娘回答,灵香抢着说了。

"那便是无处可去了?"墨紫就知道会这样。要是有地方投靠,可能林公子还不会做得那么绝。分明知道没依靠,就嫌自己的妹妹跟着会多耗银子。能下这种狠心的,恐怕还是那位林少夫人。

"墨哥不必为珍娘担心。珍娘还有些首饰,能换些银两,租个小屋,为人做些针线活计。不怕日子艰苦,只要能安身立命。墨哥方才所言,珍娘虽然愚钝,尚不能明白透彻,但从此再不会随意有轻生之念。"林珍娘不但性子坚韧,且也不笨。

"我以为你是娇生惯养的千金小姐,听你这么说,倒不像对外头一无所知。"这林珍娘合墨紫的眼缘,因此话也直白。

"我们府里早就没银子了,变卖古董家具得来的钱,少夫人自己买这个买那个的,到小姐这儿就装穷。小姐没办法,只好绣些小东西,叫我拿出去卖。后来,有家名绣庄,见我家小姐绣得精致,就请小姐绣缎布,这才每月能有月钱给我们底下的人。"灵香又帮忙解释给大家听。

"珍娘可还会别的?"岑二心道,刺绣在望秋楼派不上大用场。

"珍娘笨拙,只有女红尚可。"珍娘有些不好意思。

"琴棋书画?"岑二想让珍娘往葛秋娘那边靠拢。

珍娘摇头。

"诗词歌赋?"岑二以为人人是裘三娘。

"珍娘不识字。"偏偏人家是典型的小家碧玉,除了针线出色,其他什么都不会。

岑二禁不住拍额头,啪一声。

墨紫知道岑二想什么,但她不心慌。要说,救一个便是一个聪明绝顶的厉害人物,那是七侠五义。

"珍娘,我们这地方也要月余才能整好,不如这样,你要不嫌弃,就暂时安心住着。只是你原本的小楼恐怕不能待,因为那里要拆了重建,而且施工时工匠木匠们进进出出的,吵闹不歇。到南边的两间厢房住,可好?那里虽然小,不过你们主仆二人够住,也清静。日常三餐,岑二,也就是这位大掌事会让人送过去。你平日有何需要,也可找他。趁这段时间,咱们再想想到底如何安置。"她算算时辰,裘三娘快到了。

珍娘越发感激,起身再福,"多谢墨哥、岑大掌事。我的行李原本就整好了,都在后园小楼里,若不麻烦的话,还请人送到南厢去。"

"今日这般折腾,想来你们也累了。南苑的路,你们比我熟。我让赞进跟着,快去休息吧。待会儿,就让人给你把行李拿过去。"

灵香瞧出来了,赶忙上前扶起珍娘,对墨紫也谢过。

赞进自然听墨紫的话,跟在主仆二人身后,晃荡出了正堂。

"墨哥,这珍娘不能留在望秋楼啊。"岑二等人走了,就对墨紫说道,"不是我不可怜她,可是她琴棋书画,诗词歌赋,一样不通。哪怕会一样,我也好跟东家交代。"

"你如今好歹也是大掌事了,不要事无大小,都想着跟东家说。这么大的望秋楼,便是多养两个人又花得了多少银子?再说了,洛州用哪些伙计哪些葛秋,东家可从来不过眼。"墨紫不觉得有告诉裘三娘的必要。

岑二听了,还真是,笑嘻嘻说道:"我习惯跟我爹事事交代清楚,一时忘记如今我也同他一样,能单独理事了。"

"林珍娘留在这儿也是暂时的。等望秋楼开出来,没准她以为跟青楼差不多,就是卖艺不卖身,到时候吓得她自己走人。"越想,这个可能性越大。"你还想她会琴棋书画诗词歌赋呢。就算人真会,也不见得肯当葛秋。"

"那也好,咱们省心。万一豹帮真来找麻烦,至少人走了,咱也不用多担待。做酒楼这一行,三教九流皇亲国戚什么人都得招待。咱们还没开店,就得罪了地头蛇,我心里七上八下的。"说不在意了,其实是假的。可林珍娘也是非救不可。所以,弄得他两面焦。"欸,不对。当葛秋怎么了?要是有天赋,跳得好,唱得好,长得美,说不准就让哪个良善的男子看上了,明媒正娶回去,还是她林珍娘的造化。"洛州望秋楼里就有过几桩好姻缘。

这是托望秋楼是酒楼,而不是青楼的福,来的不仅限于贪看美色的男人,还有让美酒美食招来的君子客,而且女客也受欢迎。

"好了,不说了。反正,人家小姐是自由的。想走就走,想留就留。你平时就帮忙多照顾着些,安稳了这段时间再看。"墨紫见岑二连连点头,知道事情交给他能放心,"洛州那边,人出发了没有?可别赶不上开业。"

上都环境还不熟悉,仓促之下也找不到好的教习和能歌善舞的女子,墨紫一早就建议从洛州训练出最优秀的一批葛秋放在开业当天。大酒楼,刚开始的兴旺与

否，将决定以后的生意。因此，一炮而红是必须的。

“当初说的是晚我半个月，还有七八日吧。这人不到，我也不会开门做生意啊。”岑二有大掌事的决断了。

墨紫微笑，“回头把大堂的图纸给我一份，我好设计拉铃。我对包间的家具桌椅也有些想法，等画完了一起给你瞧瞧。”

岑二是知道墨紫左手十分巧的，听她说要图纸和画家具样式，自然答应得快。

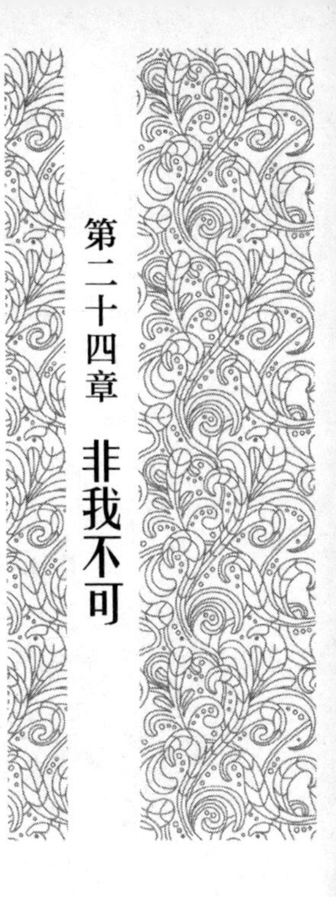

第二十四章　非我不可

两人在那儿说着事，而裘三娘的马车已经进了桐雨街。

马车是敬王妃派的。赶车的，是敬王妃的车夫。前后各两匹高头大马，身材魁梧的王府护卫四名。

裘三娘每回稍微掀开帘子，就有眼尖的小队长策马来问："三少夫人，有何吩咐？"

被连续这么几回之后，裘三娘火了，对小队长这么说："我就是图个新鲜，看看外头罢了。我不叫你，你不要再上前来说话。"

岂料那俊朗神气的小队长这么回裘三娘："三少夫人身份非比寻常百姓，还是不要经常掀帘子的好。落在别人眼中，误会三少夫人不够端庄，有损三少夫人清誉。"

裘三娘怔了半晌，甩下帘子，横着漂亮的柳眉，对小衣和白荷说道："瞧我真是替自己选了一个好夫家，如今出个门难于登天不说，连看个景都跟我端不端庄能扯到一起。"

白荷忙道："奶奶，小声点。让护卫们听见，王妃就知道了。"

小衣突然说了句很睿智的话："跟姑爷休掉两个有关系。"

车内空气一冷。

就因为感觉到自己束手束脚了，裘三娘心情很差。她长那么大，几乎是想去哪儿就去哪儿。出嫁前在家里待了半年而没到处走动，是为了打消张氏以为她做假

账的怀疑。不过,她还真就做了假账。

污了多少银子?不,不能说污。只能说是她应得的。其实她已经料到有这么一天,因此早就开始动账本的手脚。开了望秋楼,买了庄子,还成了走私买卖的本金。钱滚钱到如今,要是算上水净珠的话,大约三十万两。比上不足,比下有余。

裘三娘一直怀揣着“巨资”,日子过得很逍遥,却在这一天,发现银子多也没用了。在别人看来,萧三少夫人的头衔,远比银子辉煌得多。所以,她不能随便逛大街,随便探脑袋,随便巡视自己的产业。她应该坐在华丽的后宅里,等那些掌事的一个个垂着头递上账本,而她只能通过这些本子指挥他们行事。

从来没有被真正束缚过的裘三娘,突然惊慌,当赚钱已经不能成为她唯一的目标时,她似乎迷失了。

这些话,她不会对小衣说,因为小衣听不懂;也不会对白荷说,因为白荷希望她当个贤妻良母;更不会对绿菊说,因为绿菊只会干着急。她唯一能说的对象,只有墨紫。尽管,她对墨紫实在算不上好,但她相信,世间如果有一个人能懂她,那就是墨紫。她俩在某点上很像,就是不甘心忍受对女子的束缚,相信只有自立,才能拥有选择,而不用依赖别人。

思绪纷乱中,马车就停在了林府门前,白荷和小衣扶她下车。

就在大家等林府大门打开的时候,鹿角巷的拐角突然出现一个白发老头。待老头走近,裘三娘看到那人其实并不老,而是鹤发童颜的相貌。他手里一张竹竿灰幡,一面写卦一面写相。身着天青水墨白袍,两幅又大又宽的袖子,光脚趿一双木屐。一根乌溜溜的玉簪子固了银发髻,雪白胡子,漆黑长眉,脸上一条皱纹也没有,光洁得很。走路慢条斯理,有几分闲散逍遥意。

木屐啪嗒啪嗒走过王府的马车,走过裘三娘和小衣身边,对他们不瞧一眼。

裘三娘刚想,这算命人看上去还似乎真有仙骨,那般与众不同。那人走过去,就传来一句低语——

“这位女娘,命倒是好命,可惜了,可惜了。”

裘三娘信佛亦信缘,听那人开腔意有所指,不由得问道:“先生说的是谁?”

“问我的是谁,我说的便是谁。”算命人走得不快,声音挺清楚。

“先生请留步,可否说与我听听,为何可惜?”

“注定雀鸟飞上凤凰枝的好命,可惜富贵不长久,可惜运气要到头。你说可惜不可惜?”算命人没留步,仍不紧不慢往前走着。

算命人越不肯停,裘三娘就越觉得他不寻常,“先生……”

算命人转过身来,一摸白胡,看着裘三娘摇头,“这位女娘,你命中缺水,故名字中有水。你近日新嫁,夫家极贵,却远离自己故乡。你眉宇之气非凡,本已大富大贵。然,你额前有乌云盘积,是穷途末路的悲兆。你名中之水已枯,不久便金散财尽,再无好运当头。”

裘三娘见此人算自己的事极准，又想到如今寸步难行，真有穷途末路之感，“先生，我当如何解开缺水之困局?”

“难。”算命人一叹，转过身去，“荣华富贵本是过眼云烟，女娘放手便罢了。”

裘三娘哪是肯放手的个性，快步走到算命人面前，盈盈一福，“还请先生为我指点迷津。若能化解，必重金酬谢。”

“水枯竭，除非再有水后续。若水中有木，更能活水活木，欣欣向荣。只是这水木，你便是手中有，也不会在你手中活，必得由天命属水缘木之人方可。水虽能旺你，并非生财，而是生根。根安而枝旺，根荒则枝枯。”那人眸中精光闪现，盯着裘三娘的面相，“女娘虽欲当鸿鹄，心胸不宽，怎能高飞? 你本该有贵人相助，可惜——”

又是一个可惜。

裘三娘刚要再问仔细，却见林府大门吱呀打开，墨紫和岑二迎了出来。

算命人顺裘三娘的目光，回头一看，顿时哈哈笑，“女娘，你瞧我说得对否? 水木荒在你手，你亦有活水之人。可你愚钝不堪，眼拙耳聋，偏想剪了人翅膀，贪图眼前小利。要知凡事，心诚则灵，心宽则远。你若不肯放手，又如何能得助你之贵者的真心呢?”

裘三娘已经惊得说不出话来。

“有舍有得，有得有舍。你心已焦，气也弱，运将竭。老朽与你有缘，才点你愚钝。女娘，好自为之吧。”那人摇头晃脑，竹竿敲地，要走。

裘三娘深深一福，“先生，三娘最后请教一问，可是非她不可?”

那人没受裘三娘的礼，将身绕过去，有些负气，拍着自己的嘴，“不可说，不可说。管不住一张嘴，就白了一头发。再如此下去，我命不久矣。混口饭吃，胡说八道也就罢了，哎——偏生看不过眼。”

木屐趿趿拉拉，那人既没回答裘三娘的问题，也没再回头，看似走得很慢，却不一会儿远了。

裘三娘怔怔望着那张卦相的幡布，一时回不过神来。把算命人的话，每字每句都牢记在心里。她得想一想，好好想清楚。

“裘小姐? 裘小姐?”墨紫按之前商量好的演，却见裘三娘盯着一个算命人的背影发愣。垂下眼，不知裘三娘想什么，她扯扯嘴角。

“墨哥改不了口了?”白荷从后面走上前，笑着提醒，“我家姑娘如今是敬王府三公子的夫人了呢，叫声三奶奶还差不多。”

墨紫忙改口叫三奶奶，却仍然没得到半点回应。她抬头去看，就见裘三娘盯着自己，眸中极其复杂。

马儿在太阳底下有些热了，低低甩头嘶鸣。

墨紫心中奇怪，嘴上继续说:“三奶奶，您来得真不巧，东家出去访友，没个三五日不会回来。不过，倒是交代过小的们，若您来了，就带您逛逛园子。天也燥得慌，

三奶奶请进去先喝杯凉茶，消消早暑气。”

美人还是不理她。

“三奶奶?”再小心问一声。

裘三娘仿佛恍然大悟，眸光刹那清澈，“你东家既然不在，我就不进去了。等他回来，说我来过便是。我改日差人送帖子，再来吧。”

说完，叫过白荷、小衣上了车。一车四马，竟就这么走了。

岑二傻了眼，好一会儿没说话，然后开口道：“墨哥，这唱的是哪出啊? 东家不是应该进园子，喝杯茶，逛个一圈再走的吗?”

墨紫淡淡收回视线，双手往后一背，朝大门走去，“我也不知道东家怎么想的。可能让那四个护卫跟着不方便，也可能瞧清了林府的位置，觉得确实不错，就懒得进来看了。”

岑二忙跟上墨紫的脚步，“前者的可能性还大些。若是后者，东家的性子，哪能过门而不入，定要亲眼瞧过了才安心的。不过，我最怕的是，东家连看都不看，是不是对这地方不满意? 咱们银子可全都付出去了，地契也转到她名下了，千万别这会儿说不行。”

“我瞧东家的脸色，不像不满意。你等我晚上回去了再问问，咱们可不要自己吓自己。一千八百两的银子，要叫咱们赔，那可死定了。”墨紫说到后面，呵呵直笑。

岑二拍着胸脯，叫声哎哟妈呀，“墨哥，我服了你，真够定心的，还能笑得出来。”

裘三娘奇怪的态度始终困惑着岑二。还不到用晚膳时分，他就叫厨房早早开伙，又催命似的催人吃饭，在天边的彩霞中，让赞进把墨紫送回敬王府去。并再三交代，若有变故，哪怕再晚，都要通知他一声，省得他睡不好觉。

墨紫一直强调安心安心，岑二完全没听进耳里，一副有着赔钱觉悟的表情。

岑二催得急，墨紫和赞进骑马却是优哉游哉。要知道，墨紫不喜欢被颠得浑身酸痛，而且一旦出了门，便很不想回去，自然能晚则晚。

两人晃到玉和坊最繁华的中心处。

“墨哥，那边好像热闹，咱能不能瞧瞧去?”

墨紫在马上瞧见那是官府贴通告的大竖板，自己没什么兴趣，就对赞进说：“你去瞧吧，我这马慢慢走，你赶上来就成。”

“那不好，万一你遇上什么事。”赞进断然拒绝了。

“呃——要不你去看，我就在这儿等你?”她这个主人绝对比裘三娘更好，比全天下的主子都好。

赞进打量一下两边距离，确定墨紫不动的话，他只要多回回头就能掌握她周围的状况，这才放心去看热闹了。

墨紫就倚靠在一座墙边等着。天色将晚，不少店家准备收铺，而那些摆地摊的、挑杂货担的小商贩已经走得七七八八。感觉自己的影子被突然照斜到反方向去，她看一眼身侧。不远处，两座石狮子顶上，亮起八盏璀璨莲心宝灯，琉璃所制，大放异彩。再过了不多会儿，那门前就忙碌起来，有长相干净讨喜的小厮们进进出出，而她也能听到墙里传来的动静。

笑声，琴声，诮言，娇语。

墨紫双腿一夹，马后退了几步。她目光越过墙头，看到一座灯火通明的大红楼，三层高，正正方方，明红雕画大柱一面就有十六根，盖十六大角八小角飞禽走兽珍宝顶，气派十足。

她刚想策马到大门口去看匾，就听有人以不太确定的语气叫墨哥。侧目一瞧，一顶二人抬的小轿，窗布撩开。

的确是熟人，而且还是不太想见到的面孔。她不甘不愿下马，对那人抱拳，"仲安先生，别来无恙?"

那人正是当初三人党中军师般的存在，喜拿扇子的仲安。

仲安见自己没认错人，倒是比墨紫想象中友善得多，连忙叫人停轿，出了轿子，双手一拱，"仲某近来还不错。墨哥可好?"

"挺好。"两个字说完，墨紫就不知道说什么了。总不能问，先生最近还有没有接秘密的活儿来干吧。

"墨哥来上都办事，还是长住?"仲安一直很欣赏墨紫。当时立场不同，如今就好攀谈。

"我随东家迁居上都了。"墨紫想撒谎，可一想撒谎容易圆谎难，她以后少不得要在这玉和坊走动，于是就说了"实话"。

"墨哥当初说是最后一次，果然说话算话。天子脚下，还是正正经经做营生的好。不然，见面也尴尬不是?"仲安笑着。腰间一枚洁白无瑕的缀玉散发淡淡莹光，一看就是好东西。

这个仲安，不像是萧维的手下人。墨紫心想，多半也是一官儿。

"仲安先生真会说笑，墨哥东家从来都是本分老实的商人。哈哈——"

仲安也哈哈一笑，"墨哥说得不错，本分老实，就如同我仲某一样。"

两人一起装傻充愣，仿佛当初的事就此勾销。

"墨哥这是来见识见识?"仲安突然用扇子敲一下墨紫的肩。

"呃? 见识什么?"

"你们洛州有个望秋楼，我们上都有个无忧阁，里头都是数一数二的美人。不过，葛秋只可远观，近赏却不可唐突，而无忧阁里的姑娘能陪你一夜春风吹几度，销魂酥骨。"仲安满脸暧昧。

墨紫指着外墙，有些诧异，"这楼是无忧阁?"久闻大名了。

"墨哥何必装呢? 看你年纪轻轻，自当血气方刚，找个懂风情的美姑娘睡一睡

也没什么。不过，你可是挑了个好地方。这无忧阁的女子与别处青楼不同，要价虽高，个个通晓才艺，单是有才女之名的，就有七八人，更别说名满天下、一笑倾城的莫愁姑娘了。那可是国色天香，一手琴艺出神入化，即便是御用的大琴师都甘拜下风的聪慧女子。"仲安说着说着，眉飞色舞。

找个美姑娘睡一睡？墨紫骇笑，"一直以为仲安先生才高八斗，想不到也说得出这么直白的话来，好歹用些共度良宵之类的词，倒叫我不好意思。至于莫愁姑娘，哪是我这等凡夫俗子能见的？"说实话，第一，她从未听说过这位名满天下的莫愁姑娘，而她自己是女人，对另一个女人没有奇怪的兴趣。第二，但凡这种极负盛名的，本人多数会令人失望，所以她不信。

"有什么不好意思的？都是爷们。"仲安爽朗一笑，"不过，你还真说对了。莫愁姑娘的确不是凡夫俗子能见的。她见客，有一个条件，非金非银，就是要对方做一件令她愿意露面的事来。比如，一首好诗，一支好曲。还有过一个书呆子，作诗时太紧张，从楼梯上滚下去，摔断了腿，莫愁姑娘出来笑了笑。都说那呆子有福了。"

一群神经病吧。跑到青楼里，花了银子，还要负责当小丑？还有那个莫愁，人为她摔断了腿，她还笑，多有良心啊！

墨紫看到赞进过来了，正好给她个理由走人，"可惜今日不巧，东家等我回话呢。"

"墨哥，你错过今日，以后想见莫愁姑娘可不容易。白羽老弟一来，莫愁姑娘什么条件都没有，自愿出来弹琴与他助兴。如何，我捎你一个？"仲安很热情地邀请她。

"仲安先生的好意，我心领了。只是今晚实在不行，改日吧。"墨紫绝对没有兴趣。

这萧二郎，果然就是风流人物啊。

仲安信以为真，遂不再勉强，"墨哥，住上都何处？改日再邀，我也得有地方请去。"

墨紫听仲安似乎真心要再请，灵机一动，说道："仲安先生，我东家的望秋楼不日就要开张，到时你若常去，咱们自然就能见了。"

"望秋楼要开在上都？我一定去。什么日子，在何处？"

"倒也不远，这桐雨街往西走到头便是。大约一个月后就开张。仲安先生请一定带朋友来捧场。"至于那位少将军，不带也无妨。墨紫暗道。

"一定，一定。果然好眼光，开在玉和坊，财源滚滚来。而且无忧在东，望秋在西，岂非两边都是美人乎？乐哉快哉。"仲安说罢，拱拱手，便要告辞。

"仲安先生。"有件事，压在舌头底下，从见到他开始，墨紫就想问。

"墨哥，何事？"仲安回身。

"……"第一贪官现下是生是死？憋半天，还是没问出口。

元澄是仲安押解到上都的，而仲安又是朝廷的人，应该知道元澄现在怎么样了吧？但只怕，她问了也是白问，仲安不会告诉她。正如金大少所说，皇帝杀人不需要大张旗鼓才是。只是，她太倔，总认为那样一个人，不会悄无声息就消失掉。

仲安突然一笑，“墨哥，可是想问某人境况？”

再怎么显露了喜玩的倜傥模样，这人还是很聪明的。

墨紫双眸明亮，静静等着仲安说下去。

“我只知道，送他进去的时候，他还是活着的。而且，托你二百两银子的福，看了好大夫，吃了好药，完全恢复了从前令人讨厌的相貌。现今如何，我不是不告诉你，还真就不知道了。”仲安说完，摇着扇子，离大门很近，也不坐轿，沿墙走一段，转进无忧阁里去了。

虽然从金银那儿已经知道第一贪官进了皇宫，不过此刻能听到更为详细的消息，墨紫作一长揖，不管走远的仲安听不听得到，“谢先生告知。”

天色有点暗了，墨紫同赞进上马继续向前。

“瞧见什么热闹了？”墨紫想起来就问。

“我还以为是耍把式的，围了里三圈外三圈的。过去一看，是刚张贴了皇榜。我也不识字，就听到有人念边境纷乱，大周百姓和玉陵难民互相扶持，需天下有才志士之力，共渡难关。今皇恩浩荡，大赦天下，死罪者免死，重罪者从轻……”赞进不识字，可天资聪颖，记忆力非凡，听过一遍，哪怕不懂，照样念出来了。

“赞进，你刚才说皇恩浩荡，大赦天下，死罪者免死？”墨紫陡然勒紧缰绳，身下马儿嘶鸣而止步。

“对啊。”赞进不知墨紫为何停马，也停下来。

墨紫放声一笑，心中很痛快。果然，第一贪官命不该绝，只要他不死，就能拿到水净珠。她自己虽说一穷二白着，可总算没有白费功夫去救了这个人。以后，她都可以不用再担心这件事了。

“赞进，今日好事一桩接一桩啊。”双腿一夹，马刺稍稍一碰，马儿再度开跑。

到了弃府那儿，墨紫先挪砖头看墙缝里有没有裘三娘传出来的字条，结果一无所获，就让赞进把今日东家无大事的话带回去给岑二。

换装洗脸梳头发，用了将近半个时辰，墨紫再学猫叫，把小衣叫出来。

“姑娘，我是说奶奶，今天怎么不进园子？”小衣要带她翻墙前，墨紫问。

“不知道。就去瞧了眼田大看好的一处房子，三进的，花园好看，七百两银子，小姐当场就付清，让田大找岑二商量打家具，然后就回来了。”小衣想起来，“多半是算命先生说了什么不好的话，小姐不高兴。回来后就一直关在书房里，谁也没让进去，说要抄经。”

能让小衣说这么多话，裘三娘今日真反常了。

“小衣，能带我到默知居外面吗？我要是两手空空回去，红梅一定奇怪。”裘三娘是让她找书去的。

小衣已经把这面墙摸了个门清，点点头，就领着墨紫走到更远的墙脚下。

墨紫落地一看，是默知居外的僻静竹林。刚要走，小衣拉住她，塞给她一样东西。打开瞧，居然是敬芳园的地图，画得十分精美而且详尽。那些阁啊楼啊屋的，跟名家字画一般的水准，是裘三娘的细致画风。

真的，也是赶糊涂了，忘了自己打裘三娘嫁进来，就没出过咏古斋。一出去，今晚大概就让裘三娘说中，回不来家。

眼看快到掌灯时分，她不再耽搁，看准了地图，照上头的说明，抄无人小路，跑得飞快，终于在日落前，站到敬芳园书斋的门口弯腰喘气。抬袖擦汗，发现书斋前一片静悄悄的，四周没个人，也没灯。她从来以为，像敬王府这样的地方，书斋应该有专人照看。谁知，上前推门，还没用力，就开了。一点声音也听不见，只有一大间十来排的书架子。

墨紫不知道，这间书斋是敬王府摆设用的。平时家里谁买个书，看完了，就放到这里来。没有重要东西，自然也没人看管。十天半个月，管事找小厮丫头们来清理一回。既然是看完了丢到这儿放，主子自然就很少来。

天色昏暗下来，还好堆放杂物的柜子里有蜡烛和火折子，墨紫点亮一根，用铜烛盘端了，到书架前打算找书。可等到她拿蜡烛一照书架，傻眼。书没有分门别类，多半是不识字的仆人们信手弄齐了竖起来就算。而这时候的书，大多是线装书，只有封皮上写着书名，书脊可没字，也不分门别类地放。裘三娘要找的书，一本是《诗经》，一本是《春秋》，很普通，很正统，可墨紫看着这十来排书架，很无奈，很头痛。她不能在别人以为她花了整日工夫在书斋之后，回去说找不到。

心一横，她把所有的蜡烛找出来，根根点亮，将书斋照得通明，挽起袖子，从第一排开始，翻！

不知找了多久，眼前一道白光乍现。紧接着，轰隆隆，天上滚雷声。

墨紫自中间一排抬头，从开着的窗户瞧出去，漆黑漆黑的。无风，低压闷热。这是要下雷雨了。

才想完，雨声就起，噼噼啪啪，一片。咕噜噜，肚子滚雷声。

正好白荷给她装了一小口袋的桃酥饼，咬半个在嘴里，还有半个含着，要继续埋头苦找。

“这雨怎么说下就下？”有人在外面大声叫，“二爷，书斋里躲躲吧。咦，点着火。这么晚了，还有谁在？”

哐啷，两扇门骤然分开，大步进来一个人。

闪电劈下来，将墨紫的脸照得雪白。

那样难以令人忽视的形象：叼着半个饼，歪着脑袋，瞪圆了眼睛。

雪青的领，紫青的衫。肩头绣明菊锦簇，这会儿让雨打了微湿。一向如寒星的眸子，如今因墨紫那叼着饼的模样，有了笑意。嘴角一勾，再不是高高在上的萧将军。

再见时，他的神情突然这般平易近人，墨紫一怔。

这时，他开了口，“硕鼠硕鼠，无食我黍。”

岂有此理，当她文盲？说她是偷吃他东西的老鼠？她肚子饿了，咬的是白荷做的饼，又不是他下厨房做的！

伸手重重掰下嘴外的半块饼，已经在嘴里的，匆匆嚼过几口吞下去，她回他，“汤鸡汤鸡，无闯我地。”作诗多简单，是个人都会。

萧维一怔，“汤鸡汤鸡？”

“落汤鸡，落汤——鸡。”

“你哪来的丫头，竟敢这般对二爷说话？”萧二郎身后闪出一个小个子，眼睛小得看不见，长得黑不溜秋，脑袋上顶的小髻没有鸡蛋大，就是头发特别稀缺的那种。不过，将那身小厮的黑布衣撑得结结实实，似乎是个武生小厮。

墨紫不慌不忙，将手里的饼送到嘴里。“不是跟二爷顶嘴，而是瞧二爷有诗兴，我跟着附和两句。”汤鸡汤鸡，无闯我地。一不小心，还押了韵。

那小厮的嘴立刻像吞了鸡蛋，噎到。还能这么附和的？

“这是你来的地方吗？”本来觉得她那样子太有趣，萧维想什么就说什么，谁知让她顶了回来。

“二爷说得好。我这饼也不是二爷的。”墨紫拍拍手上的饼屑，双手对握，在腰间一别，完美一个福，“二爷，墨紫帮三奶奶来找书。若扰了二爷清静，墨紫在这里给您赔不是。”

萧维一听，敢情她给自己找好台阶，顺顺当当下来了。他还真不能计较。她找书，他避雨。他说她硕鼠，她回他汤鸡。而且，她先低头认错，他便是有火也发不出来，只有轻轻哼了一声，在书桌前坐下。

“二爷，小的去拿伞，您稍等片刻。”小厮说完，斜眼瞧墨紫，鼻子高扬，好像是说——看看，这才是为人仆的本分。打雷下雨，刮风闪电，也得身先士卒。

墨紫笑笑。

小厮转身走到门前，想想不甘心，回过头来指挥墨紫，“二爷喝了酒，又淋了雨，你赶紧去泡壶热茶来，给二爷驱驱寒气。”

“热茶？”墨紫心想，她上哪儿找热茶来。

“你新来的啊？隔壁耳房有炉子和清水，煮煮就好了。”小厮对这儿挺熟悉，手往外指，又左转。

“二爷的维风居可是离得很远？”

“不远。”小厮不懂她为什么问。

“那是你一来一回快，还是我生炉子煮水快？”

“呃?”小厮被问住了,想想也是,维风居不远,所以才能冒雨拿伞。估计他回来的时候,水还没开呢。尽管如此,他还是不甘示弱,“你管我快还是煮水快,二爷受了凉生了病,你担得起这个责任吗?”

她干吗要担责任?去喝花酒的,是萧二郎自己;赶上大雨的,也是萧二郎自己。受凉生病?那就更可笑了。他还是武将,淋点雨就病,怎么带兵打仗啊?

“不用麻烦……”萧维发现自己还没说完,墨紫就已经弯下身来,盘膝坐在地上,将一旁高高叠起的书一本本看过去。这丫头应该压根没想要去煮水烹茶。

“二爷?”小厮有点诧异主子今晚这么好说话,许是喝多了酒的缘故,也不好再说墨紫什么,“我马上回来。”

萧维点点头。小厮冲进雨里去。

蜡烛呼呼烧着,雨点啪啪坠着,再没有其他声音。

萧二郎本无意和府里一个丫鬟多说什么,不过这个丫鬟倒是有些不同的。再加上他喝了酒,耐不住静,没多会儿就主动开了口。

“三奶奶让你找什么书?”这书阁他是知道的,堆得乱七八糟。

“一本《诗经》,一本《春秋》。”

“你三奶奶不知道净泉阁里有很多书吗?只要问三爷一声,他定然就找给她了。何必舍近求远?”

“二爷不知道三爷立的规矩?那净泉阁没他允许,谁也不能进去。便是奶奶,也一样。再说,这两本书最普通不过,哪好意思跟三爷开口借,这才遣墨紫来这里的书阁。”早知道乱成这样,她就该在外头的书斋里买新的回来。

“你家奶奶没问过,怎知三爷不借?女人若是太好强,吃亏的还是自己。男人最烦猜心思,你奶奶要一直这样,或者想要欲擒故纵,就把三爷推到别的女人那里了。你既然是个聪明的丫头,就该好好劝主子才是。主子得意,底下人也能跟着得意,否则在别人面前,要低一等,当你新人一样,呼来喝去。”萧维说着话,并没有看墨紫,伸手推开窗,雷雨小了些。

这位一定喝了不少,居然说这么一番话出来,似乎是为着裘三娘好,其实更是为了他弟弟好。

墨紫笑了笑,“二爷这话,墨紫不知当回不当回?不回,怕二爷说我目中无人;回了,又怕二爷恼了。”

“说便说罢,你还怕我恼?我可瞧不出来。”

“照二爷的意思,咱奶奶应该对三爷撒撒娇,说好话哄着,把三爷抓牢在手心里,得了三爷的宠爱才是?”墨紫反问。

“不是如此?女子一开始清高些,是情趣。不过,一直清高就无趣了。世间多的是温柔的解语花,也不一定非要那一朵没趣的。”萧维眼眯了起来,撑手抚额。无忧阁的酒,该死的后劲足。他便是知道这个,才早早回来了。

“二爷认为我家奶奶是喜欢三爷的，却又怕三爷在她身边待不长久，故意欲擒故纵?”这么自恋的想法，是萧二郎这种人想得出来的。

“难道不是?”萧二郎头晕，那个在书柜之间的人影儿有些模糊。

“不是。”裘三娘对萧三没有男女之情，所以是真心把人往金丝那儿送。墨紫心里这么想，却没有说出口，“我家奶奶没有要争宠的意思，更没有要欲擒故纵的意思。她和三爷相处时日也不多，这感情嘛，还要慢慢培养。”

“是吗?”酒劲起来，人还没糊涂，他听出她突然敷衍了。

“是啊。二爷是听了什么人嚼舌根吧? 夫妻之间的事，奶奶和三爷最清楚，我们旁人就别管了。”

“墨紫。”萧二，难得，还是头一回叫她的名?

墨紫没觉得感激，而是全身警惕，“是，二爷。”

“你的确很聪明。”

墨紫低下头，不，她不聪明，她只是明白在这个看似和睦友好的敬王府里要如何保全自己而已。任何时候，都不能放下心防。哪怕那个人看上去无害，也可能转变成伤人的双刃剑。因为酒醒后的萧二郎，才是真正的萧二郎!

“二爷，奴婢绿碧。”一个好听的女声，在书房门外响起。门是开着的，但却不进来，这才是真懂规矩的人。

萧维撑着桌站起身，“进来吧。岩烟这厮又偷懒，说了去拿伞，倒又惊动了你来。”

“岩烟湿了一身，怕他生病不好跟着伺候二爷，我就让他赶紧下去歇了。拿把伞多大的事，本就是奴婢们该做的。再说，二爷不回园子，都还没歇呢，算不上惊动。”那声音进得书阁里来。

墨紫一看那女子，粉蓝的百褶裙荷花叶儿衫，长相不说有多美，五官很娴静，用花来比喻，就像是春日里的杜鹃，不名贵，不张扬，淡淡开放。头发梳得不似普通的丫鬟髻，而是更复杂的绾发式，虽然只有两根碧玉钗子，却是上等好玉。

自称奴婢，又比大丫鬟贵气一些，在萧维身边。那是什么身份，应该不言而喻了。

绿碧身后，还有两个小丫头，不过没跟着进来，在门外廊下一手掌灯，一手拿伞。

绿碧显然没料到书阁里除了萧维，还有别人，稍怔。见墨紫一身丫鬟装，没注意她的坐姿，以为是岩烟找来暂时服侍爷的，遂对她微微点了一下头。

墨紫放下手里的书，站了起来。

“二爷，你身上都湿了，着了凉怎生是好。这岩烟，我明明交给他那件云锦孔雀丝的披风，就怕入夜变个天，他竟没想着给您披上。亏得我带了替换的衣服来，赶紧换了吧。”绿碧的语气满满关心，那么体贴入微。

墨紫想，是男人都会喜欢像绿碧这样的女子，看上去不惹麻烦，又是贴心的人儿。慢半拍发现萧二郎可能要换衣服，一时不知该往书架里面避，还是到外面去等。她虽是个丫头，但伺候的是女主人。男人，还是要避嫌的，免得将来说不清楚。

“也不是多远的路，回去再换。”萧维这时显出武将的“皮糙肉厚”来。

是啊，是啊，赶紧走吧，别打扰她找书。再这么你来我往下去，她真要在这里过夜了。墨紫心中暗催。

“二爷，好歹换了外衣。”绿碧坚持。

墨紫从书架后走出来，弯膝点脚尖，“墨紫先到外面等好了。”

“你不用出去。”萧维在墨紫要走的时候，同时往门口大步跨，并让绿碧到外头打伞。

绿碧这回仔细看了墨紫一眼，神情间也没什么变化，垂眸遵照萧维的话，出门吩咐小丫头们把伞撑起来。

墨紫站在门里，说一声“二爷好走”。萧维也不回什么话，走进雨地里去了。

墨紫再坐回书架前，终于自在了，找书的速度也比之前快得多。不知是因为身份的限制，还是因为背着墨哥的秘密，和萧二郎在一个屋檐下待着，可一点不舒坦。

她那儿想着恢复了清静，可不多片刻，门外又进来一个人。

“我是维风居里的丫头红罗，奉二爷的话，给三奶奶送书过来，你快拿着吧。”一等丫头的衣裙，长相平平，态度并不倨傲，笑得挺和善，又一个乖巧的人儿。

墨紫忙又爬起来，把书接过去一看，正是《诗经》和《春秋》，“谢谢红罗姐姐，可省了我找书的工夫。”

“不用谢我，谢二爷便是。我留了灯和伞在外头，你自己回去时，小心些吧。”红罗做完主子交代的事，不再多说，转身走了。

墨紫吹灯熄烛，将门关好，夹着书撑起伞，提着雨打不湿风吹不灭的琉璃灯盏，回到默知居，睡下不提。

第二日一大早，墨紫进裘三娘的寝房伺候，递过手巾给她擦脸，却见她盯着自己瞧。

“奶奶昨夜里睡得不好？”

裘三娘似乎已经不记得让墨紫去找书的事，幽幽收回目光，说道：“昨夜突然打雷下雨，本来睡得好好的，却给吵醒，再睡就浅了，好像总听到雨声滴滴答答的。”

“下午，奶奶再补一觉吧。”

裘三娘接了手巾，漫不经心地擦了擦，“墨紫。”

“是，奶奶。”

“你……信不信命？”裘三娘所有的反常，都是因为那个算命先生。他说的那些话，实在不能让她不去想。

她命中缺水，是出生那一年，母亲去给她算八字，据说是算得很准的相士说的，因此还特地求了一个带水的名。这件事，她没跟谁提过。再说水木之地，完全就像是在说红萸坳，她也确实打算继续荒着，或者找机会卖掉。现在想想，自己命中缺水，这坳是不能卖了，也不能荒。可是，交给墨紫？

救墨紫的时候，她从衣物首饰便看出不是寻常人，否则以她不爱多管闲事的个性，普通人她还不肯救呢。贵人？绝对可能。墨紫说父母只是老百姓，她表面上相信，心里却认为她没说实话。而墨紫帮她之后，所展现的智慧和见地，也不是小门小户的女儿会有的。她也明白，一旦墨紫恢复真实的身份，一张契约根本留不住人。但只要墨紫不肯承认自己的过去，她也不会傻到放弃利用墨紫赚大钱的机会。她和墨紫，都在寻找一个既能和平共处，又能达到彼此目的的平衡点。墨紫当丫头是五分，而她当主子又何尝不是只有五分。看似她压着墨紫，可实际上她从来没有真正压过去。两人一直都是旗鼓相当。

迄今为止，她交给墨紫办的事，还没有不成的。她不怀疑墨紫如算命的所说，是属水缘木之人。墨紫左手的木工技艺，她亲眼见过，十分灵巧，比一般的木匠手上功夫要好。墨紫跑船，听岑家兄弟说，简直是如鱼得水那般，驾船的本事一学就会，一趟船下来能与船帮子并行。

但，红萸坳交给墨紫？

她很矛盾。一面，她知道以身边可用的人而言，墨紫是最适合的人选。可是另一面，不同以往，全盘生意要交给墨紫，而且是墨紫最擅长的，以墨紫的聪慧，能从中获得多大的好处？她也清楚，墨紫离开她会是迟早的事，但她并不想那么早就让墨紫自由。船场无利可图，只能保她根基。如果让墨紫钻了空隙，岂不是得不偿失？

然而，心里反复思量着这话："水木荒在你手，你亦有活水之人。可你愚钝不堪，眼拙耳聋，偏想剪了人翅膀，贪图眼前小利。要知凡事，心诚则灵，心宽则远。你若不肯放手，又如何能得助你之贵者的真心呢？"

有舍，才有得吗？她放手让墨紫走，墨紫反而会真心相助的意思吗？

裘三娘想了一夜，决定试探。

第二十五章 三进三退

“墨紫,你信不信算卦相面的?”裘三娘问得更具体了些。

“听小衣说在鹿角巷遇到了算命先生?”墨紫反问道,“可是他说了不好的话?岑二怕你不喜欢买下的地方,愁得不得了。”

“那,若是算命的真说了不好的话,你信不信呢?”裘三娘不松口。

“不信。”斩钉截铁,墨紫回答。

“为何不信? 天理循环,冥冥中皆有定数。若然违背,富也能成贫,运也能成晦。”裘三娘信。

“我不信算命的,却信天时地利人和。奶奶你要是看了林府里面就会知道是很适合望秋楼的。地段可不能从林府大门看,而要从后墙看,那是玉和坊最繁华的一处。”

裘三娘知道墨紫以为算命人说的是望秋楼的位置,也不纠正。她有过一瞬间小小的疑虑,怕是墨紫设的圈套,虽然可能性很低。墨紫聪明,为人却十分坦荡,连她以前想开妓院,都很受不了的样子。还有,对付裘三裘四的方法,墨紫觉得她过于狠辣。因此,实在不像能使阴谋的。

第一回合的试探下来,裘三娘是彻底打消了这个念头。先不说墨紫根本请不动人来作假,即便真是请来的,她这么问,墨紫应该会说信才对。那神情自然,没有一点心虚状。

“瞧你说得急了眼,我也没说那地方不好。银子都花了,还能让你跟岑二把钱讨回来不成?”裘三娘听到外间红梅跟默烟、默馨的说话声,就没再继续说下去。

"哎哟,咱们的墨紫可终于摸回默知居的门了。"红梅进来,嘻嘻笑着说道。

比刚跟裘三娘那会儿,红梅已经活泼多了,自然也是让墨紫她们给影响的。

"红梅姐姐,可别说我的不是了,我这不是在将功赎罪吗?"

"不说可不成,到时候咱们都学了你,奶奶身前还有谁伺候着?"红梅玩笑之中,还是有着要墨紫解释的意思。

"别提了。那个书阁都没人好好整理,十来柜的书随便就放一起。我先傻了眼,东翻西翻地白花了好些工夫。等决定从第一排开始一本本找,已经过了午。那么多书,瞧得我头昏眼花。不瞒姐姐说,要不是遇上了二爷心善,让丫头把这两本书送来,恐怕这会儿我还在书阁里头呢。"

"你也是转不过弯,半日之内找不到回来便罢。一本本翻找,三天三夜也翻不完。"红梅没有看低墨紫,但也没有看高她。

"那可不行。"裘三娘适时来扮黑脸,"我吩咐的事她没办成,便是三天三夜也得继续。"

"是我错了,忘了奶奶多爱看书。"红梅语气转得快,"墨紫,以后你再去书阁,不但要带干粮,还要带被褥。"

"遵命。"墨紫心道,哈,在外头过夜都没问题了?

"怎么遇上了二爷?"裘三娘任默烟梳着头。

"昨夜里突然下大雷雨,二爷和小厮到书阁避雨,没想到我在那儿。对了,我还见了二爷的两个大丫头,一个叫绿碧,一个叫红罗,气质一顶一的好。"墨紫对听得专心的红梅笑笑。

"奶奶,你以后也得带着墨紫四处走走,省得她对咱们府里的事什么都不知道。要是懵懂无知,把大主子小主子半主子们得罪了,那就不好了。"红梅挺认真地说。

"怎么,我说错什么了?"

"你当然说错了。绿碧早先是服侍王妃的大丫头,后来给了二爷,收在房里,如今在二爷身边有三四年了。红罗同我一样,是老太太跟前的。由老太太做主,过年时送进维风居。虽然目前还没有正式收房,不过听说已经服侍过二爷了。你说,这两个哪里算得上是丫头,分明就是半个主子了。尤其是绿碧,二爷还没成亲,也没有二奶奶,后宅的事就是她管着的。她为人和善,又极能干,还是个容人的,王妃十分喜爱她。我猜啊,等二奶奶进门,就得抬了绿碧做妾。至于红罗,也是很乖巧懂事的人。老太太怕二爷专宠……"从三爷那儿得到的教训。不过这句话,红梅不敢当裘三娘的面说,"专宠绿碧,二奶奶进门会不高兴,所以就送了红罗进去。"

红梅说的这事,裘三娘也未曾听说过,"我只知道二伯尚未成亲,倒不知他有两个通房丫头,艳福不浅。不过,他为何至今未娶? 照说,很少有弟弟在哥哥之前成亲的道理。我未进门前,还一直以为二伯早娶了妻了。"

红梅掂量一下,觉得反正也不是多大的秘密,说道:"二爷的婚事,有皇上做

主呢。”

“那可了不得。”裘三娘哦了一声，“将来我这妯娌恐怕是公主了。”

“也可能是郡主。不过，二爷的婚事这半年就该定了。不知道皇上有没有问过二爷的意思，反正老太太问了二爷多少回，二爷就是不肯说。可皇上器重二爷，满朝文武皆知。能娶上皇室宗亲，也是咱们敬王府的福气。”

“说得也是。”裘三娘一笑。

墨紫突然又想到无忧阁的莫愁姑娘。若萧二郎娶公主，莫愁今生今世可以断了念头了，便是当无名无分的红颜知己都难。现在看来，绿碧、红罗容貌均不出挑，也可能是怕将来尊贵的二奶奶醋意大发的缘故。

“墨紫。”裘三娘叫她。

“是。”墨紫回。

“红梅提到带你见见人，还真是巧。前几天，玉姨就跟我问你，说怎么我嫁进来后就没瞧见过你在我身边。后日玉姨过生辰，婆婆说要摆几桌席面庆祝，我带你去的话，还省得准备礼物了。”裘三娘不能一直藏着墨紫。

墨紫也清楚，顺从说是。

当日再无事。

到次日，如今伺候裘三娘的丫头多，也不用墨紫日日轮值，就关在木工房里做活。她正低头拼一座九曲桥，感觉到有人走进来。

“听小衣说，你近来在雕默知居，原来早做完了。”裘三娘的声音，懒洋洋的。

墨紫抬头看她一眼，“奶奶什么时候对我的木工房感兴趣了？你一向嫌吵，不爱靠近的。”

裘三娘没回答，弯腰凑近了，颇为认真地看惟妙惟肖的小房子小廊道，然后纤纤手指捏起桥下一只采莲舟，杏眸晶晶闪亮。

“墨紫，你会造船？”开始第二探。

“奶奶，我不会造船，我只会依葫芦画瓢。”墨紫左手五指灵活地粘着一片片桥板，一曲一折。

“你怎么不会造船呢？这不就是你做的吗？”裘三娘将采莲舟放到墨紫眼前。

“这是我做的，可就是个形似。如同这屋子、这走廊，看上去和真的也是一模一样，可要我造真屋子出来，我就不会了。”

“你怎么知道你不会？要我说，你一定会啊。模子既然能这么像，真的当然也能造出来。”

“奶奶这么看得起我，你说行就行吧。”墨紫不置可否，“也没准，如果把比例尺寸弄清楚的话。”

裘三娘笑道：“屋子你能造，小船你就更能造了。”

墨紫眨眨眼，“奶奶今日心情可真好。不过，你要非把我夸成鲁班再世，我便是皮再厚，也不好意思接受。”

“只要是木头就能浮，造船自然比造屋子简单。”裘三娘完完全全是个外行。

墨紫不想费神解释，笑过便罢。

“墨紫，我把红萸坳的船场交给你打理，如何?”

问完，裘三娘静静等待答案。

“你说把红萸坳交给我打理?”墨紫本来在吹九曲桥上的木屑，听了裘三娘的话，转过头来盯着她看。

裘三娘笑着点点头，“怎么样? 很高兴吧?”

“奶奶这是在跟我开玩笑呢，还是认真的?”墨紫脸上却没有笑意，“若是随便说说，那最好了。还是之前那句话，我当你夸我。”

“墨紫，你不高兴? 我以为算得上了解你，你应该不喜欢待在这小院子里动弹不得吧? 如今我给你机会，为什么不愿意?”墨紫皱了眉，裘三娘则挑了眉。

“奶奶要是让我接替岑二管望秋楼，我还真高兴。红萸坳? 如今那儿什么都没有，杂草比人还高。虽然有经营船场的许可，但荒了近百年，要从头开始谈何容易。船业本不比其他百业，对造船技艺的要求十分高，不是单会算算账请些伙计就能开工的，更不是我这点雕虫小技就能指挥船工匠师的。出一条次品船，就是一船人的命。”墨紫句句实在话，拒绝之后还给出主意，“奶奶若想经营船场，不妨找些有经验者。”

“先不说人肯不肯为女子效力，即便有经验的到处都是，我却不知能不能信，又不好自己常盯着。我虽然不指望那船场能赚什么钱，总不能睁着眼亏本。”裘三娘放下小小采莲舟，“你整你的，我也还没想清楚，就觉着那么块地荒着长草，倒不如用来干点什么。”

“奶奶，当务之急，还是望秋楼开张的事。反正不投入，也不用担心亏不亏本的。”墨紫对已经要走出木工房的裘三娘说道。

裘三娘转过头，仿佛确定墨紫有几分真心，最后笑了笑，“这话不错。我近来闲了，自然想得多些。”

墨紫嗯了一声，表示赞同，遂低头继续拼九曲桥的第二、第三折。

裘三娘的视线却在墨紫身上多停留了片刻，若有所思地转身走了出去。墨紫虽然说得对，没有投入，亏本也不会发生。不过，对那个算命先生的话想得越多，她就越觉得可信。

裘氏百年来算得上富足，却不能大富大贵，更与朝堂无缘，出不了一个士。别说出不了读书人，连经商才能都一代不如一代。红萸坳是裘氏的发家之地，却被后代们荒废，会不会也是裘氏运道始终未亨的原因? 而这地现在一传到了她手上，她便寸步难行，诸多管制。看来，这块地荒着是绝对不行的。

次日，卫琼玉生辰，墨紫随裘三娘前往。酒宴摆在卫琼玉的院子里，多是二房中的女眷。当墨紫瞧见老王妃也出现的时候，心想这卫姨夫人确实很有本事，从老到小，似乎都亲近她。再看王妃，更是一口一个"妹妹"，还说因过生辰的人最大，摆了两张主位，与卫琼玉并座，给足了面子。

除了这三位，还有王爷的另外两位姨娘，陈氏和章氏。白荷跟墨紫悄悄话，说其中章氏年轻些，三十有五。

至于小辈们中，以萧大奶奶方氏和裘三娘地位最高，因王妃生的都是儿子，没有嫡长女。而卫琼玉无所出，陈氏有一子二女，章氏有一子一女。

对于敬王府这种人家，庶女的待遇比庶子的好些。庶子的存在对于嫡子是隐患威胁，然而庶女的婚事能为族氏带来利益。敬王府的庶女，平日吃穿用度跟千金大小姐一般无异，养得千娇百媚，且由王妃亲自督导她们的女红刺绣，教她们理家管事。四姑娘萧婉柔十九岁，五姑娘萧明柔十七岁，八姑娘萧凤柔十六岁。目前，王妃正为萧婉柔寻觅合适的亲事。

墨紫在后面看那三位姑娘，个个都是好模样，其中萧明柔的容貌最出色。小小的瓜子脸，嵌着一双明珠般的美眸，鼻尖俏丽，唇点如樱，笑不露齿，表情柔和，气质十分温暖，讨人亲近。

还有一位姑娘，是卫六娘。仍然透着清冷的气质。

王府的男主子们没有来吃酒，说是让妻子女儿们能尽情乐和，等席面撤了，再过来听戏。所以，只有两桌席面。一桌长辈，一桌小辈。

吃罢饭，说说笑笑间就送礼物。老王妃赐了一对玉如意。王妃送的是翡翠大珍珠头面。而小辈中，裘三娘的礼物最简单。她知卫琼玉礼佛，在嫁妆箱里选了一座小巧的观音像。

萧大奶奶撇嘴一笑，难掩轻视之意，"都说咱们三奶奶富贵，八十抬的嫁妆箱子，当初可让人人看花了眼。虽然玉姨太太亲佛，这么小一座观音，还不够拜的呢。"

裘三娘自打进了王府，萧大奶奶就常冷嘲热讽的，让她生厌。平时也就忍了，今日大奶奶却当着这么多人的面阴阳怪气，她冷笑一声，就要顶回去。

"禀老太太、王妃娘娘、玉夫人，这观音是由南德华峰崖壁洁石所雕的，倒不值什么贵重。不过一掌大的观音像中微雕了百个小观音，且有百相，每一个都不同，有长命百岁的吉祥之意，亦有慈悲为怀的普度之心。这份礼物，论贵重，无论如何也不能同老太太和王妃娘娘相比，就只好论个心意了。"开口的，除了墨紫，没别人了。但她站在阴影里躬身低首，躲过了大多数的视线。

女人们见瞧不清楚她的脸，反正是个丫鬟，也就不多关注了。

裘三娘听完，心已静，顺墨紫的话，语调变得娇嗔，"玉姨若不喜欢这份礼，我就收回去?"

“送给我的礼，哪有收回去的道理？不如承认你舍不得送这么好的东西给我，就拿出来让我眼红的。”卫琼玉开着玩笑，将那座小观音递过去给老太太和王妃瞧。

“老太太、姐姐，你们说我还不还给三娘？”

调和气氛的高手啊。墨紫自叹不如。

“怎能还给她？这么好的东西。”王妃看过，目光中赏然，笑得亲切。

“还她做甚？这丫头那么多好东西，还小气一件？”老王妃也看过，点点头，这份礼送得确实诚意。至于价值，方氏是不识货啊。

“三娘，我生辰在七月里。你呀，就找一件别人瞧着不够分量的，我等着了。”老王妃有智慧，借这话暗责了长孙媳妇。

“老太太，您这是为难我呢，还是疼我呢？”裘三娘掩嘴笑。

众女皆笑了起来。

萧大奶奶的笑则是僵硬的。

拆过礼，众人到清韵园的楼子里听戏。

墨紫没想到，就在听戏的时候，出了件大事。

台上的戏刚开始敲锣打鼓，就有王爷的小厮来报：“木道长听说玉夫人生辰，想跟着道个喜说个吉利话，如今正在外头候着。”

白荷悄悄地在墨紫耳边说道：“木道长是三清观里的道士，善于治风湿之症，常来为老王妃看病配药丸。”

墨紫哦了一声。大周推崇佛教，道教不兴，不过道家佛家还算能和平共处。

“快快有请。”所以，礼佛的卫琼玉也很尊敬这位木道士。

“说起来，前些日子他不是自告奋勇要为你侄女六娘寻一门好亲事，待会儿咱们问问他，可是有了下文了？若他不记得，叫小丫头们打他板子。”因为是十多年的来往，王妃能用这般玩笑的语气说话。

墨紫看了隔壁桌的卫六娘一眼，见那半张芙蓉面煞白，还死咬着唇角，手上的茶杯颤着。

不一会儿，有小丫头领了木道士来。他灰胡长脸，一身香灰道袍，手中拿了仙拂。身后还跟了两个十一二岁的童子，一个捧着木盒，一个背着小箱子。

木道士单掌竖在身前，唱句无量寿佛，“祝玉夫人福寿康泰，事事如意。”

“道长好话不用说，先让咱们瞧瞧你的大礼。”王妃笑言，“你若空手而来，就别说漂亮话，赶紧带着你俩徒弟走了吧。”

木道士知是说笑，他摸着灰长胡，笑道：“王妃太小看贫道了，便是我三清观穷得没饭吃，这样的日子，也不能空手来，是不是？”

转身从道童手里拿过木盒，高举到额前，“这是贫道孝敬的，还请玉夫人看看。”

自有小丫头接去，送到卫琼玉桌上。

卫琼玉打开一看，是两张红字条，上面写着生辰八字，"这一张是我家六娘的八字，可另一张是——"

"哦，让我瞧瞧。"王妃问卫琼玉要过去一看，立刻笑眯了眼，"我刚才还说，木道长你若是忘了这事，要让小丫头们打你板子呢。敢情你还记得要办。不错不错。想来这是哪家公子的生辰八字了?"

墨紫瞧着，卫琼玉不是不知道，不过是故意装不明白，让王妃来说而已。

"王妃娘娘说得不错。这两张生辰八字乃是天作之合的百年好姻缘，便是上天入地，也找不出这么合适的一对来。偏生巧得跟命里注定一样，男方的娘亲近日到我观里替儿子占卜姻缘，正好让我说的签。"木道士说得口沫横飞，夸得天上有地下无。

卫琼玉但笑不语，反正总有人替她问。

果然，王妃开口道："跑到你观里求签的人家? 赶紧说来听听到底怎么个好法。"

"那位夫人，我一说出来，你们几位说不准是认得的，正是礼部侍郎杨大人之妻卞氏。杨家只得一子，十八岁，虽无功名在身，书念得极好，今年大试必金榜题名。我也打听了，杨公子为人好品行端。更好的是，连一个通房丫头都不曾收过。若卫小姐嫁进去，便是正室嫡妻。"

"杨大人的独子啊!"王妃的确认识这家人，"道长，你还真是说对了。这桩婚事要成了，那可是好得不得了。"

她转头握着卫琼玉的手，又说："琼玉，你可能没见过，不过那孩子我瞧过一面，长得好，很是斯文懂礼，特别孝顺。哪像我们家的那三个小子，要么硬邦邦的，要么惹麻烦。这么看，他和六娘还真是相配。"

卫琼玉笑得真挺高兴了。礼部侍郎四品衔，而且王爷还赞过杨大人的人品好。至于杨公子，想不到居然还是家中独子。卫六娘若真能成为正妻，算是高攀的一门亲事。对于卫家转商为士，更是跨出了一大步。这般想着，如何不满意?

木道士笑着说："我没透露卫六小姐的底细，但大致说了父兄经商，叔叔刚放六品的州官，亲姨是极贵人家的如夫人。杨夫人听了很是欢喜，让我赶紧来请小姐的许可，她好知道得更仔细。依贫道看，只要这事卫小姐愿意，准成。"

"琼玉，今日定是借你生辰，老天爷给你送一份大礼来了，大喜大吉的兆。咱们得跟着沾沾这喜气，六娘自王府出嫁，可好?"卫琼玉会做人，王妃又何尝不会?

墨紫听她们你一言我一语的，三两句竟是要把卫六娘的婚事就此定了。不过，听起来，这个杨公子是比萧二郎好。

可就在这时，事情却陡转直下。

那卫六娘突然站起来，面色苍白如纸，神情似乎有些怔忡。直到身后的丫鬟担心地去拉她衣袖，她才如梦方醒一般，甩了开去。同时，疾步走到卫琼玉面前，双膝猛地往地上一跪，眼圈儿呼啦啦红了。

她这么一跪,把说得热乎的王妃和卫琼玉吓了一跳,也把老王妃和裘三娘惊了惊。

"我的儿,你这是做什么?"卫琼玉心里也有些数,但第一反应是心疼,"有话起来说。"

王妃一直当卫六娘是娇客,当然也赶紧让她起身,"六娘,你若不喜欢,我们再找更好的便罢,何须这般委屈? 这可怜劲儿,我们心里倒跟着难受了。"

老王妃也劝了句好听的,还让丫头们去扶卫六娘。

卫六娘似乎下定了决心要把话说清楚,无论丫头们怎么劝着拉着,就是不肯起来。双膝一挪,这下正对了王妃。

王妃立刻知道事情不简单,这里那么多双眼睛盯着,便当即招了一个管事婆子来,吩咐道:"让唱戏的都出去,还有姑娘们那边也请大奶奶和姨娘们带她们散了。若问起来,就说木道长提到卫六姑娘的婚事,卫六姑娘突然想家,才失态的。记住,让丫头媳妇婆子别乱嚼舌头,若是传出不好听的,查出来是谁,立刻赶出府去。"

婆子领命去了。

王妃又对木道长说不好意思,卫六娘刚来,婚事还是过段时间再提。道长心知有蹊跷,当然说无妨,顺便就提告辞。

清韵园,真正成了清静园。听戏的,成了将要唱戏的。

"老祖宗、婆婆、玉姨,我瞧卫妹妹有话对你们几位说,我还是退下的好。"裘三娘主动提出告退。

王妃本意也是要裘三娘离开的,可想到大儿媳妇帮不了她,不知三儿媳妇有没有管家的能力,便有心要看看裘三娘的表现。而且裘三娘主动请退,颇得她心意,可见确实是个聪明懂事的。

"罢了,你留下吧。你和六娘同是洛州来的,又相处了一个多月,岁数上也相近,真有什么事,可当个好姐妹出出主意。"

裘三娘与墨紫交换个眼色,轻轻应声"是",重新坐了下来。

"六娘谁都不嫁,还请长辈们允了六娘出家!"

"我的儿,这话怎么说的?"王妃是真蒙了,"好好的,为何想出家? 万万不可。你爹娘把你送来,你倒要当姑子去,我们怎么跟你家里交代?"

老王妃却是和颜悦色的,语调平缓:"六娘,是不是有人欺负你了?"

卫六娘光摇头,不说话,眼泪啪啦啪啦掉下来。

王妃听老太太这么一说,刹那明白了七八分。再看身旁的卫琼玉,难得见她温和的面上阴云密布,一副气坏的神情,就更明白了九分九。再开口问时,声音冷静了:"六娘,若真是有人欺负了你,且说出来。好好的千金小姐,来我们府里不到一个月就哭着要出家,不能没个交代。"

“没……没人……欺负六娘。”卫六娘泣不成声，“六娘就是不想嫁人，愿长伴青灯，替老夫人、娘娘和姨母祈福。请几位长辈成全六娘。”

“好！好！”卫琼玉突然发起了脾气，“你要出家便出家！我今日就让人把你送回洛州去。等你禀了你爹娘，你爱怎样便怎样，别在我这儿给我丢人现眼。”

这头训罢，卫琼玉又对那头说道：“老太太、姐姐，这事你们不用管，让我做了主便罢。”

“琼玉，你这是做什么？嫡嫡亲亲的侄女受了委屈，你不帮着说话，还跟她倒置气？”王妃说道，“六娘，你不必听你姨母的，有什么话跟我们说便是了。”

“姨……姨母要送六娘……回洛州……不如送六娘去庵里落发。”卫六娘什么也不透露，坚持要剃头。

以为要耗个没完没了，戏中突然出现了一个新角色。

从旁边冲出卫六娘的丫鬟，重重地往地上一跪，还磕了一响头。“给老太太和娘娘磕头。奴婢实在看不过我家姑娘伤心，能不能斗胆说两句？”

这个丫头，墨紫还记得，是卫六娘身边的大丫头，叫茉儿。在船上的时候，一直随着卫六娘跟进跟出的，似乎很受器重。看来，卫六娘能不能成事，就得看茉儿怎么说了。好聪明的一招。

王妃见有个能开口的，自然不放过，“赶紧说说，你家姑娘受什么委屈了？”

茉儿咬咬唇，一咬牙，豁了出去的样子，又是一个响头，“王妃娘娘，这和二爷有关！”

一个挺贵重的杯子飞了出去，正砸在茉儿的额头，立刻高肿起一块，并很快流出血来。

“琼玉！”王妃惊声呼道。

底下的丫头婆子们也吓了一跳。谁不知道，心肠最好的，就是这位玉夫人，平时对下人从来都是好声好气。如今竟出手砸人，可见是怒急了。

“茉儿，你不要脸面，你姑娘还要脸面，我还要脸面呢！平日里真真是容了你们这些丫头，什么话你也敢当着人放肆？”卫琼玉气得发抖。

茉儿眼泪簌簌掉。可她跪着一动不动，血流到眼睛上也不去擦，很是坚定的神情。这般光景，还有谁会怀疑她说谎？

“和维儿有什么关系？快快说来！”几乎都不用想，王妃就能猜到是什么。但，不听对方说出来，她还抱着一丝侥幸。

“我家姑娘与二爷独处了半个时辰。”茉儿说道。

王妃抚住额角，呻吟一声。

老王妃冷静依旧，对身旁的大丫鬟说了句什么，那丫鬟便匆匆出去了。

这话最最关键的地方，就在一个字上头。

哪个字？

独！

独处的独！

在这个时代，一个男子和一个未婚女子当然是可以见面的，但有前提，就是要有旁人在场。因为独处，就没有人知道这对男女做了什么。即便什么都没发生，人们也会认为女子的名节有损。所以，茉儿这话一说出来，所有人都会认为卫六娘已经不洁。

"你说维儿与六娘独处，何时何地？"王妃说出来，又发现说得好像不相信卫六娘似的，忙掩饰，"我也不是不信，就怕维儿闹将起来。"

"就在迎娶三奶奶的船上。我陪姑娘在二层甲板上散心，那日风大，我回舱给姑娘拿披风，谁知等我再原路找姑娘时，看到姑娘捂着脸从二爷的舱房里跑出来。我自然吓到了，忙问姑娘怎么回事，姑娘却不肯说。可我回头时，正瞧见二爷从门里出来，当时可就他一个人。"

"姐姐，这丫头胡说八道。且不说六娘，我不信维儿会这么不懂事理，与六娘在舱房里而身边没其他人。"卫琼玉不信。

"不只我瞧见了，三奶奶的丫头也瞧见的。喏，就是她，叫墨紫的。"茉儿伸手一指，完全不费力地把墨紫认了出来。

墨紫在听到独处地点是船上的时候，就暗喊糟糕。

萧维在来的路上已经听老王妃的丫头红枝说了清韵园里的事，不禁火冒三丈。

那个卫六娘，还真是没完没了。在船上时，闯到他舱房里来，吞吞吐吐表心意，他已经明确回绝了。事后反应过来两人是独处，懊恼之余只希望卫六娘不会傻到弃自己的名节于不顾。没想到，她真能做到这个地步。

"墨紫那日确实奉三奶奶之命，去二楼打听何时开船。才走到二爷舱房门口，突然，门就朝我打过来。闪避不及，就撞到了头，眼前竟发黑，倚在门后头根本走不了半步。直到二爷出来问我，那时才能站直了身。至于卫六姑娘，我没瞧见。"

墨紫在电光火石之间所做出的这个决定，却是有充分理由的。卫六娘和萧二郎之间，让她选一个得罪的话，她当然选卫六娘。虽然女子追求喜欢的人，这种勇气值得尊重。但，萧二郎是抓着墨哥小辫子的。万一有一天她的身份被他识穿，新仇旧恨一起算，她小小丫头可扛不住。而且，谁叫她答应过萧二郎呢。要是卫六娘先求了自己，可能硬着头皮，她也只好得罪位高权重的了。

墨紫的话让众人出乎意料。因为那茉儿指名道姓的，言之凿凿，所以大家以为墨紫一定是看见的。

"你还瞧见别人了吗？"老王妃目光犀利，盯着墨紫。

那一位是唱戏的当家老旦，墨紫这个龙套却也是真龙潜海，神情间没有半点瑟缩犹豫，装作回想，头歪了歪，再回答道："没看到有别人，只见了二爷。二爷跟我

说，县衙开仓放粮救济玉陵难民，所以船一时开不了，要等等。我听完就回去禀报给奶奶知道了。”

萧维上来时，就听到卫六娘身旁跪着的丫头指着墨紫，大声说她撒谎。他心中的火平息了一半。看来墨紫说话算话。

眼见额角流血的丫头五指成爪，要去抓墨紫的裙子，萧维冷冷出声："老祖宗、娘、玉姨，这是怎么回事?"

墨紫本来要闪开的，见萧二来了，茉儿也收回了手，于是站定不动。小生的登场，是不是意味着她这个龙套就跑完了?

王妃看婆婆一眼，后者点点头，承认是她把人叫来的。

"维儿，你来得正好。你自己说，当日在迎亲船上，你可曾与卫家六小姐在你的舱房中独处了半个时辰?"两个丫头各执一词，也不好分辨谁说谎，如今儿子来了，王妃心想，问本人最直接。

萧维寒星的眸子扫过跪着的卫六娘。

卫六娘本听到萧维来了，正眼巴巴地望着他昂藏的身影，突然接触到他眼中的寒光，心中一凛，低头又开始啜泣。

"我并非和卫六小姐独处，当时石磊也在舱中。"萧维的声音冷极了，如十二月的冰刀子，直插卫六娘的心。

卫六娘刹那抬起脸来，面上满是不信的神色，血色全褪，仿佛雪地之中一朵要凋零的白梅。她若是立时昏死过去，都不会有人惊讶。

"二……二爷?"卫六娘终于打破长久的沉默，双眼垂泪。

墨紫此时突然同情卫六娘，碰上了不肯认账的男人。

"三娘。"老王妃唤裘三娘一声。

墨紫立刻警惕。

"是，老祖宗。"裘三娘忙起身。

"你这个丫头不老实，我可否代你教训她?"老王妃一语又惊了所有人。

裘三娘皱紧眉，瞥一眼墨紫，她虽然不解，但不能说不啊。这里不是娘家，是婆家。她若拒绝，以后的日子恐怕就更不顺心了。但她不想答应。墨紫是她的丫头，还是个聪明绝顶的丫头，别人有什么资格教训?

裘三娘心思反复中，萧维说话了："老祖宗因何要教训这丫头?"

"因为她说了谎。"老王妃没发脾气，但威仪浑然周身，令人不敢造次。"钱婆子，你上去给我掌那丫头二十下。我要看看，她仗了谁的胆，敢跟一群主子撒谎，连眼睛都不眨。"

"老夫人慧眼，我茉儿敢发毒誓，绝无半句假话，否则让我一家死绝，我永世不得超生。"茉儿说完，恶狠狠地瞪了墨紫一眼。

墨紫已经自己找到原委了。她和萧二没有事先串供，导致出现了漏洞。

她说的是:她只看到二爷一人。

萧维说的是:当时,石磊也在场。

老王妃一下子就觉得不对,不好找孙子的错,只好找丫头的麻烦了。

钱婆子上前来,墨紫仍是站直了,手一摆,道一声:“且慢!”暗骂萧二郎笨,想要赖账也就罢了,害得自己还要跟着倒霉。

萧维不知自己心里为何一怔,却没时间容他想,因为墨紫继续再说。

“老夫人,墨紫并未说谎,何故要打墨紫耳光?”宝贝不好打,打她这个便宜的吗?休想!今天这谎,她非把它圆得滴水不漏不可!谁也别想找碴!

“你刚说你只看到二爷一人,可维儿却说石大人也在,不是你撒谎,又是什么?”老王妃见墨紫公然反抗,一张神情不动的脸有了火气。这丫头胆大包天了吧?

“墨紫倒认为并不冲突。”果然,她料中没错,“许是卫六小姐进二爷舱房的时候,石大人在。可等墨紫经过被门撞到时,六小姐和石大人已经早走了吧。”

“二爷,你可记得卫小姐出舱的时辰?”墨紫偏要抓老王妃的宝贝来当垫背。

“不记得了。”萧维看着墨紫。

“狡辩!”老王妃气得一拍桌子,“茉儿分明亲眼看到你了。若照维儿的话,石大人应该还在舱中,你怎生能没看见?”

“回老夫人,那就不是墨紫撒谎,而是茉儿的问题了。”

茉儿急喊:“我发了毒誓的,绝对没撒谎。”

“我没说你撒谎。”墨紫心里清楚,茉儿一开始就撒谎了。她当时从门后探出头时,只有卫六娘的背影,附近根本没有其他人,“那我问你,我当时穿了什么颜色的衣服?”对方也是撒谎,她也是撒谎,但看各自逼真的本事了。

“那个……太久了,我记得不太清楚,可你和三奶奶其他丫头穿的不太一样,挺旧挺素的裙子。”

“哦?你当时瞧见我整个人了。”墨紫点点头,若有所悟的样子。

“当然,不然怎么记得你的裙子旧?”

“那就怪了,那船二楼的廊道很窄,门一开,就能堵住通道。二爷,是你出了门,听到门后惊呼的声音,合上门后才看见我人的吧?”

“不错。”萧二还算上道,不过墨紫说的这部分是事实。

“那茉儿,你怎么能看到我穿什么裙子呢?新的也好,旧的也好,都是之前我们下船吃饭时,你瞧见的。如果我当时真看到六小姐的话,顶多能从门后露出头来。”

跳下来吧,这是陷阱。

“我记错了,就是看到你的头。”

老王妃等人看茉儿开始混乱,脸上也有了狐疑之色。

“你看到我的头?既然你能看清楚是我,就一定记得我当时扎什么头发。放下

来的,还是绾的?"

"放下来的!"下船吃饭时,茉儿记得墨紫是丫鬟的披发。

"哦。"墨紫对白荷一乐,"奶奶,您还记得吗?吃完饭上船,白荷说要练手,给我把头发全盘上去了吧?"证人十分多。

裘三娘对老王妃和王妃一福,"墨紫说得没错。那天因为闹腾得厉害,我还笑话她那头发要冲天去了呢。"

"我也记得,是盘上去的。"萧二郎也来凑。

这时,几乎所有人,连老王妃在内,都已信了墨紫。

茉儿颓然坐在地上,双眼直愣,喃喃道:"我没有撒谎……"

不,你撒谎了,你只是没能好好圆谎而已。墨紫已经不需要再说什么了。

就在所有人以为她放弃的那一刻,卫六娘神情恍惚地爬起来,突然冲向了不远处的红柱。那是一股决然的求死意,所以动作凌厉,没有半点拖拉虚伪。

但卫六娘没有死成。就在那千钧一发之际,萧二郎身形一晃,挡在红柱子前。

卫六娘的冲力竟将萧二郎撞退一步,后背贴上柱子,令他闷哼一声。他往旁边稍让,残余的力让卫六娘还是碰到了柱子,发出不大不小的声响。卫六娘抬起脸,头疼欲裂,眼泪瞬间爬满面颊,"二爷,请让我死了吧。"

萧二郎被这个卫六娘要生生气到吐血,手上一用力,将她推倒在地,冷冷地问道:"你舍了自己的名节,不惜一条命,还是定要嫁我吗?"

卫六娘瞪大了眼,"二爷,我……"嗯了一声。

"娶你为妻不可能。"萧二郎闭了闭眼。

卫六娘听出他的话已无刚才的狠心,"六娘不记名分,只愿能留在二爷身边。"

萧二郎长长地吐出一口气,再不看地上的卫六娘一眼,转身对几位尚处在惊讶中的长辈道:"正妻不进门,我绝不纳妾。六小姐不计较名分,我也无所谓了,随便老祖宗和娘选哪一天送进来都行。早些告诉绿碧,她自会张罗。"

又特别对卫琼玉补充一句,"玉姨,别怪我不与六小姐名分。闹到这地步,便是杀了我,我也不肯的。以后等我妻进门,由她决定如何做吧。"

卫琼玉叫了声"我的儿","我明白"那三个字全让眼泪淹了。

萧二郎甩袖,重步走了。

在场的都听出来了。萧二郎终于妥协了。不过,卫六娘到头来,连个妾都没挣上,和绿碧、红罗一个级别。好好的嫡房六小姐给人当通房,卫家的人一个个都会气死。

老王妃和王妃面面相觑。

"琼玉,这……这如何是好?"侄女是她的,王妃还给着卫琼玉面子。

"能怎么办?她自己死都要跟的人,我这个姨母无话可说。老太太、姐姐,你们不必顾忌我,横竖如今我已经抬不起头了。王爷那儿,我也没脸见他。自今日起,我将院子封了，吃斋念佛，求菩萨保佑我们萧家顺风顺水，再不出院门一步。至于六娘，不用选什么吉利日子，她也没得可羞可臊的，等一下就送到二郎园子里去。以后她的事，我统统不管，也不用跟我说。"卫琼玉看似心力交瘁，颤悠悠起身，丫头们赶紧来扶。

见此情景，王妃也不好再说什么，赶紧让卫琼玉回去歇息，不要讲那些气话。

裘三娘趁机也提出要走，反正事情就这样了，剩下的便是选日子。今天送卫六娘进维风居也好，明天送也好，跟她没关系。墨紫被搅和进去，差点挨了教训，她心里很憋屈。

事情定了，也没必要再留，王妃点头同意裘三娘告退。

老王妃却是盯着墨紫看了好一会儿，对裘三娘说道："'墨紫'二字可是玉陵牡丹花名？"

"正是。"裘三娘心道，又怎么了？

"一个丫头取这名太贵气了。你院里的二等丫头都是以沉默的默开头，就挺好的。"

墨紫一听，呵，这老祖宗做什么？要给她改名字吗？默紫？叫她少说话，默默发紫？

"老祖宗，墨紫是玉陵人，那儿普通百姓家的女儿叫墨紫的一堆呢，不是什么金贵的名字。她今天跟着搅和了这事，我回去本要重罚她。当着您的面，我这就降她的等，便是三等丫头都嫌罚得不够重，直接让她当外院的粗使丫头了。"裘三娘说完，倚着老王妃撒娇，笑了一阵。

老王妃于是没再提改名字的事。

第二日，红梅便得了消息，卫六娘已经住进维风居。

"奶奶，墨紫降等的事，您是认真的，还是说说而已？"绿菊昨日没跟着去，听说出了这么大一件事，她最关心的还是墨紫。

"是真的。"裘三娘道。

绿菊想替墨紫求情，白荷却拉拉她的衣袖，摇了摇头。

裘三娘放下碗筷，漱过口，起身往外走，"我去书房。白荷，你把墨紫叫来，我有话跟她说。"

白荷应一声，赶忙去叫人。墨紫进了书房，见小衣在磨墨，裘三娘正写字。

"奶奶叫我？是要改名，还是打发我去外院？"

"改什么名字？你想改？"裘三娘头也不抬，手下写得很快，不似平日练字时的散漫。

"我就那么说说。"

"从明日起，你到默知居外头看那片竹林子去。"

竹林子？那小屋后头的墙直接通隔壁荒府。墨紫脑中转着念，心想，裘三娘这是要——

“墨紫，我虽然降了你丫头的等，不过我给你一个新的差事，比大丫头还好。”裘三娘停笔，吹了吹纸面。

“奶奶请说。”墨紫大概知道。

“掌事。”裘三娘面色一正。

小衣八风不动，磨啊磨墨。

算下来，这是第三回了，墨紫垂眸默想。

第一回，裘三娘问她信不信算命。她若是毫不犹豫说信，大概就不会有第二回试探。在木工房，裘三娘说到造船的事，她若是又十分欣喜地接受，也熬不到这第三回。

小事上乐于听听他人的意见，大事上却必定要自己想通透，别人越是按她的心意说，裘三娘越会否定掉。但是，这第三回，墨紫知道裘三娘认了真。按她之前的预计，裘三娘下决定还真是快了不少时日。

卫六娘这么一出闹，墨紫无辜受牵连而她自己也被拉下水，裘三娘却是因为这样才彻底想清楚了。

在这个王府，上面有老王妃和王妃，平日里对人挺和善，其实各有手段。经过昨日，她看得比任何时候都明白。一个嫡出的小姐成了无名无分的通房，老王妃和王妃没有半点异议，到最后就这么乐见其成了。没错，横竖是卫六娘定要将自己送上门，再加上卫氏一族的财力，能成为萧二未来仕途的支持，她们的好处多多，哪里真去替卫六娘着想。

反观自己，跟卫六娘出身相近。但长辈们如此看低卫六娘，保不准将来有一天不这么对待自己。可以想见，萧三要是对自己不好，不会有人站出来为她说句公道话。她如今跟老王妃和王妃卖着乖，却不知前头路况。所以，她必须未雨绸缪。

“卫六娘的事，你怎么看？”裘三娘突然岔开话题。

墨紫的算计从来不紧不慢，裘三娘说卫六娘，她就说卫六娘的事。

“显然是人算不如天算。我直说一句，奶奶听了别生气。虽说如今卫六娘成了个通房，卫家会失望，但不会断绝来往。萧二前途光明一片，未来封王恐怕都是可能的。萧二如今是不待见卫六娘，一个园子里住着，低头不见抬头见。人心都是肉长的，再说卫六娘花容月貌，时间长了，就会产生感情。有了感情，自然什么都顺了。卫家财力雄厚，等萧二正妻进门，没准也得仰仗她娘家，抬妾是迟早的事。何况，不是还有卫姨夫人帮着卫六娘？王妃都知道昨日卫姨夫人那些是气话了。瞧着吧，将来，卫六娘上位最大的助力还是这位亲姨母。”

裘三娘噗地一笑，心想回回测试墨紫，还真没有让她失望的时候。

“卫六娘有富贵的娘家，有将要当侧妃的姨母，可我有什么呢？”

"奶奶有我们几个聪明丫头啊。"墨紫明白了,昨天的事刺激到裘三娘。

"说得不错,尤其是我有你墨紫。"裘三娘点名。

墨紫睁圆了眼,"奶奶这么说,我受宠若惊。"

"行了,你也别装。我把话挑明了吧。我打算好好当一段时间的乖儿媳听话孙媳妇,将这王府上上下下弄通了理顺了,外头就可能顾不上了。望秋楼有岑二,又不是新买卖,放手不管我也放心。只是红萸坳,单想到那片荒草,我心里就不舒服。祖业荒废,我业不兴。墨紫,你接手去管。我什么都不过问,只看账本,大小事都由你一人做主。"裘三娘正式提出红萸坳交给墨紫。

此时,不再是试探,而是要开始谈条件了。

墨紫看着裘三娘。

裘三娘放下笔,左右各拿起一张纸,"照你的做法,一人一份。"

新的契约?

"奶奶不妨念给我听听,没准我要改的。"

在裘三娘的默许之下,此时两人旗鼓相当,地位平等。

"我可以讲个大概意思,你听好。我给你两千两银子,船场要建多大的,请多少人,随你。"第一条。

"两千两,少了点。"墨紫讨价还价。

"那没商量,你知道我最小气。"

"可银子不够,做不成事。"

"银子多,就办多点事;银子少,就办少点事。我又没让你建出个多大的场子来,也就是接点小活,像渡船和画舫什么的。"这算第二条。

"嗯。"这点,两人意见一致。

"对红萸坳,我可没抱希望赚大钱。我算给你听。一艘小画舫百来两银子,木料就不便宜,加上船工匠师的工钱,耗十天半个月才能完成,能净赚个二三十两就不错了。如今,红萸坳什么都没有。你从头开始干,建场造房子就得用一两个月,想办法接活可能又得一两个月。没名气,没好的船工,没经验,这一年啊,你能把本给我赚回来,就算不错了。"

"嗯。"墨紫知道,裘三娘对船业的了解为零。但她当然要表示赞同,否则怎样,跟她说不对,能赚钱?自己又不傻。

"当然,对你,我的期望总要高出那么一点。咱们就以一年为限。一年之后,账面上有五千两,我就给你——你最想要的东西。"

"五千两。照你的算法,百来两银子的小画舫,我得卖出五十只。一只船耗工时半个月的话,一年也只能造出二十四只来。再加上你刚说的,前三个月可能根本开不了工。这账,我怎么算不过来?"

"没错,别人只能造出二十四只来,你墨紫造出五十只来却不是很难吧?"

“呵呵，奶奶高看了我。别的还好说，这船场——实在难为。五千两银子，我做不到。”

五千两，确实挺难。裘三娘之前那些假设，不是没道理的。船场前三四个月属于筹备期，根本不能开工。没有船工，光有场地，也不行。要订船的客人跑来一看，空空如也的地方，谁会下订金？要找船工，就得支钱。士农工商，工匠的地位比商人还高。有些名满天下的大匠师，朝廷用千金奉养。墨紫虽说比得过那些人，可是孤掌难鸣。

“墨紫，我知道不容易。若是容易，我也不会让你去做。你交还给我五千两，我把自由还给你。”

“自由？奶奶，巧妇难为无米之炊。你便是减我两三年，我仍为难啊。”墨紫装傻。

“说你聪明，怎么还笨了？哪是减两三年的事？一年后，账面上有五千两，当初咱们签的契就作废。你不再是我的丫头，真正销了奴籍。再领的户牌，只有你能做自己的主。如何？”

“……”叹气。

“叹什么气?”裘三娘笑了起来。

“若我交不出五千两呢?”

“很简单，交不出来，就重签一张。不过，是终身的死契。以后，你的婚事由我做主，连你的儿子女儿也是我的财产了。”

“……那我可不可以不当这个掌事？就在奶奶身边服侍，等年数满了放出去?”狠啊！等于所有的筹码都上，不成功便成仁。

“不能。”三娘撑着小巧的下巴，明艳的面容如夏池波光，“还有，不能借不能转，这五千两，只能是船场营生所得。”

墨紫瞧了瞧那两张白纸黑字。

你道，这手印，按，还是不按?

第二十六章　芳邻如斯

鲜艳欲滴的红唇吹着纸上还湿的墨迹和手印，裘三娘看着外头白荷拉墨紫到一边说悄悄话，唇边露出笑意。不管她这个决定做得对不对，至少这会儿心情很轻松。

“小衣，你一定在想我很坏吧？”裘三娘最喜欢对小衣说些心里话，因为小衣简单。

“……”小衣东望望，西望望，“小姐，你渴不渴？我给你倒茶去？”

“小衣。”裘三娘假装板脸。

“小姐，你不……还可以。”

裘三娘被小衣的话惹笑，“我到底是可以还是不可以啊？”答案心中有数，但觉有趣。

“墨紫做到的话，你真放人？”想想这个主子精明到家，不过说话还算数。可是，墨紫不是别人。她瞧着小姐和墨紫说话的时候，小姐不但面上笑，心底还最乐。

“我什么时候说话不算话了？”裘三娘抛一记白眼，“再说，我算是想明白了。这个墨紫，不是当丫头的料，我也不是当她主子的料。昨日老王妃要人上去扇巴掌，我火气就上来了，真是看不得她让别人压过头去。你想想，如今这王府，我都得小心翼翼，她那条小命，哪天我可能也保不住。卖身契在我手上，老王妃或者我婆婆问我要，我能不给吗？我好歹顶着三少奶奶的头衔，她那么聪明，却偏生是个丫头，谁不好拿捏。干脆放她出去，再没有人挑刺找麻烦。”

“小姐，我以为你是听了算命先生的话。”小衣眨细眼。

“算命先生的话，似真非真，似假非假。我啊，有些信，有些不信。墨紫的身份，我一直都有猜疑。可你知道我的，难得救个人，不能白救。不过，日子一久，就越觉得她不同一般。便是我不放她，她离开也是迟早的事。不若我送个人情，风水也好了，她也得偿所愿。”裘三娘将她和墨紫定的约折好，放进小金平日躺的木盒子里。

“那不如就把卖身契还她。”

“小衣，她可是能从身无分文赚回二十万两银子的人，固然跟运气有关，可也是她的本事。我给她两千两，她要是五千两都赚不到，还是乖乖留在我身边的好。还有，我不是很坏吗？这么放她出去，我岂不是变成好人了？那可不行。”

墨紫终究要走。她欣赏这个丫头，但她并不期望人走后还会再有如今这般的深缘。小衣、白荷、绿菊也都会有自己的家。没有深缘，就没有牵念，就没有遗憾。

墨紫同白荷说完话，白荷在那儿唉声叹气。她并没有说订约的事，只说奶奶让她明日就出默知居，要白荷和绿菊帮忙搬东西。

手印她自是按了。虽然当着裘三娘的面，她是左右为难，其实事情进展得比她想象的顺利。那契上写明，若船场所得超过五千两，多的归她——墨紫。真是大大出乎墨紫的意料。总之，这张契是她和裘三娘的最后较量。掌事，可当可不当。银子，能赚私房当然好，都进裘三娘腰包也无妨。她要的只是能走出去的契机，一个女子也能悠闲安居的契机。

次日，墨紫搬到竹林后的小屋。

虽然清理屋子花了不少工夫，不过家具都是现成的，而且数数还有四间房。竹林就是天然的屏障，让墨紫的新居成了个小独院。一间当寝房，一间当工房，另外两间照堆杂物。

就这么住了几日，发现好处真是多。幽静当然不用说，而且，还没什么活干。每天早上起来，在默知居门前那几排竹子前，背个锄头拿个水桶溜达一圈，就算完成任务。接下来一日的光阴都是自己的。

第六日，天微亮，小衣来到屋子前，见墨紫拿着锯子在一根竹子上比画。

“锯竹子干什么？”她以为墨紫只喜欢玩木头疙瘩。

“做梯子。”墨紫回头冲小衣一笑，“你要再不来，我就自己爬墙了。”这话没开玩笑。如今一寸光阴一寸金，她只有一年的时间赚钱，已经去了五天。

小衣抖抖肩，那是她没有兴趣的表示，手掌一摊，手心里两张银票，“小姐给你的。她还说，船场不是几天就能建好的，不如住在望秋楼，出入方便些。你三四日回来一趟，给别人瞧个面就行。”

“别人问起我，你们怎么说？”

“小姐本来让你来这边就是受罚的，你一日三餐顿顿回去吃饭，似乎罚轻了。今天就要宣布你会在竹林里干苦活思过，以后三餐都由我送过来。”小衣转达裘三娘的话。

裘三娘也算费尽心思。

墨紫却比她考虑还要周全些，“小衣，开始要没什么着紧事的话，我还每日来回。万一有疑心重的丫头好奇来瞧，总不太好。等大家习惯我几日才露面一次，那时再在外头住。”

“随你。”小衣用嘴努努高墙，“小姐让你去看看岑二那边如何。你是想我今日送你过去，还是等梯子造好再去？”

墨紫笑嘻嘻，“倒是少见你幽默。当然靠你送我过墙，这梯子，有得整呢。”

墨紫回屋放好工具，又拿了变装那套的背包，跟着小衣站到墙下。小衣挽住墨紫的胳膊，说了声“抓紧”，提气就往上冲。

墨紫又听一遍风声。

每一次，小衣的着地总是很平稳。可是今天出了意外。当墨紫突然感觉到将要落地的身体失去了支撑时，凭着本能，她硬把上身往后扳，拉起头来。双手先扑，就地翻了个跟头，弯腰缩头单膝跪住。回头正要跟失手的小衣算账，竟发现身后除了草和墙，根本没人了。

欸？

“这位姑娘，何须行此大礼？”

原来男子的声音，也能有珠玉落盘的美妙。

墨紫急忙转过头来。

夜黑的单袍垂至脚踝，云罗宽袖卷了小半幅，腰间斜系百穗结的细金绦，胸前衣襟微敞，露出同样如玉的肤色，黑发披散在肩头，丝丝缕缕都成漂亮的弧度，在晨风中轻扬。袍片素黑之上绣独枝红梅，却仿佛倾注入梅魂，无论是开至绚烂，还是含苞待放，朵朵集了灵秀气。

怎样的相貌，能配上这黑夜的红梅？

第一眼，却有些失望。那人，既没有金大少那种妖艳的美丽，也没有萧二那种阳刚的霸气。大约二十五六岁的年纪，他的五官很温和，同玉的色泽一样，不扎眼，不绚烂。然而，当墨紫再瞧第二眼时，却有些不同，眉眼唇鼻，都恰到好处。

这是个如温玉一般的男子。

“姑娘，你要跪多久？”说的是客气话，可他的声音带有点疏远的笑意，眸色清冷，唇苍淡而抿薄了。

墨紫尴尬地站起来，拍拍裙上的草碎叶子。

“姑娘——住墙那边？”

“嗯。”墨紫笑笑，“公子，早。”不知不觉，跟人打上招呼了。

“的确很早。”他睡不着，披了一件外衣就出来的，准备看到兔子，没想到天降了

两个姑娘。有趣的是，会轻功的那个居然丢下另一个。而另一个竟也身手利落，翻个跟斗正巧到了自己面前。

“公子是这座府邸的主人？”

“嗯——算是，也不算是。”不习惯与陌生人站靠太近，他刚想后退几步，突然嗅觉中出现阳光晒过的花香味，很淡却很熟悉。脑海中即刻浮现一张油黑的脸。如果是那个女子的话，那么眼前看到的不同寻常，也就一点不奇怪了。

这般想着，他嘴角勾深，是真正的笑容。不退反进，深嗅，阳光花香，确实无错。

“什么叫算是也不算……”墨紫陡见他走来一步，不知何意，皱眉却保持有礼的笑。

“从前是我家，后来不是了。现在，有人把这地方借给我住。如此说来，算是，也不算是。”满满一船的记忆，恍若隔世。如今以这样有趣的情形再遇，竟令他感觉十分愉悦。

墨紫笑得有些僵，心想，这不就算是了嘛。

“姑娘是敬王府的——”着装半陈不新，质地算不上好，应该是丫头。以她的聪慧和本事，何以屈居至此？照此，她的主子该是什么样的人？在船上，她为了他，与萧维几乎反目，不可能是萧家嫡房。难道是某个庶出的子孙？

“丫头。”墨紫还没想出好的理由来解释，“公子，这园子很是充满着野趣。有空打打雀鸟，猎猎兔子，架个火烤烤，岂非别样悠闲？”

怀念这样讲话的方式。每个字都听得懂，组合在一起，用她的语调说出来，却特别痛快。于是，他笑了。

墨紫觉得原来世上真有一种人，耐看型，越看越顺眼。本是温和的润玉，但见他一笑，那可是春风吹过夏花儿开，周身罩了一层明亮的光环。

“不知姑娘过墙而来，所为何故？”要求住进这里的虽然是自己，但不知为何，才过一夜就枯燥了。如今，芳邻如斯，倒有意思起来。

墨紫见避不过，只好硬着头皮，“我抄个近路出门。”

“抄……近路？”

“唔——我主子爱吃的糕点要到西坊市才买得到。我若走府里大门，来回多花一个时辰。原本公子府上无人住，所以才不告而取近道。今日，实是没想到已有新主，真是叨扰了。还望公子此次与我一个方便，以后我不会再鲁莽跳过墙来就是。”墨紫叹气。

“这也难怪。敬王府据说是三园相与，出个门确实耗不少时辰。姑娘不必叹气，你要借道，自取便是。”他看她惊讶的表情，怕她当自己居心不良，又解释道，“姑娘，我不算这宅邸的主人，不过是借住。既然你我都是借，谁也说不得谁，相安无事便罢。”

“公子真是好人。不过，我这一身出去，怕惹到不该惹的市井之徒……”

"姑娘本来是在哪里换装?"

"呃——"这人真聪明。她干脆也大方点,手一指偏北的屋子,"北厢。"

"那可正好。我住了东厢,北厢那里仍是无人,姑娘只管放心。"

墨紫双手拉拉肩上的背包,"公子如此善解人意,我感激不尽。要不,公子可有特别爱吃的东西,我回来时给你捎一份?"

"姑娘好意,我心领。口腹之欲,从来却不重。你从哪个门出去?北门?"

"正是。"

"那好。今后姑娘若从北门走,北门必不关便是。"

墨紫一听,再能假装,也流露出狐疑,"公子为我大开方便之门,我虽然感谢在心,只是你我素昧平生,究竟何以至诚如此?我不过是个跑腿的粗使丫头,除了给公子带点好吃的,别的绝对无能为力。"

男子笑出声来,"姑娘想多了。与人方便,就是与自己方便,何况这地方也不归我。凡事有个先来后到,姑娘既借路在前,我后来借住者怎能不讲道理,不送这顺水推舟的人情呢?"

黑袍红梅轻动,他转过身去,"姑娘还是赶紧为你主子买糕点去吧,别耽误了工夫,挨主子骂。"

墨紫心道,这人一定是好人,也怪不得,周身气质那般温和,谦谦玉润的君子。于是,她谢过,不再多言,往北面抬脚就走。

"姑娘。"他的话还没说完。

"是,公子。"她停步,侧过半张面,见他黑袍随风飘动。

"既然以后要常见面,不妨留个姓名,免得我这边的人不识得姑娘而无意中得罪了。"迟早她会知道自己是谁,不如由他先说。

"公子,小女子墨紫。墨水的墨,紫色的紫。"墨紫下意识地相信他。

"在下姓元名澄。墨紫姑娘,我虽初来大周,不过也知女子在外走动不易,你还是早去早回的好。"身影不曾停留,但声音那么清晰。

传到墨紫耳朵里,一字不漏。瞬时,转身,死盯着那个远去的背影。

元澄?

元澄!

这个看上去二十出头的年轻男子,是南德的第一贪官?是她冒生命危险救下来的那个浑身血污、五官不清的元先生?

同名同姓?

没那么巧。那个在上都,这个也在上都。皇帝那儿刚刚大赦天下,这儿就住了进来。一定,此元澄就是彼元澄也。

可是——

可是,这人到底几岁当的官,又是几岁当的宰相,又是几岁当的第一贪官啊?

怎么算，都算不过来。

还有，他有没有认出自己？他如果认出来，为何不直说？

墨紫突然头痛。

她虽帮过他，但那时他身处绝境，以为命不久矣。临终之人，其言也善。因此他顶着第一贪官的恶名，她却半点看不出恶来。一开始是冲着珠子，可后来真心相帮，才又把珠子还给他。如今，他已经化险为夷。这府虽荒，可她瞧他，没有半点落魄的痕迹。世上可共患难、不可共富贵的事和人不计其数。

这人，她恐怕不能认。

南德出产的顶级松香淡淡地燃着，是来自故土，还是仇国？而他身处在此，究竟是家宅，还是囚笼？

元澄侧卧在凉榻上，了无睡意。

记忆中，可有过无梦到天明的熟觉？

不曾有。怎能有？

时而，仍会梦见面上覆血的父亲和白发苍苍的爷爷，仍会梦见同兄长们一起玩耍的情景，仍会梦见母亲温暖慈爱的手抱着小小的他唱曲。

当上南德的状元之后，无穷无尽的，是应酬，虚与委蛇和警惕，睡眠仿佛只是一种形式。吃喝上三日三夜，别人困得眼睛睁不开，他依然谈笑风生，牢牢掌握着局面。他能合眼养神两个时辰，那日的休息便足够奢侈了。

十五岁的少年状元，人人称他为神童。神童？没有付出艰辛的努力，便是神童，也只会浪费天资，最终成为一个普通人而已。十年寒窗，他连一个时辰都不曾浪费。

当年救他的人过世后，身边又有谁对自己真心？他用钱收买到周围的一切，可笑的是，自己亦成为他人眼中可用银子来衡量的东西。忠诚、关怀和情谊，他买得到，却都是不堪一击的摆设。在他下天牢的那日，一件件当着他的面被粉碎，连渣子也无。他虽从未有过期盼，到了这么一天，面上大笑着，心中也有失落。以为那么多属于自己的东西中，至少有一件是真实的。

墨紫吗？玉陵最美的牡丹花。她说过她是玉陵人，果然便是名字都属于玉陵的。玉陵如今已然破国，她是否会像他一样，怀有国仇家恨？瞧她跳墙过来的样子，还真看不出来有恨，似乎挺安于这个活泼的现状。

“公子，人已经出了北门。照你的吩咐，没有继续跟下去。只是，不下门闩，似乎不妥。公子的安全是我等职责所在，此园甚大，又易藏人，守卫极需小心。留一扇门开着，还是生僻的北门，实在——”窗外一个影子，高瘦的，贴在雪白的绵纸上，头颈处微弯。

元澄睁开眼，里头一抹光华毕现，只说两个字：“留着。”

“是。”那影子立刻应了。

“想要取我性命之人，难道会因我门户紧闭，他们就罢手了不成？”

那影子没回答，但仍贴在窗上，未移动半分。

“华衣。”他还有件事要问。

“公子。”

“刚才你可在我身侧？”

“在。”

“那你可知，为何另一个姑娘突然扔开人跳回墙后？”

“……”影子沉默一下，“因为我。”

“果然如此。”他还是猜对的，“看到你这个高手，自动退避了？”

“不……是。”影子犹豫着还是说了实话，“她是我小师妹。”

“既然你是她师兄，为何见你就逃？”哦？原来撞巧的不单是他，还有华衣。

“我师父从来只收男弟子，却收了个女娃娃回来当关门弟子。他有心教也还好，偏说自己弄错，以为是个小子，谁知是个女娃，怎么都不肯教功夫，把她扔给我们几个当师兄的，自己就跑了。当时我们还是贪玩的年纪，师父的话又不好不听，带着她有时难免没耐性，以至于她见我们怕极了。”几年未见，那丫头的轻功长进不少，不过内力未精进。

“如今你们倒是近了不少。”听上去，恐怕小丫头受到的欺负不少，怪不得地都不敢落又蹿回去了。

“华衣此来，只为护公子安全。”

“果然不是讨人喜欢的性格，你的小师妹想必也是因此而避你不及。华衣，你今年三十有几？”遇上旧识，元澄情绪前所未有地佳，一夜不眠却神采奕奕。

“……”影子摇了摇，“华衣与公子同年，二十有四。”

“那你可真是老相了。”

影子又摇了摇，这次无声。

“可曾娶妻？”

“不曾。”

“我瞧你不爱说话。”

“我的任务，只用刀，不用嘴。”

“也不是啊，你的副手很能说。”

“所以他的刀没我快。”

“看得出来。”自昨日起，华衣奉命保护他。像影子般让人容易忽略的存在，但一有突发之事，华衣强大的气息足以令对方胆寒。“若你小师妹是来偷袭我的人，你可会手下留情？”

“不会。”

对他而言，力气比他小一半，个头矮不隆咚的女娃，就是烦人的累赘。每轮到他带她时，他都没什么笑脸。不过，小衣不告而别的那日，他和师兄们一样，有被她背叛的气愤感。好歹相处那么久，便是不融洽，也有同门之谊吧。不说一声就走，实在很不懂规矩。

说实话，在看到小衣跳出来的那一刻，他受到了很大的惊吓。一个以为今生都看不到的人，毫无预兆，还以那样的方式出现，保持冷静是很难的。小衣突然跃回墙内，很可能是被他当时的脸色吓到了。

“便是师妹，你也能手起刀落?”元澄不太信。

“若公子许可，我会留她性命。而且，她武功很差，不会威胁到公子，我二十招内就可点到她昏穴，让她三日不省人事。”以前小衣聒噪时，二师兄发明了这招，从此就为大家所用。不过，他没在她身上用过。

这华衣倒实诚，明明心眼不坏，却长了一副恶人面孔。元澄笑了笑，说一声可以了。影子立刻从窗上消失了。

抬起手，拇指食指夹了一颗纯白的珠子，因染上他的体温，有些紫红晕开来。这颗水净珠，本是他用来换取性命的代价，但无论如何没想到，那个走私船的墨哥竟以“与君明珠”还给了他。在那之前，他不曾为她做过什么，唯以真心相交罢了。

若他面貌无损，风度翩翩，他还能假设她对他有意。可，偏他那时面目全非，手脚不灵活，潦倒到连自己也厌弃的地步。且看她行事，真是不输男子的爽直。她要对他有意，那大概是瞎子了。

所以，他可以认为自己的这条命，要比一颗价值二十万的水净珠珍贵些吧。第一次，不是他用权势给了别人价值，而是别人给了他价值。

墨紫，如果以他这双望尽人心的眼来看，应该完全没有期望他报恩。她不期望他报恩，那他要不要主动把这笔人情债还了呢?

让他想想吧。

“你不知道啊?”纯金的扇子一扇，金风阵阵。

墨紫坐在那儿，被主位上金光灿灿的大少爷刺得头晕目眩，手中杯子不小心泼出几滴来。

“墨姐姐，小心。”扎着书童髻的可爱脸突然出现，笑嘻嘻地托住墨紫的手。

“百两弟弟，谢谢。”当他们再次像风一样旋进来的时候，墨紫才发现这对双胞胎原来会轻功。

“墨姐姐，我是千两。”帮她的书童纠正她。

“墨姐姐，别听他的，我才是千两。”金大少旁边那个反驳。

墨紫也分不清谁是谁，笑笑点头，啊呀啊。

这里是金大少的钱庄。

从荒府，不，是元府出来，她没去望秋楼，直奔了金银钱庄。因为想不通，急需求证。

“我不知道啊。”她要是知道，干吗特地来他这儿一趟，问水净珠有没有让人取走。结果，回回来，回回让这位金大少请进来喝茶。

“取走了。”金大少看似挺无所谓，茶盖碰茶碗，叮当有声。

“谁取走的?”墨紫多问一句。

“还有谁？自然是第一好官了。”他金大少出了名的奸诈狡猾，却在那家伙身上占不到半点好处。每次说“第一好官”这个称谓时，都是满满的嘲讽。

墨紫不是听不出来，她微笑着装傻，“可是他亲自来取的?”

金银手中的扇子不摇了，露出一丝兴味，“墨哥此来，想是得了消息。心中既有答案，何必再问我呢?”

“金大少既然不肯答我，我在前头柜上问你家柜事，你又何必特意将我请进来呢?”墨紫反唇相讥。

金银啧啧有声，“墨哥牙尖嘴利，在下佩服至极。不错，我怕那些柜事嘴笨，万一得罪贵客，自是要出面接待了。也好，聪明人面前，我不再绕弯子，正是那人亲自来取的。我开价二十五万两买，你猜怎么着?”

墨紫一笑，“自然是不卖了。若是卖了，金大少怎会心中有气，把扇子都要扇破了。”

“墨哥眼也尖。”金银一怔。

“好说。”既然碰上了金银，不如顺道打听点事，因为她实在好奇，“金大少生意做得恁大，当初，一听那个称号，就能猜到是谁，且知道那人进了皇宫，想来必定各道消息灵通。”

“我消息便是再灵通，也不及墨哥。以为他必死无疑，他竟安然无恙全身而退了。墨哥当日对我言，你救人，全凭当时的心意，而这人，命不该绝。他还真是借了你的吉言。”这样都死不了，莫非注定他要掀起滔天巨浪?

“不是借我的吉言，而是有些人天生运气好。金大少，我孤陋寡闻，走的地方不多，见识不算广，想请教。”

“墨哥何须如此谦逊？不过，你但说无妨。”

“那人既是南德的宰相，能做到一人之下万人之上，应该年纪很大了吧？四十五十岁这样的?”

“墨哥，你救了那人，难不成一点不知他的事?”

“我与他萍水相逢，只知他以前的官位，其他一无所知。”

“那人十五岁以神童惊动南德皇都，特许越级参加全国大考，一篇《论左传》令主考官震动，点为榜首。大殿之上，其才获皇上嘉奖，钦点为少年状元，官拜从五品中书省舍人，之后每一年升迁一次，二十岁便为尚书省左仆射。二十一岁时，尚书

令告老，全朝百官推他接任。从此，朝廷政务皆经他手。二十三岁，天子封他为太傅，官居一品，位列三师。二十四岁，老皇帝驾崩，太子继位，朝中风向变动，他的首敌吴太师发难，联名上书揭他八年贪渎之罪。一夜之间他自最高处跌落，家产全数充公，削为平民，流放千里南暑之地。"金银说得精简。

一个人小半生的跌宕起伏，别人用几句话就讲完了。墨紫唏嘘之余，吸收着那些惊人的信息。"那——"还有一个小小的疑问，犹豫一下，"听说，那人和太后有什么?"当时，元某人说到帮太后女扮男装时，似有所念。

金银突然哈哈大笑，"墨哥，你以为那人会跟太后有暧昧不成? 那日我问你，那人可是你心上人? 你说，女人帮男人，难道就是对他有意。我还想墨哥之豁达，当世女子中也算稀罕的。没想到墨哥自己豁达，对别人仍是世俗之见。"

墨紫不太好意思，嗯哼一声，认错态度很好，"金大少说得对，是我浅薄了。你不必理会此问，是我一开始没弄清楚。"

金银见墨紫这么爽快认错，再在心中喝一声彩，"在下不过说笑罢了，若不知那人年龄的话，也难怪墨哥误会。南德太后已过五十寿诞，听闻是个活泼性子，民间还有她女扮男装出游的传闻，与那人曾以母子戏称。可惜，到底比不过亲生儿。为了儿子大权稳固，昔日是以亲情笼络之，今日就拔刀相向。那吴太师联名上书，听说腰板硬得很。若无人撑腰，以那人如日中天的权势，谁敢往上写名字呢?"

"没有永远的敌人，也没有永远的朋友。"墨紫低语。

金银耳朵很尖，啪地合上扇子，往掌心一打，"墨哥说得真好。共利者友，争利者敌。如在下与你墨哥，欲共利相谋之，可谓友。"

墨紫立刻回道，"金大少太看得起我了。我不过是替人跑腿打杂的，哪有资格与你这样的大老板为友。如今，所托之物也已然归主，我哪还能与你共何利呢?"

"此言差矣。"金光闪闪的扇子又摇曳起来，戴满宝石的手指修长而晶莹剔透，"墨哥于那人有救命之恩，只要你开口，他必还你这个人情。再说，如同墨哥所说，他刚逢大难，即便能活命，也需要银子傍身。现银可比一颗能看不能用的珠子好多了。两全其美的事，大家各得其所。"

"我未曾想过要那人报答什么救命之恩。"不过是听那人谈吐不俗，感觉有那么点投契，又可怜他的境遇而已。"话说回来，你我为何总是那人那人地称呼他?"

"因为，一说出那人的名字，我会心情不好。墨哥，你觉得我和他二人，谁长得更好些?"

妈呀！一个大男人，跟另一男人比长相? 墨紫那白眼差点再也翻不回来，她一点都不想回答这种问题。但是，金大少投过来的，绝不是能容人拒绝的目光。

墨紫干笑着，"这个嘛——"

"哪一个?"笑得耀眼。

"我说不上来，你们二人都是百里挑一，不，千里挑一的杰出人物。"

“你这么说，就是觉得那人长得比我好。”金银眼中的幽绿跳了跳，“只要有眼睛的，第一眼瞧见，都会说我长得好吧。那人，顶多就是斯文，还是假斯文。你说我们一样，岂不是贬了我抬了他?”

墨紫把干笑变成了苦笑，“金大少，我绝无此意。其实你和那人，全然不同。你外相美而华贵，那人却是素淡得很，根本无从比较。如同明珠与洁玉，皆美。”

她说的是实话。身着红梅黑袍的如玉男子，一件配饰也无，以为不过斯文儒雅，然而光华由内而外散发，渐渐吸引人眼。这样的人，再精美的配饰也衬不上他。而金银，自身太过耀目，就用各种闪亮的饰物盖过去，借富贵逼人退开，可他太俊太美，到头来那些身外物反而成了陪衬。这么截然相反的两个人，却出奇地令她觉得，放在一起会十分和谐。

“我倒忘了墨哥能说会道。”这种说法，他可以接受，“再说回刚才的事吧。”

墨紫紧蹙眉头，她本以为话题岔开了。“金大少，那事似乎没有再提的必要，我实在无能为力。”她连那人都不会去认，“而且，你还忘了自己说过，那人可不是会报恩的人，给一滴水，就能翻浪。你想我去要人情，岂非自讨没趣?”

百两、千两，眼睛骨碌碌，在墨紫和自家公子之间来回看戏，津津有味的模样。

谁会更胜一筹?

玉和坊的街尾有个专门替人看卦象和解风水的小铺子，还卖一些驱邪避凶，压惊镇魂的物什。老板姓独孤，人称独孤神算，或独孤先生。据说这个铺子已经历经三代，而到这位独孤神算的手上，生意还是很好的。特别是，他生就一副知天命开天眼的奇异相貌——鹤发童颜。因此声名远播，请他看相断风水的人络绎不绝。

不过，这些日子，独孤神算突然不出门了。对外号称闭关清修，将铺子交给大徒弟打理，不管是达官贵人，还是知交好友老街坊，谁都不见。这么一来，生意不但没有减少，反而更多了。日日想求独孤神算赐见的人，排成了长队，还有几日夜就守在门外等的。碰到不讲理的，胡搅蛮缠的，哭天抢地的，穷凶极恶的，闹成了一片。

此刻，独孤神算的屋子里来了一位客人。

不速之客。

扑通，独孤就往地上一跪，哭丧着脸，“我已经按您的吩咐，一句不落全跟那位小姐说了。我瞧她的样子，十有八九是信的。再说，我独孤在这片是有点名气的，即便她将来问别人而知道我，也拆不穿这把戏。”

“谁说是把戏?”沙哑的声音好像让石子碾过，白巾蒙面的细瘦男子眸光闪烁，“你要敢说出去一个字，脑袋就别要了。要知道，我能白天大大方方进得你的房间，到晚上也能神不知鬼不觉地取你性命。”

冷哼声，发自细瘦男子身后，那又高又大的蒙面汉子。

独孤吓得一哆嗦，忙磕头道:“是，是，小的说错了，不是把戏，真是那位小姐的

命相，我看得真切切的。”

“那是自然。先生号称天眼已开，能看今生未来，遇到个有缘人，多说两句箴言，实属美意，何必过分谦逊呢？今后你若再见到那位小姐，却是前缘尽，无须多说，沉默便罢了。老天爷一向是公平的，给你开天眼的好处，就会收你一样代价。先生吃行饭这么多年，应该明白我这话的意思吧。”

“我明白，我明白。”脑袋啄米似的，“绝不再多说一个字，不然让老天爷收了我的命。”

“老天爷不收，就由我来收。”声音陡冷。

“是，是，我便是为了一家老小，从今往后，这事就烂在肚里，带到棺材里去。”独孤神算心想，他这是倒了什么霉了，无缘无故招来两个煞星。

“很好，不过最好是忘得一干二净，免得先生万一喝个酒吐个真言什么的。”细瘦的男子似乎不太放心，手摸摸下巴，“我究竟该给先生解药，还是干脆杀人灭口？要说，死人才会守承诺。”

独孤吓得直冒冷汗，不停地磕头，“小的以我家祖基发誓，从此必定滴酒不沾，还请二位饶我性命。”

“先生也真是，我不过玩笑罢了。我想你守信，自己当然也是守信之人。当日说好，只要你帮我办成这件事，你性命无忧。先生怎的不信我？”粗嘎嘎地低笑，细瘦的人从袖子里掏出一个小盒子，“解药在此，需一口吞入，切记不能咬碎，用绿茶送下便可。”

独孤跪着上前几步，小心翼翼双手接过，迭声谢了。打开盒子，看到一颗碧绿的丸子，一闭眼一咬牙，囫囵吞，用茶送下。药效还真快，不一会儿，麻痛的地方都好了。他终于松了一口气。

“如何？我不骗你吧。”细瘦个笑着说道。

“大侠一言九鼎，果然守信。”唉，这是什么事啊？被他们逼着吞毒，如今解了，他又是谢又是讨好的，仍不敢得罪半分。

“不过，有句话我可不是说笑的。你若将事情抖出去，小命就保不住了。”细瘦个拍拍桌子的一角，回头给高汉一个眼色。

高汉过去跟着拍了拍，梨木桌的那个角像豆腐做的一样，让他一拍即断。

独孤不是第一次见识那汉子的惊人力气，之前他所以答应得快，也是因为被吓过了。而且对方还喂了他毒药，导致全身动不动就这里麻那里酸，他还看什么铺子管什么别人的命，天天窝在家里，掰手指头数日子。说是一个月会毒发，提心吊胆到现在。

“老爷，你开开门，不吃饭怎么行呢？”这时，独孤的妻子在外敲了敲门。

“独孤先生有两房贤妻啊。”细瘦的这位轻声一笑，“还望你珍惜生命，好自为之。发生了这件事，想来先生有离乡背井之意。不过，你一走，岂不是告诉别人你心虚？所以，还是别走的好。我说话算数，只要你守诺，不会再来找你麻烦。”

独孤忙躬身连应。

下一刻，戴白巾蒙面的二人，跳了窗，跃了墙，在独孤宅子后面的小巷里轻松落地。

一扯掉脸上的布，细瘦的男子开口：“赞进，你的功夫不错。”

高大个拿掉蒙巾，嘿嘿一笑。

这下，也不用多说了，这细瘦的男子不是墨紫，又是何人？

那日与岑二头一回去林府，听小马提到这位开天眼的独孤先生，她就心生一计。于是，她和赞进打听了这位独孤，居然还是远近闻名的鹤发童颜神算，这就让她的计划更有了成功的把握。她找机会混到独孤家里，赞进点个穴，喂了他老爹独制的麻筋丸，就这么恐吓要挟一番，让他在裘三娘到林府那天躲到附近，然后假装无意之中碰见。又教独孤说了那番实中有虚、虚中有实的高深话，包括让他如何打扮成有点仙风道骨，又有点疯癫不羁的模样。

裘三娘曾说过她遇事双拳捏在袖子里不会动。其实裘三娘错了。她和裘三娘做事的狠辣方式不同，喜欢袖里乾坤，喜欢明修栈道，暗度陈仓，喜欢在别人觉得不可能的时候出手，然后一击命中。

裘三娘大概怀疑过算命先生是她找来的，那又如何？算命先生不是假的，是真的。开了天眼，还神算，是大家都知道的。她封了独孤的口，裘三娘可以不信独孤那些话，却拿不到她的错处。所以，日久天长，也只能沉淀。

夜思缥缈，圆月当空。丝乐声声，由风轻送，只得片缕音色。

北门边，一个十五六岁的小厮，脑袋耷拉着，身旁放了一盏灯，似乎百无聊赖，左脚换右脚，晃啊晃的。突然听到门外有动静，眼睛立刻转得精神起来。

先是说话声，接着马蹄声。门被稍微推了一下，力道很轻，因此露出一条小缝，眨眼又合上。小厮提了灯，快步走过去，就在门开第二次的时候，用脚顶进缝，把门踢了开来。

一只手，大概刚要推门板而门无端端地开了，停顿在那儿，有那么点无所适从。

等灯光照到门外的那人时，小厮就见一身丫鬟装束的女子，她脸上掩不住惊讶的表情，可能被吓到了。

墨紫确实受到了惊吓。元澄说的是留门，又不是等门。她因此还特别小心，先试推了一下，确定门开着，才放心要进门的。谁料到，门突然自己开了还不算，门后竟有一个人。

灯光下，她瞧他年纪不大，应该是个小厮。“你可是墨紫姑娘？”小厮很机灵。

“我是。”连她名字都知道，受谁派遣，不用想。也亏得她一向行事小心，今天元澄突然出现，她虽换了男装，却没有化装成墨哥的模样，素颜出的门，到外面才抹上

黑脸。而回来时，她也把脸洗干净了。

当然，因此让从未见过她白净样子的岑二很是惊艳了一下，而刚到上都没几日，管着葛秋的琴姑竟还想让她在开张那天上台亮相。不过，听她唱了一支走调的江南小令之后，无可奈何地放弃了。不通音律，也不是她的错。

“铭年奉大人之命，在此等候多时了。”小厮微抬手上的灯，“大人说，园子荒落，恐姑娘夜间行走不便，特让铭年来为姑娘照路。姑娘请跟紧吧。”

大人？难道不是元澄吗？墨紫有点糊涂了，问道：“你家大人是——”

“姑娘不识得我家大人吗？”铭年觉得奇怪了，“我家大人姓元，正是这园子的主人。”

皇帝大赦天下不过半月，那人居然是大人了？

“你家大人是何官职？”

“大人新任太学博士，从六品官，明日起就入太学教书。”铭年边走边说。

太学博士，虽是六品衔，却是不用上朝的官，没什么权力。可好歹也是一枚小官，比平民地位高多了。

了不起啊，元澄。连走路还要人扶的狼狈颓然，连躺着都怕自己醒不过来的悲惨可怜，已经是过眼云烟了。

隐隐约约听到东厢那边的园子里热闹，又是乐音，又是笑声，墨紫垂眸，低低笑了一声。

“你家大人今日宴客？”这位官场新贵，可是将南德夜夜笙歌之风带了过来？

“正是。大人请了太学里的同僚来喝酒，今夜不醉不归呢。”别看铭年岁数不大，说话很老成。

“铭年弟弟，我瞧你说话，可是读过书的？”

“姑娘，你是大人的朋友，而小的只是奴才，这般称呼不妥，叫我铭年即可。”铭年说道，“小的爹在太学里打杂，小时候跟着读过些书。大人可怜我少了一条胳膊，愿收我当个书童。”

墨紫这才留意到铭年的左衣袖是空的，怪不得他先前用脚踢门。想开口安慰，又觉得反而不好，犹豫间听铭年说了一番令她目瞪口呆的话。

“大人让小的转告姑娘，他今生不曾欠过他人人情，因此不知该不该还，还有怎么还。与其他自己想不通透，不如请那人来决定的好。大人说，他给那人一个月的时间。若那人想让他还这份人情，就请在这个月里跟他亲口认了从前的事。否则一个月之后，即便那人改了主意，才来认他，他也当人情已清，从此两不相欠。”

元澄和金银，都有一毛病，不喜欢把人名好好说出来，那人那人的。

她虽然猜过元澄可能认出自己，可等亲耳听到时，还是有点吃惊。“我不懂你家大人的意思。”墨紫装傻的功夫登峰造极。

“大人说了，我铭年不懂，姑娘却是懂的。”这个书童，单能把元澄的话传达得一清二楚,可见脑袋瓜聪明。

高墙下,青草簌簌吹响。

墨紫学猫叫之前,“铭年,请你帮我转告你家大人一句话,可好?”

“姑娘请说。”铭年恭敬说道,左袖随风飘起。

“当时那人相助的,是一位傲骨宁折不弯的先生,而非不醉不归的太学博士。如今人各有志,往事不提也罢。”既然元澄认出她来,自是不用装傻到底。她当初认识的元澄,不是此时的元澄。

“是,铭年谨记。”小厮有礼地躬身。

“你不走吗?”墨紫心想,已经安全抵达了啊?

“大人吩咐,一定要看到姑娘安然……过墙。”这句话恁怪。

第二十七章 云豹徐九

这日，墨紫在竹林小屋里研究手上的一张烫金名帖。

帖面上一只气势汹汹的金钱豹，帖子里只写着两个大字——徐航。如果仔细看那红色印章，还有四个小楷——云豹徐九。随徐九名帖而来的，还有一张请柬，邀请墨哥于元月十五晚无忧阁赴宴。

珍娘的事过了大半个月，以为对方可能真被墨紫吓住了，不打算再来找麻烦，岑二正暗自松一口气之余，却收到了这张指明墨哥亲收的帖子。

元月十五就在今夜，距望秋楼开张还有三日。

岑二的意思是，让墨紫能赖就赖，不要赴这鸿门宴。可墨紫觉得，徐九时隔大半个月才找上门来，似乎是个做事很沉稳的人。她要是赖了，倒给了对方正面冲突的借口。所以，她让岑二把赞进送来，打算两人单剑赴会。

其实，她觉得赴宴的地点选得挺好。无忧阁是公共场合，刀光剑影不合适。再者，无忧阁在某种程度上，作为望秋楼的竞争者，值得去打探一番。

近来，她已打定主意日后走动以原装亮相，像裘三娘那样，虽说有些过于秀气，但她从来没有要死守女儿身这个秘密的念头。女子经商凤毛麟角，但既不是死罪，也不是人人要喊打的。商人重利，只要能赚你的钱，是男是女有何区别。而且如今船业需大于求，她相信酒香不怕巷子深，只要让她接到一笔生意，局面就打开了。到时候，要让人求上门来。

因此，墨紫打算从今天开始，少上暗粉，直到有一日素面朝天，给人一段适应的时间。要是有人问起来，就说最近没出门，变白了。随身带着化妆包，万一遇到萧二之类，紧急变脸也来得及。

“小衣，今晚我要过墙。”看一眼身后，小衣一动不动。

墨紫叹一口气。这丫头自从那夜遇到她师兄后，就没了力气跳墙爬树。她可以想见小衣曾经的遭遇。不过，她怎么办？

“小衣。”她尽量叫得可怜兮兮。

“用梯子。”

“你不早说？我还没动手做呢。而且，我能上去，怎么下去。总不能跟那家的人说，可不可以让我在你家放个梯子？”

“那晚你怎么过来的，今天你就怎么过去。”

“你还好意思说那天晚上？”墨紫气笑道，“我学了半天猫叫，还以为你不在呢。”

说好她不会在外过夜，让小衣到点等着接人，谁知面都不露。后来，华衣现身，带她跳过墙。不然，她就得跟一群兔子在草堆里过夜了。

“你不带我过去，你师兄过来带我，不是一样能瞧见你？”那晚，华衣嗖嗖地跳过来，落的地点简直完美，正在小衣面前，眼对眼。

“小衣，我都不知道你声音能尖成那样。”当时的情景，小衣惊声叫出半个音，立刻伸手堵住自己嘴巴，细长眼恐慌不已。

“你别的师兄我是没见过，可我瞧这个好像还好。”华衣单眼皮斜上的天生坏人样，但话少让她感觉性子比较沉稳，似乎可靠。“他还跟你打了招呼，是你跑得太快，没听到。”

“我听到了。”小衣的耳朵比腿脚灵，“不是打招呼，是说我私自下山，要门规清算。”

“说说罢了。你师父都不管你下山这事，他排行倒数第二，管什么管？”小衣要跟她一样厚脸皮，万事皆安乐，“不过，我倒不知道，你是逃出师门的。”

“不是逃，是学成下山。我明明按师父说的把功夫都学过了一遍，师兄们却说我要打过他们才能出师。那根本不可能！我心里急着要找小姐报恩，所以就用迷药把师兄们弄昏，一个人跪过祖师爷的像，深更半夜出的师门。”

怪不得人家说她逃呢，墨紫心里暗笑。

“说到你这个小师兄，他居然是千牛卫。”千牛卫，被大周王朝沿用，是皇帝的直属卫队。华衣虽然穿了一身常服，但墨紫瞧见了他的腰牌。

“我不知道。”小衣离开师门后，师父每年会来找她一次，可再没见过那些讨厌的师兄。

墨紫突然想到，元澄身边有千牛卫，说明什么？千牛卫乃帝王之亲卫，唯有帝王可遣。华衣出现在一个太学博士身边，岂非有蹊跷？

小衣连叫两声墨紫，“我先送你上墙，要是没人，就再送下去。”

墨紫回神，啊了一声，“要是有人呢？”

一副看你自己本事的神情，小衣没说话。

近黄昏时，小衣先踩点，把墨紫挪上墙头，真就自己跳回墙下，让墨紫看到底有没有人。

墨紫说了几次没人，小衣却始终犹豫着。墨紫眼看着自己要晒干了，干脆说一声"自己来"，就跳下去了。从此，过墙就成了这种一半一半的模式。

一路往北，四周和从前一样安静。到门外巷子口与赞进会合，意外地看到臭鱼也在。

"墨哥，听说无忧阁美人众多，带我臭鱼开开眼，如何?"臭鱼换了件长衫，笑嘻嘻地做鬼脸。

"臭鱼老哥，你这样穿，我还真有些不习惯。就像木芯子绑了一条铁链子，不自在啊。"墨紫哈哈笑言。

"没法子，总不能穿咱那短褂子紧腿裤，把娇滴滴的大美人吓跑了。"臭鱼接着臭美，"如何? 虽然我是穿不惯，好歹有一分书生气吧?"

墨紫抿着嘴笑乐。

臭鱼接着道："倒是墨哥，这肤色不黑，秀气多了十分啊。"

"近来不跑船，自然白了不少。"臭鱼知道她女扮男装，墨紫开玩笑地搬出借口。

"可以，这么说合理。我老爹从前就是黑炭脸，漂亮点的姑娘都嫌他长得丑，只好娶了跟他一样黑的我老娘。后来他金盆洗手，在家当了老太爷，才半年，你猜怎么着?"

"怎么着?"墨紫难得听臭鱼提起家里人。

"我老爹就变成白面老生，很俊的，把当年那些没瞧上他的大姑娘懊悔得没法说，只能眼红我娘了。我娘瞧见我爹半年不出门就变俊模样，也学我爹在家待了半年，结果——"

"臭鱼，别卖关子。"赞进也听着好玩。

"我娘没变白，也没变好看。她天生黑丑，变不了啦。不过，她功夫比我老爹好，我爹虽然俊了，也没敢有二心。最惨的是，我们兄弟仨像我那老娘，胎里毛病，出来不招姑娘爱啊。"臭鱼跺跺脚，唉声叹气。

墨紫笑得不行，坐在车辕上浑身抖，"该是你爹爱你娘，哪是怕的呢。"

臭鱼突然呼吸沉了沉，眼睛发红，"墨哥说得对，我爹要是不喜欢我娘，也不会我娘一死，他也跟去了。"

这世道，别的不多，孤儿多。

墨紫咬咬唇，"还好你们有三兄弟，感情那么深，挨苦日子也容易些。"

臭鱼尴尬地挠挠头，"墨哥快上车，我可急着看美人呢。"

三人一车，往玉和坊去。

无忧阁，正中高吊八大红穗引香琉璃转马灯，四壁上挂百盏金亮的镏金镂花架，将方方阔阔的大堂照得美轮美奂。堂内六根顶梁红柱，几乎根根上题了字写了诗。铺着团花地毯的楼梯自中间而上，分道两旁，大红的雕栏内是一间间包厢。墨紫到的时候，天色还未全暗，但这里已有不少堂客一手酒杯一手美人，嬉笑连连。

“三位客官，许久不见啊。”来了一个招呼他们的女子，身姿窈窕，有些风情，有些气质，年纪有些大，可好像不是当家妈妈，“你们要在堂间，还是楼上包间？可有常喜爱的姑娘，还是这回想换个新鲜？”这里，但凡见生客，也先说成熟客。

“我们来赴宴的。”墨紫拿出请帖。

“原来几位是徐九爷的客人，我可差点怠慢了，请跟我上楼。”一张脸笑得鱼尾纹密布，“我是无忧阁的三妈妈，几位今后再来，直接找我就行，我给你们挑最可人的姑娘。”

看到包厢里空无一人，墨紫打断臭鱼兴冲冲的话音，“三妈妈，徐九爷还没来吗？”

“九爷突然有要务缠身，已差人来说过，要晚半个时辰。还说客人来了，只管先上好酒好菜。几位稍坐，我立刻命人上酒菜。”

墨紫找了个靠门近的位子坐下，打量着这间房，别的她只能看个热闹，不过全套的家具可是实打实红木的，可见这间包房专迎贵客。不过，徐九唱的哪一出？鸿门宴？空城计？

墨紫寻思着，拿起茶杯来喝。赞进大掌伸过来一压，沉声道：“墨哥，别喝。”

臭鱼一听，立刻将杯子放在鼻下一嗅，用小手指蘸了水，尝尝味道，就笑眯眯地将茶一饮而尽，摇头晃脑地对墨紫眨眨眼，把脚跷上旁边的椅子，突然大声说话：“好茶啊！什么茶这么香？难道调了姑娘家的胭脂？”

墨紫听赞进的意思是茶有问题，可看臭鱼把茶稳当当喝下去，就有点糊涂。她其实不知道，像这种程度的下药，对臭鱼这样的老江湖算是小菜一碟，对她却是很起效用的。

“久闻云豹徐九侠义磊落，今日一见，不但小家子气，还是一缩头藏尾的鼠辈，竟在茶水里下女人脂粉。你不恶心，我还嫌香过了头。下回自己先尝尝味道，免得让人笑话你们豹帮一群涂脂抹粉的女人家家。”臭鱼见对方不答，更骂将起来，“你们个贼鸟蛋子，光有耳朵听不成？有本事，憋死了算。还不给我滚进来，把这壶洗脚水乖乖地喝下去。要再不出来，你们就看我怎么抹臭豹帮名气，让道上兄弟笑死你们这些窝囊废！”

墨紫好笑，心想臭鱼这回可骂过瘾了。

“娘的，你这张鸟嘴给老子放干净点。豹帮你也敢骂，活得不耐烦了？”嘭一声，门让人踹开了。

哗啦啦进来十几个劲装汉子，清一色黑短褂红衣边，横眉竖眼，分立两旁。一

个身穿宝蓝锦衫的男子一手搂着一个女子站在门口，眼睛色迷迷地对那两个美人看个不停，照准其中一个的脸蛋就亲了一口。

那女子咯咯地笑个不停，将男子的大脸推开，娇声道："好八爷，您要亲，也分个时候。有人骂您呢，您难道不该先料理了这事？"

青楼这地方是非最多，没有点底气，根本开不出像无忧阁这么具有影响力的来，贵族高官都往这儿跑。自然，身为无忧阁的女子，对怒目相向破口大骂的事也是见怪不怪了。

"春霓、春裳，今晚上，可不许再坐别人身上去，八爷我要你们姐妹一齐伺候着。"亲完一个，又亲另一个。

墨紫定睛看那个八爷，身材微微发福，不算高，面白而肿，眼凸而浮，气色有点虚的一个青壮男人。

八爷和那俩女子旁若无人地调笑了一番，看到坐着的三人面不改色。一个笑嘻嘻，拎起茶壶打开茶盖；一个微微笑，肤色稍微黑点，却很清秀的模样儿；一个傻哈笑，眼睛溜圆，好像他讲的话完全没明白一样。他面上立刻怒气腾腾，感觉堂堂豹帮竟然被三个无名无姓的臭小子羞辱，不给他们点颜色看看，他不好对帮众交代。

于是，他气哼一声，"谁是墨哥？"铜钱膏说那个墨哥肤色黝黑，身段笔细，一副油光锃亮的皮相。可他在这三人中瞧不出来泛油的啊！

"我便是。"对方粗鲁无礼，墨紫也不打算随便抬举，依旧坐着，手也不拱，"霍八爷好气势，不知无忧阁里别的客人会不会跟妈妈抱怨太吵？"

春霓、春裳投来吃惊的一瞥，想这小子不知天高地厚，真敢和豹帮当家的顶上。

"你是墨哥？"黑是有点黑，可不油面啊。不过，一下子能说出他霍八的名号，倒如铜钱膏说的那般，油嘴滑舌。

"正是。"

铜钱膏那厮什么眼神！霍八呸一记，要是人在这儿，他非踹下楼去不可，"那就是你赖了我九弟的账啰？"

墨紫撇撇嘴角，脸白了些，市井之气可不能少，再说还有赞进和臭鱼撑腰，不能一开始就软，"八爷这话怎么说的？我啥时候欠了九爷的账，自己怎的不晓得？可有欠条？"

"小子，少给我装傻。林家一千五百两银子，你以为几句话就能赖了？林珍娘她哥不还钱，林珍娘就得还。你小子想充好汉？行！帮她把银子还上，老子二话不说放你走。不然——今天就别怪我要请你到我家做客去了。"谁都听得出来，这个做客不是那么简单。

"霍八爷，想是你手下没跟你把话讲明白，是你们的欠条有问题，怪不得我。说起来，那林家公子是一早跑的，你们帮众那么多，连个逃债的都追不回来，却找弱女子的晦气,说出去岂不是很丢人?"

"你少给我抠字眼,我不是老九,听你们这些酸人说酸话。反正,这钱是林家欠的,连一个铜板都没还回来,林家就得乖乖还了。林大郎跑了,林珍娘来还。她还钱的方法也容易,要么当我的小妾,这银子就是财礼,我来还给老九;要么进窑子,千夫枕上一遍,一两一两来还。你真那么好心看不过眼,也能帮她还钱。不过,我瞧你的样子,身上恐怕连十两银子都拿不出来吧。"霍八打量墨紫的穿着,鸦青的旧衫,腰里只挂一个荷包,真是一样值钱东西也没有。

"霍八爷眼睛可真利,不过这银子既然是林家欠徐九爷的,你找我还什么账呢?刚才你说了,你娶珍娘为妾,这银子也得还给九爷。可见,亲兄弟明算账。今日,是徐九爷请我来的。退一万步说,该他来跟我说这事才对。八爷却在茶里动手脚,这待客之道有待改善。"别看墨紫嘴巴不饶人,其实她心里直叫糟糕。最怕就是碰到蛮不讲理的人。霍八不肯照白纸黑字来,武力硬逼,她这边就势单力薄了。

"铜钱膏有句话没说错,你小子嘴巴恁能讲。不过,对我没用。来呀,给我把这三个臭小子打一顿,不开口求饶不停手。"

墨紫突然扬起声音,"八爷,我想知道,今日之宴可是你借徐九之名?"

"老九做事蔫巴,哪有我这般痛快?我就是借了老九的名义,还没想到你真敢来。活该你今晚上倒霉。放心,在无忧妈妈的地盘,我不会闹出人命,不过出一口气罢了。对了,林珍娘,你也得给我交出来。"

果然。墨紫看到霍八露面,就猜是自己上了当。终究是阅历不够啊!

大概为了动手方便,霍八特地选了宽敞的包厢。那些打手一得令,立即向墨紫三个人围过来。一个个摩拳擦掌,挥着粗壮的胳膊就打过来。

此战不可避!

墨紫还没想出好的对策,赞进将她送上大圆桌,和臭鱼两人护在桌前。

臭鱼高声骂道:"霍八你这个王八羔子,有种一对一,也省得你这些手下缺胳膊断腿,你还得养人一家老小。"

翠绿的光闪过,已经要打到赞进胸膛的霍八手下哼都没哼倒地不动了。

"赞进,他死了?"墨紫吓一跳。

赞进剑指着另一颗有点瑟缩的人头,"没有,我用剑鞘砸的。"用脚踢踢地上那人,见他呻吟一声,"没用的东西,昏过去了。"

"你们俩把人弄昏就行了,别伤人性命。"

赞进和臭鱼应了墨紫,专心对付。

墨紫看了一会儿就放下心来。基本上,赞进一剑鞘戳昏一个,脸上很是不过瘾的表情。而臭鱼比较狠,双手专折人骨头,不是胳膊就是腿。骨头是啪啪地断,人是哇哇地叫。

春霓、春裳见势头不对,立刻惊叫着跑了出去。

霍八没想到墨哥带来的两个竟然是高手，眼珠子一转，趁赞进和臭鱼正对付他的手下，啸叫着，踩椅子跃起，朝着在桌上观战的墨紫扑来。

一出手，十指成鹰爪，集十来年的功力，竟带凛杀之气。

墨紫是会近身搏斗术的。就像杀手一样，一动就是三个字——快狠准。但她迄今为止，还没有在人前现过一次。那是最后的求生技，不到生死关头，她绝不会用。

电光火石之间，墨紫动了，赞进也动了。

墨紫的动，不是搏击术，而是急中生智，抓起身前的桌布突然往上一掀。同时，她人已经往旁边跳了下去。

赞进的动，是突然从屋角那边消失，令原本围攻他的打手们丈二和尚摸不着头脑时，出现在霍八右面，大概一臂之长。

霍八没想到墨紫看似文弱，动作倒是不慢。桌布飞起来，他一拳打上去立刻感觉落了空。而赞进就趁这时，一掌当胸劈来。

一招之间，霍八就觉气血翻涌，不禁大吃一惊，不敢有轻蔑之心，当即全神应战。

而墨紫虽然闪开了，却不就此停步，冲到门外，深吸一口气，收腹挺胸。就听她用最大的音量叫了起来："来人啊，杀人啦！"

在别人看来，这法子实在有点窝囊；在墨紫看来，却是替自己省麻烦的妙法。霍八既然能通过无忧阁的茶水下药，可见豹帮的势力挺大，但霍八有句话让墨紫最终决定将事情闹大。

霍八说：在无忧妈妈的地盘，他不会闹出人命。

这句话，说明霍八和无忧老板娘有交情，同时也说明他对这个无忧妈妈有所顾忌。否则，真狠起来，还怕闹出人命？江湖之事，官府都管不到。而无忧妈妈不怕人闹事，却怕弄出人命，可见干这行，因为要应付三教九流的男人们，必须小心才能驶得万年船。

她墨紫今天就博一博自己的运气，看看能不能借力打力！

再高呼一声，拿出喊口号的字正腔圆："无忧妈妈，纵人行凶，助纣为虐，难道这就是你无忧阁的待客之道不成？"

其实她刚喊第一句时，已经惊动了大堂里的客人和姑娘们，纷纷抬头看上来，瞧是怎么一回事。第二次再喊时，二楼和三楼的包厢门呼啦啦打开，走出不少华服锦袍的男子，女子们则跟在他们身后好奇地往她这儿瞅。

墨紫是打算豁出去的，推不动身后包厢的两扇窗，就再次进包厢。一边正单打独斗，一边乱哄哄群攻，也没人搭理她，她抄起一把圆凳，走到外面，在众目睽睽之下，用凳子把窗子砸了个稀巴烂。

这样，很多人就瞧见了里面打成一片的情形。顿时，说话声就大起来，指指点点，还有女子惊声尖叫的声音。

不期望来这里的人能有多仗义，但有时候要的就是个声势。

墨紫一回头，直觉朝上看。不都是这个道理吗？越高地方出入的人地位也越高。刚才大堂接待他们的是三妈妈，以此类推，二层的便是二妈妈，三层的便是无忧妈妈了吧。

三楼最南的那一间，门打开得最晚，出来的人也最不一般。男子们，年龄各不一，却神采飞扬；女子们，年龄都正芳华，姣美如花。

最后出来的两个男人，一个是华衣，一个是元澄。

两人都穿黑衣，不过华衣的黑是酷黑鸦色，元澄的黑是星夜乌丝色。

元澄先有些漫不经心，似乎是勉为其难才跟出来的。可当他看到弄出动静来的是熟人墨紫时，面上就有了一丝兴味。沿着走道的扶栏一侧坐下来，他手肘放上雕花木，这是要看戏。

墨紫不知道自己怎么会有想笑的心情，对瞧戏的那位一笑，意思是瞧吧瞧吧。她可是一点也不惊讶会在无忧阁看到他。一个还没上任就在家里请通宵宴的人，怎么会漏掉名满上都的无忧阁呢？也该来了。

墨紫笑，元澄也笑。

彼此一笑之中，似乎离共船一命的缘分已经十分遥远了。不可思议的是，两人仿佛根本不在意。对元澄来说，墨哥如今是墨紫；对墨紫来说，元先生如今是元大人。两人这是要重新认识对方，彼此都退一步，而留给对方进一步的余地。没有事先商量，却用了同样的一种态度，不可谓不有趣。

墨紫笑完，目光在三楼的扶栏内寻找中年妇人的身影。

"是谁敢在我无忧阁放肆，弄跑了我的客人，担待得起吗？"一个娇柔的声音带着傲然的调子。

无忧妈妈！墨紫立刻找到说话的那个，一愣。

一支金步摇，云鬓中镶满白玉香花，高额粉颊细颚，雪颈似天鹅的高贵，双手环扣在前。身着大牡丹花案的高腰云霞裙，外罩青雾笼山纱。手腕一抬，两只金灿灿的镯子打在一起，发出悦耳的铃声。仔细一看，中间镂空的，想来藏了铃铛在里面。

这位无忧妈妈，看上去不过二十七八的样子，虽然不是绝美，却是在气质上能艳压群芳的女子。有那么一刻，墨紫以为，无忧妈妈就是莫愁。因为以她的目光，在场的女子还没有能胜过无忧妈妈的。

"你是无忧妈妈？"

"你是说我纵人行凶、助纣为虐的那个小子？"无忧淡淡地挑起眉来，"记得走时，掏一千两银票出来，付我今夜的损失。"

墨紫一听，你裘三娘啊。刚要说话，包厢里的战局已经发生了变化，就听到"啊"一声惨叫，一道黑影飞出窗外，撞到栏杆，倒地弓成了虾子。那人正是霍八，在

赞进手下没过十招,就被剑鞘给打昏了过去。

赞进几个大步走出来,对墨紫说:"墨哥,他没死呢。"

而几乎同时,臭鱼已经把霍八的手下全打趴下了,嘻嘻哈哈地笑着站到墨紫身边。

墨紫抬眼,见无忧神色不动,心中暗赞一声好修养,嘴上却不客气:"无忧姑娘,我受邀前来,本想见识无忧阁的美人,只是这滴水未进,茶里却下了料的。一千两的银子,该是你赔给我才对。"

要说无忧阁里的莫愁以貌美和琴技成为第一头牌,这无忧却是真正的当家人。她高兴就陪客喝喝酒,不高兴就管事算算账,因此不以妓者的身份闻名,而是以妈妈的身份赢客人尊重。她的背景据说很深,传闻多种,归为一种就是定然有位高权重者或者江湖上武功极高的人替她撑腰,不然无忧阁早些年麻烦不少,若无人顶着,根本没有今日的气候。便是那最嚣张的道上人物,在无忧阁也得听无忧的话,让人三更走,不能留五更。有不信邪的,硬要胡作非为,隔三五日必倒霉,轻则不知让谁饱揍一顿,重则脑袋没了也不知道谁干的。

"这声无忧姑娘,我倒是挺受得。"无忧年纪不大,可身份摆着,一般人都叫妈妈,"不过,叫得好听,话却不中听。茶里下了料,难道就是我指使的不成?看你年纪轻轻,心术不正,随便给人栽赃。"

"无忧阁的三妈妈亲自带我们入的包厢,她说豹帮徐九爷会晚半个时辰到,让我们先坐等。可我们刚倒了茶,就发现茶里下了料。既然请客的人还没来,这茶中的名堂难道不是无忧阁的人弄的吗?"

离元澄最近的一个着锦服的年轻男子,手里拿了盏白瓷酒壶,正对准着在喝,突然止饮,将壶塞进身旁的女子手中,双目炯炯,往墨紫身后看去。一楼的三妈妈也在场,听到牵涉她,急忙推脱道:"跟我们可没关系,是霍八爷一来就放的迷药。"

无忧脸色终于变了。

聪明主子笨手下,是最无奈的事。

三妈妈这话就是不打自招,承认她是知情的,且帮霍八摆下了龙门阵。

墨紫趁机亮出证物,"无忧姑娘,可不是我故意找麻烦。我手上这张是云豹徐九的名帖,他约我今夜在无忧阁赴宴。谁知他没来,来了霍八。这茶水,即便是他下药,显然,三妈妈也清楚得很。我们三人一心来交朋友,却被霍八带这么多手下围攻。我若不请你出面,就吃了这哑巴亏,岂不是冤枉?想你无忧阁开门做生意,来者皆是客,可不能厚此薄彼。须知今日之贫客,他日之贵人。一看无忧姑娘气宇不凡,别人不明白,你却应该很明白这个道理才是。"

无忧说不出话来,因为对方说的无一不有理,她要驳斥,难道还能驳成自己气量狭小势利眼不成?而且,恰恰相反,她这等人,能把生意做到今日,确实通情达

理，非一般女子可比。听墨紫谈吐之间坦荡斯文，自己倒少了蔑视之心。

"这位小哥如何称呼？"

"在下人称墨哥。"墨紫说完，眼睛正对上看戏的某人，笑意更深了些。

"墨哥，今夜之事，我确实不知。想是有人拿着鸡毛当令箭，自以为是这无忧阁里能做主的。"无忧则冷冷地看了一眼三妈妈，后者心虚地低下头，"茶水有料一事，我势必查个水落石出。若真是我无忧阁做的，不管是受人要挟还是指使，二话不说，一千两银票奉与墨哥，算是道歉之礼。"

墨紫迄今所遇，厉害的男子一个接一个，女子却几乎都在后宅内斗，除裘三娘之外，再没见过不亚于男子的女子。这无忧，却是第二个了。她当下一抱拳，"无忧姑娘真是痛快人，在下佩服。若能查出个是非曲直来，在下感激不尽。至于这一千两银子，我必不会收。幕后之人是谁，姑娘与我大概心中都有数。冤有头债有主，姑娘已答应为我出头，我自然不能让无忧阁白担了坏名声。"

一千两和一人心，孰轻孰重？

无忧一听，更觉此人非池中之物，虽说穿着普通，却有海量胸襟，轻轻笑了，说道："墨哥也是性情中人，无忧在此谢过墨哥。你既大方，我也不能小气。找你来的徐九，就在我这儿。不过，我赌他不知他八哥行事，否则断然不能闹到这地步。"

墨紫就见无忧往身旁不远一个年轻男子一指。

"喏，这位面如锅底的黑脸哥哥就是鼎鼎有名的豹帮徐九，九爷。我虽然能处置自己的手下，不过霍老八冒名陷害你的事可不归我管。你找他申诉去。"无忧将责任都摊派好，"待我查实，还请墨哥再来一次，我好酒好菜招待。无忧阁的女娘们，你选谁陪都绝无二话。"

她话音刚落，就有人在群中说道："莫愁姑娘也可？"

无忧眼波流转之间风情涌起，不少男人看得眼睛发直。

"不错，莫愁既是无忧阁的女娘，若墨哥选她，我也帮她应了就是。"她一旦发话，便是第一红牌，便是上都花魁，也得乖乖听话。

底下男人们发出羡慕的叹息声。

"徐九，你可得帮我把墨哥的问题好好解决了，否则今后你就别上我无忧阁来请客吃饭。"无忧一双美目，即便是瞪，也会让男人发痴。

无忧说完，对元澄盈盈一拜，娇声语："今日有幸结识大人，还望以后常来坐坐。无忧有要事在身，不得不先失陪了。"

元澄仍是扶栏坐着，眼都不望无忧，"无忧妈妈只管去便是，元某刚寻到了好乐子，正兴致极高。"

无忧怔了怔，心想这般的人物对她那些美娇娘似乎全无兴趣，席间只与徐九等人说话，酒菜也是几乎不碰，这会儿却说寻到了好乐子。难不成倒和那些俗不可耐的男人一样，爱看打斗拌嘴之类的热闹？不由得有点失望，再不说什么，留下看热闹

的一干人等，竟转身往内楼去了。

无忧对元澄说话，声音是放轻的，墨紫只能瞧见无忧的态度从颇为欣赏到颇为清冷，就觉得定然是元澄说错话得罪了美艳的老板娘。同时，她发现三妈妈不见了，多半被无忧找去问原委了。

再瞧那华服男子，面黑却俊，方正的脸，炯炯有神的眼，天庭饱满，太阳穴鼓鼓，能有赞进那种高度和结实，不过穿着讲究得多。青蟒袍，银玉带，引人注目的是他臂上扣一枚白金环，二指宽，上有雕纹云豹，精美中凸现阳刚之气，粗野中天生领袖之狂。

墨紫尚未说话，徐九开口了，气沉而声响："我八哥可还昏着？"

赞进踢踢霍八，替墨紫回答："怎么还昏着？我不过打到他一拳，踢到他一脚，用剑鞘顶到他肩井穴。因为墨哥说不能伤人性命，也不知用几分力的好，还好之前在那群人身上练了练，不然可能就一下子给打死了。可昏这么久，会不会还是我下手重了？墨哥，怎么办？会不会惹麻烦了？"

徐九大喝一声："我豹帮规矩，兄弟如手足，伤我兄弟如伤我手足。先不论事情对错，大个儿，你既打昏我八哥，我就不能不找你比画比画。或者，你自打一拳，自踹一脚，自戳一剑，我便可以算了。"

啊？这是什么规矩？这时，就有一个中年女子上前来，对徐九耳语几句。

徐九点点头，高声说道："墨哥，这么多人瞧着，弄得不好把无忧妈妈给得罪了。不若你们上来先坐，我们边喝酒边商定一个比试的日子。"

墨紫不怒反笑，这个徐九是耿直，还是真怕无忧不让他来？不过，他有句话说对了，当这么多人的面不太好办事。刚才，是借大众的声势把无忧阁当家的给逼出来了。现在，进入私下和解的阶段了。

她一声好说得那个干脆，引得徐九赞一句"墨哥痛快"。

墨紫正要进徐九那间屋时，听到有人在身后说："墨哥，你若需元某相助，但说一声就好，一月之期仍在。"

墨紫停下脚步，感觉元澄也停了，她回头对他嫣然一笑，"元大人此话从何说起？大人与我萍水相逢，怎好厚颜求助大人？大人有看戏之心，我演一出好戏给大人瞧便是。"

元澄笑得更灿烂些，"既然墨哥这么说，元某就旁观了。"

当下，墨紫、元澄一前一后进去，恍若不相干人等，各坐一端。

门关上，墨紫打量席间的第三个男子。此人四十余岁，胖大之身，留密胡，眉毛缺了一块，自出现，一直沉默，似乎心事重重。美人在侧，也无心恋花。

这一屋六个美人，两个坐在角落里，无所事事，两个在胖大身边，不声不响，两个在徐九身后抱酒壶拿酒杯，清一色花瓶。

"墨哥，我知我豹帮的规矩有些不讲理，只是咱们在江湖上混着，义气最重。我八哥借我名义邀你来此,多半是为了一千五百两林家的债。我深觉墨哥说得有理,已经派人去找林大郎,不会再问林珍娘要债。只是我那哥哥图林珍娘美色,想要纳她为妾,如今见事不成,有点小心眼罢了。他若不是为了女人,还不至于使出下三烂的招来。这杯酒,我先干为敬,替八哥跟三位赔个不是。"手指一勾,美人上来倒酒。

"这错也不是九爷的,不必九爷来赔不是。九爷的意思,这酒便是喝了,你也要找我们几人的麻烦,是不是?"

"墨哥,我若不替八哥出气,对帮主和其他兄弟也不好交代。"

"敢问九爷,这出气要到个什么程度? 卸一条胳膊,或砍一条腿,或在身上刺个洞?"

"只要大个儿兄弟愿意息事宁人,这的确是两全其美的方法。"

徐九,徐混混,真是江湖人办江湖事。赞进再懵懂,也知道那意思,瞪大了眼。

"两全其美吗? 九爷,我不能答应。"

"墨哥,这由不得你,也由不得我。"

"九爷,赞进是我兄弟,他伤你八哥,乃是为我之故。你不顾道理先顾帮规,我也能顾情谊不顾你的规矩。再说,你八哥不过是不经打一时昏过去而已,不少胳膊不少腿,身上也没有洞,万一醒来半点事没有,到时候是不是再卸他手脚,以全其美?"她看来,是霍八窝囊没用。如果霍八是这种水准,徐九能有多高的功夫,她表示怀疑。

"赞进,九爷要敢动手,你不必手下留情,把你的本事全使出来,打不过那就是给他们丢人,知不知道?"徐九不讲理,她也蛮上。

"知道!"赞进大声应道,"也不能给墨哥你丢人。姓徐的,你就指个地方,咱打一场。要是我输了,随你怎么样,只要别找墨哥麻烦;要是你输了,你王八哥哥做的那烂事,你就替他受罪。我会卸你一胳膊,就这样。"

墨紫听了,笑得眯眼。

徐九年纪虽轻,在功夫上却是自少年起就得意,当然容不得墨紫和赞进这般轻狂,二话不说,一掌无声拍向赞进。

赞进打架的时候不啰唆,运气至右掌,对着徐九便是硬碰硬。

徐九收掌之后,浑身一震,脸色更黑,满是惊讶。

而赞进,笑嘻嘻,纹丝不动。

一掌不算数,徐九眼内精光暴长,第二掌紧接第三掌,看似绵延无力的招式,另一边的那位胖大老兄却变了脸。

赞进仍是对掌。

就见徐九越打越快,赞进也是越接越快。

高手过招，墨紫看不懂，不过她这边有个臭鱼，功夫也算得上一等一的。

“徐九第二掌开始使出全力了。”他这么说时，面色也有点凝重，“多半就是他成名绝学豹出雪山。这徐九的功夫比霍王八强多了，恐怕我一人不是他的对手，不知赞兄弟受不受得住？”

墨紫虽然看不懂，但瞧赞进神情从容，就不担心了，“不知坐在徐九旁边的那位是什么人？”

她随口一问，臭鱼还真能答得上来，“此人应该是平江鲭帮的二当家卢满。我虽未亲眼见过，但传闻他缺眉，一双分水刺在水中便是毒蛇，凶狠得很。”

“卢满和徐九是何关系？”

“鲭帮是五大船帮之一，豹帮虽然不在五大船帮的联盟里，却是上都水域一带的老大，尤其是近年势力扩张极快，上都在内的两省几乎所有的小船帮归附旗下，已经能与鲭帮三法六堂的规模相提并论，豹帮帮众更是多过了鲭帮。以前不曾听闻两帮有交情，倒是鲭帮跟豹帮有些差不多，老当家的都有意要退了。”臭鱼说得头头是道。

豹帮是船帮？统领着多数靠水吃饭的走船汉子们的船帮？墨紫有点头疼。她红萸坳的船场未动，这就已经把船帮得罪了？

墨紫喝着茶，杯沿正好将徐九、卢满和元澄卡在一条弧线上，她眼顿眯。

若卢满和徐九是同为船帮的关系而在无忧阁增进感情，那元澄为何与他们同桌？看样子，不像是今日头回相遇就成酒友。以目前互动来看，卢满对元澄似乎有所敬畏，该是早就认识的。刚才臭鱼说，两帮之前没有交情，而徐九和卢满虽排排坐，她走进来时，两人不但不显得很熟，甚至目光都不过多接触。那么，元澄是这场酒宴牵线人的假设就很说得过去了。

元澄曾为第一贪官，当了阶下囚之后仍有成批高手劫狱，可见家产被抄势力却未散尽，残余之晖继续发光发热。

顺着想下去，豹帮、鲭帮都处于新旧交替期。卢满是二当家，四十有余，老当家退，他该是第一顺位的下一任，但她看此人忧心忡忡，根本没有将要变成老大的喜悦。再看徐九，他上头有个霍八，虽然他的人望和武功显然要高过霍八，帮主之位却未必归他。

她听臭鱼说过徐九为人侠义，而刚才徐九也说林大郎的债他不会问林珍娘讨，所以徐九人品还是很不错的。眼下，他却以替兄弟出气之说，当众要找赞进麻烦。这其实十分矛盾。可是，如果——

如果徐九是一个野心勃勃的人，那他这种公然讨好兄长的行为就解释得通。他必须获得霍八信任的原因只有一点——他心里有鬼。他想当豹帮帮主。所以他得先安内。

换句话说，这两人可能都想当帮主，却不约而同地都有些前途缥缈，而元澄就借机将两人拉在一起，既让他们互相帮助，又顺水推舟得个大人情？以元澄的本事，这场旧友逢新友的酒宴成为一场密谋，才是最合理的。

想到此，她心中就有个大胆的主意，喊道："住手！"

元澄，他若是设了这个局，就让她利用了吧。

赞进停了手，徐九也停了手。

"九爷，这么打吓坏了美人，不妨请不相关的人都出去，免伤了无辜。"她不知元澄会怎么打发掉这些人，反正她比较直接。

徐九有点丈二和尚摸不着头脑的感觉，但墨紫说得不错，他挥手让所有站着的人出去。

华衣没动。

她微一歪头，望定元澄不动，很淡很淡地抿唇。

元澄瞧在眼里，眉心现出一道浅纹，"华衣，既是席上的主人说了，你就出去等吧。客随主便。若是耐不住饿了，或瞧上哪个姑娘，自去便是。"

华衣说声他等，出去了。

徐九说道："墨哥，现在可动手了吗？"

墨紫呵呵笑言："九爷，胜负已分，何必嘴硬呢？"

徐九大口呼气吸气，胸膛起伏，双手紧收在衣袖里，似乎要遮掩疲态。赞进甩两记大手，笑得嘿嘿得意，在墨紫说话间，气息已经平稳。谁比谁强，无须多说。

徐九见墨紫瞧出来，倒也爽快，"墨哥说得对，这场胜负已分。可我手下千人，你兄弟便是再厉害，能否敌得过？信不信都行，我要他的命，他绝对活不久。"

"我不信。"墨紫不怕恐吓，"你手下不过千人，能覆盖整个大周不成？连个小小讨债的人都抓不到，能奈我兄弟何？我兄弟便是不躲，我依旧有办法让你忙得顾不上找我们麻烦，只要我请你八哥喝个小酒。"

果然，徐九面色一沉，隐隐知道不对，言语却倔："你以为请我八哥喝酒赔罪，事情便了结了？"

"我没打算赔罪，我只想告诉他，有人正在他背后谋划如何越过他当上豹帮帮主，打算跟五大船帮的人合作呢。"

徐九突然冷声："你要敢胡说八道，我宰了你。"

元澄眉心浅纹却不见了，眸子一弯。

"九爷，我又不曾道出那人姓名，你何必不打自招？"墨紫摇摇头，叹一口气，"不过，九爷既然坦承，我也打开天窗说亮话。九爷想当帮主少了同盟军也好，这一位——"她指着呆掉的卢满，"想当帮主需要九爷支持也罢，我希望二位都能心想事成，马到成功。刚才纯属我自己的一点猜测，蒙对了，九爷别恼。我无凭无据，这里的两人也不可能出卖九爷你，我没那么傻真找八爷喝酒去。我们三个是普通老百姓，实不想得罪九爷这等雄心万丈之领袖。九爷若想让八爷不疑心你的忠义，咱哥

几个愿助九爷一臂之力，只望从此豹帮不找我等麻烦就是。不知九爷意下如何？”

赞进飞了出去，从无忧阁最好的包间窗户飞到三楼的过道，一口鲜血喷成一道箭，落在木板上碎成红珠子。

两个来上菜的小婢，正赶上这一幕，吓得尖叫。

不少大堂的客人都瞧见了，认出这大个儿就是刚才打昏霍八的，也是亲眼看到他被徐九请进去的，心想这徐九果然是重兄弟情谊之人，便是对方有道理，照揍不误。最后传到苏醒的霍八耳里，倒真是打消了他不少疑虑。

墨紫和臭鱼冲出来，一人各扶赞进一只胳膊。臭鱼骂骂咧咧，直说徐九不是东西，不分青红皂白伤他兄弟，此仇必报。墨紫则是满面怒容，叫臭鱼不必多说，先救人。

三人毫不引人注意地进来的，却闹了好大一出之后，在众目睽睽之下狼狈地出了大门，再次证实无忧阁里是不能随意乱找麻烦的。

扶赞进上了车，臭鱼钻出去，大喝一声“驾”，马放开四蹄奔往桐雨街另一头的望秋楼。

墨紫从马车后窗看出去，确定无人，回过头来，嘻嘻地笑着推了推紧闭着双目的赞进，“行了，咱们走远了，起来吧。”

赞进骨碌爬起来，咧嘴笑道：“墨哥，我装得像不像？用轻功撞窗的时候，我还在想呢，应该是面朝下还是面朝上，可想着面朝下喷血别人瞧不见，所以翻了个身，还特意用内力把血逼高三尺。对了，留了一口撞上地板后喷的，冒红泡，溅我一脸。不过，甜甜的，弄得我想吞。”

墨紫笑得不行，“装得不错，考虑周到。赞进，孺子可教也。”

赞进唉了一声，动力满满。

此时，元澄等人已经换了一间包房。

鲭帮卢满其实不算是有野心的人，要是帮主无病无灾，身强体壮，他也甘愿一直当老二。但如今老帮主决意退位，他这个二当家一做十多年，于情于理，大当家的位置都该是他的，心腹手下劝他一争，他想着也是这个道理，就跟老帮主谈了。

老帮主有个外孙，在帮中排行第十，功夫不高，手段毒辣，一半实权派的人或迫于无奈或强强合作归顺于他，前段时间他更是听说此孙甚至已说服了五大船帮中另两帮的首脑人物。若是对方光明正大，行得正坐得端，他便心服口服，偏对方数次暗算他和他家里人，实在让他忍无可忍。

他在南德水域曾遇到过大麻烦，求助于当时的元澄，花钱消了灭顶之灾。听说元澄突现上都，并当了官，于是携银再来请教。南德贪官无数，银子照收，办事不牢。唯元澄，一旦收人好处，必定将事办成，便是再难，也弄得妥妥当当。故而，他十分信任元澄。

果然，他上门不几日，就有了今夜与徐九的饭局。元澄事先跟他通过气，说是帮他拉一个强劲的外援，只要给徐九同等的援助即可。不过他有点疑惑，徐九位列霍八之下，霍八是豹帮老帮主的义子，恐怕这帮主之位对他也极为不易，又如何帮得了他呢？可在桌上，他实不好问出口。

没想到中途出了件事——霍八让人打蒙了，徐九要替兄弟出气。他便以为是元澄错了，徐九根本无意要争帮主之位。可那个墨哥进来不到一刻，就直接道出这宴席的目的，徐九没反驳，反而怒认，他这才知道不是元澄错，而是徐九藏得好。接下来的事，真是大大出乎他的意料了。

那墨哥说愿助徐九一臂之力。再以他看，墨哥的兄弟是个内家高手，竟连徐九都扛住了，若得此人，必是强大助力。再后来，墨哥一说话，他才知道，得墨哥才是真正助力。

墨哥出的第一个主意，他们能在人前合演一出徐九霍八兄弟友爱的戏，只需要弄个西瓜来。等东西来了，墨哥竟调出一大碗红似血的汁来。卢满没明白，直到墨哥说完所有的话，让赞进吃一大口，赞进自己飞出去，才恍然大悟竟是用来假装吐出来的血的。

墨哥出的第二个主意，便是针对霍八的。他说，豹帮帮主之位，全看老帮主的意思。而老帮主传位给谁，就得看老帮主最忌讳的是什么。他也说，船帮自成一派，平时很少怕谁，却怕官大压人。若霍八让官府盯上，便是老帮主再偏心，也得考虑到全帮上下的利益而改了主意。霍八最大的毛病是好色，君主好色都误国，何况霍八。只要以此设个局，让霍八惹上不该惹的女子，其背后的力量一加压，霍八就成了官府榜上厌弃的人物，与帮主位就无缘了。

那墨哥说完，又补说一句，具体这局怎么设，很简单，只要他们认识官场中人就行。

好巧不巧，把元澄给算进去了。

徐九眼睛越来越亮，而卢满看元澄笑得越发深，让他直觉墨哥的话让这两人十分高兴。徐九高兴，他能理解，可元澄高兴什么，他就一点不懂了。他只知道，墨哥走后，他很懊恼没问问自己的事是否这人也有解决之道。

卢满看出来徐九在处理与霍八的兄弟情上是很谨慎的。可墨哥说霍八假借徐九之名暗算自己，若闹出人命，徐九就得共担杀人的罪，因此霍八根本没有考虑什么兄弟。这么句话，就把徐九的神情说变了。

这等口才，可怕的煽动力。

“卢大哥，今日一聚，收获良多。”包间内只有他们三人了，徐九此话一出，已不像前半场那般生疏客气，“我徐某承你看得起，愿与你结友好盟。他日你我若成大事，豹帮鲭帮从此兄弟帮，便是另四大船帮又奈我等如何？”

鲭帮是五大船帮最末，豹帮早年没什么名气，至今在那些趾高气扬的船帮老大

眼里仍是小帮小派。

卢满大喜过望。徐九近年在上都江域声名鹊起,领着豹帮一统上都两省小帮派,武艺高强自不必说,还有其手下众多精兵强将,要文有文谋,要武有武能,五大船帮关注他的人委实不少,一派说笼络,一派说打压。他如今亲眼见过此人,就叹长江后浪推前浪,打压是打压不过的,笼络才是上策。

筵席散尽,卢满得有力盟军,当夜便赶回鲭帮,静待进一步的消息。

元澄上马车,听得有人叫大人留步,回头,就见徐九大步流星而来。

“徐九此次受大人看重,感激不尽,日后还望大人多多关照我才是。这点小意思,请大人笑纳。”徐九往身后做个手势,就有一文士样的年轻人送上宝蓝锦盒。

元澄不接,但他也没说不要,就有很会察言观色的铭年上前接了。

“九爷客气,我不过举手之劳。今日这筵真是深合我意,美酒佳肴,好戏连台,你便不送我礼,我也不会白吃了这顿。”

徐九不知元澄和墨紫早就相识,故而有些糊里糊涂,却应得痛快,“这是大人抬举徐九。无忧阁好酒好菜是不错,不过女人脂粉味儿重得过了。大人不好此道,徐九更钦佩大人为人。待日后,你我找机会再聚,咱们找个清静的能赏景的地方,舍了穿红戴绿的美人儿去,这酒菜更有滋味。”

“自是要聚的。承九爷盛情。今日别过,来日方长。”元澄说完,进车里去了。

徐九站在无忧阁外,拱手相送,直至马车不见,才转身上自己的马。

“九爷,那姓元的官不过是从六品的太学博士,您何必对他那么低头,还送那么重的礼?”徐九身旁的一个心腹问道。

文士青年听了,代徐九答道:“此元姓官可不同一般。曾官拜南德宰相,位列三师,为第一权臣。便是锒铛下狱,仍能安然脱险。身负叛国罪,一入大周不受死刑却还当上了官。这本事,当朝谁人能及?这等人,咱们谁能得罪?九爷如今与他相交,以后必有好处。”

徐九说一声不错,“别说以后,便是不久,就有好处还来。”那墨哥说的对霍八设局一事,若他与元澄联手,倒是最佳的。听说这元官收人好处,必成其事。他刚未推自己送的礼,便会应允帮自己。得找机会,快些再见个面了。

突听马蹄声近,文士说道:“九爷,是您刚派出去的。”

徐九点头,待那人至身边,问道,“可跟上了?”

那汉子说:“是,九爷,我见那马车进了原来的林府大门,一个时辰内都不曾有人出来过。”

文士立刻说:“那想来是错不了了,就是望秋楼的人。这楼三日后开张,到时咱们不妨再探个底细?”

徐九半晌不说话,然后一甩马鞭,快马而走。

这就是应了。

再说元澄，回府下车后，对铭年抱着的锦盒瞧都不瞧一眼。铭年问放哪里。他随口说书房，就往东厢后的草园子独自散步去。

不一会儿，看见那个已经十分眼熟的身影，已然换了女装，正坐在石亭里，撑着下巴叹气。

想是该带她过墙的人又没来。

铭年说是猫叫，元澄心道，今夜有机会能亲耳听上一听了。

第二十八章 梳梳与女

月静人思。

墨紫在猫叫数次未果后，挑了个好位置等天亮。这夜很热，一丝风都没有，杂草笔直笔直的，蝈蝈蟋蟀往上爬，时不时就叫两声好听的。

坐在这间半塌的亭子里一个半时辰，她肚子饿得不行。以为能吃好东西，她中饭特地少吃了，谁想得到无忧阁小气吧啦，一口好菜没吃上，只喝了半口茶，还大费心思。快午夜十二点，她对着草丛发呆，心想今夜是不是就要大开杀戒，弄个兔子腿垫垫肚子。

今夜是满月，一地银霜。当银霜覆上一抹暗影时，墨紫已经察觉到有人靠近，一抬眼就见元澄，“元大人回来得好早。”不在无忧阁留宿吗？

“该喝的酒都喝完了，该说的话也说完了，自然要回来。且月上中天，夜已深了。墨紫姑娘独自在此叹气，不知烦恼甚？莫不是抄近路买东西，路上贪忘了时间，归来太迟？”

墨紫发现到底功力没他深厚，自己说他回来好早，就是续无忧阁的对话。只是这人已经把她认出来了，却非得要她自己承认。

于是，她故意皱起眉头，跟着元澄装不熟，“元大人，倒不是墨紫贪玩，只是今日路上遇到了一件奇事，耽误了回来的工夫。”

“哦？”元澄想起她以前说过的蝎子过河的故事来，不知这回是不是又要编故事。

“说说也无妨，只是墨紫出门半日，还未用饭。大人若想听这件奇事，不知能否请墨紫先吃顿好的？”饿得她没志气，跟人讨饭吃。

元澄对空无一人的身后说道:“谁跟着呢?”

一个黑衣人无声出现,恭敬躬身,“大人有何吩咐?”不是华衣。

“让厨房准备些好饭菜来。”

墨紫叫住黑衣人,“若有极香的好酒,也请端上一坛来。”见元澄望着她,就笑道:“大人对墨紫已经慷慨万分,不会舍不得这么一坛子酒吧?”

元澄淡淡一笑,“承蒙墨紫姑娘这般夸奖,我要是不给,岂不显得小气了?别说一坛酒,若姑娘好饮,便是多上几坛也无妨。”

黑衣人领命而去。

“大人身边高手如云,出入皆有人暗中保护。我听铭年说,大人新任太学博士,碰巧当今圣上求贤若渴,想是大人才高八斗,当朝无人能及,方有这等排场。”

“元某昔日气盛些,得罪的人太多。才高八斗说不上,一条命却更值当。谁在乎,谁就得费心保着,元某无道理拒绝不是?”不是他怕死,而是有人怕他死。

墨紫什么人,自然一听就懂,心想元澄乃南德最高官,手上所握南德之秘密何其多,她要是大周皇帝,也一定会先收服,而不是急杀之。大赦天下,与他官位,恐怕都是笼络的意思。不过,这皇帝,手笔够大。为赦他一人,赦了天下人?给六品官位,千牛卫随侍?

“大人仇人众多,如今这般张扬为官,岂不是让他们容易找上门来?”南德的第一宰相被劫,本来是件极秘密的事。大周突然弄出这么大动静,这么一来会影响两国友好。

“大隐隐于朝。天下元姓之人何其多,元某不过是太学博士,并非天子近臣宠臣权臣,若是元某无心,仇人想找元某其实不易。”若是有心,就有卢满此类人送上门来。

好个大隐隐于朝。

“大人好果敢,小女子佩服。”闲话扯完,看到不远处过来两盏灯,四个小童,墨紫眼睛一亮,“待我吃完,便给大人讲途中所遇的奇事,大人且耐心等等。”

元澄自然耐心十足,坐到亭外断裂的残垣上,离开墨紫数丈。

等酒菜饭摆了一桌,墨紫先将酒坛子打开,拿只碗舀了三次,把酒洒在地上。“每回经过大人这园子,总觉得灵气逼人,得大人送我如此好酒,我不敢一人独享,请天地神鬼精怪共品之。”

元澄的眉一动,哪里不对?墨哥可不是这么神神叨叨的人!

事后证明,他的直觉没有出错,是他遇到的人实在聪明。

“墨紫姑娘的吃相真是——诚实。”元澄看她大口大口,筷子不用,用白瓷小勺舀着吃。明明他该觉得粗鄙不堪才对,可是居然没有,反而他都有点饿了。

“是大人府上的厨师手艺好才对。”八宝酱鸭腿的味道一流啊。

“厨——师吗?”元澄听这个新鲜。

墨紫是吃欢了，立刻自圆其说："孔子曰，三人行，必有我师。今夜大人与我食，大厨煮我物，皆为我师也。"

元澄垂眸轻笑。

那一笑未息，就听墨紫突然高声叫人："小衣别走，你师兄今晚不在。这坛好酒是元大人送我的，我转送给你。赶紧，带我过去。"

元澄回头一瞧，上次见华衣就蹦回去的丫头从墙头跃下，如一阵风刮过他身边，进亭子抱酒坛，在问墨紫是不是真给她这坛酒。

啼笑皆非。原来不是在祭鬼神，而是在诱酒虫。不曾让他有过失望的时候啊，这个女子。

然而，当他瞧见墨紫跟那会轻功的丫头往墙下走时，脱口而出："墨紫姑娘，你这是要走了？"

"大人，夜露凉，早些歇息的好。"墨紫仿佛把刚才自己答应的事忘得一干二净了。

元澄微皱眉。

墨紫瞧在眼里，一把拉住要跳墙的小衣。

"大人可是以为墨紫不守信用，说话不算数？"满月之下，她双眸如清浅溪水。

"……"难道不是？

仿佛能听到元澄的心里话，她笑着摇头，"当然不是。我不说，是因为我不好意思说了。不过，若大人实在想听，墨紫现在就说。"

"今日墨紫在路上看到一棵树。树上有只乌鸦，嘴里衔着老大一块鲜肉。乌鸦刚想可以美美吃上一顿，就让一只狐狸瞧见了。狐狸正饿，就在树下说，乌鸦老兄，你的歌喉那般美妙，唱首歌让我一饱耳福吧。乌鸦爱听奉承，于是张嘴就唱。大人，你道怎的？"她说了，可别怪她。

对他说故事，她似乎总喜欢他猜结尾，不过不难，"那乌鸦张嘴，肉就掉到狐狸嘴里去——"

"我其实并未遇到什么奇事。大人一开始说得不错，墨紫贪玩忘了回来的时辰。可我若不那么说，不奉承大人，又怕大人不肯给我那顿免费的美餐。"墨紫笑得露贝齿，整整齐齐地闪银光。元澄是乌鸦，她墨紫就是狐狸啊。

元澄哑然。

墨紫转身，要小衣可以跳了，又想到什么，回头说道："大人说自己隐于朝，而墨紫看来，大人更有点像钓饵，还是自愿当的那种活饵。小心为上吧。"

风未见，人已隔墙。

小衣突然说："那人大笑什么？"

墨紫没听见，耸耸肩，说谁知道，累死了，要睡大觉。

三日后，望秋楼开张。

早半个月就发帖子请了去过洛州望秋楼的上都老客，还有各大小官员，甚至贵族皇亲。

上都望秋楼的菜单，是墨紫口说的花样，历经白荷大半年开发，再由墨紫亲尝之后，绝对找不出第二家有这等美食来。望秋楼的庭院美不胜收，园林唐风竞相争辉，小桥流水中的亭榭，飞花杨柳中的歌台，匠心独具，令人难以忘怀。葛秋娘的歌技舞技，更是成为楼中的一抹亮色，有南地的细腻，也有北地的淋漓。琴姑当然功不可没，不过她培养出来的一位叫尘娘的歌者，据说那夜惊艳了到场的所有客人，甚至有大文人以她的歌声作诗一首。

岑二说，虽然第一日因为让利赔了大钱，自第二日起，门庭若市，贵客如潮。无论是美食美酒，还是葛秋，吸引了很多客人。照此下去，不出三个月，就能回本。

只是这开张，墨紫没去，裘三娘也没去。

墨紫是在风头上，怕酒楼人来人往，遇到徐九等熟人。

裘三娘自从给墨紫掌事之位，已经不多管其出入，只要求每半月带账本回来就成。她近来跟着王妃学着料理内宅大小事务，每日一早出院子，掌灯才回，也是很辛苦。不过，但凡她下定决心的事，总能做成的。理家类似经商之道，她不排斥，甚至算得上是这大宅内院少数能让她喜欢的地方。

听绿菊说，裘三娘的干练让王妃很是喜欢。底下那些丫鬟媳妇婆子本来还有点不服，欺负裘三娘年轻，暗地下绊子。裘三娘两三番不动声色的整治后，如今，谁敢不服？

尤其是红梅，对裘三娘的态度变了很多。以前，不管怎么显亲近，总有点服侍过老太太的傲气。现在傲气没有了，多的都是真心真意。最能看出来的，就是她把前两任萧三奶奶的事告诉了裘三娘。

第一任三奶奶心性极软，爱哭，惹得萧三烦不胜烦，不怎么喜欢她，几乎夜夜宿在金丝那儿。三奶奶独守空房一年多。逢老王爷大寿，主子们坐一起看戏，热热闹闹一个通宵，那三奶奶心里因为萧三和金丝的事难受，多喝了几杯，便由小丫头扶下去歇了。哪知老王爷发话，命萧三去陪。等萧三回到三奶奶居处，一进寝房，竟发现有个陌生男人在，而三奶奶穿着兜肚躺在床里。这一惊非同小可，萧三大怒，那男人跳窗就跑。萧三是文官儿，根本追不了。三奶奶本是半醉，这下就是半醒，虽然直说不认得那男子是何人，但名节已毁，羞愤之下，自求下堂。不知怎么，事情传到坊间，越传越难听。这第一任回娘家后，听说没过多久，就入庵里清修去了。

第二任是礼王武承万保的媒，不识字但很是能干，治家理院，井井有条。不过，正因为能干，对金丝的态度也很厉害，竟几次问王妃要金丝的卖身契，想要卖给牙婆子，又将她的一双儿女养到自己院里，不让彼此见面。只是她对金丝打压得越厉害，萧三就越向着金丝。正碰上小公子吃坏肚子上吐下泻，居然查出是三奶奶指使

厨娘故意给小公子顿顿吃剩饭剩菜。有厨娘做证,一口咬定不松口。三奶奶否认也没用,萧三嫌日子闹得慌,干脆一纸休书。等长辈知道,木已成舟。结果,惊动皇上,降了萧三的官。

裘三娘和墨紫聊起来时,冷笑说,也不知是萧三厉害还是金丝厉害,抑或是那两位三奶奶不够聪明,不过有一点相同。便是两个三奶奶都喜欢上了萧三,不然哪来这么多事。

墨紫听那意思,裘三娘似乎打定主意与萧三做名义夫妻,安稳一段时日再说。她却不知该不该劝裘三娘想开点。人都已经进敬王府近两个月了,再不圆房,长辈那边无法说啊。

这日去裘三娘书房里换几本书看,正碰上萧三进来。萧三见墨紫,稍怔之后就笑,"听说你惹得三娘不高兴,罚你看竹林去了?"

墨紫福福身,"姑爷。是我管不住自己的一张嘴,仗奶奶疼我,说错了话。罚得还算轻。"

萧三对裘三娘的陪嫁丫头一向挺善待,免了她的礼,"因为我二哥的事,你不过说实话罢了。只是我那老奶奶疼自己孙子,不能对他撒气,找了你的不是。你且安心待些时日,你奶奶多半想着你的时候比我这个相公还多些,不久定会调你回来。"

"姑爷这话真是折煞我了,墨紫只是个丫头而已,哪值主子们上心呢。"

"你这丫头见外了,对我虚应什么?默知居里的,谁不心里有数我跟三奶奶的关系。棋友,琴友,画友,书友,都能说,唯有夫妻不可说。"萧三的笑变成了无奈。

他一向自诩无论样貌还是才气,十分吸引女子,偏自己娶进来的这位对他真是客客气气,陪着琴棋书画都可以,就是圆房不可以。软磨硬泡,她照样赶人;甩袖说走,她喜滋滋;威胁不来,她无所谓。

"姑爷,夫妻之道,唯心而已。"墨紫不好说太多。

但,她看萧三,对裘三娘的刁难推托诸多忍让,似乎生了真情实意。其实,若萧三能对裘三娘真心,也不失为一桩美事。可只怕男人的真心有无数颗,而弱水三千,只取一瓢饮的,实在太少。更何况还有金丝在那儿杵着,怎能不日日闹心?

"夫妻之道,唯心而已吗?"萧三从未听人如此说,"我以为交友之道唯心,夫妻之道,乃是夫为妻天,妻为夫地,妻以夫为尊。"

萧家男儿个个太自以为是了吧?墨紫不由得反唇相讥,"姑爷此话差矣。夫妻本为一体,其心各半,合则完整。心不全,怎当老来伴?天不感恩于地,地如何撑天?妻以夫为尊,夫当以妻为敬。不动心,莫论夫妻。若论夫妻,也未必长长久久。姑爷,你那书楼不容女子踏入,是你觉得女子无才,不配踏入书屋之中。只是,我家姑娘……"还是说姑娘顺口,"本不是一般女子。你若错过,今生难寻与你对弈欢谈之人。你别忘了,友人不会随传随到,只有你妻伴你终生。妻能为知友,便是当今皇上,可有此幸否?"

墨紫惊觉自己又说多了，连书都不拿，告了退。

后来她出门回来，绿菊来八卦，说萧三遣书童给裘三娘送了一张正正式式的帖子，请妻入净泉阁听书赏夜。裘三娘犹豫半天，想找墨紫商量，墨紫却又跑出了府，最后让她们几个大丫头合力劝去了，结果一宿没回来。

这种事，仆人之间传得比光速还快，谁还敢说萧三夫妻圆不圆房的事。从此，王妃和老夫人心里的疙瘩块也没了，对裘三娘的疼爱更深。

可裘三娘在墨紫面前说实话，根本就是看到那么多好书，忘了时辰，一眨眼到天明，和萧三之间清清白白的。

墨紫信裘三娘，只是看她虽然恼却娇意更甚，想是萧三对她开放书斋一事确实打动了她的心。女子对男子动情，感动是第一步。

不过，这对夫妻，也是好事多磨。

墨紫用三日工夫，真做出滑动竹梯子。小衣最近常跟着裘三娘，怕树大招风惹人眼红，再来暗中搞鬼。所以，她还是靠自己了。

梯子上墙，她坐到墙头一看，无独有偶，墙那边也多了一架高高的木梯。木梯上绑了块红布，还好这几日天气不错，没被雨淋，上面的字迹很清晰。

乌鸦诚相赠，与君过墙梯。

好嘛，她与君明珠，他与君木梯。

墨紫手一摸，云杉木，刨得十分细腻，接缝处难看到痕迹，感觉做工精良。她一步三磴，爬了下来，安全着陆。

墨紫从红萸坳看完地形回来，想着图纸上要修改的地方，一不小心就跟什么撞了一处。硬邦邦的，带棱带角，撞得她生疼。

她闷哼一声，才往后退开，听见有人迭声说抱歉。抬眼瞧见一个布衣荆裙的妇人，对着她佝偻着背，低头惶恐。撞到她的，正是妇人手上推的小板车。

那板车上放着两个陈旧的货架，架子上摆着胭脂水粉首饰之类的，还比不上货郎担上的货色，有一大半还是旧物。

“这位大爷，妇人眼拙，又逢小儿哭闹不休，才冲撞了，请您见谅。”看似是粗妇，说话却挺文气。

“无妨。”墨紫听那妇人叫她大爷，就忙看看身上的长衫。绿菊给她缝的新衣裳，用了夏季的凉丝布裁的，还绣了杨柳绿的枝叶随风摆。

绿菊说了，在外不比在家，人要衣装，得有点派头。果然有用。

“是我想事情，没瞧着路走，大婶无须惊慌。”她庆幸今日是净面出来的，样子不至于太唬人。

她见到女子身上背着一个两三岁的女娃，已经不哭了，正泪汪汪地啃着拇指。

妇人见遇到个讲理的，松了口气。直起身看到墨紫俊秀的面孔，就以为对方是

读书人，更放心几分。

墨紫绕开要走，妇人怯生生地叫住了她。

“公子是否有看得上眼的物件，买一件送给自家夫人可好？”妇人平时不敢招客，怕引来居心不良的男子。可是眼前这位看着十分正人君子，近日生意惨淡，一日下来也卖不了半件，女儿和她便是食物的影儿都瞧不见。

墨紫对胭脂水粉从不感兴趣，当下摆手，“大婶，我尚未成家呢，用不着这些。”

妇人哦了一声，垂眸不再说。

墨紫才转身，听到女娃又哭，直喊饭饭，心肠一软，转了回来。

“大婶，我虽然未成家，倒可以给我姐妹们买。”只怕白荷、绿菊不要这等劣等货，“我能翻翻看看否？”

妇人蜡黄的脸色顿然一亮，“公子，只管翻只管看。买得多，我就算你便宜点。”

墨紫一笑，还真低头翻看起来。

“公子是上都人？”妇人想要发展回头客的意思。

“不是，我刚来没两个月。”墨紫一心二用，拿起一盒陈州胭脂，闻了闻又放下了，“大婶不是本地的吧？”

“妇人是玉陵逃过来的，途中与丈夫儿子失散了，带着两岁的女儿，好不容易到了上都来投亲，谁知饱受亲戚白眼，还被骗走钱财，无处安身，只能变卖首饰做这小买卖谋生，买卖却是难做。我一个妇道人家，人生地不熟，官府不给上户本，税也高，十文钱要收三文，本钱就得五文。如今，妇人也不盼别的，但愿我相公和大儿平安，能来上都早日与我和女儿团聚。”说着说着，悲从心中来，竟抹起眼泪。

墨紫听她是从玉陵来的，就没了心思挑货，手轻轻拨着小柜里的货，问那妇人：“玉陵真的破国了不成？”

妇人点点头，愤愤然道：“我出皇城之日，正是大求蛮骑踏入我王皇宫之时，我夫自宫中逃出，急匆匆带了我们离开，细软不及收拾，家门不及上锁，还有仆人未能知会其散去，真是祸从天降。在路上，听到的都是坏消息。我王驾崩，王后自尽，唯一的王子被俘，公主贵女们沦为蛮子们的妻妾玩物，简直骇人听闻。我听逃出来的大官家眷们说，是咱们玉陵国内出了通敌叛国的内臣贼子，所以大求兵马才一举攻破我玉陵水军，进而夺了皇城。虽然内臣贼子已诛杀之，但为时已晚了。”她原不贫穷，家中也有仆人丫鬟十来人，现在，却连日要忍受饥饿。

墨紫倒有些佩服这妇人，一夜之间，什么都没了，遭遇这么多，还能做起小生意养活自己和女儿。

手感一变，是好木啊！盛暑之中依旧沁凉漫上指尖，没有半分毛刺或粗糙，是华丽的木纹，那般流畅，又有玉的润美。

玉陵有一种独有的树，专生长在泉水边，大家就称为泉树。泉树少见，这木是泉树的心弦木，树枯而心木成玉，越古越红澈，如心血般艳丽。取木时稍有不慎，心木即死，段段成灰。此心木多入贡与宫廷，做成的各种饰物，为皇家和贵族女子所珍爱。

墨紫读过的书籍上记载，泉心木所制的饰物常用来作为皇族贵仕间的定情之物，不仅因为所费的工序实在复杂精密，还有心木所代表的含义。

她过去的记忆全失，但对木却始终一摸就知。如今，掌下指尖探到的，正是泉心木。

墨紫低眸，看到一把通红的梳子静静躺在那儿。

刹那，眼前天崩地裂，心中有人唱响——

“梳梳与女，我心悦之；梳梳与女，我心欢之；我与女梳，梳至情长；我与女梳，梳至白首……”

墨紫头突然疼得要炸了一样，双手抱着，蹲在地上，双目已经看不清东西。

不要唱了！不要唱了！她要死了啊！

是谁？究竟是谁？

自裘三娘出嫁，她还没有犯过头痛症，以为永远也想不起来过去，她已经坦然接受了，没什么不好。每次她头疼起来的时候，就好像灵魂要被剥离了似的，令她惊恐不安。总觉得，那个过去，不会是很愉快的。那些零星的片段，快乐的，只有童年，然后就是如巨浪大潮一般的惶然，成年的，华丽的，却苍凉。

遇到大求小侯爷和叶儿姑娘时，她曾经有过记忆好像要涌现的惊魂感觉，而被她自己强压下了。然而，这把泉心木的梳子所带来的撼动，她已无力压下。

顷刻间，将心劈裂。

那把梳子，很旧。原本镶嵌着宝石的地方，现在只有坑坑洞洞。梳牙残缺不全，断了不少。

但，她记得。

梳篦背上，有十六颗凤凰石，紫色和墨色相互交错，三十二颗水晶石，白色的，在一端如彗星一般散落在尾。

她记得那么清楚，因为，这把梳子是自己亲手做的。脑海中浮现着她的那双手捧着心血红的泉心木，将它一点点做成梳子的形状，又用极小极细的刀面雕出根根梳牙来。凤凰石、水晶石，她一颗颗镶上去，紫色的、墨色的、白色的，颗颗珍贵。

泉心木是谁送的？又是谁用这把梳为她梳头？迷雾中的影子站在清晰的边界，只差一步。可她瞧见了那人的衣袖，紫色的，绣着云纹海涛，无名指上一枚深紫的宝石，那是比叶儿姑娘发间那枚别针更光亮的凤凰石。

小侯爷吗？

不是，那人的影像比小侯爷高大些、魁梧些。

小侯爷给她的感觉，是有些怀念的。但对那人，她只有深深的惧怕！

不，不要靠近她！回去吧！回到迷雾深处去，永远不要出现！她在心里呐喊，无力坐在地上的身体抖若筛糠。

“公子，你这是怎么了?”墨紫突然跌坐，自然吓到了那个妇人，忙转过来瞧她。见她不理，就伸手去推她的肩。可别在自己的货摊前出事，不然真是雪上加霜。

妇人一推，墨紫方醒，不再有片段乱舞，但这次头痛没有立刻恢复，她就觉得后脑的某处灼烧灼烧地疼，太阳穴跳得厉害。试图爬起来，脚一软，又坐了回去。

妇人惊呼一声。

墨紫深呼吸调节几次，一提气，强行站起，苍白着脸色，对妇人勉强笑笑，“大婶，我想是天热中暑了。”

妇人倒是备了水，赶忙用个碗装了，送上来，“公子，这是我住的后山泉水，干净的，消暑最好。”

墨紫浑身冒汗，接过去大口大口喝了，真觉得清凉解热。

“大婶，这时节，你若能挑些这等清凉甘泉到大户人家门前叫卖，或许比你卖杂货强些。”她突然有这么个主意。

妇人想了想，眼睛一亮，“我起早些，赶第一拨，天不亮进城，说不定真有人图这水好。”

“虽说辛劳，却是无本的买卖，试着不行，你再卖回杂货就是。你叫卖时，得把泉水的优点凸显出来，譬如天地灵气，延年益寿，纯净甘甜啦，免费试喝一小碗什么的。看着精明的客，就给他点甜头，比如说，买两瓮免费送一坛；看着财大气粗的，就争取日日送上门。总之，灵活点，看什么人做什么买卖。”喝完水，她心里的恐慌才平息，还好心给人指点迷津。

其实，她只是想借跟妇人说话的机会，平衡现在和过去这块跷跷板，粉饰心上的裂缝。

“公子这么一说，我还跃跃欲试了。没错，无本的生意，不行也不亏。多谢公子为我母女想了这个营生。请问公子家住何处，今夏我母女若能得温饱，定上门给公子磕头。”

“大婶不必客气，我不过耍个嘴皮子。”墨紫心里正在挣扎，这梳子，买还是不买?

“公子，今日这柜里的东西你就挑喜欢的，我不收你钱。”妇人见墨紫良善，就想以此感谢她，“公子可是喜欢这把梳子？若是不嫌弃是旧货，拿去便是。”

墨紫让妇人一说，才发现自己的左手已经拿起梳子，有点尴尬，想放下又放不下。

“公子眼光真好，这梳子是玉陵宫中之物。我相公是宫中在学的匠师，许是混乱还怎的，等我们逃出城，才从他当宝贝的一本工艺书中掉了出来。虽是旧物，做工便是我相公都说好。还有背面那牡丹的雕工，可谓传神。我女儿说，那花会开，还随风摆呢。我起初以为孩子乱说话，后来盯着看上一会儿，花好像真活了似的。

再细数，小小梳子上竟雕了数十朵牡丹。我相公说这梳子值钱，可我前两天找了当铺的瞧，说是木梳子，只给我十文钱，我就没卖。”

墨紫将梳子翻过面，果然刻了牡丹。有些印象，却不如镶宝石的那面记忆清晰。

“大婶，既是宫里的东西，想来不凡，我怎能白拿？”这把梳子，完好的时候，是无价宝。

“再不凡，上头的宝石也没了，梳齿落残，便是那牡丹好看，一把梳子已经不能梳发，还能值几个钱？”妇人一言，惊醒梦中人。

墨紫笑得万般自嘲，可不是，一把梳子不能梳发，还有何价值？不过，既然是自己做出来的，就由自己收回吧。

“我确实喜欢这上面的牡丹，倒可用来临摹作画。大婶不妨开个价，若力所能及，我便买下。”她那点财产，经过数月，如今有十来两。

“公子，都说送给你了。”妇人不肯开价。

女娃娃又哭。

墨紫趁机说道：“大婶，我瞧你女儿饿了，没银子怎能填饱肚子？这样吧，我身边银两带得不多，只有五两，都与你便是。”

妇人没想到墨紫居然愿意给这么多银子，忙摆手说不要，“公子大善人发善心，五两银子却是同情过了头。我虽是女子，也有骨气。我母女确实缺吃少穿，但凭自己本事生活，睡觉安心。当然，公子说得对，也不能因为我这个没出息的娘，苦了我儿。那我厚颜开个价，一两银子，感激不尽。”

墨紫假装拿不出一两的来，硬塞了二两，拿梳子走人。

妇人对着墨紫的背影深深福身，拍着女儿说，今日有饱饭可以吃，再忍耐一会儿。

却不知：福兮，祸所倚；祸兮，福所伏。

妇人正打算收摊，去买些米面，好趁太阳下山之前回家去，却突然板车前又多了几个人。今天，女客一个没来光顾，男客却一个接一个。但她瞧这几个，跟刚才秀气的男子是全然不同的气息。

其中一个，她想起来了，正是几日前当铺里的掌柜，说梳子值十文钱的那个。

“这位大嫂，你可还记得我？”当铺掌柜笑嘻嘻地问道。

妇人见他和身后的几个男人把自己的小板车围了起来，有点善者不来的意味，不由得往后退了退，却已是墙角，无处可退了。

“记得是记得，只是你找我做甚？我也没什么东西好当的。”

“大嫂不要害怕，我没恶意，就是你那日拿来的那个旧梳子，不知带没带在身边？若是带了，可否再让我瞧上一瞧？”当铺掌柜为梳子而来。

妇人对这个势利的掌柜没好印象，冷冷地回他：“梳子没了，让人买走了。你只

肯给十文，而那位给了我二两银子呢。"

掌柜一听，急了眼，"二两银子你就卖？女人真是头发长见识短。你那日跟我说你相公那梳子值不少，怎么转眼就贱卖了别人？"

妇人瞧掌柜的嘴脸，觉得可笑，"我跟你说这梳子值不少，可你也说要么十个铜板，要么就滚。我怎的不能卖给别人？如今，你这是知道宝了，追上来给我加银子？可惜，晚了。请你们几位让让，我要收摊回家。"

当铺掌柜瞪起尖刻的细目，刚说了声"你"，他身后就传来一个极冷的声音。

"我问你，那把梳子从何而来？又卖给了何人？"那声音，令听者骨子里发寒。

娃娃大哭起来。

说话的那人从当铺掌柜身旁走出来，身材瘦小，黑绸长衫，袖子挽起雪白的一截，上面绣两片金色花瓣。眼睛斜长，眼白比眼黑多得多，眉间一点鲜红痣，嘴大而脸瘦削，神情肃杀气。腰上佩黑柄刀，柄上扎一雪色汗巾子。

再看站那人两旁的男子，个个黑衣白袖边，却无花瓣，但气势凌人。

妇人一看，就知道不是好惹的人物，有点吓到，一时说不出话来。

那人目光如削薄刀片扫过妇人，手按在刀柄上，大拇指一推，露鞘中银亮的刀刃，然后以迅雷不及掩耳的速度拔出，将小板车砍为两半。

"说。"

妇人并非是未见过世面的拙妇，眼见板车被毁，车上的货物落了满地，最后的积蓄毁于一旦，悲愤远远大于恐惧，凄声说道："你们究竟是谁？凭什么我要告诉你们？有本事，当着这么多人的面，杀了我母女便罢。"

到哪里都有看热闹的人，更何况这是在一个小的集市上，小贩也多，行人也多。当铺掌柜的瞧见不少人开始朝他们这儿看，不由得心虚，拽拽黑衣男，说适可而止。可让那黑衣人狠狠瞪了一眼，被吓得缩手冒冷汗。

"不说，你活着也没用。"男人冷冷地吐出这句话，还没说完，"你女儿我可以卖到最下等的窑子里去，养个几年，就能接客了。那种生不如死的日子，都是你这个没用的娘造成的，可别怨我。"

妇人惊惧得圆睁双眼，看那男人仿佛是地狱里来的恶鬼，再也顾不得板车和货物，将女儿以全身护住。

"说！你要是再让我说一次，我保证兑现我的话。"那男人将妇人的惊惧看在眼里，嘴边现出一丝冷酷的笑意。

妇人再不敢隐瞒，一五一十说了。等她说到买梳子的人刚离开，那黑衣男人立刻带他的人匆忙去追。

当铺掌柜抬袖擦擦冷汗，看着满地狼藉，对妇人有那么点点同情，但当铺的，说出来话也不中听，"算你命大，至少母女平安。至于这些便宜货，本来就不值多少，给我都不收。你也别当那梳子很值钱，在刚才那些人来说，是不惜杀人也要追回的物什，对咱们来说，便是再上等的玉，碎了还不是一样不值钱。”怎么都不能承认是自己看走了眼。

妇人受惊的魂儿还没收回来，又担心她的多言会给那个善心的公子招来大祸，根本不理会当铺掌柜的话，坐在地上，失神。

墨紫并不知道她走后发生的一切，怀里揣着梳子，只觉得和心情一样沉甸甸。

自己做的梳子，为何出现在玉陵宫中？既然是从一本工艺书中掉出来的，或许失忆前自己是皇宫里的匠师？也不是没想过公主或贵女的身份，但她的童年记忆中，衣食住行并不奢侈。

最让她在意的，有两件事。一件，就是她和大求的关系，为什么有极亲近却又憎恶的感觉？还有一件，那个唱梳梳与女，送她泉心木的男子，是谁？

她虽然这么想着，但同时又有一种本能，坚决排斥着靠近心里的缝隙。

路上有条小沟，她跳过去，感觉梳子在怀里也跳了跳，心就跟着跳了跳，有什么东西从裂处晃荡出来，灼痛的。

她走路不专心，没听到越来越近的疾步声，直到肩上多出一只手，才反射性跳了开去，喝道："什么人？"

几个身着黑衣劲装的男子，腰佩长刀，面无表情地盯着她。

为首眉心红痣的那个，面相比华衣还恶，且气息极冷寒，目光阴森。却在看到她的刹那，露出难以置信的神情，膝盖甚至禁不住微屈了一下。

"你们谁啊？"墨紫直觉对方气势汹汹，还佩带武器，暗地懊恼今天太大意，没把赞进叫出来。

眉心痣怔住，目光里就有了迷惑，但他很快做出了反应，收敛神色，借抱拳之姿，膝盖也直了，这么说道："小哥，你刚才可是买了一把梳子？"

墨紫虽然留心到此人神情变化多端，可她就是再厉害，也不会读心术，猜不出陌生人想什么，只是十分戒备眼前这个看上去很危险的男人。

该答是，还是不是？墨紫在心中飞快地盘算。这些人找到她，显然是卖胭脂的那位大婶说的。她若是不承认，恐怕对方会再回去寻大婶麻烦。

"正是。"她还很老实地把梳子掏出来，"便是这把。"

眉心痣不看梳子却看墨紫，眼内的疑惑更深。沉声许久，他开了口，"小哥好生面熟，以前你我可曾见过？"

墨紫摇头答道："没有印象。"说完，想起今日素面，难道是自己失忆之前认识的人？却又觉得对方问得不太确定，补了一句，"这位大哥认错人了吧。"

眉心痣大嘴一抿，干笑着说："恐怕是我认错了，小哥除了跟我认识的那人五官身材有些相似，别的却是完全不同。"

"小哥，我瞧你一个大男人，怎么买女人家的梳子用？"看墨紫长得极秀气，可双眉成峰，站姿笔直，声音低沉有力，没有女扮男装的忸怩气，他就想也许真的只是

相像。

“我本来不想买的，看那大婶和女儿可怜，就想替家中姐妹们买些胭脂水粉。不小心碰到这把旧梳子，大婶以为我喜欢，一个劲跟我说这梳子好。我看梳背上的牡丹雕得别致，用来作画不错，就买了。不知这梳子有何不对，劳几位大哥追来？”墨紫说话时，发现身处在一条僻静的小路上。

“不瞒小哥，这把梳子乃是我家主人珍爱之物。不知怎的，让宵小偷去，派我等追寻已久。小哥，你若不介意，可否转卖给我们，也好让我等回去交差？”对无知妇孺是狠极的态度，对墨紫却极为客气。为什么？只有他自己知道。

这是注定她手上不能有好东西？水净珠没了，泉心木也要没了。面对眼前五六个杀手模样的人，她知道绝对不值得为了一把旧梳子丢掉性命。哪怕这梳子，说不定能恢复她的记忆。

“君子不夺人所好。”墨紫双手奉上梳子，单是十指接触，心就颤动不停，“几位只管拿去就是。”

眉心痣的疑虑更少几分，心道，若是她的话，怎么可能这般容易交出梳子来？

他当即笑着接过，示意手下拿出一包银子来，“小哥，你痛快，我也不含糊。这里纹银一百两，就当是我家主人多谢小哥你割爱吧。”

“呵呵，你家主人这么大方，想来此物对他确实珍贵。今日运气还真不错，花了二两，回来了一百两。一百两银子，我都能买上一株牡丹了。多谢，多谢。”墨紫当然收下了这银子。

二两变百两，敢情这是她发家之路的第一步？

那些黑衣人刚消失在街尾，墨紫揉揉笑僵了的脸，转身拔腿就跑。

风呼呼地在耳边吹，跑过两条街，呼吸开始紊乱。感觉喘不上气，她弯下身，双手撑膝，大口大口地吸气。大热的天，不能穿短袖，长衫加长裤，汗流得稀里哗啦。

这片都是住家，且日近黄昏。很安静，却让她觉得不安。

离元澄他家的小门，到底还有多远？

“小哥，你跑这么快，莫不是心里有鬼？”话音仿佛就落在墨紫耳边。

墨紫大骇，回头一张望，瞧见路那头有一个人。

黑衣黑面黑帽，嘿嘿笑，只露一双眼，眼白多，眼黑两点。明晃晃的刀一截截亮了出来，叫天边的红云映得通红。

尽管遮面遮额，遮头遮声，墨紫仍立即认出这人便是刚才的眉心痣。她回头时，他还距离她百米远，等说完话，便拉近了三十米。这人也在疾奔，但他的疾奔，就像影子飘荡着一样，不费力却惊人地快。

墨紫大叫一声停。

眉心痣还真停了。或许他认为，以自己的身手取对方性命实在易如反掌。

"要死，也得当个明白鬼。"她真想弄弄明白，而且除了拖延也没别的招了，"天很热，你不用遮得这么严实捂一头一脸的痱子，我知道你就是刚才给我一百两银子的那个人。都说天下没有白吃的午餐，我还想呢，今日这财发得我心里慌慌的，果然催来夺命的阎王。你若舍不得这一百两，为何不早说？不知我现在还给你的话，是不是还能保我一条小命？"

眉心痣冷笑道："你何必同我装傻呢，宋小姐？你那么聪明，应该想得到我遮头遮面，根本不是为了瞒住你，而是不让别人看到。也就是说，今天，不管这街上有多少人，我一定得要你的命！"

宋小姐？墨紫这天接二连三撞击到了过去。但她迫使自己集中脑力，想逃生之计。

"我都说你认错人，原来这般离谱。我堂堂男儿身，却让你羞辱于我。咱们去见官，当场验明正身。"墨紫已经看好了南面数米远的矮墙，她得翻过去，抄近道，求救。

眉心痣果然不理会这番说辞，杀气森然，"宋小姐，想是你贵人多忘事，不记得从前我这个小小侍卫队长了。如今蒙我王抬爱，我已是殿前少将军了。上旨既然已经赐你一死，你又偏偏让我瞧见了，还是乖乖受死的好，帮我升官发财。"

"上旨赐我一死？"墨紫看到有某户人家的门开了又关，想是不愿惹上这等事。她心里沉了沉，离她最近的，能求救的地方只有一处了。"谁的旨意？你是玉陵来的，还是大求来的？"

"宋墨紫，你打算跟我装傻到底？可惜终究装不下去。你若不是她，怎会问出这样的问题？刚才你故意不认识我，还那么爽快地交出梳子，本来我差点就让你骗过去了，可你那张脸在我眼前晃来晃去的，总觉得世上难有这般相像的人，才想再确认一回。你跑得可真够快，要不是歇口气，我没准会追丢的。"眉心痣继续向她走来，不过没用轻功，"玉陵已经让我们大求灭国了。如何？死也安心了吧？"

墨紫慢慢后退。这种要命的时候，她还想，至少墨紫这名没蒙错。

"谁说我一定会死呢？我既然逃过一次，要逃第二次，也不是很难——"话未说完，她就踩上墙，一下子翻了过去。还好，墙下一片园林山石，能暂时混淆眉心痣的视线。

眉心痣暗叫不好，没想到墨紫虽然不会武功，身手却这么敏捷，竟在自己眼前翻了墙。提气忙赶，跃上墙头，但见是一户富裕人家的花园，立刻往容易藏身的假山处追去。

等眉心痣过去了不一会儿，就在他落地的数米开外，一丛矮荆耸动起来，站直了一个人。

正是墨紫。

她根本没有逃到别处，也没有所谓的近路，不过是幌子而已。再次爬过墙去，

她拔腿继续奔，只是这一次，可不敢再歇了。一条街，两条街，速度慢了，但至少还在跑动。

离目的地只有一街之隔。

突然，胸口剧痛，整个人扑在地上。低头，看见明亮的金属尖上滴滴答答沁血珠子。

这不是西瓜汁。

“不愧是宋墨紫。虽说每个人都说你的智慧举世无双，我还没亲身经历过。今日一见，方知为何。好在我不笨，而你毕竟是个不会武的女人。不过，能让我弃刀用镖，算是丢脸了。”声音有点远。

墨紫疼得咬紧牙，便是这当口，她的脑袋还在转，想眉心痣为什么弃刀。他若要杀自己，完全可以追上来拔刀相向。用镖，就是他不能过来的意思。不能过来，就是遇到了某种阻碍。这是机会。

一呼吸就撕心裂肺，但这时，她还是费力翻过身来，梗着头找眉心痣。

他在离她二三十米处，不知是谁家的屋顶上冷眼看她。

她一手捂着心口，另一手颤抖指向他，怒瞪，然后眼一翻白，倒地歪头，不动弹了。

他不是说奉命赐她一死吗？那她装死吧！

那飞镖并没有正中她的心脏。只要还差一点，她就不会立刻毙命，就有求生的希望。她不能死，不想死，就是要死，也要抱着害她的人一起死！

上苍保佑，别让眉心痣来补一刀。

等，等，等——

她强撑着一口气。

不知过了多久，听到马蹄和车轱辘的声音。

墨紫吃力地睁眼，眼前时而昏黄，时而漆黑，但认得出那是一辆官车，车上有人影。

她想呼救，一张嘴，一口血。

车走得不快，在她看来，简直要走到天荒地老去。而当车停下，有个人走到她面前时，她已经觉得自己撑不住那口气了。

“墨紫姑娘。”清幽而明远。

她用最后的力气捉住那垂地的黑袍，“元先生，请救墨哥一命。”

第二十九章　互利者友

香，是南德翠华山上的松木香，沉稳的，舒雅的。

深吸浅吐，墨紫睁开眼睛。自己还活着！她因这香气，那般确信。

绵纸窗发白，天色是亮的。两边望，四柱的大床，挂黑纱薄幔。身子一动，雪白丝亮的单锦滑到一侧。忘了哪里受伤，抬手，顿时疼得倒吸凉气。四肢无力，身体绵软，头重千斤。只是睁了一会儿眼，就觉得眼皮累。

“姑娘，大夫说了，你伤及筋骨，失血过多，极需静养，切不可乱动伤口，以免再度血流不止，引起伤势恶化。”一个小婢出现在幔帐前，声音极其轻柔。

“你是哪位？”墨紫一出声，嗓子半哑。

“婢子落英，是元大人府上的丫头。因姑娘需要人照顾，调了我来服侍。姑娘，可要喝水？”

“好，麻烦你。”墨紫的确口干舌燥，想起身。

“姑娘千万别用力，若是要起身，就跟婢子说一声。”幔帐收起来，一位青衫绿裙的少女有点怯生生，相貌寻常，却生得一双大手大脚。衣衫是新的，还不合她的身量，大了些。

墨紫笑了笑，“落英，你以前是服侍大人的？”

“不是，婢子之前是专门洗衣的丫头。华队长说姑娘受伤，男子不方便照料，才特地让我们来的。公子刚住进来，府里没多少仆人，丫鬟只有两个，都是干粗活的。婢子手脚笨拙，光会洗衣服，没服侍过像姑娘这么好看的人儿，更没穿过这么漂亮的绸缎衣服。要是伺候得不周到，姑娘只管打骂便是，婢子一定改。”

落英动作虽说有些拙，力气挺大，也很细心，扶墨紫起身靠上垫子，说声“稍等”就去拿水。

墨紫看自己身上是件白绸里衣，胸口绑了层层纱布，也是洁白一片。她不担心什么春光外泄，保住命最要紧，要她守礼教未免太可笑。她只想知道自己到底昏迷多久，连血都已经止了。

喝过水，她就问落英：“你可知我昏睡了多久？”

“七日了。”落英说到这儿，拍拍心口，不无惊吓的样子，“我长那么大，没瞧见过有人跟姑娘似的能睡那么久，光吃药喝汤水，其他什么都不吃。我和桦英还以为，还以为……”

“还以为你醒不过来了。”门一开，元澄走了进来。

又是一身黑，织缀银线，黑山白水的染色法，一幅画藏在线里面。同他的人一样，都是第二眼开始不对。穿在他身上，贵气中闲散，万般不愁无忧。

“元先生真喜欢黑色。”不得不承认黑色大概是最适合这个人的颜色，他的心放得太深，谁能看透？

元澄不回应，在墨紫床对面的圆桌坐下，给自己倒了杯茶。

落英忙叫声大人，福身下去了。

“墨紫姑娘饿不饿？要不要我嘱人准备吃的？”能醒，就能活，那个白发老头御医说的。

“我饿。”醒来的感觉，很气虚，但很喜悦，“若不麻烦元先生府上的大厨，粥或者汤，鸡汤鱼汤骨头汤，各种汤类不拒。”

在他眼前昏过去的时候，血汩汩地流，脸色如纸，几乎没有脉搏，以为她撑不到他找人来救她的小命。取镖上药，她动都不动，气若游丝。七日七夜，灌了多少汤药进去，他却能看出她一日好过一日。伤口不再流血，面容苍白，但气息稳定，脉搏由弱变强。差点死过的他，懂她。哪怕一口气，她都会缓过来。

她对他说，蝼蚁尚且偷生，要他向大周皇帝全力一争。

他争了。

她对他说，若能替元氏平冤昭雪，摇尾乞怜又何妨？

他乞了。

她对他说，南德既然弃他，他还需要忠于谁？当然是忠于自己。

他忠了。

所以，他活着。

所以，她也会活着。

那一镖，是往心脏去的。御医老头还说，绝对是狠毒的，先杀之而后快。

一个私货贩子，一个在大户人家却整日往外跑的丫头，身份成谜，行踪成谜，可是杀身之祸，有点出乎他的意料。

墨紫则想到她睡了七天，还在他家里，裘三娘会不会以为自己卷款潜逃？

“先生，可否请人送我过墙？我多日未归，想来主人必定着急。”

“不必担心。墨紫姑娘受伤那日，我已经让华衣通知了他的小师妹，那个叫小衣的传回你主人的话，让你好好养伤，不用急着回去。”

裘三娘会这么说吗？好好养伤，不用急着回去？依墨紫对这位大小姐的了解，一定会问出了什么事，伤到什么程度，要是能搬，无论如何也得搬过墙去，亲眼看到了才相信。

不过，她现在也没力气跟元澄辩，眼皮累得有点抬不动了。想睡的念头刚刚冒出来，身体就自动往下滑。

“墨哥。”元澄的声音听上去轻了。

“元先生。”墨紫的头脑不能说很清醒，但至少依然警醒。

“若墨哥这一觉能醒，性命更是无忧。元某可算报了墨哥之人情？”

“元先生，这问题能不能等我一定成活再探讨？这报不报，还有怎么报的事情，总该坐下来喝杯茶，共同商量。你一人说了可不能算。”她受过一次重伤，吃过一次大亏，总不会再犯同样的错误。

元澄轻笑，杯底与大理石的桌面相碰，清脆脆，“墨哥怕吃亏，元某等上一等便是。墨哥只管睡，待这觉睡醒，鸡汤鱼汤骨头汤，汤汤都有。”

墨紫心想，什么事都等一等吧！被刺的事，报恩的事，船场的事，三娘的事。等她睡到精神饱满，活力四射，一件件拎出来，再看。

就在墨紫继续昏昏然沉睡之时，远在大周外的一座巍峨宫殿里，落下一只棕色的苍鹰。

一双大而有力的手伸出来，取下鹰爪上筒管中的字条，将它慢慢铺展开来，又在瞬间把它撕得粉碎。

雪白的纸片纷纷，从悬崖般高耸的窗口飘下。

但见那双衣袖，紫金色的，盘着双龙戏珠。修长而漂亮的无名指骨节下，一枚紫红色的凤凰石。

“王，可是有了下落？”紫袍人的身后传来一个柔美的声音。

“呼威找到了阿紫的梳子，却还是没找到人。”紫袍男子背对着窗口，背微弓，似乎因这个消息而疲惫不堪。

“王，不必担忧。上天好生之德，姐姐吉人天相，必能避过此劫。也说不定，明日她就站在您面前，跟您撒娇了呢。”也是一双手，小而无骨，指甲描金涂粉，戴着凤凰石尾指戒，挽进紫袍男子的臂弯。她的背影高傲地挺直了，一袭青天银蓝的宽袖袍，绣孔雀金翎羽。

“我怎能不担心？那日她气我不守信，说话间是决裂之意，我竟以为她闹意气，本想等事成之后再哄她回转，难不成竟是永诀？”男子说得悲戚。

“王不是说，一日不见姐姐尸身，便不相信姐姐的死讯？既然如此，又何必忧心过度？如今梳子已找到，许是王的真情感动上天，姐姐不久也会现身的。姐姐说过，梳在人在。王可别忘了，姐姐那么聪明，天下几人能及？王若是愁坏了身子，待姐姐回来，不是反让姐姐难受？”女子劝得熨帖到心。

男子缓缓抽出手臂，见女子僵住，又是不忍，最终牵了那只小手，勉强笑笑。

又过了三日，墨紫睡得昏昏沉沉醒来，看到裘三娘一人坐在窗前正发呆。她立时以为被元澄送回来了，可一瞧自己还躺在大床上。

“奶奶这是走门过来的，还是跳墙过来的？”墨紫扯出一丝笑，抓了垫子，支撑着坐起身。

裘三娘本想帮一把，却见墨紫的动作虽然慢一些，但精神瞧着不错，就又坐了下来。

“你不早知道我如今出门不易吗？我跟我婆婆刚起个要出门的头，还没明说呢，她就借老王妃的寿辰说这个那个要我准备，离了我不行这些话，把我挡了个灰头土脸。我呀，越想上回小衣说的话，越觉得有道理，全都是萧三这厮休了两妻惹出来的。”

墨紫一听，这口气不对啊，“你跟姑爷吵架了？”

“没有。”回答得很干脆，哼一声，“前两天，老太太暗示要把丝娘的孩子放到默知居养，也不知丝娘哪得的消息，就跑到我那儿哭了一场，要我跟老太太求求情，让她养自己的孩子。巧不巧，萧三正好进来，瞧她带了一对儿女跪着泪双爬。我怕吃饭心情不好，让他们夫妻回自己巢里哭去。你猜怎么？”

墨紫虚弱笑笑，“你就别让我费脑子了。”

“他立刻摆了脸色给我瞧，二话不说，甩帘子走了。我替他着想，他还不高兴。我可是记得，红梅刚来那会儿要给丝娘立规矩，让她来伺候我吃饭，他还说伺候归伺候，别无缘无故摆正妻的架子。天知道，那哪是给那位立规矩，分明是折磨我吃饭呢。我脸色能好看吗？又不是对那只金丝儿鸟的。”能发发牢骚的，只有小衣和墨紫。小衣话少，她说十句，也得不到半句回应。墨紫就好得多，很懂她的心思。

想起那段日子，墨紫不知怎的，觉得离自己很遥远了。

“奶奶，姑爷这脸色，要看摆在什么时候。若是摆在他一见到丝娘的时候，那自然是他不分青红皂白；若是摆在你让他和丝娘自己哭去之后，这脸色也不算错。他引你为知己，便是那当宝贝的藏书阁，也对你开放了，你却轻慢他。”心里干涸裂缝的某部分，已经是一片汪洋。大浪滔天，一浪高过一浪，她借着同裘三娘说话，分寸未乱。

裘三娘垂下眼眸，半晌没出声，再开口不说萧三金丝，问她：“你这伤怎么弄来的？小衣看过你之后，回来跟我说得不清楚，脸色惨白，眼圈都红的。以为我瞧不出来她哭过，却一个劲地眨眼。我想自己过来瞧，又轮红梅、默钰她们几个值夜。”

“也不知是绿菊做的新衣手工太好，让人当了我有钱，还不知是我命中有此劫，碰到蒙面的要收过路钱，我把身上的银子都掏出来，他却以为我还藏了，就来扯我衣服。我想那还了得，揪打起来。谁知竟是穷凶极恶的，拿匕首扎我一刀，当时我晕死了过去。等醒来就看到住咱们隔壁的元大人，多亏他救我，否则必死无疑。遇劫时，也没他人经过，便是元大人亦不知道发生了什么，更何况是小衣。”墨紫撒了谎。她不是第一次对裘三娘撒谎，却是第一次有内疚感。

“怪不得我问元大人，他只说看你受重伤躺在路旁，却不知是何人所为。”在墨紫受伤之前，裘三娘根本不知道这荒府有了人住。这么大的事，小衣和墨紫没跟她透露一个字，要不是墨紫危在旦夕，她会发难的。明知隔壁有人住，还借墙跳，万一传到敬王府那些人耳里，她怎么解释得清？

小衣再三保证，还扯出个她从未听说过的小师兄来，用同门之谊说隔壁会替她们保守秘密。她半信半疑间，元澄又让小衣捎给她一个口信，差不多也是不会多嘴的意思，更心安了些。

亲自过来，除了探探墨紫的伤势，同时也想亲眼瞧瞧那位元大人。一眼看过后，发现对方是个斯文相的太学博士，彬彬有礼，终于放下一颗心。

诚如元澄之前所说，天下元姓何其多。裘三娘一点都没有将这个元大人同墨紫渡过来的那个第一贪官联系到一起。

“你编的理由是抄近路？”裘三娘嫣然一笑，“看他这么好骗？”

“他不好骗，不过君子有成人之美罢了。我一个小小丫头，挺老实的样貌。他穷得连清理园子的银子都没有，仆人两三个，我难道还能偷他什么东西不成。”

裘三娘挑挑眉，似乎不信，接下来的话则让墨紫差点伤口裂开，“墨紫，我听说你伤在胸口，差点穿心而死。若是女子救了你还好说，可如今救你的却是一个男人。虽说元大人好心，不过坏了你的名节也是事实。太学博士跟教书先生差不多，从六品的官，没有实权，逢年过节收收学生的礼了不起了。不过，有你当贤内助，说不准就能青云直上，飞黄腾达。不如我同他说，把你许了他如何？”

“……”墨紫瞠目结舌。

“怎么？害羞得说不了话？你也知道我这人心肠不好，救你一命却非逼得你少十年自由。他若愿意娶你，我二话不说，船场的约即废，卖身契立刻还给你。”裘三娘似笑非笑，恶作剧般对墨紫眨眨眼。

这是玩笑话啰？

墨紫找回自己的声音：“照你这么说，我要嫁的，不是元大人，而是大夫了。”

“墨紫姑娘放心，为你治伤那日，全身上下都裹严实了，拔刀的是大夫，敷药止血的却是大夫的夫人。”元澄又来接话说。

这个人办事，一向周全。墨紫看看裘三娘，对她反过来眨眨眼。

裘三娘不慌不忙，端坐好，笑道："我家丫头嘴刁，我懒得理她的歪辞。只不过，大人是饱读诗书的士子，说出来的话却怎生没有道理？俗话说，男女授受不亲。大人虽是好心救了我家丫头，但她独自住在大人府上已十多日，不管你二人是否清白，在外人看来，墨紫名节已损。大人，可是这么个说法？"

元澄一笑，淡淡地扫过墨紫，点头，"的确如此。"

"……"墨紫再次瞠目结舌。

"不知大人可有妻室？若夫人明理，自当能接受我家墨紫。"裘三娘本是说说而已，却越来越起劲了。

"元某不曾娶妻纳妾，至今孑然一身。"

墨紫一怔，裘三娘也是一怔。"看大人年纪也二十过了吧，怎还未娶？"裘三娘难掩奇怪的神色。

元澄还没说话，墨紫开了口："我的奶奶，我一个没有身份的丫头，名节之说根本套不上。再者，你这是打算闹得王府里的人都知道咱们偷跑出府的事，是不是？"

后面一句话，如一盆水，浇熄裘三娘的热血。

元澄垂眸，笑深了。

裘三娘走后，又剩这二人独处。

"没想到我的主人是女子吧？"墨紫今天精神不错，还不觉得累。

"没想到，不过无甚关系。女子也好，男子也好，以墨紫姑娘的聪慧，都能善加利用。"

"我在先生面前无所遁形，先生未免太厉害了点。这世上，大概没人敢对先生撒谎。"

"我没那么厉害。"话锋一转，"你可饿了？"

又问她饿不饿？这是要来讨论人情问题了。

墨紫已有打算，"我饿，不过，咱们边吃边聊，也可。"

元澄叫来落英和铭年，嘱咐两人去准备吃食，然后自己撩了黑衫，在原来那张圆桌上坐下。

"墨紫本有意不认先生，不过看到先生既然这般惦记着这人情，倒叫我不好意思不让先生还了。"

元澄哦了一声，"不知此话怎讲？"

"当日，墨紫明明一身男装，先生开口就叫我墨紫，这是为何？"

元澄突然起身，高大的影子渐渐伸展到墨紫床前。

"先生若不认我，而叫我墨哥，那么，我虽然向先生求救，却并未承认身份。先生如今所救的，就只是墨哥而已，不是墨紫。"墨紫望着元澄走近，眼眯唇抿，让她说中了吧？

元澄俯下身，抬眼，与墨紫相对。眸色如雾，让人看不到底。

"墨紫姑娘,你错了。元澄是个守信之人。那日,我叫你墨紫姑娘,你若不说'墨哥'二字,那么如今,墨哥就是死人了。"

落英端着汤药进来,见自己的主人离墨紫姑娘那么近,大吃一惊,差点没拿稳托盘。

墨紫看到落英诧异的表情,对元澄说道:"先生还是不要靠太近的好,我倒是不怕,就怕别人误会。"

元澄听到身后有动静,却不急于退开,伸手,居然是将墨紫身上垂落的丝锦替她盖好,"墨紫姑娘身子尚虚,小心别着了凉。"

在落英眼里是亲密之极的动作,在墨紫眼里是元澄给他自己找个特地靠近床的理由掩护。

"谢先生关心。"墨紫抚平丝锦。

元澄退到圆桌那儿。

汤足粥饱,落英收拾了下去,双方谈话才算真正开始。

"在南德时,墨紫亦非真心实意救先生,若不是先生开了好价钱,先生也说不定就是死人了。不过,那时我若是不救先生,先生应该不会怨我吧?"

"自然不会。"元澄答道。

"那我也自然不会怨先生。先生与我有一月之约,我若犯了傻,也是我自取死路,与先生无关。可是,先生莫小看了我。"墨紫一笑,"当日要是先生叫我墨哥,我会说得更仔细些的,绝对会让先生守信。"

元澄黑眸晶亮,也笑了,"墨紫姑娘坚韧,我佩服之极。"

"如今,我救你一命,你救我一命。"墨紫在床上抱拳,"先生这人情,不欠墨哥,更不欠墨紫的了。"

元澄是文人,不来墨紫那市井一套,但微笑颔首,"多谢墨紫姑娘。"

"先生,这人情你我虽然两清,倒也无须如同陌路。"墨紫这话出乎元澄的意料。

墨紫看不清元澄,元澄也同样看不清墨紫,于是问道:"墨紫姑娘说人各有志,往事不提也罢——这话令我以为,你并不想与我牵扯太多,便是求救,亦有不愿。"

"此一时,彼一时。"

"想来我不该问何为此一时,何为彼一时?"

"在我回答先生的问题前,可否问先生一件事?"三日来昏昏沉沉之间,她想得并不少。没有恢复记忆之前,有裘三娘挡风遮雨已足够。现在,龙卷风要来,裘三娘也不管用了。她需要铜墙铁壁,需要一切坚不可摧的东西来抵御。

"墨紫姑娘请问。"元澄彬彬有礼。

"先生如何从宫中出来的,墨紫不问。只问,先生身上背负的,可曾放下?"元澄与同僚饮酒,与江湖中人逛花楼,忙得不亦乐乎。墨紫看在眼里,很想知道他究竟

意欲何为。

元澄目光一敛。

“放下又如何,未放下又如何?”

“先生若放下了,闲云野鹤一般过日子,墨紫便从此当先生为谈天说地的好友,不讲麻烦的事。先生若放不下,无论如何要替亲人讨个公道,却缺人手帮忙,只要先生不嫌,墨紫愿分担一分,尽力一分。”她无钱无势,唯有一生所学和左右开弓的一双手。

这是要向他献力之意,元澄便是再温润的外表,眸光也漾起惊诧。“墨紫姑娘,你我虽未有深交,不过以我对姑娘的了解,姑娘不是三心二意之人。莫非与你此次受伤有关?”

“先生还未答我。”她必须要知道元澄的打算,才能决定自己是不是该与他同舟。

“我诚答你一句,不知。”元澄望着墨紫,眼神清澈,并没有撒谎,“放与不放,至少到你问我的此时,我未决定。”

“那先生就是在随波逐流了?”元澄身后有一团试图操纵他的力量,她能感觉到。

元澄点头笑道:“‘随波逐流’四个字用得好。”

“谢先生夸奖。不过,我瞧先生随波逐流中,似乎有意弄条暗流出来。”未决定,就是在挣扎。在挣扎,本能就引领方向。元澄的心思越深沉,在她看来,越可能就是放不开。

“墨紫姑娘,我是南德的第一贪官,来了这大周,不可能变成两袖清风的吧。一个太学博士,朝廷那点月俸还不知几时能修缮园子。若非姑娘提醒兔子多,顿顿大鱼大肉,我又是热情好客的,常招待人上家里好酒好菜,早就坐吃山空了。人穷志短,我以为你该深有体会才是。”

墨紫这么顶回去,“先生由奢入俭难,不必拿我来说。我虽然没钱,可也没地方让我花钱。”

“墨紫姑娘说得是,我惭愧。”元澄承认得痛快,“我已回答了你的问题,还请你答了我的。何为此一时,彼一时?”

“彼一时,是我以为无求于先生之时;此一时,却是我想通了,事事无绝对。都说先生有惊世才华,有朝一日在大周飞黄腾达,我若自扮清高,岂非愚昧?”

“这是狐狸又在夸乌鸦了?”以前说他是蝎子,上回又说他是乌鸦,都不怎么样的。

墨紫呵呵一笑,摇头,“先生,我知人情已清,互不相欠,只是可容我高攀为友?”

元澄突然不说话了,只是看着墨紫。

墨紫表面上大大方方让他瞧,心中苦笑。能说出那样的话来,她脸皮梆梆厚了。

“墨哥。”良久之后,他喊她男儿装时的名字。

墨紫禁不住坐直了腰板,说了声“是”。

“你虽不肯与我说实话,不过你不说,我就不问。若你不介意我会利用你,与我

为友有何不可?”

“元澄,这话,我还给你。”墨紫自此开始,直呼其名,“我听一个人说过,共利者友。如今看来,互利者也可结友。”

元澄走了。

墨紫滑进丝被里,蒙头抱住了双膝,咬着牙,浑身战栗。

她想起来了。

全部。

就在苏醒的三日之内,一波一波的回忆之潮,将过去的日子一一再现。

只能说,她的直觉不错,不如一切都忘记了好。

她不是玉陵人,是大求人。她父亲宋玉是大求宫中一名御用匠师。她对于母亲没有记忆。只记得有一个大她五岁的哥哥叫宋振,还有一个小她两岁的妹妹宋豆绿,平凡的四口之家。

大求是马背上的民族所建的国,最缺的便是能工巧匠。这也是宋玉资质平平,却能成为御用匠师的原因。墨紫的哥哥宋振更是对木器工活毫无兴趣,一心读书,想当状元。然而墨紫却无师自通。识木之能是天生的,刚开始一摸就能分辨好坏,再后来,读的书多了,就能直接套用到具体的树名上去,精准到连墨紫自己都吃惊。

渐渐地,墨紫不自觉地在木艺和造船术上展现出惊人的才华。宋玉借此成为匠作少监。宋振也得了官位。宋家从此平步青云,得到大求皇帝的重用。由于那些知情人认为墨紫之才不可外露,所以大求百姓只知宋玉、宋振之名。

当墨紫发现自己的造船术被当权者利用,要发动战争时,便开始与大求王室产生矛盾,到后来更是激烈冲突。

十六岁那年,宋玉突然带他们兄妹三人去了玉陵。玉陵皇帝爱木雕工艺,久闻宋玉其名,立刻给他高官厚禄。她天真地以为,是宋玉被自己说服了,不想当帮凶,才投了玉陵。在玉陵,她再没显露过自己的造船术,而是专注于农业用具的改良,过了两年平静的生活。谁知,两年后她才知道父亲和大哥根本就是大求派往玉陵的细作。

大求水师打败玉陵的那日,她父兄与大求之间的来往信件被呈到玉陵皇帝面前,当即被推出去砍了头。而她得了消息,忙带豆绿逃出,却遇到追杀。为了保护妹妹,她引开追兵,不幸重伤跌落崖下,落入江里。结果,让裘三娘捡走。

对父兄的亲情,是一切事情的起源,然而,她最大的错误是误信了一个人。或者该说,是那个人变了,她却自欺欺人。湘儿、叶儿,谁骗她都可以无所谓,唯独那人啊!

经历如斯,哪怕是失忆中,她的本能变得多狡,谨慎,算计重重,再难打开心扉。

而今,她要保命,还要寻找失散的豆绿,最快的方法,就是找到最强的联盟!

元澄,就是一个。

第三十章 将计就计

在元澄那儿住了半旬，能下床走动的时候，墨紫让小衣带回了默知居竹林，由白荷、绿菊轮流照顾。对其他丫头，只说她干活时不小心闪了腰，需要静养一段时日。

墨紫在默知居低头做人，新进的丫头中，除了红梅，也没谁跟她熟，自然不会嚷着要来看她什么的。倒是红梅，来瞧过她一次，看她面色苍白、卧床不起的样子，也不疑有它。

这日，绿菊给墨紫送饭来，边看她吃饭，边在一旁拿个竹架子绣花，跟她聊天："我瞧你啊，住在这儿倒比里面自在，不想回到奶奶身边了，是不是？"

墨紫心里有事，扯开嘴一笑。

"我再笨，过了这些天也明白，根本就是奶奶调开你，让你往外跑的意思。不过，弄了伤回来算怎么回事。要我说，你还是留在奶奶身边安稳。姑娘家的，成天同外面的那些男人打交道，传出去，哪个好男人敢娶你？墨紫，要不，拉了白荷，咱们一起跟奶奶说说？"

"绿菊，我瞧是你自己夏日里头思春风，心眼动了吧？"让绿菊这么闲话着，墨紫的心平静了。屋外一片碧绿，吃着饭，和亲近的人坐在一起聊天，是真实的，需要她自己好好珍惜的。于是，不再想那些陈芝麻烂谷子的事了。

绿菊啐一口，"算了吧，一院子的丫头，我心眼对谁动去。"

"这没关系，不是有我吗？你呀，跟我说说喜欢什么样的，我在外头走动时，帮你留意着。"墨紫笑得开怀，心中拨云见日，"对了，你说过要当老板娘的。岑二怎么

样？小伙儿如今可是大掌事了，长得也还成。”

绿菊见过岑二，瘪瘪嘴说：“猴儿精的，我不要。”

墨紫一听，哈哈笑道：“绿菊，你不得了，连岑二你都瞧不上眼。”

“岑二猴精的，配你这个丢三落四的，正好。”白荷提着个篮子笑眯眯地进来，“说了三遍，让你别忘了拿蒸锅里的点心，竟还是忘得一干二净。”

这下绿菊闹了个红脸，“奶奶不是让咱们想老夫人的寿礼吗？最近心里惦记这事，才老忘东西的。”

墨紫想起来，上回老王妃说自己的生辰在七月。便问：“七月什么时候？”

“七月七，乞巧节。日子好不好？”白荷从篮子里端出一盘点心，还有一碗晶晶透明的绿豆冰。

墨紫眼睛一亮，“哪来的冰？”

“今年热得早。前两天，奶奶让田大送进来的，整整三大车，各房都给足了。老夫人和王妃高兴得不得了，直夸奶奶想得周到。这不，田大也在主子们跟前露了脸，许了常走动呢。今后，奶奶不容易出去，却能把人叫进来了。”白荷先把绿豆冰递给墨紫，“知道你喜欢，特意做了。你身体还没好，慢点吃。”

绿菊顺手捞一块糕点，吃得倍香，“墨紫，你不知道了吧？这几日，来咱们默知居的人可多了。几位姑娘围着咱们奶奶转，到点吃饭，谁都不走。还有二爷房里的绿碧，特意过来跟着白荷下了几日的厨房，学了四菜一汤才走的。今天，绿碧特意捧礼来谢，说二爷这几日胃口转好了，多亏得白荷教她呢。”

“白荷，今后再有人来学，让她们交学费，一两银子一天。你这手本事，可是金贵着呢。”墨紫总爱替别人出主意。

只有在和姐妹们说笑的时候，墨紫才能从痛苦的回忆中解脱出来，感受到简单的快乐。

趁夜深人静，墨紫到竹林子里走路，努力恢复。自她回到王府，就每日这么做。她可以不理会过去，但过去却未必肯放过她。所以，她要变得更强。

伤口已经愈合了，身体却容易累，走到林子那头，她靠着几根竹筒子歇气。

突然听到人声。

两个女子的声音。

一个狠声说：“你小心别办砸了，否则你爹娘性命难保。”

一个显然怕着，说：“她身边总有一个陪嫁丫头，吃喝都经那丫头的手，我怕这么做，会让那丫头瞧出什么来。”

狠的那个呸一声：“能瞧出什么来？只要你手稳着点，就没事。那丫头我见过，傻笨兮兮的，也就是接过去直接给她了，又不带尝的。”

另一个还是犹豫，看来不是做惯坏事的，“其实我瞧她对三爷不太在意，你们何必紧张呢？跟了这些日子，我觉着她是那种你不招她就没事的人。”

“废话！你觉得我主子没招她吗？便是我主子什么都不对她做，给三爷生了一双儿女，又得三爷的宠，这就是招她了。你蠢成这样，还是少用用脑子，听话照做就行了。”

另一个说话吞吞吐吐：“万一……万一让她发现了，我怎么办？”

“说你蠢，你还真没得救了。我不是说过，这药不要她的命，让她病一场罢了。她不是能干得很吗？成天这儿转那儿忙的，还有外头的管事要见，累倒了，谁会怀疑到你头上？对了，那个叫墨紫的丫头闪了腰，你去查了没有？真的假的？”狠声的那个说道。

居然问到了她？墨紫心想，你招惹我，就别怪我招惹你。

“她在林子里头，我又不能日日出门。轮休时去看过，见白荷、绿菊她们提着饭盒子出入。还瞧她出来走动，要绿菊扶着。厨房里的药味大家都闻到了，应该不假。”

“对你也指望不了别的，你记住，在老夫人大寿前把事情办妥，否则我们可是说话算话的。”狠声气的那个说完走了。

墨紫静静一瞥，风动的竹叶摇曳间，微发福的背影，走路扭臀，是个有点年纪的女人。

另一个身影有点抖抖索索。墨紫在后面跟着，直到亲眼瞧着她进了默知居的门，才慢慢地走回自己的小屋去。

月亮上来了，她躺在床上，闭上眼仍能看到竹叶泼绵纸的窗上剪影，耳中的竹风不停地响。

转眼就到了七月初六，老王妃的寿诞就在明日。因是大寿，再是乞巧，敬王府三园内的门全部打开，处处张灯结彩，花团锦簇，除了府里自养的戏伶，更请了上都最有名的戏班子来助兴。大房找来的是杂耍笑乐，而听说三房那边后日还会叫一队无忧阁的歌舞姬来，引得不少人翘首以盼。平日里规矩森严，这三日对仆人们就放得比较宽，允许他们与主同乐。

游玩的项目挺多，三个园子一天逛不完，但新进门的三奶奶安排得好，在各门处贴了节目单，上面列着游玩的内容、时间和地点，让人一目了然。据说这次敬芳园里祝寿的事宜都是三奶奶经手的，仔细如老王妃，也挑不出半点毛病来。三奶奶的名气自此响亮。

自打裘三娘进门，萧三常常被夸。和三娘相处越久，越觉得她与众不同。和他下棋赛琴，和他写章草画水墨，又爱看杂七杂八的书，便是他知交好友，都没有这般投契的。可一涉及儿女情长，那女子的脾气，还有说话，真能把他气昏过去。不管他暗示明示，前后左右地示好，她就是没反应。且金丝一现，她就对他避之唯恐不及。

好吧，他承认，以前对两任妻子没兴趣，自己院里开闹，他睁一眼闭一眼冷瞧着。可这三娘，该说她聪明，还是他失败，不但闹都不愿意闹，还一有事，便把他往金丝那儿推。

萧三被女人宠坏了，遇到裘三娘这样的，有点迷失。

这一日，祖孙三代正吃着饭，突然有个丫头进来报："不好了，不好了。"

大户人家忌讳好日子说坏事，一旁老资格的婆子咄一声："大好的日子，没什么不好的，样样都好。"

丫头机灵，忙磕头，"是，是。三奶奶今早起来不舒服，已经派人去请了大夫，特来告诉老夫人和娘娘。"

萧三一听，霍地站起来，椅子都碰倒了，急问："什么病？严重吗？她才进门多少日子，知道叫哪个大夫吗？别请了不知底细的庸医来。"

老王妃和王妃对换一眼，三娘这病的确是桩好事啊，上了萧三郎的心了。

萧三抬脚就走，"祖母，娘，我瞧瞧去。"

老王妃叫住他，"一起去吧，你又不是大夫，急也没用。"

"我走得快，先过去，你们慢慢来。"萧三可等不及，说话间撩了帘子，已到外头。

王妃有些担心，"三娘莫不是累病了？昨日还陪我有说有笑的，怎么今日就不舒服了？"

老王妃却不担心，"你想想啊，不舒服也未必不是好事，说不准还是大喜事。"

王妃立刻领会了婆婆的意思，"哎呀"一声，"我真是急糊涂了，也没往那上面想。要说，还真有可能呢。"

两人有说有笑，身后一群的丫头婆子，队伍浩荡地往默知居走去。

再说萧三，一进屋子，瞧见墨紫在放门帘子，忙问："你奶奶如何了？究竟哪里不舒服？病得重不重？大夫来了没有？"问完一串的问题，就要到里屋去。

墨紫伸手拦了，"姑爷，奶奶正躺着，全身发热，醒来就起不了床，已经叫小丫头去请暖春堂的大夫了。"把萧三的问题全答完后，又说，"姑爷，奶奶吩咐，谁也不让进。"

萧三一愣，即刻拉下脸，"为何不让进？难不成这时还跟我闹脾气？"

"姑爷，奶奶说的是谁都不让进，不是姑爷不让进。"

萧三又问一个为何。

"奶奶这病有点不好看，也怕染了别人，除了我们几个丫头，不肯见其他人，得等大夫来了再说。"墨紫把萧三往屋外请，"姑爷，还是去偏厢坐坐。万一你也病了，我们怎么跟老夫人和娘娘交代？"

萧三说声"不去"，第一次对墨紫甩了袖子摆了怒容，"爷也是你们能遣的，吃了豹子胆了！爷要进去看，谁敢拦，就等着挨耳刮子。"

"萧永，是我吩咐的，你对我的丫头耍什么大爷脾气。"裘三娘的声音传了出来，

气虚的，有些气愤的，“你若是一定要进来，我就——”呼呼喘气。

萧三听到裘三娘开了口，只惦记着她病得如何，哪里还会大声，好言好语，凑着门帘就说：“你别气，我就那么说说罢了。不进来就不进来，可我也不去偏厢，就在这儿坐着，成不成？”

没有回应，就是应了。

萧三拉了一张椅子坐在帘子外，问墨紫：“谁在里头伺候奶奶呢？”

“白荷和小衣在呢。”墨紫低眉顺目，斟杯茶给萧三。

萧三摆手不要，没一会儿就有点坐不住了，“不是请大夫了吗？上天山去请的吗？还不来！”

绿菊进来正听到这句话，差点没笑出来。

墨紫瞪她一眼，她才忍住，一本正经地回答：“姑爷，王府这么大，这会儿大概才出大门呢。”

“这病怎么得的？昨日不还好着呢？”

墨紫没说话，绿菊也没说话，互换了一眼。

萧三开始奇怪，突然想到该不是又闹起来了，只不过这次是那边先动。他顿时拧眉，口气又坏，“你们平日里在奶奶面前跟进跟出的，白长了眼睛了？”

墨紫眉眼不动，瞧着手里的茶杯，说道：“有些东西也不是眼睛能看出来的。”

萧三一怔。

就听外头丫头们层层往里报，老夫人和王妃娘娘到了。

裘三娘就在里头让墨紫把长辈们劝回去，等大夫瞧过了再说。

萧三立刻阻止墨紫，说了声他去劝，就到外头见祖母和娘亲，只说可能是风寒急症，不能受扰。不过他这样就劝不走人，那两位就在偏屋里等大夫。当然，也拉住了萧三陪着她们。

墨紫让绿菊看着动静，到里屋，瞧见一脸红疹的裘三娘靠着软垫吃零嘴，“奶奶，你也不怕姑爷硬闯进来。”

裘三娘指指小衣，“他敢进来，我就让小衣打昏他。”

大概只有事关萧三，裘三娘才有女儿家的可爱性情。墨紫也是因为留意到了这一点，有时才给萧三上上课提个醒。

白荷拿了个皮质的水袋，搁在裘三娘的手上，又敷过额头。

还是墨紫的主意，里头灌了热水，装发烧呢。

再过了一会儿，算算大夫快来了，墨紫就让裘三娘下床，跳绳动作一百下。

绿菊在外头说，大夫来了。

墨紫和白荷赶紧放下锦帐，让小衣躲在床里，必要时捏穴乱脉搏，这才请了大夫进来。

暖春堂的大夫挺有名气的，不过再有名气，遇到墨紫这样的高手，也看不出破

绽来。一会儿觉得脉象紊乱，一会儿又觉得脉搏有力，接着又突然一虚。再看手腕上红红点点的，还有墨紫不断说惊风冷汗的，被搞得糊里糊涂，最终同意墨紫的说法。

到外头回了萧三和王妃等人，说是急惊的风寒，来得很猛，需要避静。

避静，就是可能会感染给其他人，也不致命，却需要寻僻静之地静养的治疗之法。

老王妃和王妃本以为是裘三娘有了身孕，没想到竟是这么凶猛的急病，不由得心疼又担忧。希望裘三娘平安无事，但又怕提了避静伤她的心。

萧三坚决不同意避静，只说封了咏古斋就行。

白荷出来，给老夫人和王妃磕了头，转达裘三娘的意思，"奶奶说不能连累了府里的人，愿意出去避静，就用奶奶自己的宅子，有大花园子，适合养病。老夫人和娘娘若不放心，天天遣人回府报平安便是。"

老王妃不顾萧三的反对，还是同意了，只是嘱咐一定要日日来报信。

王妃流着泪，千叮万嘱白荷要小心照应。一通热闹之后，软硬兼施，拉走了不甘不愿的萧三。

当日，裘三娘便带着六个丫头，收拾了简单的细软，出了府。

"默烟吗?"白荷在里屋问。

"是。"默烟应着，进屋瞧见四大丫头和墨紫都在，不由得愣了愣。

默烟是个安静的丫头。家虽然在上都，却穷苦，弟妹多，爹娘只好把她卖给牙婆。后来她让裘三娘挑中，留在敬王府做事，家里还很高兴。不说月钱给得多，便是那王府的门槛高也给她爹娘长了脸。

裘三娘听说默烟的家在城里，就许她每月回去两天。从心底里说，能跟着这样的一个主子，同府里的其他丫头相比，她是挺幸运的。

本来，她以为，只要能一直跟着裘三娘，到了年龄说不定给配个不错的男人，不说富贵，至少衣食无忧。但如今，她每日里胆战心惊。那边记挂着爹娘，这边又内疚感深重。

默烟低下头，双手不由自主地揪起衫角，"奶奶……您叫我?"

裘三娘一脸花容月貌，歪坐在软榻上，优哉游哉地喝茶。

默烟等不到人说话，再抬头看时，迟钝地发现裘三娘哪还有半分"急惊"的陋颜，吓得跪倒在地，全身抖如筛糠。

"默烟，瞧瞧这是不是你的?"裘三娘叫小衣把东西拿出来。

默烟听话瞧一眼，面如死灰，趴在地上，不敢说半个字。小衣手里的小纸包，和她收到的那个下药的纸包一模一样。可是，怎么会呢? 她把药放在茶水里，亲眼瞧着裘三娘喝下去后，就把纸烧了。

“别想了，这包才是你的。”墨紫开口道，“那夜你在藏书阁竹林前和人说的话，不巧，让我听了个正好。”

默烟哇一声哭了出来，咚咚磕头，请裘三娘饶命。

裘三娘慵懒一句，“饶什么命？你的卖身契虽然在我手上，我可没有要你命的打算，顶多就是赶出去。”

墨紫配合默契，对裘三娘说道：“奶奶，这可不行，总要问出谁指使的吧？不然，以后再遭人害，无端端地送了性命岂非冤枉？”

“问她，她能说吗？不过，她不说我也知道是谁。我撵她出去，那边很快就会收到消息。能灭她爹娘，自然也能灭她，来个死无对证。何必由我来当这个坏人？”裘三娘叫白荷一声。

白荷上前拉默烟，“起来吧，收拾东西回家了。奶奶心慈，你与你爹娘相聚日子所剩不多，过得一日是一日吧。”

红梅从头到尾还不知道这事，自裘三娘在她面前擦净脸到现在，就双目发直，神情时而凝重，时而有所思。

默烟听着三人的话，越听越心惊，一想到那边常撂下的狠话，就真觉着自己如果被赶出去，那他们一家的命一定保不住了。因此怎么能走，她哭得一把鼻涕一把眼泪，跪着扑到裘三娘脚边，拉着裘三娘的裙边不肯放。

“奶奶菩萨心肠，原谅我这回吧。要不是她们用我爹娘来要挟我，我绝不会做出这种事。我把我知道的都告诉您，只求您别赶我走，从此做牛做马怎么都行。求求您！”

白荷看着有些不忍，“奶奶，听听她怎么说，再决定可好？”

裘三娘垂眸看着，神情一冷，“你可以说你的，不过到底最后怎么处置，可由不得你说了算。”

墨紫加一句：“默烟，怪不得奶奶生气，那药虽不致命，若吃下去，奶奶的脸从此就人不像人鬼不像鬼的了。”

小衣找了大药房的打听，是一种罕见的毒花粉，会让人皮肤溃烂，好了也会结疤，坑坑洼洼吓死人。

默烟讷讷道：“她说吃不死人，就是病一场，只不想让奶奶在老夫人的寿诞上露脸，在三爷面前少了争宠的机会。”

绿菊哼了哼：“她们说什么你信什么啊？自己不会想吗？要是咱们奶奶真吃了你这药，定然查到你身上。你被人推出来送死，还替她们卖命，真可怜。”

默烟算弄明白了，对方根本不管她的死活，愤声说：“奶奶，这全是金丝她干娘叫我做的。我进默知居没多久，有一日轮休，她将我找出去，让我给她们当眼线，平日奶奶去什么地方说什么话做什么事，都得告诉她。我一开始不理她，可第二次她再来，就说出了我家住哪儿，爹妈的名字，家里几个弟弟妹妹，竟说了个门清。还说，要是我不答应为她做事，她就能找人取我一家人的性命。我半信半疑，结果第三次她带了我娘唯一的一支银簪子来。趁每月回家的日子，我问爹娘，真有几个汉子黑夜里来敲门，摔烂东西后拿了银簪子走。我这才信了。为了爹娘弟妹的命，我只好听命于她，每五日去跟她碰次面。她见奶奶似乎没有动丝娘的意思，很奇怪，总要问我三四遍究竟有没有遗漏的可疑处。我说没有，她就骂我蠢。数日前，她深夜将我叫出去，交代我在老夫人大寿前给奶奶下药，我不肯，她又威胁，后来她说这药不会要命，我才没办法答应了。"

"金丝的干娘是谁?"墨紫问。

"金丝的干娘姓郑，和金丝亲娘是干姐妹，感情好得很。如今在咏古斋里管着粗使丫鬟和媳妇，一个一等的管事婆子。"红梅答。

"金丝的干娘可有说是听女儿的?"墨紫再问。

"没有，只说她得为主子，也就是丝娘着想。"默烟想了一会儿，答道。

裘三娘看墨紫一眼，墨紫摇摇头，表示没什么可问的了，就让白荷、绿菊带默烟下去。

默烟知道再求饶也无济于事了，顺从地出了屋子。

"墨紫，你怎么看?"当着红梅的面，裘三娘问她。

"奶奶，这金丝恐怕不简单。她能找人威胁到默烟爹娘的命，再加上第一任奶奶屋里那个逃跑的男人，她显然在外面有帮手，而且，还是挺有势力的帮手。咱们若查不出她这底牌，就只能被动防着了。"

"果然，还是不能小瞧了她。"裘三娘在听墨紫说金丝要害她之后，火冒三丈，本来想借这个机会打击金丝的，结果，墨紫出了惹不起躲得起的一招。她虽觉得憋气，但自己好久没出门，能借此到外头透透气也好，这才答应了。谁想，金丝竟然有厉害的帮手。

"红梅，你瞧了这事，如何想?"这次出门避静，红梅主动要求跟出来，就是存了表忠心的意思。因为，一般而言，一个身染重疾的主子搬到别院里去，紧跟的结果可能就是失势。

红梅有点紧张，又有点莫名的喜悦。她虽然从前是老王妃身边的当红大丫头，但她也明白人走茶凉这个道理。如今老王妃旁有新的面孔取代了自己的地位，与其惦念着不知猴年马月的调回去重新开始，不如对裘三娘这个能干的主子彻底忠心。跟了这些日子，她算看出来了，裘三娘不一般，墨紫更不一般。便是白荷、绿菊、小衣这三个，个个有强项，活得跟别的卑微的丫头全然不一样。她越来越羡慕。知道自己是后来的，又打着老王妃的旗号，裘三娘不太信任她。现在，终于时来运转了。

"奶奶，真是不知实情不知道，知道以后吓一跳。如今想想，前两任三奶奶的事，明明老夫人和王妃三令五申不准传出去，却传得大街小巷人尽皆知，还说得夸

张得难听，说不定就是金丝外头的帮手所为。”

墨紫也赞红梅：“说得有理。我以前就奇怪，为何家丑却喧闹得沸沸扬扬，让上都的千金小姐再不敢嫁给萧三郎了呢。”

“我看，不如反用了默烟。她们如今以为默烟得手，却没有引人怀疑，等奶奶病好了回去，她们一定还会再派她用场。到时，咱们就利用默烟把金丝外头的帮手找出来。”红梅出个好主意。

裘三娘和墨紫相视一笑。

红梅不解其意，还当自己说得不对。

“红梅，有了你，奶奶就真用不着我了。”墨紫笑道。

“可别这么说，我同你差远了。”红梅忙说。

“你们俩别互相吹捧了，赶紧把东西收拾收拾，咱们换身衣服，准备出门。”裘三娘站起来舒展了下身体。

红梅不明就里，问：“奶奶，咱们能出门？”

“穿了这身，就能出门。”这宅子有密道通到隔壁的宅子，不巧，那宅子也是她裘三娘的，守在这宅子里的王府护卫管不着。

红梅一看，瞪大了眼，男人衣服？

望秋楼大堂里，人来人往，客流不息。

墨紫斜瞧一眼红梅。红梅正第一百多次往下拽短衣。这辈子没穿过男人衣服，青衣黑裤，脑袋上顶着一个髻，别扭死她了。

墨紫对裘三娘耳语：“东家下次带她出来，还是直接女装吧。要不然，她这别扭劲，别人一看就知道是女的，进而怀疑咱们几个都是女的。再说，随身带丫头出来，比小厮体面。”

裘三娘拿扇子敲一下红梅不安的手，“你要再这样，下次我就不带你出来了。”

红梅一听，那怎么行，外头多有意思。连忙正正衣襟，恭顺垂手，站立一旁，眼睛却瞧不停。

墨紫笑，外面的花花世界迷人眼啊。

说了要内园包间，领客的伙计面露难色，“客官，内园包间全订满了，大堂包间倒刚腾出一间来，透窗能瞧到园内的景和水榭舞台子，您要不介意，就在三楼。”

裘三娘见生意这么红火，乐都来不及，怎么会计较，让伙计带路。

墨紫则进内园去叫岑二来。

一进内园，有个认识的人上来，要开口，又有些犹豫。他正是屡试不中的赵亮，赵掌事。岑二的老爹调他到上都来，方便他应试。

“赵掌别来无恙，墨哥有礼了。”墨紫抱拳，“楼里这么忙，可别误你看书。”

“墨哥，数月不见，生白多了，我差点没认出来。惭愧，这书都在肚子里，就是一入考场就成了白汤。”赵亮看上去比从前精神，少了些腐朽的书生气，多了些成熟老练。“听岑大掌事说，墨哥帮我说了好话。拙荆说无论如何要谢你，请一定赏面到家中做客。”

赵亮说她生白多了，她差点笑出来。她打算再不涂色了，越躲，越不清静，干脆坦荡做人。

“上都气候养人，把我养成小白脸了。”墨紫哈哈大笑，“尊夫人相请，我怎能推辞？你定日子，我一准到就是。”

赵亮也笑，“黑也好，白也好，这爽朗的性格却终是墨哥。”

“赵掌，你胸有大志，何必怕了考场？难不成这考场中也有难应付的醉客蛮客狠客，随时对你大呼小叫？我要是你，就当考场不是考场，是咱们这望秋楼。你不是应试的秀才，而是赵掌事。再如你所说，终是你本人罢了。”

赵亮双手作揖，“在下受教。”

“岑二今日可在?”因她受伤，红萸坳的设计图交给他，让他找人开工，所以岑二两头要跑。

“在，正和茶香亭的客人们打招呼，我帮你去叫他。”赵亮如今升了官，是岑二的左右手。

“不是急事，东家来了，要吃过饭才走呢，你跟着岑二一道来见吧。”能见裘三娘的人选，都是经过岑二和裘三娘慎重考虑的，她只是代传。

赵亮至今未见过东家，听墨紫这么说，知道自己得了信任，自然高兴，快跑着叫岑二去了。

墨紫刚要回大堂去，突然瞧见一群女子从假山后说说笑笑地走出来，领头的是琴姑。

“琴姑姑，你的得意门生们表现如何?”但见女子们姿色各有千秋，但仪态和气质十分大方出众，显然是琴姑教导有方。

多数女子以为墨紫是男子，让他瞧着有些不好意思，纷纷低下头，在那儿窃窃私语。

墨紫隐约听到斯文秀气俊俏之类的词，对琴姑挑挑眉，表示自己有魅力。

琴姑懒得理她，回头对姑娘们说:“你们可别对她动心思，她是花花公子，爱玩爱乐就是不负责任。”

墨紫半张着嘴却不能反驳，琴姑这是在帮她遮掩女儿身呢。

“行了，行了，你们快准备上台。记住，葛秋只献艺，不献身心。你们喜欢谁，就得让人正经娶回去。”琴姑挥挥手，让葛秋们先走。

琴姑年轻时是名噪江南的琴娘，错信了男人，从此心灰意冷，断了嫁人的念头，专心教女子习琴。她最得意的学生自然就是裘三娘，谓之青出于蓝而胜于蓝。墨紫提出葛秋娘的主意后，裘三娘就请琴姑坐镇，培养出一批批优秀的葛秋来。因她

自己的经历，她就希望葛秋们能避开被男人骗的悲剧。为此，葛秋娘的生活作息会受到望秋楼的约束，除非是男客正式求娶，否则不能与男客私下见面。如果和客人偷偷相爱，不顾名分也要在一起，那么就得从此离开望秋楼。

“琴姑，我可是听说了你的秘密武器。”墨紫看那群葛秋走远，其中有一个穿百蝶裙的女子，自始至终没正面瞧她。

说到这个，琴姑眼睛亮闪闪的，“你说尘娘啊。告诉你，还真让我挖到宝。那嗓子唱起歌来，真是天上落雨、万山飞雪，美妙之极。”

墨紫笑着说好。

“三娘出得来了？在哪儿坐？”琴姑很想念这个弟子。

“在大堂三楼包间。”墨紫指指头上的楼阁。

“望秋楼大东家来了，却在堂间里。不过，她瞧生意那么好，应该不计较。”琴姑也很了解三娘的个性，“尘娘得上台，唱完就来，你让三娘等我，好久不见她，念得紧。”

这时跑来两个小葛秋，叫姑姑快去。琴姑急匆匆走了。

墨紫见她们的表演就在离自己不远的云歌台，正好也是岑二的必经之路，就索性过去看看。

云歌台是墨紫设计的，弧形构造，再利用瓷片和空间，成了天然的扬声器。云歌台前有专门听歌的小亭，据岑二传来的消息，得提前五六日预订，否则不可能有位子。可见，这音响效果还不错。后来又听琴姑说，尘娘的首次登场就是云歌台，她的音色让云歌台衬到极致，才有了天上落雨、万山飞雪的赞美之誉。

日后，无忧阁的人也依葫芦画瓢弄了一个，却远没有云哥台好。要知道，看似不过是个弧形，角度却要十分精确，否则失之毫厘，谬以千里。

站在路边，她能清楚听到凹处小葛秋们的合唱，真是空谷回音，很是悦耳。一曲毕，掌声不断。她能瞧见一些客人，都是华衣佩玉，男女皆富贵。

然后，陡静。一个女子莲步轻移，裙片上百蝶随之飞舞，没有琵琶没有琴声，低眸，启唇，轻唱。

词是你侬词。

音是珠玉落。

瞬间，摄人心魂。

她就是尘娘。

尘娘就是珍娘。

墨紫还来不及赞一声妙，就吃了一惊。双脚不由得往前走，没在意进入到客人区，直到有人把她拉住。

“墨哥！”岑二硬起头皮。

“岑二。”墨紫经他一拉，却冷静了，“珍娘怎么变成了尘娘？”

岑二瞧旁边亭子里有客人瞧过来，忙拽着墨紫掉头，压低了声音，“墨哥，别惊扰了贵客。”

两人走出云歌台，在路边寻了僻静处。

“岑二，你小子可以啊。我让你照顾人家姑娘，随她要走要留，你倒把人变成镇楼之宝了。”

岑二连喊冤枉，“墨哥，哪是我让她变的。这要怪琴姑姑，一日听到她唱小曲，就盯着不放。不过，首场登台，她是报答咱们救她的恩。谁想她真一夜就唱红了呢。如今，她跟咱们楼里签了三年——”

墨紫一瞪岑二。

岑二慌张摆手，“是她求我的，我一开始不答应，她就说要投湖吊树。事情是这样的：她那没良心的大哥让豹帮的人找出来了，徐九带了珍娘的哥哥亲自上我们这儿来，珍娘当然就出来见了面。林公子给她跪下，求她救他。那场面，你是没瞧见，真让人恨得牙痒痒。咱们给林公子的银子，全让他老婆一人独吞，跑啦。林公子没有了能力还债，原来的借据就得执行。要我说，干脆就断绝兄妹关系，死活不认这笔账。可林珍娘善良啊，当着徐九，说这钱她来还，让徐九放过她兄长。然后，就跟我求了，说只要我借她这笔银子，她就当葛秋娘还债。”

徐九按约行事，墨紫挑不出他的错。不过，林家大兄一直没担当，最终要他妹妹来还债，真令人心寒。

“墨哥你那时病着，我也不能跟东家说，就和琴姑姑商量。琴姑姑说，这么好的女子沦入烟花太可惜，不如借她银子，望秋楼也得个宝。我这才拿了一千五百两出来。徐九倒还痛快，拿了银子，留下林公子，还在咱们楼里吃了顿饭，给了钱，然后走了。这么着，珍娘就成了尘娘，可真不怪我。”岑二一脸没办法。

墨紫听了事情的原委，叹口气，这林珍娘的命不比自己好多少。不过，这么处理，总比林珍娘被兄长卖掉好。当下，便不再说什么。

两人绕出来，不料正碰上四处张望的林珍娘。她一见墨紫，立刻深深一福，“墨哥，请恕珍娘欺瞒了你。”

原来林珍娘刚才在台上看到了岑二和墨紫两人，唱完了忙出来找。

“你也是无可奈何。”墨紫穿男装，不敢相扶，“倒是你，怎么认出我的？”

“那日墨哥来时，我正瞧见了，只觉得面善，问过大掌事和姑姑方知自己眼拙。我怕墨哥不同意当葛秋的决定，会认为我自轻——”林珍娘已知墨紫是姑娘家，对于女子也能如此潇洒行事，很是感慨了一番。老实说，她能下定决心登台献艺，是深受了墨紫的影响。父母早亡，哥哥不成气候，她再不想畏畏缩缩孤影自怜地活着。

“你可能是误会了。葛秋这一行业本就是我的提议，我怎会看轻葛秋娘。珍娘也好，尘娘也罢，尘埃不落地，亦有高贵心。我佩服你踏出自食其力的第一步，更佩

服你有情有义。"外人看来，那种没有良心的兄长不要也罢，可对当事人来说，毕竟是同出一脉的至亲，要决绝很难。

"好一个尘埃不落地，亦有高贵心。"有人隔着一排花藤架子，鼓掌。

墨紫一听，这声音耳熟，是徐九？

果不其然，走出来一个魁梧的铜面男子，臂上扣一寸宽的银环，仍是豹纹。

林珍娘显然怕徐九，不由得退了一步。

岑二也直皱眉，以为对方再来惹事，想着要不要去找护院来。

"九爷这是喜欢上我们望秋楼的好酒好菜了吧？"墨紫不怕。那日在无忧阁，她已经表明了自己的立场，不见得是朋友，却应该不是敌人了。

"正有此意。说句实话，你可别说给无忧去听。这酒这菜，无忧阁比不了。还有，这椅子坐得舒服，景色也好看，叫伙计也方便，一拉铃——这都是谁想的？"徐九说好处，十个手指头不够数。

望秋楼一开，抢了无忧阁不少生意。墨紫知道，但两家毕竟有本质不同，长远来说，不存在威胁。

徐九说笑着，猿臂一捞，和墨紫勾肩搭背。

珍娘低呼一声，眼儿溜圆。

徐九误以为珍娘仍担心，啪啪拍墨紫的瘦肩，"墨老弟，这小娘子可是对你有意？怕我拍扁了你？怪道不肯嫁给霍老八。"

墨紫嘿嘿干笑。

"九爷哪里话？我墨哥小人物一个，哪值得这般如花似玉的姑娘？九爷来此，究竟是纯粹吃饭，还是来找人的？"

徐九继续勾着墨紫的肩，"来吃饭，也来找你。老弟，上我那间说说话去。"

岑二傻眼，心想这是直接掳人啊，就喊一声墨哥。

墨紫见徐九嘴笑眼不笑，知道确实有事，不过也不想单刀赴会，回头让岑二把赞进和臭鱼叫来，这才跟着徐九走。

"墨哥怕我对你不利？"徐九有点不满。

"不怕对我不利，就怕九爷有事要我兄弟几个效劳。"

徐九半眯一只眼，勾着墨紫的手臂一紧，又朗声大笑，"墨老弟实在是聪明，徐九我甘拜下风。"

"好说好说。"墨紫翻个白眼，要被他勒断骨头了。

"不过，我瞧着墨老弟你比起上回真是白了不少，可是敷了粉？"徐九垂头凑近了看。

到底是江湖汉子，行为举止粗狂不拘小节，说什么就做什么。

墨紫伸手拎起他一只手指头，顺势将他的大掌从肩上卸下来，在徐九疑惑开口前说道："九爷神力，我肩膀要碎了。"

徐九道:“你们这些文人啊,脑袋聪明,身子骨不经捏。”

他说起文人,墨紫就想起仲安了,自己才不是那种风流人物,摇头否认,“我不是什么文人,不过会读书写字。”

随徐九进了一间厢房,席面上还有一个人,她没见过。

“这是梅山,秀才,平时给我出出主意,不会武。”

梅山上回也在无忧阁,不过当时守在外头没进去。墨紫没留意他,他却见过了。起身作揖,叫一声墨哥。

三人入座。

“九爷,开门见山吧,这回又要我效什么劳?”墨紫也不跟他客套。

徐九欣赏地看着墨紫,“墨哥,上次你说过的那个法子,我怎么想都挺不错。如今万事俱备,只欠东风。我找你来,就想跟你借个场子。”

墨紫一听,就想看她上回说霍八好色,便设个跳进去就跳不出来的局,徐九用万事俱备来说,显然已经准备好了圈套。问她借场子?就是要在望秋楼里进行这事了?

“九爷,这事可由不得我做主。望秋楼我既不是掌事的,也不是东家。早知你问这个,刚才应该让岑二一起来才是。他,倒能说了算。”

“墨哥,这你可就不坦率了。岑大掌事那儿,还不是你一句话?”梅山既为徐九的谋士,还是有些智慧的。

墨紫笑笑,原来人家是打听清楚来的。

“九爷若不当君子,直接在望秋楼来上演这码戏,我能说什么,只怨倒霉罢了。可九爷开了口,就是给我面子,事先跟我打招呼。那我也得说实话。望秋楼刚开业没几天,出了这种事,谁家女子还敢上门?再说,万一官府迁怒到我们头上,封了店,便是今后再开,这名声也完了。我心里犹豫,所以怎能坦率,只好推搪。”

徐九喜欢墨紫这么诚实,“墨哥,正如你所说,这望秋楼你不是掌事不是东家,名声也好生意也好,与你何干?我跟你借,不过是想借此机会与墨哥交个朋友而已。你说不行,我徐九就绝不会硬来。全在你一句话。”

“敢问九爷,为何偏偏看中望秋楼?要说寺庙,集会这些都是不错的地点。明日七月七乞巧女儿节,便是王侯将相的妻妾们也可能出来游玩,不正是好机会?”

“不错,七月七,好日子。那女子五日前就订了你们望秋楼的包间听歌看舞,还要赏你们的烟花。”徐九也选中了七月七,“墨哥放心,事发之后,除了双方还有咱们,不会传扬出去。官府那边,墨哥不信我,也该信元大人,都打好招呼的。若废了霍老八,帮主之位我来坐,从今后,望秋楼的事便是我的事,谁敢来找麻烦?”

“九爷,望秋楼名声在外,倒也不怕江湖上的人来找麻烦。大言不惭地说一句,望秋楼若倒了,谁也开不出第二家这么棒的来。我不日就要搞个新营生,没准以后还真需要九爷帮忙,不知九爷肯不肯?”

徐九颇有兴趣,问道:“不知墨哥要开什么营生?”

墨紫直说:“船场。目前缺人缺客,正头疼不知如何着手。”

徐九果然对这行了解,“墨哥,开船场可不容易拿官牌,本钱大,限制多,不过能进去的,还没有不发财的。”

梅山眼明,笑道:“九爷,墨哥既然提了,想来许可牌子已经到手。咱们以后就是一家的了。”

徐九看墨紫笑,就知梅山说对了,于是爽快答应。三人喝酒一巡,相谈甚欢。

然而,墨紫没料到的是,此时此刻,却还有人看穿了她的真实身份,大吃一惊。

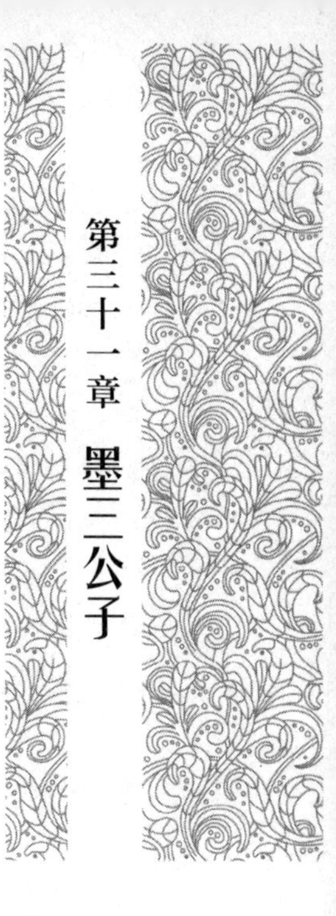

第三十一章 墨三公子

萧三在他的藏书阁里，沉思。

裘三娘病得突然，当时他光顾担心，未及深想。事后再来看，便觉有点蹊跷。裘三娘不是那种动不动就歪倒的娇弱女子，他也知道她为了祖母的大寿，忙得脚不沾地，却精神十足，面色红润，气色比闲着的时候还要好。然而，不早不晚，偏偏就在出成果的前一日得了急病，不是太赶巧了吗？再听墨紫一句有些东西也不是眼睛能看出来的，这暗示什么？

越想越觉着不对，他站起来，想去见三娘，却发现自己竟不知她的宅子在上都的何处，也不好问祖母和母亲，因为她们肯定不会让他去。

一时间，心烦意乱，就在原地转起圈来。裘三娘和从前那两个妻是不一样的，他知道。金丝这回沉不住气，甚至在他面前已经遮掩不住嫉妒，那么可能金丝先动了。如果这样，他就不能袖手旁观。

金丝啊金丝，为何不能满足，为何不能简单？便是他将来真爱上了一个女子，他也不会抛弃她啊。她终究是他年少时的可心伴侣，终究是他两个孩儿的母亲，于情于理，他都会善待她。只要她，千万，别让他心冷。

大门开了，他眯起眼，见光亮之中走来的，是他二哥，“二哥，你可是我咏古斋的稀客。怎的，来借什么书？”

“今天这么热闹的日子，大哥跟祖父和爹说要去山林子那边打猎，可找了一圈不见你永三爷，打发人到祖母那儿去请，却说你一早请了安就走了。你，便是这么勤勉，皇上也瞧不见。”萧二开兄弟的玩笑，不过目光微沉，似乎有心事。

“当一辈子的编修，挺好。”萧三狂狷，生性不求高官厚禄。

萧二怎不知他，语气一转，“你觉得挺好，弟妹也要觉得挺好才行。但凡妻子，谁不希望自己的相公有出息？”

“三娘不是那样的人，她嫁妆那么多，我看，要是哪天分家出去单过，我得靠她养着。话又说回来，她若是想我有出息，我还能积极一些。”

“听绿碧说，弟妹避静了？”萧二昨晚但想了一夜，决定要再亲眼确认一次。

仲安说，人有相似。虽说仲安没见过墨紫，但也许没说错。自己要兴师问罪，总该有十足的把握。要知道，那墨哥的厉害，他可是领教过的。只不过，若把墨紫的聪明和墨哥的能干放在一处，他想不出那会是两个人。怪不得，墨紫每说一声且慢，他心里就觉着怪异呢。

“可不是。不过是风寒急症，那劳什子的大夫说怕染人，要三娘出去养病。我说关了咏古斋，祖母和娘就不同意。三娘为了祖母的大寿忙上忙下的，平日也帮了娘不少，这病了就把她往外送，没点人情味，气煞我。现在也不知三娘病况如何，还有什么心思祝寿过节？”

“你如今知道疼妻了？老三，这回看来你是娶对了。”

“二哥，你还调侃我？顾着自个儿吧。等什么公主郡主进了你维风居，我倒要看看里面如何兴风作浪。我只有两个，你到时候有两双。”

“谁说我要娶公主郡主？我可不是你，读书读傻了，挑女人还要知心知情的。女人，就得像绿碧红罗，知道本分，对人体贴，不抱怨不计较。真要是公主郡主，也得对我俯首帖耳，乖乖地管着家养孩子，不然，我可不伺候。男子汉大丈夫，志在四方。儿女情长岂不让人耻笑？”

萧三也顾不得和二哥探讨，直向二哥打听三娘的宅子。

“萧旻带着他的人正护着呢。他刚来拜过寿，本来要走，让我半道截了，这会儿就等在大门口。如何，想不想瞧瞧你的娇妻去？”

“去，怎么不去？二哥，你跟我一起，不然娘会怀疑。”萧三再聪明，也不知道萧二这是借自己一用，反过来他还要借萧二掩人耳目。

就在兄弟俩正往外走的时候，突然急匆匆跑来几个管事小厮，给两人磕头。

“二爷、三爷，宫里来人了，说皇上有旨，老太爷老夫人让两位爷赶紧去呢。”

这种日子皇上下旨，一定是喜上加喜的事。萧二、萧三自然不敢耽搁，连忙往正堂去了。

鞭炮声突然震天响，噼噼啪啪热闹了好一阵。

墨紫撑着胳膊肘，耳朵里嗡嗡作响，心道这敬王府财大气粗，办个寿酒，鞭炮要用掉几百两银子。

墨紫不在别处，正在元澄家做客呢。同席的还有徐九和赞进。

自从上次大难不死之后,赞进便跟着墨紫不离寸步了。

“大人,敬王府那边刚接了皇上的旨,升萧老太太一品至善夫人,升敬王爷如夫人卫琼玉第一侧妃,着萧家六姑娘萧明柔九月入宫选秀。”

徐九啧啧说道:“萧家这一外姓王比武姓王侯还受宠,一个老太太过生辰,皇帝升这个,封那个的。萧家女儿若被选入宫中当上贵妃,那这家的荣耀算是到顶峰了。”

墨紫眼前浮现出萧明柔那张沉鱼落雁的小小芙蓉面。生得那般美,又生在敬王府这样的人家,只是——

“十七岁娇柔美丽的姑娘家陪五六十岁的老头,这也叫荣耀?”

徐九噗地喷出一口酒,大声说道:“墨老弟,这话你也敢说? 我服了你。”

元澄握手成空心的拳,略挡抿弯的唇,“墨哥,大周皇帝今年四十才出头,正当壮年。萧六姑娘若能受宠,实在不算委屈。”

墨紫轻轻喊了一声,十分不以为然。

这时,梅山匆匆入堂。

三人等的消息,终于来了。今天,望秋楼有一场为霍八爷摆下的龙门阵。

“梅山,事情如何?”徐九急切地问道。

墨紫却发现梅山脸色不太好,有点冒虚汗,脚步踉跄。莫非……

“九……九爷,八爷他……”梅山嘴唇微颤。

这下,便是徐九也瞧着不对,力喝一声:“快说,老八他怎么了?”

“八爷他挂了。”终于,梅山站不住,双腿一软,跪在地上。

墨紫腾一下站了起来,禁不住问:“霍老八死了?”

“放屁!”徐九掀了他面前的席面,杯盘碟盏,翻碎一地,“咱们给他弄的是美人计,又不是夺命计,即便是当官的,也不可能斩立决。”

“不是官府的人,而是礼王府小郡王武连祁的亲随。”

“武连祁怎么也去了?”徐九一愣。

“不但武连祁,还有他亲妹清池郡主武幽燕,兄妹两个一起跟着婵娘来的。本来,我想今日这局是不成了,哪知婵娘和郡主去云歌台的路上,还是碰上了八爷。清池郡主天下国色,八爷见了,怎能放过? 几句轻浮话说完,竟要对清池郡主动手动脚。清池郡主自然喊人,武连祁带人赶到,一怒之下说出他们的身份。八爷知道后,求饶也晚了,奋力一拼,想逃出去再说。武连祁的亲随都是一顶十的高手,人数又多,没几回合就将八爷刺个当胸透,连带八爷的心腹,全部斩杀。”梅山一口气说完。

徐九双眼发直,身体摇摇晃晃,颓然坐下,喃喃道:“怎会如此?”

他的本意,只想霍八得罪高官,上官府的黑名单,就此失去争帮主之位的资格而已。但他根本没想到,霍八竟丢了性命。霍八固然不是什么好人,可两兄弟到底在一起奋斗多年，他并未狠毒至此。

“九爷，请节哀顺变。霍八是老帮主的义子，白发人送黑发人，本是最伤心之事，更何况老帮主已病重多日。唯今之计，还是要赶紧回到帮中支持大局才好。”元澄依然端坐着，神情不变。

墨紫眸子眯了眯。

“是啊，九爷。如今能率领帮众的，可只有您了。您得赶紧回去，免得其他人一时冲动找礼王府的麻烦，酿成灭帮的大祸啊。”

徐九再度霍然站起，哀恸的神情已坚毅，掀袍就是大步，边走边对元澄、墨紫拱手，“二位，徐九先去处理此事，改日再谈。”

梅山爬起来，给元澄长长一揖，忙跟在徐九身后。

待徐九走得没影了，墨紫缓缓盘膝而坐，望着元澄。

后者笑着回望她，“墨哥有话请讲。”

“徐九说，婵娘去望秋楼的事是你一手安排的，你和婵娘的关系是——”

“旧识。”

墨紫撇撇嘴，他的旧识还真多，“婵娘可知她要扮演的角色？”

“自然。”

“她既然知道要发生什么事，为何带着郡主去，却不通知你事情有变？如果跟我们说了，今日霍八就不会死。”

“一切照计划行事，哪来变故？”元澄双眸沉如子夜。

墨紫手一摇，酒泼湿了暗红的桌面，“元澄，这计中的美人原来是郡主？”

“婵娘不过是一小小姬妾，礼王便是再宠她，为她得罪江湖帮派，也需三思而后行。然，武幽燕则不同，郡主身份高贵，且深受父兄疼爱。霍八若有眼无珠敢在她面前放肆，那他的命也是到头了，怨不得旁人。”不错，婵娘只是个穿针引线的。

“这局若不成，下一次，下下次，再设局，总之霍八得死？”墨紫这才明白，元澄和徐九想的根本不是一道。

“墨哥以为霍八这么笨？这局若不成，死的就是徐九。自古成王败寇，你死我活，而徐九若留霍八性命，他日必成祸害，便是你我都会受到牵连。”

“你怕徐九不同意，连他都瞒着。那梅山却是知情的。”墨紫能看出梅山临走时对元澄感激的一揖，“此人忠于徐九，将来把真相告诉徐九，你不怕徐九跟你翻脸？”

元澄哈哈一笑，“梅山私下求见了我，想对霍八斩草除根。徐九讲义气，不愿看兄弟丧命，可墨哥你莫忘了，他亦有野心。此刻，他因兄弟之死而伤怀，日后，他成为豹帮帮主，即使知道真相，难道还能当众承认他曾算计过自己兄弟不成。再说，他徐九跟我翻脸，我为何要怕？我与他之前不相识，他送我重礼，我应他所求，帮他一次罢了。他不曾说过要保霍八性命，霍八死也罢生也罢，总之豹帮主位已是他囊中之物，目的顺利达成。”

墨紫觉得脖后颈吹凉风，她是不是天真了，自愿与元澄为伍？在他的眼里，似乎别人的命都不值钱啊。

“墨哥，未必保对方的命，就不是相残。徐九既然有意，就干脆狠心，否则害了自己，还落个居心叵测的恶名。”元澄走上前来，弯膝躬身，为墨紫斟酒一杯，亲手端给她。“为你我今后共坐一条船，敬墨哥一杯酒。墨哥要经营船场，若需我帮忙，只管开口便是。”

墨紫嘿嘿笑，“这忙，可要我送重礼才帮得？只是，我穷啊。”

“墨哥怎把自己与那些上门求我的人相比？墨哥为我友，我亦为墨哥友。友者相帮，这头礼自是不用，事成之后，谢礼就行。”元澄却笑得那般清澈。

“我不懂规矩，敢问这谢礼怎么个收法？”

“没有规矩，就看墨哥对我的感激程度了。人说，心意心意，心里的意思而已。”元澄拿了个空杯，倒满，与墨紫碰杯，一饮而尽，“墨哥看着办就是。”

这时，铭年来报，说车马备妥，可以出发了。

“听说明善寺的十里灯河远近闻名，乞巧节最为热闹。若觉得我府里闷，墨哥又正好得空，可愿与我共游？”

墨紫想想，这会儿回去，估计别院里也没人。十里灯河听上去很不错，跟着元澄，应该吃喝不愁。她身着男装，又从不在意男女有别，于是点头答应了。

出了元府，墨紫与元澄同车，看到华衣带出一队人马，个个精神十足。

“这些都是千牛卫？”

“墨哥好眼力。”回得也自然。

墨紫坐在一头，车中的光景，恍若当初救元澄出城时。

“你如今虽不再穿着囚衣，倒还不如穿囚衣坐在我车上时自在。不过，待遇好，你可别掉以轻心，什么秘密都交代出来，总要留几个保保命。”

元澄暗叹她心思缜密，脸上却云淡风轻，问她可喜欢猜灯谜，要不要比谁猜得多，随口聊起闲话来。

夜色铺开墨纸，画星辰如河，结玉带成桥，璀璨一片。

这是什么状况呢？

墨紫身处在万灯之上，无心赏景；面对两位美男子，有点头疼；一脚在岸，一脚在船，进退不得。

话说她和元澄结伴出来溜达，到了明善寺对面的十里河。猜灯谜，总比元澄慢一拍；套圈圈，元澄总比她差一点。你赢一盘我赶一盘，两人不分上下。墨紫还挺讶异，和元澄这样的人玩起来，竟然也有意思。

什么都玩了一遍，墨紫见河上好些船舫，就想坐上体验一番，日后船场开工也好作参考。打听了半晌，方知今日的画舫都已满客，不过有一个包船的客人，愿意

与他们共船，费用各担一半就成。这时，跟着元澄的好处就显出来了。对他来说，包船的费用自然不是问题。

于是，几人到了河岸码头。当华衣指着一艘中等大小的画舫时，墨紫挺满意。眼睛睁大，边走边瞧，仔细打量着构造，一脚才踏上跳板，进退两难的状况就发生了。

"我道谁这么大方？百两的包船银说出就出，原来是元大人。"明堂堂的舱内走出四五个人来，正中说话的那个白银色的绸衫暗金色的腰带，绣的是金山银海玉树花。随着他走一步，一身光彩乱放。手上那把扇子，换了。扇骨依旧纯金打造，但扇面只有一正一背两个字——金银。发高束成髻，以一顶大小宝石镶成的冠扣住，留一缕在颊面旁，用金色丝线扎成三段。

金银这个人，每次出场都不会允许别人忽略他的富贵，再加上他身后那对可爱无敌的双胞胎，令随之跟来的，原本一双如花似玉的美人儿黯淡无光。

元澄温和一笑，"我虽然大方，怎及金大少这般富贵？这一身的行头，恨不能把全部家产都穿上，怕人偷走不成？"

金银也回以咬牙切齿的一笑，"我不比有人表里不一，看着衣服黑不溜秋很素淡，却是冰蚕丝织的，一朵花一片叶天下第一绣庄庄主亲绣。你要是给我当小厮，比百两、千两值钱多了，少不得要叫你万两。"

元澄再笑，"总比有人捧了白花花的银子上门去求，却求也求不到的好。不过，金大少眼神怎么不太好了？我这黑衫，五两银子而已。冰蚕丝，不是在金大少身上穿着吗？何必嘲笑我这等落难之人？"

"你又何必谦虚？像你这等人，叫破船还有三斤钉，浑身抖一抖，丁零当啷，还都是价值连城的钉子。"

墨紫一听，这位惦记着珠子呢，还浑身抖一抖。

元澄正要开口，就听一声——

"停！"墨紫要上不上、要下不下的姿势摆累了。"今夜良辰美景，相遇也是缘分。元大人劫后余生，我是初来乍到，既都与金大少识得，金大少便尽一次地主之谊。谁知那明年今日，你我他三人会在何方？我瞧二位虽然斗嘴，却不似有深仇大恨，倒像亲兄弟闹意气。人生苦短，今朝有酒今朝醉，可好？"墨紫说得爽朗万分。

"谁跟他是亲兄弟？"金银低声嘟哝一句。

"不是亲兄弟，是结义兄弟。"元澄往跳板前走近。

这回，墨紫差点掉下跳板，直接跳水了。这两人说话这样，神情那样，是结义兄弟？

一双手伸过来，扶了墨紫一下。

墨紫一看是元澄，连忙谢他。

"墨哥，小心看板。金大少只喜在自己身上花钱，对其他地方却吝啬。这跳板就比寻常的画舫要窄一半，能便宜他一半银子。"元澄慢条斯理地说道，见她站稳了，便放开手。

“元澄，你管我吝不吝啬，先管好你自己的爪子，别乱占人家墨哥的便宜。”金银气歪了，快步过来，拉墨紫一把。

墨紫失了重心，往前栽去。

金银好整以暇，张手要接。谁知眼前已经没了墨紫的身影，听百两、千两欢呼一声姐姐好本事，回头就瞧见墨紫翻跟斗站起。

元澄搭了手过来，借撑金银的胳膊，“好兄弟，多谢。”

金银立刻收回胳膊，“元澄，谁是你兄弟？要做兄弟，珠子卖给我。”

元澄不理他，对双胞胎兄弟招呼，“百两、千两，我身后那个功夫很不错，想要切磋找他。”

“大公子，真的吗？”今日，黄衫的是百两。

“大公子，有多厉害？我们两个一起上，打不打得过？”棕衫的是千两。

两人梳着侠客儿的马尾，神采奕奕的笑脸模样。

“这我就不知道了，你们试试去，打不过别怨我。”

墨紫正在拍身上灰尘，听百两、千两称元澄大公子，心想这结义兄弟之说看来不虚。

华衣还没反应过来，就见百两、千两四拳呼呼成风，转得跟轮子一样，对面打来。令他吃一惊的是，这两个小子看着年纪轻轻，身手却相当不错，拳风带气，身形如电，竟有不输于江湖老手的内劲。他不使出点本事，还未必对付得了。

三人上蹿下跳，前后绕着较量，好在是过节，别人眼里就跟嬉闹杂耍似的。等墨紫几个在舫中坐定，还能听到两边的叫好声。

“真不知你给了两个小子什么好处，大公子大公子叫个不停，我拎着他们的耳朵也没用。”金银为自己斟酒，“哪有这样的大公子，污了我三颗珠子？”

“这话从何说起？明明是你送给我的，怎么变成我污了？金大少未免小心眼，亏我收了你的礼，办妥了你的事。一个‘谢’字没有，还让你数落。早知如此，这兄弟不结也罢。”

金银又哼，“若不是当日喝多了，分不清东南西北，谁要与你结为兄弟？”明明比自己小，却当了大哥。若不是有书为凭，打死他都不信。

“金大少若想割袍断义也不是不行，就照当初说的，兄弟不成，买卖两分，你把金银钱庄分我一半就是。”元澄无所谓。

墨紫啪一拍桌子，站起身。

元澄和金银同时看过来。

“你们兄弟俩的事，我一个外人掺和着，不合适。”墨紫需要新鲜空气，“你俩慢谈，我看花灯去。”

不待两人说话，她大步走出船舱，却见华衣跟竿子一样站在门口，就问：“谁输

谁赢?"

华衣的视线落向不远处。

墨紫就见百两、千两背靠背坐在地上喘气,当下明白这华衣的功夫十分了得。

谁也不扰,她坐在船沿上,看河岸两边的花灯。每一盏灯就承载着一个心愿,那么没有花灯的人,能不能实现心愿呢?

墨紫走后,元澄冷冷地吩咐两个又忙倒酒又不停抛媚的艳姬下去。

瞧那两人一步三回头地离开,金银垂眸盯着手上的宝石,凤眸敛了笑意,"你同以前一般无趣,美人当前视而不见。元澄,我以为你死了一遭,该看开了才对。也许,是你对某人动了什么歪念。若真如此,我劝你,正了得好。"

元澄不以为意,他对美的东西从没有过分的欲念,也知金银所指的某人是何人。他对她动了歪念? 为什么不? 一个他从未遇到过的,如此聪慧的人,虽为女儿身,却能与任何男子相匹敌。他有时甚至想,失去一切的代价,若然就是为了结识这样一个人,那么很是值得。他的过去,登至顶峰,看似都是他的,其实不是他的。他的现在,身无长物,一切需要从头,但他突然有些倦怠,唯有她,能得他全副心神。

他向来情淡心高,自私到只在乎他一人的生存。他多半是喜欢与她为友的感觉,亲近时悦之,疏远时浅之。

她对他,没有女子那种痴迷的目光,态度坦然率直,话语关心而不过,也无关男女之情。这让他,很自在。

"金银,对她,你似乎知道不少。可惜,你说晚了一步。"

金银顿时抬头瞠目,"元澄,你……今日七夕,我就说你怎与她同行。那丫头聪明得不一般,你用什么手段骗得她死心塌地? 莫非是下药?"

元澄嘴角一撇,有些嘲意,"金大少自己的心思何必套用到我身上?"

"那你是什么意思?"

"我与她以友相交,需要时,赖彼此一傍。"

"元澄,你可知她是何人?"

"她想告诉我时,我自然便知道了,何必多问。"元澄一直对墨紫的谜团有好奇,但不迫切。墨紫便是墨紫,无论如何,她展现给他的一面,不曾虚伪,那就够了。

"我来告诉你,如何?"今夜金银看到墨紫的真面目,终于确定之前他的感觉不错,这个墨哥,这个墨紫,便是他当年遇到的小姑娘。

元澄站了起来。

金银一愣,"你不想知道? 为何? 你从前与人打交道,非摸清对方的来龙去脉,否则绝不收其礼办其事啊。"

"那等我要收她礼办她事的时候,再来跟你打听就是。"

"元澄,别告诉我,你变成好人了。"

“金银，那三颗珠子是你自愿送给我的，我收了它，你在南德钱庄之中一家独大，其利远过它的价值，可是如此?”

金银不敢高声，撇撇嘴，“那也是因为你知道我手上有这宝贝，暗示我送给你，才替我打通所有关节的。”

“不错，我自己掏腰包二十万两，将一切打点妥当，这珠子可不是白收你。你以后要再拿这事烦我的话——”

“是不是就把珠子卖给我?”金银眼睛一亮。

“我就让你金银钱庄在南德收摊。”

这句话要是换个人说，金银根本就不会放在眼里，他也不是一点势力关系都没有的人，几年下来，他的钱庄在各国屹立不倒，自然水深得很。可如果元澄这么说，他就得在心里哀叹，怎么斗不过这家伙呢?

“而且，我也知道你为何想把珠子收回去，只不过那些传言不实，你还是别信的好。”元澄很清楚金银的执着为何，但他觉得可笑。

金银一凛神，“元澄，还有什么是你不知道的?”

“我自己。”元澄又指指外面那个看花灯的，“还有，她。”

金银也站起来，如果元澄和墨紫都在甲板上，他一人独坐有何意思?

“元澄，你究竟是什么打算?”一道大赦天下的圣旨，莫名其妙；他堂而皇之地当官，莫名其妙；还有精兵强将相护，莫名其妙；和墨紫突然友来友去，莫名其妙。

“金银，你呢?”元澄反问。

两人一黑一白，一素一金，极端得不同，却又奇异得和谐。

“玉陵破国，你又待如何呢?”元澄再问，墨眸让灯火映亮了。

“老的早该死，小的是废物。我盼这一天很久了，你说我待如何?”金银妖艳的神情突然消失，取而代之的，是一抹残酷的笑。

“原来你我她三人，都是不知了前路。”元澄玉色的面庞真正温润，“你若少说些漂亮话，三人暂时同行一路，便是天下，也是唾手可得。”

金银怔在当场。便是天下，也是唾手可得?

金银望着前面两个人的背影。一个曾经权势滔天，身负家仇，居然倾国报之。一个躲在影子里，身怀绝技，已经令一国覆灭。而他不是自夸，他若是赖天下人的账，绝对富可敌国。大周如今是幸数还是劫数，竟得看他俩的心情了?

这么想着，就当是很有趣的笑话，金银禁不住笑出声。他快步上前，招手叫那卖灯的船家靠近。

“墨哥，挑最喜欢的，我送你便是。”他有今日，多亏得她赠言，一盏花灯只是开始。

墨紫见两人一下子对自己都挺好，大方受落，不过她有疑问，“金大少如何一眼就认出我了?”

“你我从前见过面,怎会认不出来?”金银嬉笑着,不摆正经面孔。

墨紫以为他说的是在钱庄里见过两面,就当他眼神好,毕竟自己也只是往脸上敷些暗粉,五官没变,认出来也正常。她遂不再问。

元澄在一旁优哉游哉地说:“墨哥,难得金大少慷慨一回,你记得挑最贵的,顺便送我一盏。”

金银实在没法不还口,“我对墨哥慷慨,又不是对你慷慨。再说,像你这样的人,千万别放灯许愿,那就是为祸苍生的。”

墨紫苦笑,索性直言,“二位要吵,别对着我耳朵吵。既然是结义兄弟,互相让让吧。这么下去,就算放灯,什么心愿也成不了。”

元澄没言语,金银也无声,冲着墨紫,休战。

放了花灯,三人接着喝酒,不知聊起什么,突然挺投机。还叫百两、千两拿来文房四宝,写了什么,又烧了什么。墨紫头一回喝那么多,醉得糊里糊涂,趴着桌子就睡着了。

在晨光熹微中醒来,金银不在,元澄也不在,她是卧在软榻上,怪不得睡得舒服。揉眼上甲板,看见船已经靠了岸。突然见身旁杵了个高影,墨紫吓了一跳,忙瞧过去,说道:“赞进,你怎么也不出个声?”这位仁兄,昨日在元府里吃喝太多,上车就打盹,她也没叫醒他。

“墨哥,你该叫醒我,万一再遇到打劫的,怎么办?”

“在船上,哪来打劫的?”墨紫准备下船,她看元澄的一辆马车还在,就问,“人都走了吗?”

“都走了,不过大公子二公子看你睡得香,就让我等你醒了再下船。大公子还留了一辆车,我可以把你送回去。”赞进跟在墨紫身后。

墨紫听得很别扭,“什么大公子二公子的?赞进,你不用对他们文绉绉的。”

“墨哥,你既然跟他们结拜了兄弟,我这么叫他们没错啊。百两、千两就叫你三公子。”

谁跟谁结拜了兄弟?什么三公子?!

墨紫没让赞进送到门口,她酒喝多了,脑袋不清醒,又处于极度震惊之中,也找不到人问个清楚,郁闷得没法说,所以需要走段路缓缓气。

从隔壁院子走暗道,出了一间厢房门,揉着太阳穴,在那儿长吁短叹,突然撞到了什么东西,对她要炸的脑袋雪上加霜,立刻抱头蹲地呻吟。

“墨紫!”一声关心的惊呼,发自白荷。

墨紫这时一手改揉额头,一手举起摆了摆,“我没事。不过,白荷,你什么时候变那么结实了?硬得跟石头一样,撞得疼死我了。奶奶起身了没?”彻夜不归,她心虚。

"你说呢?"萧三的声音。

"姑爷今日来得好早。"墨紫说完之后,一愣。唉——这不是默知居,为何能听到萧三的声音?

抬头一看,双眸不由得一睁一眯。

裘三娘寝房门前的园子里头,四大丫头将坐在亭子中的裘三娘围住,花丛间站着两个男子,一个是萧三,还有一个是萧二。她好运撞上的,正是年少得意的将军萧二郎。

坏了,她可穿着男装呢。拿出低眉顺目的本事,心里开始想借口。她不是从外面进来的,直接说跟白荷她们闹着玩儿就行。

"墨紫,你这身男装打扮,是打哪儿来?"不是萧三,是萧二,隐隐有怒不可遏之气。

"二伯这话说得有意思。"铮——裘三娘拨一下弦,"这么多双眼睛瞧着她从屋里出来的,能从哪儿来?"

"禀二爷,今早起来姐妹们闹着玩,我输了要换男装走一圈呢。"墨紫垂眼看地,不瞥萧二一眼。她还很笃定能混过去。

"闹着玩?"萧二声音很冷然。

"不是闹着玩,难道墨紫还真是男人不成?"裘三娘则在冷哼。

萧三不吭声。他紧紧盯着裘三娘,仿佛在找那些大夫说得凶猛的红疹究竟在哪里,明明肌肤胜雪,如花一般的容颜这两日不见,反而更娇艳了。

他和二哥一进这宅子,就让人堵了。有个叫田大的管家赔笑脸说三娘养病中不能受扰,又使眼色叫人往里报。没想到二哥立刻喊了萧旻把仆人们都扣在前院,拉着他就往里走。听到明若动溪的琴声,他直觉不对。再亲眼见到三娘和她的丫头们笑得好不开怀,那瞬间就很明白了。

他刚问了句怎么回事,裘三娘还没答上,另一间房里就跑出个长衫男子来。还好白荷及时叫了一声墨紫,不然他可能会如二哥那般极怒。

萧三想到这儿,心中很奇怪,三娘装病,为何二哥面覆寒冰,说话语气他听着都有些发颤。二哥自幼随父练武,十六岁便随军出征,十七岁手下就有兵,因此不苟言笑,但他也不曾见过这样可怕的表情。再看一眼身旁的二哥,发现二哥怒瞪的是女扮男装的墨紫。

"弟妹。"萧维对裘三娘也不太客气。墨紫就是墨哥,裘三娘就是望秋楼的东家,还有走私船的主使。这样胆大包天的女子,竟然成了自己的弟妹,他真是无话可说。

"二伯,你莫非想请人验明正身?"裘三娘一直有心理准备,墨紫会让萧二郎看出来,只不过没想到这一天来得这么快,可她脾气不小,当然就不肯示弱,"这么不信我所说,难道我和这些丫头会跟一个男子住在一起? 别忘了,我们还同坐一条

船。二伯，你有眼睛，应该看得很清楚。”

“我自然知道她是女子。”只是这女子在他面前隐藏如此之深，令萧二有一种被愚弄的盛怒。

“既然这样，就别抓住她女扮男装不放了。”裘三娘将目光转到萧三身上，“我想你三弟还有话要问我呢。二伯无事，就请自便，瞧你闯进来挺容易，我就不让人送你了。”

萧三拧眉，他和裘三娘在一起时，多是琴棋书画的雅事，瞧见她如此犀利的一面还是第一回。

“那可不行，我得借你的丫鬟一用。”

裘三娘哈哈一撇嘴，“我若不借，又怎样？”

“弟妹还是答应的好，这样问题便容易解决。”

“奶奶，我看二爷是误会了，不若我送二爷出去，也可以解释清楚。”墨紫觉得今日萧三得一个刺激就够了，再来一个恐怕会受不住。以她看，萧三见裘三娘装病，却不像萧二那样摆脸色，可见能争取一下。

裘三娘看墨紫一眼，后者微微点头，就说：“那你得小心送，二爷今天心情似乎很糟，千万别受池鱼之殃。”

萧二面色冷沉，转身便走。

墨紫跟上去，已经管不了她身后那对小夫妻。

裘三娘买的这园子，也是景致好，小桥流水的，走在其间，很是闲适。不过，跟在一条喷火龙的后头，墨紫闲适不了，还累得慌。

“看来真如奶奶说的，二爷认得路。不如墨紫就送到这儿，二爷自己走吧。”墨紫刚停步，就见桥那头的萧二转身飞起，竟然又是那把吟月剑，对着自己直刺过来。

凉飕飕的风，贴着耳朵吹。剑鞘在阳光下，散发森冷的光芒，压在她的肩头，沉甸甸。又只是吓唬她而已？

墨紫直望进萧二郎的眼里，身形分寸未动，“二爷，这是何意？”

“让墨哥你别再装腔作势之意。”萧二将剑收回，始终冷面，“若是普通丫头，早被吓死了。你跟人闹着玩，一说话却浓浓的酒气？”

墨紫笑了起来，神采飞扬，“二爷好不莫名其妙。请问二爷，你可曾问过我是不是墨哥？二爷说我装腔作势，难道我应该跳到你面前跟你说，萧将军，我墨紫就是墨哥，你怎么认不出来？二爷若当初在船上开口问我是否女儿身，我必承认。走船男装方便，一船的兄弟都知道我是女子。认出我是女子的人多得是，我从未否认过。二爷自己瞧不出来，如今却觉得上当受骗，冲我们发怒，未免小气了吧。”

萧二这辈子只被教训过两次，两次居然是同一人。他火大，但对方一点不惧。

“二爷下船时，我们说清楚了，私货买卖不会再做，也请你别找望秋楼和我东家的麻烦。二爷若是一言九鼎，就该信守承诺，对所有人保守秘密。否则，别怪我四处宣扬，萧将军偷入南德私——”见萧二的眼睛让她的话激得冒火，就适时收口，“二爷，你终于能认出墨紫来，墨紫也跟你直认了，我就是墨哥，墨哥就是我。你和裘三娘如今是一家人了，一家人不说两家话。何况，既然都有不光彩的前尘往事，何不一笑了之？”

明媚的夏日，不适合宿醉的人来欣赏。

墨紫当着萧二的面，手挡着太阳皱眉抚额，晒得有点头昏眼花。

“二爷，或要我送到门口，或打发我往回，但说一句话，好过这大太阳里热辣辣，没火都起火。”

萧二瞧着这一身青衫，目中无人的女子，真是不知道该为她的勇气喝彩还是生气。

“莫非你以为这是在你的船上，能命我滚下船吗？”

裘三娘装病出来，墨紫扮男装替主打理望秋楼。萧二这么理解。不过，他是不会再让这对主仆乱来的。身为女人，就得好好在家待着。外面的营生，就算是裘三娘的嫁妆，也轮不到她手底下的一个丫头来管。祖母和母亲都有丰盈的嫁妆，外头管事一大堆，按月进府禀事交账，根本无须出门亲理。

“墨紫不敢。”

“你的确不该，记住自己的身份。如你所说，以前的事我信守诺言，可以不再追究。不过你和你主子现在是萧家的人，就要守萧家的规矩。像这等装病还私自出门的事，今后不可再有。你挺聪明的，难道不知什么是为了你主子好？事情若让长辈知道，你主子在府里受宠的局面将一去不回。别忘了，你与你主子，一损俱损，一荣俱荣——”萧二教训着，却发现墨紫的神情越来越凉淡，他突然说不下去了。

“二爷说得是，墨紫以后会多劝奶奶。”墨紫再度恭敬地垂下头，柔声说道，“二爷请走前，墨紫送二爷出门。”

当墨紫将姿态摆低到他挑不出毛病时，萧维心中更气。

“二爷，还有话请只管吩咐。”

萧二一个字都说不出来了。他再也不说什么，大步往前院走去。耳里，她的脚步声，不疾不徐，不远不近。在他听起来，实在烦心到极点。

大门前，他一张黑脸，令好友萧旻开口问什么事。他本想敷衍，正听那脆生生一声“二爷好走”，一回头，还是听话丫头的乌黑脑袋，气到上马挥鞭，连萧旻都不理了。

马蹄声远了，墨紫缓缓抬起头来，明眸闪闪发亮，淡淡一笑，转身进门。

墨紫往回走，却没有到裘三娘那儿去凑热闹，绕到花园的另一边，回自己的屋子和衣蒙头大睡。那里有四个大丫头，若是搞不定萧三爷，裘三娘还是别回王府了。

再醒来，是因为有人在她屋里说话。一开始没吵她，后来嗡嗡得频密。她一翻

身，就当她已经醒了，用手来推。

"墨紫，发生那么大的事，你怎么跑回来睡觉？"四个丫头里，最爱聊八卦的，非绿菊莫属。

"绿菊，发生那么大的事，你怎么跑回来吵我睡觉？"

裘三娘装病才两天，便让萧三逮到了。看萧二气势汹汹的架势，墨紫怀疑极有可能是萧二发现她和墨哥是同一人，才拉自己的弟弟一起来求证，不然他这个二伯爷可不能单独上门。真不知，她是怎么让他拆穿的？府里见不到面，只有是在外面——望秋楼吧。

睁开眼，看见绿菊双手叉腰，一脸她不起床就不罢休的样子，于是起身胡乱擦一把冷水脸，拉了拉长衫。

"你既然能跑来，事情应该解决了。"她走到外面看看日头，正是晌午，"我出一趟门，你帮我跟奶奶说一声，吃过晚饭回来。"

绿菊听了起急，忙拽她回屋，伸头探探外面，关上门，"我的姑奶奶，事情都这样了，你还敢往外跑？"

"事情怎样了？"依她看，萧二还不至于跟萧三揭裘三娘的底，所以对萧三而言，就是装病出府这么件事，顶多抖金丝雀的干娘出来。

绿菊一得顺风，立刻把她走后的情形说了一遍。

萧三问裘三娘为什么装病。

裘三娘就说她不装病就会有人接着害她，还叫小衣取了药包来分给萧三一点，让他自己到药房里去问。

萧三有点生气，问裘三娘为何不把事情原委早点告诉他。

裘三娘说那种场合下，便是有人证物证，最多就是指出某雀的干娘来，弄不好她自己还会被倒打一耙，说她栽赃陷害苦肉计什么的。她惹不起还躲得起，不得不装中了对方的毒药，出来避难。

萧三不但拿了物证，还听了人证的说辞，气得直说要回去问金丝。

裘三娘让丫头们拦住他，说他这么直接，对方怎会承认，还不是用脏水来泼她，真不济就牺牲了干娘，日后对自己更怀恨在心。

裘三娘最后说，这事她不想追究，就托个病，在这里养上一两个月再回府里。到时候，他对她冷淡点疏远点，某雀自然不会再找她麻烦。他若是觉得是她耍心眼故意冤枉金丝，也无所谓。横竖，她不回府。有本事，他写一纸休书，她下堂去。

绿菊说，当时姑爷脸都红了，气得指着奶奶说她没道理，他未曾怀疑过她耍心计冤枉人，怎么就说到休书下堂去了。

绿菊又说，姑爷好像真被激怒了，竟推开她们几个护身丫头，拽着奶奶进了屋子，说要单独说话，谁都不让进。等一刻钟，两人再出来，姑爷让红梅回府拿他的东西，说三娘住在这儿多久，他就住多久。红梅和白荷就劝，说这么做，老夫人和王妃那儿定然不允。姑爷就是不听。奶奶也一点没办法。

总之,绿菊打定主意,要墨紫坐镇。墨紫却不肯。这些日子意外一桩接一桩,又因为她受伤大半个月,船场那边虽然已经在起房子,船工没一个,生意没一单。一年期限转眼到,她若是再耽搁,这辈子都要替裘三娘卖命了。

"绿菊,回去跟白荷说,王府那边有什么事,自然有姑爷挡着呢。"萧三要没这个本事,裘三娘下堂也好。

绿菊歪着脑袋,她心思简单,当然无法理解,"墨紫,你如今懒了。"

不是懒了,而是野了。裘三娘许她掌事之职,将她送到竹林小院之时起,就等于给了她一双翅膀。一日不飞,就闷得慌。

"好绿菊,我真有事,关系到咱们奶奶祖业的大事,这可比防着王府那边紧要。你想想,万一奶奶真拿了休书,咱多一条财路就更不怕单过。"墨紫知道绿菊胆小,故意说得很严重。

绿菊一听,呸呸两声,"墨紫,可别说这种话。咱们奶奶比谁差了,凭什么拿休书?要休,也是那只金丝雀。你领着奶奶的命,我差不动,跟白荷告状去。"

第三十二章 日出东升

红荚坳已经有点变样。

本来石碑界的地方杂草丛生，现在清理得干干净净。入口处砌了一道乌砖墙，走进去就是一个花圃子，后面新盖一排两层小楼，红黑的新漆，光洁的楼柱。方方正正的构造，简单明了。这是和客人商量买卖的地方。小楼往后，就是真正造船的坳区。由于本钱太少，目前只辟出一条马车道，直通河岸前的大片空地，还有正在加紧建造的大棚屋。

古代的船只是在露天岸边建造的，很大程度上要由天气来决定造船的进度。刮风下雨、暴热暴寒这样的天气，都会影响工程。和裘三娘的约定只有一年的时间，为了尽可能减少耽误，所以即便要耗成本，墨紫还是决定搭起大棚来。这种大型棚屋式的造船场地，大周红荚坳算是首创。

对于过去那段岁月，墨紫唯一要感谢的，就是她当时所处的环境，除了手艺和造船，其他的事别人都不想让她操心，或者说怕她知道太多，故意封闭了她能接触的人和事，以至于她不需要展现很多后世的知识。

能想象吗？几乎身边的每个人都是被安插在她身边的，各种心思都有，就是没有真心。还好，前三年她的本事让自私的父兄对外隐瞒了，只收归己用，后三年进入宫廷，虚假的世界终于出现裂缝，她开始觉悟，慢慢了解真相后，不再情愿展现长才。迁至玉陵，她因噎废食，再不碰船。但她自始至终相信的那个人，却在暗中收集她来不及毁去的船图，拼拼凑凑，竟让他造出超出当世技艺的战船，借此登上王位，并在她扬言决裂之后，仍对玉陵发动了战争。

她为这种种一切，决心彻底抛弃过去，重新做人。

“墨哥，你说这是怎么回事？”岑二的声音从飘忽至清晰。

墨紫一愣，“什么怎么回事？”

“咱不说客人了，为什么连一个船工都不上门？不想赚银子吗？”岑二帮了墨紫很大的忙，找人整理造屋，还张贴招人启事，给红萸船场打名声。

一旁的裘大东皱褶着脸，十分愁苦的模样，好像没客人没船工，都是他的错似的。倒是他的孙女妞妞在不远处玩得不亦乐乎。

这祖孙俩，如今归墨紫管了。她一来，就翻新了爷俩住的屋子。裘大东不会别的，她把那片能种庄稼的地还有池塘全都划给他，让他继续种地养鸡鸭，以后直接供应船场伙食。他可以赚点银两补贴，她也能让他发挥作用。

“东伯，我们都还没来时，也是一个人都没有？”墨紫也觉得奇怪。

“没啊。”裘大东一脸难受的表情，“我今天天不亮就在这门口等，只见岑大掌事和墨哥你们两个人。”

“会不会弄错日子？”墨紫看岑二，“也许写的不是今天。”

岑二失笑，说道：“墨哥，你不是也看过那招工的纸？再糊涂，也不可能咱俩一起糊涂吧？肯定是今天没错。”

“或许贴得不是地方，没人看到？”墨紫琢磨。

“我让伙计贴的都是手艺人集中找活干的地方，听伙计回来说，他在那儿贴，就有人上来瞧。”

“也许——大家不识字？”

岑二呃了一下，“可也不会都不识字。”

“再等等吧，今天不是还没过完吗？”太阳偏西，但夏天白日长，“这里挺偏僻的，他们一时找不到也说不定。”墨紫仍抱希望。

岑二坐在花圃台上，眼巴巴地继续盯着大门。

没过多久，听到马蹄声，嘚啦嘚啦，越来越近。

岑二嘿嘿一声跳起来，“终于有人来了。”

墨紫却没他那么高兴，一般的船工或者工匠，有条件骑马吗？她刚想提醒岑二，就见大门前出现两匹高头大马，一黑一棕，摇头摆尾，神气活现。马上两个男子，一个岁数大些，留着黑短胡；一个小年青，扎个歪髻，散发一丝丝，还有木屑儿卷在头发里。两人都是短衫扎腿裤的打扮。别说，真有点工匠的样子。

“嗬！常头儿，这样的大门我可没瞧见过，不是两边开，是一边拉的。还有这红萸船场的牌子，红萸花怎么堆上去的？费那么大劲，几日也就枯了。”年轻的蹬着马镫在原地转，上下打量。

黑短胡子的中年汉子朝墨紫等人策马过来，回身对年轻人说道：“阿陈，咱们是来办事的，别东瞧西看。有人没钱想开船场，弄个拉门节省木料，偏偏爱臭美，吊一

堆红萸充门面。咱们看热闹，不也挺有趣?”

说话间，人和马已到墨紫和岑二面前。

岑二如今很有大掌事的派头，让人明嘲暗讽，能只当没听见，双手一抱拳，“两位不知所为何来?”

“你是这里管事的?”黑短胡子睨看岑二。

才问完，那个叫阿陈的年轻人也骑马上前来，将四周看了一圈。

“我是红萸船场的掌事，两位有话，请下马讲，好歹这不是你们的地方。”墨紫也抱拳，言辞不卑不亢，目光犀利地望着黑短胡子。

黑短胡子让墨紫这么一盯，不知怎么就乖乖地下了马。

阿陈也跟着下来，眼溜溜看墨紫，暗道秀气。

“就是你让人贴的招工启事?”黑短胡子口气仍傲。

“正是。”

“我来告诉你一声，你不用等了。你开的时间虽然是三日，不过三日之内不会有人来的。你想知道为什么，我也不怕说给你听。那些启事全让我们的人撕了，也警告凡是想吃船业这口饭的人，谁都不准上你们红萸船场。”黑短胡冷哼道。

墨紫扬眉，不急不忙，先自我介绍，“在下墨哥，不知两位是奉谁的命来办事?莫非是官差? 要是我不懂规矩，有得罪的地方，还请包涵。”

阿陈抢话:“看你说话挺上道，怎么乱来一气?”

常头儿拉拉阿陈，板着一张胡子脸，“我们虽然不是官差，却是日升船场的人。日升，知道吧?”

墨紫知道。她打听过，这一都三州内，有四五家船场，其中一家叫日升，不但规模大而且名气响，便是大周全国范围内都属于佼佼者。日升离红萸不近，分走上都两个方向，一日快马程，但它的大老板住在城里，据说还经营别的生意。

“听过又如何?”岑二本想客客气气，可对方态度很倨傲，让他心里不舒服。

墨紫突然想起在大求时，有一回私家船场的新主来见她父亲，那叫拜山之礼。她恢复记忆没多久，那么多事在脑子里翻腾，抽到一件是一件。船行的拜山，就跟新状元要拜主考官当恩师一样，如果新手进这一行，得跟同行打招呼。大求船场稀缺，所以没那么讲究，请客吃顿饭就可以。当然，如果有官家护着，那便不得了。

莫非，在大周也有类似的行规不成?

墨紫暗喊糟糕，那边常头儿就训上了。

“居然问那又如何。”他哈哈仰头干笑两声，“真是不知哪儿蹦出来的兔子，想吃草，也该先问问这草谁家的。谁不晓得我们日升是民间船业老大，可你们开船场不拜山，屁都不放一个，就招船工，我瞧你俩年纪不大，就可怜你们东家找了不懂事的，船场没开就要关门了。”

岑二忙看看墨紫,却被回以苦笑。

要说这船业,求大于供,没错。垄断寡头,没错。同样,寡头们的势力也大。如果得罪了他们,那小小的红萸也没得混了。所以,日升虽然派来的只是两个小兵,却不能得罪。

"两位兄弟请听我说。红萸船场是东家的祖业,荒废多年了。我东家近日迁到上都做些买卖,觉着地荒了可惜,便命我等重新打理起来。说句实话,真是两眼瞎一抹黑,什么都不懂,更不知有拜山的规矩。还望两位回去替我们说些好话,我等明日就备厚礼登门造访。"墨紫说完,掏了两锭银子出来,要塞给他们。

常头儿皱眉推回去,"我们替自己的东家办事,办成了自然回去领赏,要你给银子做甚?"

阿陈在旁边附和,"长得眉清目秀,做的事却鬼鬼祟祟,当我们日升的人见钱眼开,想买通我们啊?"

墨紫心道,日升的小兵尚且如此,那当家的应该明理。当下,心定三分。故作尴尬地把银子收好,又拿自己年轻当借口。

"其实,东家让我们来,一是告诉你们一声,免得让你们空等三日,二是给你们红萸船场一个机会过三关,从此就随你们怎么整了。"常头儿从怀里拿出一张帖子,"喏,这是我们东家的亲笔信,自己拿去看吧。"

墨紫发现这个常头儿虽然粗声粗气的,说话调高,人其实不算恶劣。

常头儿翻身上马,"墨哥,我叫常吉,这小子叫陈志,你三日后来日升,报出我俩的名字,我们就来迎你。"

陈志笑嘻嘻,指指大门口红萸船场的牌匾,"墨哥,这红萸早该谢了,你哪儿找来的?"

"那是木头雕的。"墨紫耸耸肩。生病时无事雕着玩的,就挂在牌匾上显摆两天。

常吉顿然一惊,缰绳不小心拽得太紧,马儿嗞嗞呼气。

陈志眨不动眼,一脚差点踩空了,"假花?"

墨紫点点头,"假花。"

"怎么可能?那花瓣随风动,还有蜜蜂——"身为一名合格的船工,眼力必须要好。他看得那么仔细,蕊芯子上的粉粒都很清楚。

"我找的这个木雕老师傅似乎挺厉害。"墨紫从不随便公开左手之能。不过,这两人的惊异,让她陡生警惕,回头就得把花去掉。

"老师傅大名是——"常吉很想知道。

自古,用手使粗力者,为工。工者,生巧心,手巧物,为匠。匠者,物起彩,华美意,为师。师者,死物活,惊世举,为大师。

常吉是一名出色的工匠,一看木红萸一簇风里舞,墨紫所说的老师傅恐怕非同寻常,说不定是大匠师。怎能不起敬?

墨紫没料到他问那么细，只好说得玄玄乎乎的，某个路边的木雕摊，把花交给她之后，老人家挑担就走了。

常吉大是惋惜，和来时骄傲之气截然不同，长吁短叹着走了。

陈志在门口徘徊来徘徊去，盯着花，两眼发直。在墨紫担心他是不是盘算带一朵回去，想要裘大东去赶人时，他才摇头摆脑离开。

"墨哥，那个常吉说给咱们机会过三关。什么意思？"二人一走，岑二就问道。

"我也不知道，也许这封信里会说。"墨紫拆开信，一页纸，一张名帖。

名帖烫金，一座笑弥勒的画，正楷写两个字——闽榆。一页纸，几句话，用词很客气，说红萸坳休业多年，突然要重开，作为日升船场的东家和行会首席，应该要道个喜。不过行有行规，否则跟其他同行不能交代，因此请能做得了主的人带懂船熟水共五人，于某日到日升船场一趟。只要过得三关，就算正式入行，能接受大家的恭贺了。某日，离这日还有三天。

信上没说"三关"是什么。

墨紫又把信看了一遍，反面都瞧了，确定没有三关的详细说明，"或者是船业的行规。要不，咱们分头打听打听？"

岑二急忙说："墨哥，咱们赶紧回城里去。早点打听清楚了，早点想对策。说不准对方跟豹帮一样，是自立的破规矩，那咱们不理他们也罢。"

墨紫不想浇岑二冷水，这行会可比帮派厉害。帮派里多是劳苦大众，不容易攀上官府关系。而船业，如她之前所说，大头都由朝廷工部管着，民间这些则受到官府的控制。能混成大船场的，背景必定不简单，不是巨富便可能是官商势力。而且，这个闽姓她好像在哪儿听过。她想着，嘴里就问了出来。

岑二"哎呀"一拍头，"这个闽榆和南德佛珍斋的闽氏一族会不会是亲戚？"

对了，墨紫回想起来，那时在珠玉记的密室里听周文提过。

她眯眯眼，"佛珍斋开山老祖叫闽珍，至今已经七代，按理佛珍斋可能传自大唐以前，为何说是南德的佛珍斋？"

"墨哥，这还不是南德朝廷想让闽氏有家国之感，能多缴银子呗。要知道，佛珍斋原本在四国各地均有分店，还开各种营生。这些年南德风气不正，而大求尚武，玉陵破国，只有大周还算平静。要是我，就迁入大周，把南德那边的生意都收回来。不然，怎么喂饱那么些贪官？"岑二说着，伸手招来马车，请墨紫上去。

"岑二，你对闽氏一族好像很关心，难不成你想开珍宝楼？"墨紫上车。

"我哪有那个本钱和本事？东家倒有。不过，闽氏不单是买卖奇珍异宝，还有代代相传的制宝手艺。在望秋楼里常听客人们提起，我听着有意思而已。说起来，咱们楼也算是各种消息云集之地，怎么就没听说过这三关呢？"岑二坐到车夫旁边。

墨紫笑笑，弯身进车里去，合眼继续睡觉。

近一个时辰后，他们进城了，来到手艺人和工匠们找活干的一个街市。天色暗了，自然也没剩几个人。

“就是这里，我让伙计贴过征人启事。居然叫日升的人给撕了，真是好没道理。”岑二对日升没有好感。

墨紫见这里离裘三娘的别院也不远，就让岑二自己回望秋楼去打听，她自己慢慢走回去。

墨紫问了两三个看似是工匠的人，都说不清楚三关是什么。眼看天全黑了，她便往回走。经过一条小巷，听到有两人在说话，还挺大声。

“你问红萸坳干什么？不会想去找工吧？”一人说。

“这上面不是写了招船工吗？有什么不对？”一人问。

“兄弟，我不管你是哪儿来的，穷到什么地步，这红萸坳，暂时是去不得的。日升船场的东家有话，任何人不得到红萸坳做工，不然今后就别想在船行里混了。我听说，那红萸船场居然还没给日升拜山，就擅自想开工。真是，一点规矩都不懂，还敢开船场。我瞧啊，便是红萸过了三关，也是白傻脑袋接不到单，给它干活说不定连工钱也拿不着。”

“可是，我儿子病了，没钱抓药啊。”

“你就到日升去找找看哪，那里总是缺人的。”

“我去过了，没有户本，不要啊。”

“你哪儿的，怎么没户本？”

“我是从玉陵来的。”

又是个玉陵难民。至少，有个知道三关的，墨紫驻足旁听。

“怪不得看你面色发青，几天没吃饭了吧？”第一人骂娘，“有个什么事，苦的就是咱们老百姓。我南德过来的，让那些当官的逼得没法过日子了。跟你一样，没户本。我本来也想去红萸试试，但我跟你说，这里船行的规矩很麻烦的。你要不听，以后就上各个船场的黑名册，别想出人头地了。我瞧你似乎不俗，一双手长得就是干巧活的，别急于一时，坏了前程。”

“我能等，我儿子不能等。我也不在乎前程，只要能救我儿子一命。老兄，谢谢你告诉我这件事，可我无论如何得去红萸坳那边试试。”

第一人叹口气，“老弟，你便是去，恐怕红萸那儿也不敢要。谁敢得罪船业老大日升？除非船场不想干了，一整个关门。你呀，当东西吧。身边有什么就当什么，能当多少是多少。然后，咱们就盼红萸当家的没那么无能，过得了三关。它一开场子，咱们一起去。本土的船工有点本事的，就进日升。红萸招不到像样的，肯定得用咱们。”

第二人蹲在地上，抱脑袋，“我要还有东西当，早拿去换钱了。”

“就拿你自己的手艺当银子吧。”墨紫跨前一步，笑着站在巷口。

两人转头来看她，同声问：“你是谁？”

这两人都是差不多三十出头的汉子，大夏天穿着旧短褂子破布鞋，胳膊粗壮肩膀宽阔，皮肤黝黑，一看就是能干活却遭遇困境的匠人。

站着的那个光头冒寸发，一个大牛鼻子，脖子里扎泛黄的汗巾。

蹲着的那个发乱如草，髻子松摇，长相却很端正。看到她，他赶忙站起来，身材修长，一双手，指长而掌大，确实是好手。玉陵多美男美女，这一说看来并非无稽之谈。

墨紫抱拳，"二位，在下墨哥，红萸船场的掌事。"

两人一听墨紫报出名字，不由得面面相觑。

光头反应挺快，立刻摆手，"管你是谁，别想拉我们去你那儿开工。"

"刚才你们的话我不小心听见了，也知你们的难处，我自然不会勉强。不过，我瞧这一位似乎急着用钱?"

玉陵来的那位刚要说话，就被南德的光头拦住了，反问墨紫："你不必假惺惺，说什么当手艺得银子，还不是想让丁老弟给你干活?"

墨紫点头说道："是啊，就是这个打算。不然，我干吗给他银子? 又不是做善事的。"

南德光头怔住了，没想到她认得那么痛快。

墨紫一笑，"不过，银子我现在给，干活可以等过了三关再开始，这样行不行?"

光头有些狐疑，牛鼻子冲她哼哼，"世上还有这么好的事，先给银子后干活? 我瞧你不像动手而是动嘴皮子的买卖人，想糊弄我这位心急兄弟。不过，告诉你，没门，别以为我们手艺人好欺负。再说，过三关，哪儿那么容易? 我听人说，日升的三关，还没人能都过的，你们红萸开不开得出来可不一定。"

"那个三关——"墨紫问到正题，"这位大哥，我问问，究竟是什么?"

光头傻眼，大声嚷起来，"你连三关都不知道，还开船场?"

墨紫嘿嘿笑得滑不溜丢，微躬身作揖，迭声说请教请教。

叽里咕噜说了好一会儿，墨紫到底还是帮了玉陵那位大哥，借他五两银子给儿子抓药，并和光头说好，无论过不过得了三关，都会来知会一声。

两日后，墨紫带着赞进和臭鱼、肥虾、水蛇三兄弟前往日升船场。于第三日清晨，抵达雅江边上。

地是狭长地，江是无边江。

大型船舶台四处，中型台七八处，小型台十来处，一字形沿江岸排开。每个台地都有船架子，数百名汉子忙得热火朝天，汗流浃背，一片穿云的吆喝和敲打声。扬起的木屑，江水味混着木香，还有桐油、帆布和麻绳的味儿，搅和在一起，真是令墨紫通体舒畅，血液激流。

有些东西是自己想放都放不掉的。当初学造船，是因为喜欢水。她想造出最

棒的船艇，去探索水中的一切。如今，经历了那么多事，她虽然懂得要隐藏，但骨子里对造船的激情不肯灭。这是她毕生的理想，不会随着时间的倒流而放弃。

“造船的地方这么大！我头一回知道！墨哥，跟着你可开了眼界。”臭鱼好动，屁股在马上坐不住。

墨紫还是乖乖坐车，从车上小心下来，深呼一口气，深吐一口气，“别说你，我自己也没见识过。”可怜啊，大求皇家的船场大概跟这规模差不多，可见大周在四国中最强，不是空口说说的。

“私家船场都这么大，官家的得怎么嘚瑟？”肥虾冒出一句来。

臭鱼在马上乱扭，跟浑身抽筋似的，“大伙瞧好，这么嘚瑟的。”

连水蛇也笑了。

不一会儿，就听水蛇说，有人来了。

肥虾抬起蒲扇大的手掌挡太阳，喊声热，又道：“这两人是白木芯子。”

白木芯子，船帮黑话，指不会武的普通人。

墨紫回头，用笑脸迎人，“这回咱不打架，以德服人。”

日升船场看大门的两人来到他们面前，顿觉一阵阵阴森森的风从耳边刮过，头皮就有点发麻，不过好歹要显出船行老大的气派，把胸一挺。

“你们什么人？在门口吵吵嚷嚷的。”

墨紫拿出闽榆的名帖，递上去给那两人，客气说道：“在下红萸船场墨哥，带四个兄弟前来，过三关。”

那两人听到“过三关”三个字，面色一正，也没有瞧不起的意思，就是很严肃了。

其中一个年纪大一点的，双手一拱，“墨哥，请报引路人。”

“引路人？”臭鱼凑近墨紫身边问，“什么东西？”

年长的那位听到了，皱眉，“引路人是给墨哥送信的人。咱们日升的规矩，不尊重船工，连名字都不记的人，没资格行船的事。墨哥，你若报不上名字，还是请回吧。”

墨紫暗道，这日升规矩多多，倒是十分严谨且爱惜手工匠人。同时，她对日升东家闽榆也越发好奇起来。

“是常吉和陈志，烦二位相请。”

二人眼一亮，点点头，让墨紫稍等，转身走了。

过了好一会儿，就见黑短胡子常吉，还有陈志，笑呵呵地从大门里出来，老远就抱拳招呼。几朵雕得像真的一样的红萸花，让他们比之前要热情些。

“墨哥来得早啊。”常吉大步流星。

两人无袖短布褂让汗浸湿，皮肤又黑又亮，显然正干着活而被叫下来的。

“早来比迟了好。”墨紫带着四人迎上，“不知你们东家到了没有？”

“昨晚到的，在场子里住一宿，天没亮就开始验船。你报出我俩的名，门头就让

人通报，这会儿应该已经知道了。我们先领你们去迎客堂。”常吉一点不耽搁，头前带路。

墨紫发现活泼的陈志要比之前所见的沉默，对她招呼后，就一个人站得挺远，时不时地敲脑袋。

常吉见墨紫疑惑，就说：“不用理这小子。大东家给了他一个难题，正琢磨呢。”

墨紫笑笑，随常吉往船场里走。

日升地方虽大，造屋很经济实惠，不占好位置，只捡两边挡不了工程的地方，建起两排平房。因为船工人数众多，大部分的屋子非常宽敞且大门高顶四面窗。

一路走过，刚开始船工们还在各干各的活儿。可没一会儿，就有年轻汉子跑动起来，在墨紫他们四周毫不避忌地嚷——有人来闯三关。这下，所有的人都兴奋了起来。

常吉嘿嘿笑道：“墨哥别在意。我们都是大老粗，有什么说什么的。跟你说实话，我在场子里干了十年，就见过两回闯三关，没人都过得了。这几年，更是无人来闯。所以，很多年轻人，光听过没瞧过，怪不得他们好奇。”

墨紫大方，“没事，咱哥几个今日就和大伙儿一起开开眼界，瞧瞧有没有事不过三的运气。”

常吉一听这话，只觉意气风发，大声道好。

到迎客堂前，穿长袖长衫的人就多了起来，还有不少小厮仆役。一个着绸衫的中年男子快步过来，打量常吉身旁的人几眼之后，瞅准墨紫，“想必这位就是红萸墨掌事？”

墨紫回道：“在下正是。不知阁下如何称呼？”

常吉介绍：“这位大名吴端，咱船场的大掌事。平日里东家不在，他便是最大。可别瞧他一身的好衫，自小从名师学艺，造船的功夫了不得。”

墨紫躬身行礼，恭敬一声“端大掌事”。

吴端迭声“客气”，将墨紫五人领进厅堂，请他们落座，又唤来小厮倒茶。

“墨掌稍待，大东家很快就来。请先用些粗茶。我们这地方，都是不懂茶的粗汉子，无甚好茶招待。”吴端边说，边往外瞧。

墨紫看在眼里，笑道：“端大掌事，不必心急，是我们来早了。至于这茶么，好坏还不就解个渴，都一样。”

吴端从常吉、陈志那儿就听说这个墨掌有点本事，小小红萸坳弄了个挺像样的楼，还有往一边开的大门和以假乱真的红萸花。如今亲眼瞧了听了，觉得是个稳重的，说话态度都好，不由得真热情起来。

“大东家没来之前，咱俩先聊着。”吴端不再往外瞧，坐在墨紫对面，“恕我冒昧问一句，同墨掌你来的这四位，可都是船工？”

墨紫指着臭鱼三兄弟，“他们兄弟是船帮子，而这位——”

“赞进，会游水不？”她来之前忘了问。

“会，不但游水，还抓鱼。”

墨紫哦了一声，就对吴端说：“他熟水。”

吴端有点傻眼，看看常吉，后者也是一脸完了的表情，轻咳嗓子，再想问问仔细，“墨掌该知道，船帮跟船场完全两码事，这熟水和游水也不同。”

墨紫知道对方是为她担心，却不慌不忙，“贵东家信上说知船熟水，我也明白最好是找有手艺的船工来。只是，红萸船场如今还开不了业，哪有船工上门？而且，我既然接了贵东家的信，当然要先过了三关，再招人。而说到船场最后一道工序，便是下水试船。端大掌事不知，我这三个兄弟，问他们木头怎么削，那就是两眼一抹黑。可，使起船来，是这个。”竖起两个大拇指，看得臭鱼三兄弟抬头挺胸，十分骄傲。

赞进嘛，就是来充充数。打不过就跑啊！可这话就不当人面讲了。

“敢情墨掌这回三关不过，还得怨我这个老头子了？”声如洪钟，从门外进来一个红脸白发老人，撩着布衣双袖，衣摆一角收在腰间，灰白灯笼筒束脚裤，大步扬尘。

随着他走入厅堂，呼啦啦跟进十来号人，多是中年人，只有两三张年轻的脸。常吉和陈志已经退了出去。吴端赶忙站起来，上前叫一声“老爷子”。

墨紫率他们这边四人也起身，施完礼，回答闽榆刚说的话，“闽老爷子，我可不敢怨您，不过是说事实罢了。至于这三关能不能过，那得看看才知道。我相信从前闯关的人应该带来的都是船工吧？”

“墨掌，墨哥，叫起来，就跟我是小辈似的。墨小子，你排行老几啊？”闽榆坐上主位，众人也纷纷入座。

“……”排行？不知哪根筋不对，她脱口而出，“老三。”

“那我叫你墨三儿了。”闽榆一捋白胡子，“在你之前的那些人，带的也不是船工。最高的是匠师，不然至少是工匠。”

墨三儿？墨紫耳里听着不顺，就敷衍着“哦”一下。

闽榆以为她心高气傲，倒也没生气。指着下首坐在头前他右手边的几位，说这是鸿图船场的老板曾海，那是雅成船场的东家方明，还有甄氏船场的甄洛。而他左手位，据说是很出名的匠师级人物，作为三关的裁定和评判。这些人，年纪都有四五十了。那三个年轻人，一个站在闽榆身后，一个在曾海身后，还有一个站在某个匠师之后。

堂上能有座位的，墨紫岁数最小。

墨紫望着这些全然陌生的脸，心道，这便是她进入的船行界了，于是一一谦然行礼。

她表现尚可，有人却看不惯她。

“墨三，为何你东家不出面？莫非是小瞧闯关的意思？”曾海，偏肥，两腮掉肉，

把眼睛挤成豆。

“曾老板误会了。我东家前些日子出了远门，不知此事。况且，我东家生意广布各州，若事事亲力亲为，岂非顾不过来？闽老爷子信上，只说能做得了主的人，我想我还符合这一资格。”。

曾海冷了一张肥脸，油光锃亮。

闽榆静静旁观。

墨紫又道：“闽老爷子，这三关，何时开始闯？”

只见过拼命说好话，对闯关一事，希望能拖则拖、能免则免的人，却没见过主动要求开始的人。闽榆暗暗赞叹，面上神色不动。

他问：“墨三儿，想你该知道三关是什么了吧？”

墨紫道：“刀山火海鬼门，每关由箱中抽题决定。”

刀山、火海、鬼门，这三个名字，听上去很吓人，实际上——不知道。那个南德来的光头也说不出个所以然。他到大周的日子尚短，而闯关是行会内部事务，不在其内，不明其窍。

墨紫猜想过，多半都和船搭上关系。

“好，既然你已经知道，那咱们也别浪费时间。先闯刀山！”闽榆对身后的年轻人吩咐，让他拿箱子来。

那人到后面抱了个木箱子，走到墨紫面前，神情似笑非笑，嘴角一歪，“抽题吧。”

墨紫没计较他讥诮的语气，伸到洞里，摸了一张纸出来，正要打开看。

那男子立刻将纸从她手里拿过去，“不懂规矩就开口问，可别随心所欲。”

第三十三章 鬼门在望

墨紫反唇相讥:“我不懂规矩,可你怎么不早说规矩?给我三个字——抽题吧,我哪能知道下一步该做什么?”

男子气结。

闽榆哈哈笑得很乐,“松儿,你得跟墨三学学了。”

男子不服气回道:“学他油腔滑调,跟市井小混混一样?”

墨紫却连连摆手,“闽老爷子这话错了,可不能跟我学。我瞧他跟在您身后,想来是您身边的得意人,天生就有您给他在前头挡风遮雨。抬出您的名号来,谁会为难了他?他自然只要摆得云淡风轻,一切信手拈来。不似我等,要什么都得自己来赢。不油腔滑调,就容易得罪人;不像混混,就与人打不了交道。”

闽榆终于变了脸色。不是因为生气,而是因为墨紫说得句句在理。这个年轻人,正是他们闽家第七代中极为出色的一个,叫闽松,也是他的侄孙。日升船场是佛珍斋闽家其中一项最为重要的生意,由他管理多年。如今他岁数已高,膝下无儿孙,祖家那里便送来了闽松。此子手上雕功了得,可是对船一无所知,且颇为自傲,很有些看不起这一行。来了半年,少爷架子十足,只学经营,不学船艺,让他忧心忡忡。造船,与本家佛珍斋制宝识宝不同,并不是自己一双手好,这船就能行水的。没想到红萸坳的这位墨哥,一来就道破他的心事,其观察力之敏锐,反击力之迅速,令他不禁对这回的闯三关有点期待起来。

“松儿,把墨三抽的那张给王师傅,由他来念。”闽榆对孙儿说。

王诚,大周上都官船场的匠师,担当公正的评判。

闽松不知为何不让他公布第一关的内容，不过他虽然对造船不屑一顾，对于闽老爷子的话还是尊重的，当下把东西交给王诚，站到老爷子身后，瞪着墨紫。

王诚打开，先亮出来给大家看。那是一幅粗略的船图，有些大致的数据，长宽高，规定船型等等。他接着念道："按船图要求做船模子，木材任取，工具只可为刀，限时三个时辰，能完成一层舱房以上，且在雅江航行一炷香而不淹没者，则过刀山。"

其他倒还没什么，唯有时限，十分苛刻。墨紫见那船是行江货客两用船，虽然不大，却是两层的舱。船图极为简单，没有给出内部结构，文字要求却很细致。一层舱要求做出过道，四间舱房，还有门窗。二层舱除了一层舱的结构外，还要有顶栏。长宽高度虽然给了出来，只是总比例。同时，要求二百石的货物载重，而吃水度影响底舱构造，这些都得凭经验解决。墨紫的经验足够应付，关键是才三个时辰，也就是六小时。六小时，把原木削成船体的各部分，再组装起来，还至少要从底往上到一层，她没有把握。因为，她这边五人中，只有自己能用木工中的刀具。

墨紫已经开始思考最有效率的方式，闽榆却说了几句话，让在座的人都惊了惊。

"墨三儿，若你不介意，可否让松儿带我日升四人组队，做同样的船模子，过过这一关？我保证，不影响对你们那方的评断。"

"老爷子？"闽松最吃惊，白皙的面容满是不解和不屑，"我们日升精兵强将，与一窍不通的这些人有什么好比？根本不用比，一定是我们赢。"

"松儿，你没听清楚吗？不是和红萸的人比高低，而是过这刀山的关罢了。这三关从行会存在流传至今，内容千变万化，却是万变不离其宗。身为船行首席的日升，连一次三关也未闯过，倒是为他人设高了关卡。我年纪也大了，迄今还未见过连闯三关的船场。照你所说，日升这么多能干的人，那就让我闭眼前见识见识。"

"闽老爷子，这三关对日升而言，自然轻松能过。"甄氏船场的老板甄洛笑道。

曾海也忙说好话，"您老人家言重了。三关对那些初出茅庐又心高气傲的新手苛刻，可对咱们还不是小菜一碟？"

雅成船场方明淡淡一说："小菜一碟的话，不如曾老板也组上一队试试？肚子多大，就吃多少饭。咱们这些场子，能连闯三关的，只有日升。其他人还是省省力，有点自知之明吧。"

墨紫心想，这三个老板，只有方明还算实在。

曾海对方明斜瞥一眼，闷了声。其他的不说，今日这第一关他都没把握能过。三个时辰造船模？他船场最好的匠师最快也得用三日。

"松儿，你可以不接这关，若你没有把握。"闽榆拿起茶杯，慢慢地饮一口，神情闲然。

"老爷子，您话都当着大伙儿的面说了，我要是不接，岂非让人以为日升无能？我不但接这关，便是另外两关也都接了。"

“好!”闽榆面有赞赏之意,“不愧是我闽氏子孙。”

他转向墨紫,再问:“墨三儿,就看你允不允了?”

“老爷子,只要真不影响判定,我们当然允。不过,到时还请在座的前辈们松松眼,别把我们同日升的精兵强将做比较。”

闽松听墨紫说话,不知怎么到耳朵里就错了味,只觉得嘲意浓浓,“自是不能比。要不是闯关,而是跟我们日升比,一关都别想赢。”

墨紫不看他,对闽榆一揖,“闽老爷子,我有一不情之请。造模之处,可否封闭?在时限之内,任何人不得打扰我们。红萸船场要重开,自然有它的秘技。此技绝不能外传。”

曾海鼻子喷气,冷笑连连,“小小红萸,屁大点地方,故弄什么玄虚?秘技?闽氏制宝之技才是不传世之秘技。几个毛不齐的小子,能有鸟秘技!”

臭鱼老大不客气地骂回去:“干你屁事!”

闽榆出面平息将起的纷争,答应墨紫:“可以。两间屋子,同时封门,三个时辰后见分晓。”

于是,要组队的组队,要清屋子的清屋子,半个时辰后,一切就绪。

墨紫、闽松带了两队人,站在两间相邻的屋子前。闽松的队伍里有常吉,其他三人墨紫不认识,但观手,都是拿惯工具的。后来,她才知三十出头的常吉刚得了匠称。

墨紫等人进了屋,还是内外双间。窗墙下的桌上放着食物和水,一张又大又宽的工作台,还有足够用的木头。最引人注目的是一墙刀具,大小形状用途各不相同,新开刃,亮铿铿地闪着光。

臭鱼叫一声“娘咧”,这真是刀山。

肥虾和赞进到内间看了一下,说是休息的卧铺软榻。

墨紫蹲在墙角摸木看木,是较为常见的一种杉木,浮力中下等,因此适合造轻巧型的船只。两用货客船,还是走江的,可能吃水度深,容易搁浅。不过,现在不谈这个问题,她需要照船图来做模子。

在之前的半个时辰内,她已经想好了办法。

将图纸摊开,分解图画到另外几张图纸上去。三十分钟。

让四人围过来,分派任务。他们都不会木工,但却是很会用刀剑,因此她的图纸第一张就是四种基本拼接式板型,让一人负责一种,给她削出来。再由她进行二道精加工,在每块板上标数字。三个半小时。

示范给四人看,如何按板上数字一步步地拼接。而她完成最难的上钉和粘连部分。成型后,她进行最后的检验。两个半小时。

“墨哥,你这手功夫厉害啊。刀在手上,木头跟活了一样。”臭鱼啧啧称奇。同样是削板,他费老劲削一片,她能削七八片。

肥虾弯身盯着船模看，“墨哥，一片片的，为何不散架？”

“因为是拼接板。”再辅以木钉，不可能散架。墨紫做过的船模没有上万，也过了七八千。

“这关，过定了。”水蛇说。

赞进手里转着纸片薄的小刀，一个人坐在工作台前继续练习削木。

咯嗒，门锁开了。陈志走进来，“墨哥，时辰到了，请出屋。”

墨紫小心翼翼地捧起船模，往外走。

陈志先前有些漫不经心，然后眼睛张大，里头有光芒万丈，禁不住道一声——

“好船。”

一炷香成灰，两只船都平安收了回来。

王诚宣布，刀山这关，红萸过，日升也过。

但，真正开心的只有墨紫这边。

不说闽榆老爷子面色有些沉，不说曾海、甄洛有些幸灾乐祸，不说匠师评判们有些吃惊，不说闽松的那队精兵强将有些意外，就说闽松。

他的皮肤本来是白皙的，现在铁青。他的五官本来是俊雅的，现在团皱。他来日升，不是对船行有兴趣，而是他的天赋在本家众子孙中极高，所以被当成未来的接班人，到闽氏重要的旁支生意中来学习。别的不说，照船图制作船模，是他来这里以后最不排斥的一项。闽氏开山老祖闽珍所传下的九术中，雕术为最高，迄今没有人能超越这位祖爷爷。十颗水净珠乃登峰造极的宝物，他见过爷爷收回来的其中一颗，的确难望其项背。可他以为，以他现在之能，到祖爷爷那个年龄，或许会有很接近的造诣。

他那么自信。今日，却被名不见经传的小人物重创。

红萸过得漂亮，日升过得勉强。红萸的船模比船图还要精细，且从底至二层船舱，全部完成。日升，虽然也做到二层，但顶栏没有来得及完成。听吴端说，红萸五人，有三人是船帮子，有一人完全不懂船。而那个叫墨哥的，应该是唯一懂的人。可即便再能，又如何靠一人胜出？他怎么想都不明白。墨哥说，有秘技不能外传。到底是什么秘技？他头一回对别人的手艺产生了好奇心。

闽老爷子说，这不是一场输赢赛，而是过关。但如今，已经成为众人眼里红萸和日升的竞技。

闽松的好胜心越燃越旺，立刻提出进行第二关。

闽榆问墨紫：“可要休息一会儿再闯？”

墨紫不逞强，点头应是，“老爷子，请给一个时辰。”

一个时辰后，进入第二关——火海，墨紫照规矩抽题。

抽完题，一群人到日升船场内湾边上，就见用浮珠圈出一个大圆，正有人泛舟往上面泼油。岸上有两只小船，极为普通，无舱无棚的摇橹舟。

"两队听好。"王诚让两队各自站在一只小船前，"这两只船不能航行，缺了不少重要部件。这些部件就在圆下水底，需要你们拿上来。一人只能下水一次。半炷香内，能取到五件以上并放到船里来，过关。但是，有一点你们要记住，这船将会是过鬼门的船只。也就是说，如果你们取到五件，船却不能下水，即便过得这关，鬼门一关也就等于失败了。"

这关，考验的是修造和御水之能。不过，火海对墨紫而言，要比刀山难，因为她有伤在身。外伤已结疤，内里仍虚。下水取物，不知道胳膊能不能挥得动。

墨紫上前看小船，敢情就是个空架子，连船底板和首尾柱都没有，更别说橹、篙、帆、桅其他部分了。她有两个选择，守在岸上或者坚持下水。臭鱼三兄弟的水性好得不用说，但不知水的深浅，也不了解船体的每一细节。自己不亲眼看到水里有些什么，终不能放心。

肥虾考虑到墨紫的伤，问赞进："你在水中可以憋气多久?"

赞进答："没憋过，山上的湖水到我膝盖，站起来就能透气。"

臭鱼翻白眼，皱了鼻子皱了眉，"这小子不会憋气，还敢说会游水? 墨哥，要不，就咱三兄弟下水?"

墨紫决心已下，"赞进，你留在岸上，扑火为我们开道。肥虾、水蛇、臭鱼你们三个跟我下水，我手指到什么你们就拿什么。最重要两点，别拿错，要快。"

闽松等人已经在水边，脱了上衣，赤胸膛挽裤腿。见赞进高大个儿不动，而那个墨哥也不脱衣撩裤，就以为两人是旱鸭子，便想这回定能赢过了，不由得面露得意神色。

不过，墨紫这边也没人去看日升的得意。臭鱼悄声说了句话，墨紫还没拍过去，肥虾一巴掌拍在臭鱼光裸的背上，打得他哇哇乱跳。

墨紫哈哈一笑，就说他活该。

臭鱼说："墨哥，今日这么个露胳膊露腿的比法，要让他们知道你是女的，你大概就嫁不出去了。"

开开玩笑，无伤大雅，可臭鱼说得也算对。这船场子就是男人的世界，一个女子混在其中，名声什么的，也别想了。可墨紫本来就没去想。她来日升闯三关，穿的是短衣扎裤，准备上山下海的。见王诚燃香，立即率三兄弟跳下水去。

一下水，就觉得头顶上亮成一片，是火光熊熊。

臭鱼撇撇嘴，歪歪眼，那是他在骂娘呢。

墨紫摇摇头，指着水底，让他快游，别浪费气力。

大圆圈是用渔网兜的，水不算深，七八米就到底，墨紫能看到各种各样的部件让绳子拴着，漾在水中。

闽松五人速度极快，墨紫还在想的时候，他们已经连抱带拖，取了五样往上

游去。

臭鱼三兄弟不慌不忙，等墨紫指示。

在王诚说“但是”的时候，墨紫就留了心眼。这样的小船用来过鬼门，可能会是航行难度极高的水域。航行难度总体来说，有三类：风速，水速，障碍。她需要考虑到所有环境的话，取的部件就得仔细斟酌。

立时判断，手指闪电般点去。

三兄弟仿佛化身成鱼蛇虾，带着水泡，十分默契，分别拿了桅杆、帆布、头尾柱，将船底板留给墨紫。

墨紫感激地笑笑。

她选的是平底船板，能借其自然的浮力，更快上水面。但越接近上方，水温越热，左臂也越难划水，甚至开始感觉伤处灼痛。

眼目所及，正好见三兄弟潇洒冲出火海去，而她却没那么好的工夫。光羡慕也没用，她想将船板翻上头顶阻热，又怕火把船板烧了，而且还真疼得使不出那么大的力气，一时间只觉呼吸困难。

就在这时，沿岸处突然掷下一个超大的人形气泡。

原来，是赞进。他奋力向她游来，又拖着船板和人往上。临水面之际，运全部功力，一掌拍出去，水花冲天爆开，火光四下飞散。

看得岸上的船工们不由得大声叫好。

同时，三兄弟已经等在岸边，趁油火再聚之前，将二人拉了上去。

那真是极短的工夫，却是千钧一发。晚一步，可能她就被火焰灼伤，也可能船板烧毁，第三关就没戏了。

闽榆看着这五人天衣无缝的配合，觉得全身血液跟着沸腾。仿佛看到年轻时候的自己，和伙伴们之间经历过的无比默契。反观日升，五人虽然都是船场最能干的好手，却如一盘散沙，各顾各的，上岸时，不是人被灼伤，就是船件被烧损。

也许，他在高位久了，忽略了最重要的精神。

一艘好船，绝对不是一个人能造出来的！

墨紫趴在船板上猛咳出水，猛吸新鲜空气，还活着。

水蛇拍着她的背，问有没有事。

她苦笑，仰面朝天，用手背擦去满脸的水，实话实说，她的左臂抬不起来了。

水蛇一看，墨紫肩下暗红扩散，忙叫会点医术的肥虾。

赞进不会憋气，危难时授命，全凭一股子勇劲和护主心切，因此也吸入不少水，正摊在岸上，让臭鱼趁机乱拍。

墨紫哪肯当这么多生人的面让肥虾看伤，一咬牙，说等一下，竟硬是站了起来，分开四人，重喘着上前，挺直背脊，扬声问闽榆和王诚。

“红萸可过了这火海?”一字字敲在众人的耳鼓膜，锵锵作响。

闽松出水面时，灼伤了双臂，正躺在干净的板上，由日升的郎中紧急处理中。听得墨紫清亮的声音，忙起身看去。只见她脸颊苍白，肩下似乎在流血，神情却那般毅然，眸子犹如两颗小太阳不屈不挠。她身后那四人一身湿漉漉但毫发无伤，轻松间带着守护之意。可他这队，五人伤四人，真是惨不忍睹。

日升，在第二关，还是输给红萸！

不过，这回，闽松没有不服气。他定定看着墨紫，脑中响起本家老爷子的话——人外有人，天外有天。

王诚带着另外两名评判查验，宣布红萸过，日升也过。

但，在场所有的人都心里明白，红萸胜得比日升体面，尤其不能小瞧了领队的这一位。

竟有喜欢赌一把的，对最后一关鬼门红萸能不能过，日升输还是红萸输，偷偷地在外围开起赌盘来。

月亮跳出江涛，大如银盘。

“墨哥，你的伤非同小可。无论如何，明日鬼门，你不能上船。”肥虾很坚决。

小船已经整修完毕，一切就绪，只等明日抽题。

“我必须上船。”这没有可选择的余地。船重新整修的部分都经她精心设计，别人不知其奥妙，很难发挥出长处来。

“墨哥，你刚捡回一条命来，不要随便就折腾掉。而且，我们兄弟三人联手，鬼门也好，仙门也好，一定会平安地过。”臭鱼听说墨紫的伤口离心脏只差一寸，很是吃惊。虽然知道伤重，但却不知道伤得这么重。

“我不是不信你们兄弟，而是这船有些特殊的地方，说也说不清楚，必须上船才能给你们看。”当然，最好是用不到，一路顺风。可，既然叫鬼门，会容易吗？“你们放心，伤口有一点裂开而已，如今血早止了。再说你们也知道，我在船上待着比在陆地上还舒服，又不用下水。好了，都去睡吧，明日一早就见分晓。咱们已经过了两关，不能前功尽弃不是？”

她要是坚持一件事，谁又能阻止得了？三兄弟无奈，想到她需要休息，也只好回自己房间去。

赞进却仍坐着不动。

墨紫笑问：“你可是想跟我喝酒到天亮？”

“墨哥，明日我也想上船。”今日火海，他被墨紫留在岸上，感觉并不好。在他认为，既然墨紫是他的主人，就该随身跟着。他已经很自责了，因为墨紫受伤的事。

墨紫不说话。

“我知我水性一般，也不会驾船，可我会轻功，力气大，万一船有个什么事，我至少能救你。”说实话，三关过不过，船场开不开，他不关心。只要墨紫愿意，他随时能带她逃出上都，从此就是她最大，再也不用听谁的话。

墨紫原本没有让赞进上船的打算，因他确实对船一窍不通，不过听他这么说，倒觉得有几分道理。这鬼门，万一闯不成，丢脸事小，丢命事大。赞进别的不说，功夫还没见他败给过谁。

“跟着就跟着。”那船本就是八人位，多他一个不多。“不过可说好，上了船，就得听我的。”

赞进见墨紫这么快答应了，反倒一怔，继而嘿嘿地笑着出去了。

墨紫把思路理了一下，正打算睡觉时，却听有人敲门。

“墨哥睡下了吗?”是常吉的声音。

墨紫打开门，“常师傅来得巧。再晚来一会儿，我就梦周公去了。”

常吉笑呵呵，也不进门，手上递来一个瓷瓶子，“闽老爷子听说墨哥不久前遭匪类伤了肩，特让我来送些闽氏上好的刀伤药，外敷的。还叫我问问，墨哥真不用找郎中看看?”

她受过伤的事，在闯过火海后，让臭鱼多嘴说了出来。结果，人们更觉得她厉害了。

“多谢常师傅。小伤罢了，不必劳烦。”常吉是匠师，这在船行中就得尊称一声师傅。墨紫接过瓶子，心想这闽氏一族是收藏宝贝的，没准这药真管用。

“在墨哥面前，我可担不起这师傅之名。”连过两关，且两关都比他们过得漂亮，这个墨掌事不但不是一窍不通，恐怕还是深藏不露的高人，常吉如今一点不敢小看她。

“常师傅乃是匠师，我却初入此行，不叫师傅叫什么?”

“我比你年长，你就叫声大哥，我挺受用。”常吉爽直脾气。

“常大哥。”墨紫从善如流，“你伤势如何?”

常吉一挽衣袖，露出半截纱布，“轻度烫伤，敷了药，几日之后连疤都留不下，没事。墨哥早些用药，早些歇息，明日鬼门一关，我再看你大显身手。”

“怎么只看我? 还有常大哥的本事呢。”

“不瞒你说，日升这队若是闽老爷子领，绝对不会过得这般狼狈。松少爷来船场不过半年，手上功夫堪比大匠师，只是不爱下场子，不懂这船不是一个人的本事就能造的。若是他有像你这番调兵遣将之能——”

“闽老爷子是在锻炼他呢。俗话说，玉不琢不成器。他有好底子，未来若接闽老爷子的班，你们也不用担心是肩不能挑手不能提的大少爷。”墨紫道。

常吉不似她乐观，摇摇头，走了。

墨紫相信闽老爷子的为人，真敷了常吉送来的药，倒头就睡。第二日醒来，发现果然好了很多，几乎察觉不到伤口的疼痛。

吃过早饭，去往日升内湾。尚未走近，就见五六艘大船扬着旌旗，甲板上挤一

片片乌压压的人头。

“这又是干什么?”臭鱼嘟哝,“你们说,不就是没拜山吗,弄那么多花样。我看,根本是怕我们抢了他们生意。”

墨紫还没来得及说话,就听有人冷哼。一侧头,看到闽松。他今日穿短衫扎脚裤,一副船工模样,让她瞧着顺眼一点。这位俊公子,一夜之间,似乎懂事了。

“以我们日升的地位,怕你们抢生意? 真好笑!”

“我们红萸已经有官府承认的从业许可,照理,想什么时候开张就什么时候开张。你们却不让我们招工,要是不怕,整什么三关哪?”臭鱼也哼哼,“我们来,是给你们面子。可你们也别太把自己当回事,今日这鬼门,就让你们输得心服口服。”

“最后这句话,该由我来说才对。”闽松看着墨紫,“我是不是肩不能挑手不能提的大少爷,你很快便知。”

墨紫油叽叽一笑,“闽公子,你这就不对了。昨夜我还夸你了呢,说你有好底子。你不能捡自己不爱听的来冤枉我啊!”

闽松一直弄不懂这人怎么做到的,一副好相貌,偏说话那个调,听到耳里滑不溜丢,心里就起烦。懒得再理她,大步超过去了。

第三关,鬼门。

抽题如下:驾昨日火海一关修复之船,过五里百花川左峡,船在人在,过关。

这大概是三关中要求最简单的了,只有一句话。

臭鱼说,听名字,跟鬼门搭不上边。

但墨紫留意到,无数人听到百花川的时候,变了脸色,包括闽松、常吉在内。恐怕这个百花川的水域跟漂亮的名字完全也搭不上边。

定下题,闽榆就请墨紫他们上船。原来百花川在雅江一条支流处,离日升内湾有半日船程。而墨紫刚才看到的那几只大船也随主船走,上面都是想看热闹的观众。

船停的时候,日头高挂,火辣辣晒得人皮肤冒油。

墨紫面前有两个峡口,一边平静弯流,一边云蒸雾绕。

王诚拿来地图,给墨紫和闽松看,并解释道:“百花川入江口,是罕见的马蹄形,左高右低。右峡是船只出入的主要通道,而左峡狭窄,湍流起伏,暗礁四布,穿峡乱风,入江口成矮瀑。鬼门,就是从左峡那头入雅江。”

主船又动起来,从右峡进入,绕到左峡那头。

闽榆对墨紫和闽松说:“此关之所以称为鬼门,是因为不少人丧命。你二人若决意一试,代表你们各自的队签下生死状,便出发吧。”

两人都不示弱,按下红色手印,上了各自的船。

小船也很不同。闽松的那只船底板是核桃型,没有帆没有桅,只有摇橹、竹篙和划桨。墨紫的那只平底,高低三桅,束帆,无桨无篙。

看两只小船随波入峡谷，闽榆眉头皱得深深的，吩咐船开回另一头去，等最后的结果。

王诚见状，说道："老爷子，依我看，松少爷的船是过定的，那四位控船的功夫可不比最好的船帮子差。那红萸的船我瞧着奇怪，只有桅杆和帆，还是平底，怎么控船呢？"

闽榆眸光紧敛，"王师傅，我现在信一句话，代代自有才人出，不能不服老了。"

王诚愕然，不知他这话是何意思。

百花川左峡人烟绝迹，两边悬崖陡立，河床高低不平，暗礁密布，属于鬼门中最难的一道。好死不死，让墨紫给抽到了。

闽松看着不远处一进峡就停滞不前的那只桅帆船，不知道那个墨哥又有什么打算。他发现了，就像闭屋做船模为了隐藏实力，留一人在岸上劈火为水下同伴开道，那人做任何事都不会没有理由。

"松少爷，您只要抓紧船沿，切莫慌张就是了。"常吉看他心不在焉，以为他紧张。

大家都知道，这位少爷驾船的本事是船场里倒数的第一第二，坐大船还会晕，更遑论这种小船了。不过，让他诧异的是，这回闽松没有非要自己来带领，而把这个权力交给了他。他没有推辞，虽然另外三位匠师资历比他高，但论到驾船，他曾在南方大海上跟渔船历练了三年，对于这一关，确实当之无愧能任船大。

"我不慌。"闽松调回目光，"我只是看红萸那边为何不走了。"

"松少爷，咱们别管他人的闲事。这百花川据说已有上百年无船出得，可我相信小心驶得万年船，只要全神贯注，咱们一定能闯过去，不辱日升之名。"常吉有能力有胆色，也有经验。

闽松早就放下少爷的架子，打算最后一关不能丢了老祖宗的脸，虽然不会驾船，但也绝不能拖累大家。当下，打起精神，双手抓紧两边船沿，对常吉重重点头。

常吉一声出发，四桨同划，小船飞快地消失在河弯处。

臭鱼见了，有点眼皮急，大叫："墨哥，日升的人都走了，咱们还不快出发？"

这峡口地势平坦，风虽然四面八方，打得小船滴溜溜转，但除了赞进有些不习惯而坐着，墨紫和虾蛇鱼三兄弟站得稳当当的。

"这一关没有时限，便是明天出峡口，咱也是过了鬼门。"墨紫心里有数，她是来闯三关，不是来斗输赢的。"桅杆和帆我做了改动，昨天虽然已经跟你们说过，但得经过实际操作才能熟练应用。咱们都是从惊鱼滩上过来的，若说这百花川名字还好听些，怎么都不用怕了它。不过，永福号和这船十分不一样。永福号咱们了如指掌，水蛇闭着眼都能掌舵，但这船得以灵巧和五人的配合来操纵，谁慢了或错了，就可能全军覆没。所以，咱们借这乱风劲儿先练练手。什么时候我指哪儿船就能往哪儿，咱再出发。"

墨紫掏出三面小旗，红黄蓝三色，“这分别代表桅杆和帆色。按昨日的分配，你们三兄弟一人掌一帆，我挥什么颜色的旗，就拉什么颜色的帆。同时看我左手，一个手指，代表一格。我竖三根手指，就得将帆调到桅杆刻度三上面。”

说完，又指赞进。

赞进忙站起来，谁知让船一转，又跌坐下去。臭鱼哈哈笑话他，他没空笑回去，竖着耳朵等墨紫说话。

“赞进，我得在前面总领，所以船尾就交给你了。我叫你向左，不管你用剑点礁也好，还是你运气击水也好，一定要让船尾调左。向左一次，就是用一次力，向左两次，就是用两次力。一次用多大的力，等会儿咱们练着看。总之，要记住这个力道，每次必须使平均了。”她需要一个应急的尾舵，万一遇到暗礁明礁，可以避。赞进虽然对船一窍不通，但有力气有功夫，还挺聪明，因此她对他有信心。

于是，就见这条船，在四面八方所成的旋风中，忽左忽右忽前忽后，屁股后面还不时迸出或大或小的水花。直到三色旗不再飘扬，又优哉游哉歇了好一会儿，然后三角的大蓝帆率先拉开，辅以半开的黄色红色三角帆，竟如箭一般向前射了出去。

此时，仿佛猖狂了数百年的乱风都乖乖地吹着一个方向——墨紫指的方向。

五里的峡谷其实很短，但在百花川，几乎每百米就有一弯，一弯之前后的水流风向地形可以截然不同。就像这峡谷本来是一座整山，却裂开了一条缝，参差不齐，而且将各种艰难险阻都造在这里，就为了让百花齐放。

百花川，进来之后发现，名副其实。只要水流所经之处有土壤，必定有花，还品种繁多。最妖娆的，就是大片大片晚熟的野芍药，或全白或全红，一点杂色不肯掺。

走了近四里的水路，十七八道弯，急流逆流狂风暗礁，什么都经历一遍，便是自小跑船的三兄弟都显得有些吃力，赞进更是耗气过多，人朝外，呈现趴姿。墨紫自己是不用说，伤又疼开了，但咬牙不能吭声。

臭鱼嘴里骂骂咧咧，“娘的，谁想到让人从这里行船的？一定吃饱了撑的，没事找事，而且那混球一定自己都没走过，以为有水的地方就能过船！等咱出去问问，要是还活着，我非把他绑过来，让他走走看。”

肥虾难得附和一下他小弟，“这人可能跟谁有仇，故意让仇人送死。”

臭鱼一拍大腿，收着红色三角帆的桅杆骨碌碌转，横杆差点撞上水蛇所掌的蓝帆。

水蛇厉喝：“专心！谁都能死，咱这船人不能死！”

水蛇驾船技术是三兄弟中最好的，因为他的集中力和应变力很强。听臭鱼说，以前他们自己跑单帮的时候，也是水蛇掌船，他和肥虾就听他的。在墨紫的观察中，自从她教他们度数之后，只要跟水蛇说船转十五度，他决不会转成十六度或十四度，对于角度的精准度，十分敏锐。所以，操控主三角帆的任务当然就由他来。

“不错，咱一船一命，都要好好地闯出去。”山岩渐渐后退，眼前水流浮现出来，

墨紫一惊，禁不住高了声，“回旋流！赞进，抓紧！”

兄弟三人愣怔时，船已被一股巨大的力拉了过去。

赞进听墨紫喊抓紧，立刻就抓得牢牢的，同时回头一看，视线里一座黑魆魆的崖壁朝他压过来，顿然觉得要粉身碎骨了。脑中一片空白，却还能听到墨紫急切的喊声——右连打。连打，就是用快频率连续击打，直到墨紫下一个指令为止。他朝准压得喘不过气来的山壁，砰砰砰，使出迄今最快的拳……

闽松甩甩头，从泥地上吃力地爬起来。全身的骨头好像散架了一样，甚至能听到咔咔声。他们的船只剩一些残板断在泥沙里。而不远处，三个师傅趴在湿地里，似乎还有呼吸。常吉呢？

他连忙换个方向，看到常吉浑身泥泞站在离自己三丈远的地方，面朝水流，好像傻了一般。他不由得顺着瞧过去，神魂也出了窍。

红萸的船也在经历将他们的船肢解的怪流。船首的墨哥右手里有三面彩旗风车似的变换，高声喝喊着什么，然后操纵桅杆的三个人动如闪电，拉，收，打，转，半点不含糊，那奇怪形状的三张帆忽合忽开，还能转向，最后船尾那个大个子噼里啪啦打山壁。一切看似没头没脑，但那小船每每遇险必安，几乎贴着崖壁，一头到另一头，由远而近，朝他们这边驶了过来。

没错，是行驶，而不是被水卷。虽然看着飘摇，但飘摇中给人以安稳的一种姿态，顺着冲刷这块小岸的激浪停在闽松的面前。平底的船，上岸也平。

那个墨哥跳下来，面带关切地问，要不要帮忙。他很有骨气地说不用。那墨哥就笑，说这种地方骨气都被拍成灰了，活命要紧。他突然认为有理。

所以，休息了一个时辰后，闽松这队人就在红萸的船上了。三个受伤严重，墨紫让大个儿把他们点睡。而常吉目光炯炯地盯着三根桅杆，让控帆的那三人有些警惕，故意用身形挡住。闽松相信，要不是墨哥之前说秘技不外传，还特地在封闭的大屋里修造，他也会像常吉一样，毫不掩饰自己对这桅帆的兴趣。

“这水面怎么一下子静了？”赞进休息过后，越发精神，已经熟悉了船的晃动。

“你小子还嫌静？刚才差点就跟日升的船一样四分五裂了。静还不好，咱能歇歇。”臭鱼一人在打帆。

常吉自言自语，正好让闽松听见，“逆流而上，还这般轻松。”

墨紫手里的红旗突然一收，臭鱼的红帆也往桅杆那儿一收，几乎同步。船在弯处，缓缓向前。逆流而上之后，水这才真静。

闽松终于知道彩旗的用途，不由得暗道一声妙。

墨紫回身，衣袂簌簌响，笑得露出小小白牙，“这就是最后一弯了。”

臭鱼闷闷说道：“墨哥，你知不知道，自己笑得很瘆——妈呀！”

“人”字，给吓回去了。

这时小船儿摇晃出去，闽松能看清墨紫身后水面的状况时，才知道为什么臭鱼叫妈呀。

陡斜而下湍急的水道，密布的暗礁让水色发黑，骇人的明礁像石林耸立，乍眼看去根本无路可航。

“墨哥，我想骂人。”水蛇冷冷看一眼已经在抓头发的老弟。

“水蛇，你先让我骂。”所以她才笑得瘆——人啊！“奶奶的，自己没闯过，让别人来这种鬼地方送死！不怕冤鬼太多，一个个找上门去吗！你个爷爷！我忍辱负重活到现在，如果大难不死，管你日升还是日落，船场我照开，船工我照收。我就不信！”

墨紫手指着碧蓝的天空，一通骂完，心里舒服，却见所有人半张大嘴，仿佛被石化了。当下嘿嘿一笑。

众人感觉冷风扑面，浑身一哆嗦。

“水蛇，到你了。”墨紫笑完，秀气的五官在波光中一片粉亮，那个明灿灿。

闽松心想，一个人身上怎么会有如此极端的两种表情？刚刚煞气冲天，突然就眼前风景明秀。还有，忍辱负重活到今天？他瞧她活得比谁都好啊！

水蛇在众人的目光中摇摇头，说不用了。肥虾要求下水探探暗礁分布的状况，于是身上挂了绳，谁知刚没入水中，湍急的水流就差点把船都带下去。众人忙把肥虾拉上来。肥虾说，匆匆那么一眼，只见暗礁铺了厚厚一层，水相当浅。他比画一下，不到半米。

“咱们的船是平底的，应该能避过去。墨哥，豁出去试试，都到这儿了。”臭鱼觉得可以一搏。

墨紫迅速弯身量了量船的吃水度，已经过了半米，摇头说不行。

闽松略沉吟，开口说话：“墨哥，不如放下我们日升五人，你们红萸自己走。”如果没有搭上他们的话，过这样的浅水面，不是不行。

墨紫一挑眉，没说话。

臭鱼啐一口，“咱墨哥船上的规矩，一船一命。既救了你们，当然不会随便舍了。你小子别当我们不仁不义。”

肥虾拍臭鱼一掌，跷跷大拇指。

水蛇问墨紫怎么办。

墨紫骂归骂，眼睛脑袋一刻未停，“松少爷说得不错。这船载十人，吃水过深，已经不是船技能解决的问题了。”

臭鱼瞪眼，以为墨紫真要把日升的人扔下。

“所以，我说把我们放下。”

“要是你们个个生龙活虎，能跑能跳，我一定会把你们放回去。反正，你们的船已毁，就算五个人出了峡口，这鬼门仍是不能过。大不了，我们出去后，再找人来救

你们。"她自会斟酌轻重,"不过,你们几个都成了伤兵,其中三个急需救治,如臭鱼所说,别当我们不仁不义。"

随后,她转身对自己的人重新分配任务,"赞进,解开三人的穴道,让他们醒过来。臭鱼、水蛇,把红黄帆和桅杆给我拆下来。前方水流直下,应该没有乱风,你们用三档控蓝帆,就能减缓船速。到峡口矮瀑,不必管船,管命就好。肥虾、赞进,你二人跟着我。"

四人毫无异议,应得干脆。

"常吉,闽松。"墨紫认真说话时,让人油然而生一股敬意,无法说不。

常吉立即嘿一声,挺起胸膛。

闽松定睛望着她,情绪上从未有过的一种激荡。

"你二人伤势不重,可敢同我冒冒险?"墨紫也诚挚地望着闽松,"虽然没有十足的把握,却是唯一可行的方法。说实话,你们日升已经过不了这关,我们红萸却还不能放弃。当然,我也可以把你俩放在安全的地方,但你们的船没了,若人都能出峡,也不失为一种胜利。是也不是?"字字铿锵。

闽松想,当然是,这种鬼地方,能活着出去,已是万幸。不用他再说什么,常吉大声回答是。

"虽然是临时组队,我毛遂自荐,当领头的。"墨紫继续说,"请你二人一定要照我说的做,否则,丢了性命可别赖我。"

于是,拆帆的拆帆,放桅的放桅,又把船上那些剩木板统统卸下,就着一小片安静的水面干起活来。

再说雅江江面上,五六艘大船往百花川左峡口那儿一堵,就吸引了过往船只。有懂行的,听说有人闯鬼门,赶紧不走了。有大喇叭的,把话传出去,就近的便立时赶来。一时间,围了里三层外三层。

刚开始大伙等得挺兴致勃勃,眼睛恨不得一眨不眨,就怕错过精彩的地方。等了一个时辰后,就有吃饭的,喝酒的,端了张椅子聊天的。两个时辰后,酒足饭饱,什么家常都聊完了,日头也偏西了,便胡思乱想起来。

一传十,十传百。到闽老爷子的耳里,几乎大半的人认为那两队人都成水鬼了。他突然站起身,往前走了两步,又退坐回来,面沉似水。

其实,坐在主船上的人,虽然不至于那么悲观,但也绝对不乐观。

王诚当着大家的面就问老爷子,"这么久还没出来,可能遇到意外了,要不要派船进去瞧瞧?"

曾海打个哈哈,"王师傅可真会说笑,要是连日升的船都遇了意外,还能派哪家的船进去?"

方明拱拱手,"老爷子,我雅成愿组队前往。"

曾海斜去一眼,暗骂方明马屁精,哼了哼,虽不甘愿,但也不好得罪日升,意思

意思就说："老爷子，实在不行，我们鸿图也能出力。"

闽榆哪能看不出谁真心谁假意，却都婉拒，"且再等等。两队已签生死状，若真出了事，也只能是天命。"

王诚刚想说他可请官船出面，就听有一人大叫——

"出来了！"

然后，很多人大叫——

"出来了！出来了！"

王诚连忙看去。嗬！那云蒸雾绕中，一道船影出现在两丈高的瀑顶，在那么急的水流之上竟然还很稳。再眨眼，船就重重地坠了下来，在江面上砸出个巨大的水花。不过船没有沉，被水流冲过来，摇摇欲坠的模样，却可见一高桅杆和耷拉的帆布。

"老爷子——"在红萸两次漂亮的过关后，王诚已经不意外会先看到红萸的船。

闽榆当然也知道这船并非日升的，他大步走到船头，看到水上浮着几个人，立刻让两边的快舟去救。他以为那该是红萸的人，没想到救上来一看，日升三个，红萸两个。喜欢说话的小个子，好像叫臭鱼，让他赶紧叫郎中给日升的三个看伤，不然没得救，墨哥就白费力气了。

闽榆错以为五人都受了伤，想让随船大夫也给臭鱼、水蛇诊治，可一回头，看到两人已经站得好好的，浑身湿透，但很是轻松的模样。

"二位，其他人呢？"王诚问道。

臭鱼抬起胳膊，往他们刚出来的地方一指，"快来了。"

真是，他一说快来，立刻就来。但，这一次，没人喊了。因为，无数双眼睛里，看到的是一幕无法言语的景象，惊现在瀑布顶上的双色帆，鼓着满满的风，就像大鸟一般，飞了下来。一触到水，划出雪白一面浪，然后慢慢停稳。

帆，大家还不及看，已经收了。而飞得那么美丽的，甚至不是船，只是一块船底板四面绑了粗圆木。沿一圈坐着五个人，每个人腰上都绑着麻绳，双脚浸在江里。

这江面上，谁见过百花川左边跑出过船来？又有谁见过跑出过活人来？

顿时，如雷的欢呼，爆发。那么多只拳头一次次打向天空，用最激昂的热血呐喊着，就好像闯过鬼门的，是他们自己一样。

墨紫松开身上的绳子，抬头寻找她的伙伴。震天的声响中，她看到在主船上的臭鱼和水蛇安然无恙，笑容才开怀了起来。

然后，她对上闽老爷子的目光，双手抱拳，行晚辈礼。

闽榆站在高高的船头，展平双手，几大船上日升的船工陡然无声，其他看热闹的船只也随之静了。

"王师傅，请公布结果。"闽榆高声。

王诚上前，声音同样响亮："红萸过——鬼——门。"

人们交头接耳。

闽松一把抓起墨紫的手,高举过头顶,“红萸!”

常吉举起拳头,也高喊:“红萸!”

赞进嘿哟大叫:“红萸!”

臭鱼拽着水蛇,在主船上跟着喊:“红萸!”

很快,百声的红萸,千声的红萸,随着江流,延了出去。

第三十四章 宋玉之女

一艘大船，通体乌黑。船头有大旗，让江风吹得笔直，上绣一只出云豹。

旗边站着两人。

一人豹眼生电，肤色如铜，一身黑素长衫，臂上扎白布，正是为霍八戴丧的徐九。

而另一人黑衣飘飘，不过这回黑纱衬白里，风过纱动，就现出云纹。斜日长照，在这片云上染落霞缤纷。那张第二眼才会好看起来的面容，不知是因为霞色，还是因为情绪，温润中竟有艳色。

“墨哥的东家究竟是什么人?”耳边为红萸欢呼的喊声震天，但徐九只对人感兴趣。

“为何有此问?”元澄听徐九说红萸船场到日升闯三关，特意捡最后一关来观。

“一个小小掌事都这么厉害，东家得成什么样?”无法想象，徐九眉一皱，“元大人，该不会是皇亲国戚?”

“她厉害，同她的东家有何干系? 世上，会做事的远胜于只出钱的，这样的人多得是。”暮色起，风微凉，元澄面上的艳色转温。

在双色帆翻飞时，他体内的血也跟着翻飞了；在墨紫微笑且抱拳一礼时，对美从来都无视的心为她的从容潇洒震撼了。

原来，真正的美不是闭月羞花沉鱼落雁的脸，而是一种放纵翱翔的姿态，一种天地任我游的畅快。她站在水上，全身湿透的狼狈，发丝随风散乱，脸上沾着泥泞，但所有人的目光都无法从她的笑容移开，所有人都愿扯开嗓子为她的胜利嘶吼。而她甚至没有半点骄傲的表情，只是从骨子里散发出愉悦。她让半个江面为之激

荡，但她自己从中获得最单纯的情绪就满足了。

和徐九的疑问不同，他想问，她如今究竟是谁呢？

是大求的宋墨紫，还是玉陵的宋墨紫？

在他看来，似乎哪个都不是。

元澄并没有找人去查她。金银故作神秘地吊他胃口，他当时没放在心上，回去后却想起一事来。

三年前，大求边境异动。他身居高位，贪归贪，该他的事绝不马虎。派探子去查，传来的消息是大求水军士气昂扬，江面上演练频密，同时各地输入都城的木量猛增，全都进了船场。他自然重视，再派人混到都城去探，却是几批都有去无回，只有一只半死不活的鸽子带回来半张字条，上面有三个字——宋玉之。

本来他不过例行公事，没想到大求那边密不透风，就让他认真起来。刚开始以为这是个人名，从它着手却无半点头绪。这时南德旧帝突然病倒，所有事情压到他身上，不得不耽搁下来。直到又过两年，玉陵皇帝派使团来访，使团带头人叫宋玉，当场令他重拾旧忆。宋玉之不是一个名字，宋玉才是。

打听宋玉，很容易。原本只是大求宫中一名普通的匠师，却在入宫的某日突然展现精湛的技艺，从此被重用。之后，平步青云，荣华富贵信手拈来。这样的说法，对于天资很高、后天比谁都努力的元澄来说，自然是不信的。他相信，这个宋玉背后一定有秘密。字条上写的“宋玉之”，究竟是什么意思呢？

宋墨紫的名字就是那时探查出来的，和宋玉的长子宋振、幺女宋豆绿的名字放在一起。但他没有想到宋玉的秘密会跟那两个女儿有关，倒是宋振升官的速度让他更断定父子二人藏着什么。可是，没等他彻底查清，大求就发兵玉陵，而南德老皇帝驾崩，他被抄家流放。

墨紫的驾船之能，他曾亲身经历。又听徐九说，造船业的三关数十年无人能全过，自然这三关与造船术密不可分。就在刚才，一个男子高举墨紫的手喊出红荚，他就笃定墨紫是闯关成功的最大功臣。这个墨紫，对船了如指掌，而宋玉、宋振执掌大求船场闻名。那么他推测，墨紫和宋墨紫是同一人，宋墨紫是宋家父子所藏的秘密，字写全就该是——宋玉之女，一切顺理成章。

元澄不用查，心中已有定论。但墨紫也好，宋墨紫也好，跟之前他对她谜一般的身份所持态度一样，有好奇，墨紫不说他也无所谓。不过，他至少不会再惊讶为什么有人要置她于死地。这般的才华，能用最好，不能用自然也不愿意给别人用。怎么可能不招杀意？墨紫说的此一时彼一时，恐怕也是因为她想到了。

视线里，日升的几艘大船要返航，他问徐九：“九爷，可否再帮我个忙？”第一个忙，就是让他借乘了豹帮的船。

徐九想攀元澄这个交情，于是答应得爽快：“大人只管说，徐九尽力而为。”

元澄一招手，华衣带了几个人上前来，有男有女。

一上船，墨紫就头晕眼花站不稳。

"墨三儿，我瞧你面色苍白，可是旧伤复发?"闽老爷子问得关切，"我叫随船大夫给你瞧瞧，如何?"

墨紫半边肩已经没了知觉，但她硬撑着。女儿身一事，被发现她当然会直认不讳，但要她自己暴露的话，只想告诉信任的人。

"闽老爷子，我只是累了。可否下去换衣休息?"再用闽氏的好药试试，说不定一觉醒来就好了。

闽老爷子当然说可以，让人准备了舱房和干净衣物，请墨紫五人赶紧去。

墨紫一过拐角，就脚软站不住了。

早知道不对的肥虾连忙在旁边扶住，语气难得责备："墨哥你也太逞强，万一内伤复发，可是要丢命的事。"

赞进吓了老大一跳，"墨哥，你可不能死！"

墨紫觉得浑身有些发烫，心跳加快，胸口发闷，便用鼻子吸气嘴巴呼气，阻止两眼继续昏黑下去。

臭鱼把赞进挥得跟苍蝇似的，往不远处的一间舱房里赶，"去，去，别说霉话。我瞧你气色也不怎么样，别管墨哥，管你自己吧。换了衣服，赶紧运个功，把气补回来。"

赞进很不情愿，却因为后来墨紫发话，勉强和臭鱼、水蛇一起进去了。

"肥虾，我自己的伤自己有数。就是真累，想睡一大觉。"昏迷的时候让大夫看伤，她没关系，横竖眼不见为净。但现在清醒着，她实在不好意思给这帮兄弟瞧。"要不，等船到岸，我还是不醒，就随便你们叫大夫?"

肥虾气笑，只能由她。

墨紫进到自己那间房，涂了药，换了干净衣服，倒在床上很久睡不着，身上忽冷忽热。好不容易睡了，又做乱七八糟的梦，跑一路叫一路的，让火烧让冰砸，累得半死。直到额头上传来凉意，嘴里流进甘香的汁水，才舒服些，睡沉过去。

再醒来，看到一张熟面，怔了怔，当下打量四周。很宽敞的屋子，家具简单，打造得却好。这里，已经不是船上，可也绝对不是元澄的家。

"落英……"

"小姐，你醒来就太好了。华大夫真神，说你今日醒，你就醒了。"落英绞了方湿帕子，帮墨紫轻轻擦脸。

冰得墨紫一个激灵。

"你知道冷，便是身体不烧了。"门帘打上去，进来一个花白头发的老妇人，"趁热喝下这碗药，免得凉了药效减半。"

"您是——"

“我就是上回元大人请来给你治伤的，那老头的老婆子。我娘家姓杨，老头子姓华，随你怎么称呼了。”杨氏看上去有六十岁，动作却利落干脆。

“华夫人，请问这是哪里？您和落英又为什么在呢？”喝过药，墨紫问。

“这是日升船场，我和我家老头子还是让元大人请来的，落英丫头当然就来照顾你的。”杨氏收了药碗，又拿一小碗蜜饯来，“药后一刻方能进食，你先吃点零嘴垫垫肚子。”

墨紫有点糊涂，一时觉着自己在做梦。

“姑娘身体底子纵然不错，也不能这么耗的。几乎要命的伤，养了才月余，就从半空飞下来。这回虽说只昏了两日，若不是用药及时，你可救不回来了。我家老头子要我跟你说，再有下回，便是元大人送千年灵芝，他都不来。免得治不好，元大人参他一本庸医。”杨氏笑呵呵说着。

元澄一个教书先生，还能上本参人？墨紫一时傻乎乎地想道。

窗外能见数个船台。

船台上的热力比清晨的阳光还要炽烈，汗水和江水交织成金光，将天上地下笼成一片。几日前红萸闯鬼门带给人们的那种激动，似乎化成了高昂的意志，在这喧嚣的木尘中，展现得分外痛快淋漓。

然而，闽老爷子只听到耳中嗡嗡作响，抬眉瞪着坐在那儿笑盈盈的人。如果他没听错的话，他就只能感叹，虽然年纪一大把，也不应该将什么事都认为得理所当然。

今天，是墨哥等人离开的日子。他亲自过来送，却被单独请了进来。

这个墨三儿，一手旁人不知底细的造船术。那日从百花川里出来的两条船，不等他细看，已经让她带来的四人拆解，连帆都成了布条。他听松儿和常吉说得模糊，头尾不接。便是造了一辈子船，看了一辈子船，仍恨不得亲眼瞧上一瞧。

闽氏制宝九技，乃是天下匠人渴而不得之物。没想到，闽姓的他，也会有渴他人之技的一天。方明私下跟他谈论，言语间对红萸的东家很是好奇。然而，他只对这个墨三儿好奇。不过十八九岁的秀气模样，手上功夫到底有多了得？

然而，当墨三儿说了一句话之后，他傻眼了。

“你……你说……”

“我说我是女子。”躺在这里养伤的几日，谨慎考虑后，墨紫决定要跟闽老爷子说实话，“我的名字是墨紫。墨水的墨，紫色的紫。”

“你是……女子？”闽老爷子仍在震惊，眼珠子却能动了。突然想起来，怪不得这几日进进出出照顾着她的，是一少女。松儿还撇嘴说这墨三儿技艺很高，品行却不端，喜女子相陪。

“是，老爷子。”墨紫一字字吐清楚，“本来我女儿身的身份，不说也无妨。没有哪一行有明文规定女子不能做，只不过闽老爷子是船行行首，又是极为开通明理的前辈，我不对您说实话，会过意不去。”

“不错，是没有规定女子不能造船，可是——”他就没见过女船工，几十年跟一场子的汉子打交道。女人也有，多是家眷。

“女娲能补天，武后能称帝。古有花木兰代父从军，为何今不能有墨紫替主造船?”

闽榆不由得暗暗叹服，此女言之凿凿，行为进退得宜，确实非一般女子。他到底心宽胸广，对这样一个突如其来的事实适应很快。

“我能接受，别人恐怕未必。墨紫姑娘，我还是叫你墨三儿，也不会对他人言。来日方长，等红萸做得风生水起，便是女子掌事，谁还能说得了半句不是。不过，我也要提醒你。船场生意不同其他买卖，女子在这行，你大概就是绝无仅有。平日里都是和船工打交道，女儿家的名声，恐怕将来会有人挟此恶意中伤，你得自己心中有数。”闽老爷子不但接受了墨紫女子的身份，还善意帮她，并给她提点。

“清者自清。”墨紫轻轻一笑，起身双手合拢，长躬深鞠，“多谢老爷子。您果然是非常人行非常事。”

闽老爷子被她的轻松笑容感染，也笑道：“你才是非常人行非常事，我可不及你。这世道女子在外不易，你自己多当着些心。说实在的，我本来对你那东家一点不好奇，如今却很想知道，究竟是什么样的人，能用女子担这等事?”

他说到这儿，突然有些了悟，却不敢随意肯定，“莫非——同你一样?”

墨紫但笑，再作揖，只说：“老爷子，我那四个兄弟还在外面等我。且出来了这几日，家里也会急，不好多逗留。若日后有机会，老爷子允许，我再来观摩学习。”

闽老爷子呵呵笑道：“活这么大岁数，本来是越活越没趣，想不到这几日所见所闻真让我想再多活个一百年。我看你为人坦坦荡荡，外头四人应该知道你的事?”

墨紫这回点头，爽快应道：“早就知道了。既然是要一起过命的，总不能有所欺瞒。”

闽老爷子连说几声好，当即大笑着开了门，做出个请势。

墨紫身体仍弱，落英急忙跨进门来搀她。

等在外面，不知老爷子和人谈什么而满腹疑惑的闽松瞧见，嘴又撇了撇。

墨紫正好瞧在眼里，走过他身边时，便稍作停留，有心开他一个玩笑。

“松少爷，整日在场子里勤奋自然好，不过勤奋过了头，就闷气了。咱如今算得上不打不相识，也是坐过一船共过一命的。你改日不想闷了，就来红萸找我。上都玉和坊望秋楼有‘三美’，美酒美肴美人，可比刀山火海鬼门三关有意思得多。我做东，咱哥几个一块儿乐和乐和。”说完，她故意夸张地油里吧叽地笑。她知道，这位挺清高的松少爷很烦她不正经。

果然，闽松冷哼：“谁要去找你乐和?”

"不来就不来。"臭鱼在后面咕哝,"板一张臭脸给谁看?到时候可别说兄弟不仗义,有好事不带着你。"

赞进居然还拍拍闽松的胳膊,"来啊。为什么不来?墨哥请客,一定管饱。"

嘿——这三关闯下来,她的人跟闽松无比熟络起来了。

墨紫暗自好笑,咳咳嗓子,"大家别再说了,这种事勉强不来。松少爷想必打算发奋图强,闭关十年,成为像闽老爷子那样响当当的人物。咱们这些没志气的,可别带坏了他。"

闽松无语。

闽老爷子在前面听得真切,想笑,却又想到墨紫女儿身的身份若让松儿知道,他那心高气傲的性子少不得要再受一次打击,就笑不出来了。

常吉在旁边听着,插嘴道:"松少爷不来,我来。我土包子,那什么望秋楼连听都没听过。墨哥这关过得那么漂亮,不请客也说不过去。我不多讨,一坛老酒就行。"闽松瞪他,他就当没瞧见。

墨紫自然高兴应承,松开落英的手臂,对常吉抱拳,"常大哥,多谢你和陈志为我等引路,不然三关望都望不着。改日你们同我几兄弟上都城里相聚,定要不醉不归才是。"

陈志还有点郁闷,心想自己资历不够,攀不上墨哥这样的能人。却听她没漏了他,即刻咧开嘴笑。

随后,墨紫带着落英上马车,其他四人上马。忽听闽松在外唤她墨哥,她撩开窗布,探了小半个头出来。

闽松竟出乎所有人意料,弯身作长揖,"多谢墨哥和几位兄弟援手,闽松牢记此恩,日后定当相报。"

一抬眼,正对墨紫双眸,"你我——后会有期。"

"自然是有期的。松少爷要是不喜去望秋楼,无忧阁也不错。莫愁姑娘我是请不动,不过无忧妈妈与我倒是有一面之缘,应该不会慢待——"她油里来油里去,过了三关,很欢畅。

闽松这人虽有天生的傲气,不过品性很优良,最让她觉得难能可贵的,是他知错能改的做事方法。所以,墨紫不介意跟他交个朋友。

日升船场离上都也就半日快马,谁不知道无忧阁,立即有人偷笑。

闽松咬牙切齿,"墨——哥!你好走!"一甩袖,转身径自走了。

闽老爷子手指隔空冲墨紫点几下,意思是玩过火了。

墨紫微微颔首,笑着放下布帘。

马车嘚嘚,不一会儿出了日升,往上都方向驰去。

又过了半月。

这日，元府守门人收到一张帖子和一个木盒，忙不迭送进去，交给大人的贴身小厮铭年。

铭年单手拿帖，臂下夹盒子，走到后花园中。就听笑声阵阵，一群穿着华衣美袍的男子正围着火堆喝酒吃肉。

“老朽山珍海味吃了无数，多是好景好歌好舞，早就觉得乏味不堪。接到元大人的请帖，也以为是普通的酒宴，本还想推了，不过，陈老说，元大人从不让人失望，这才来一遭。想不到，座席摆在野趣之中，这般妙的葡萄酒，这般妙的现烤肉，实在有意思啊。”一个山羊胡子的老人吃着香味四溢的兔子腿，看舞姬们在草丛中曼舞。

“大人们若喜欢，元某以后再多请几次。我们也学学武将们上山狩猎，就地铺席，好酒好宴，省得他们以为独他们潇洒。殊不知我们文官不出家门，也能一般洒脱。”元澄今日用木环束发，头一侧，发尾落肩。一身宽黑丝袍，低开襟，流风袖。大概酒席过半，又逢最暑天，有些狂放意，眯眼抿唇，一缝白玉胸膛，半卷袖藕色双臂。

众人连声称好。

铭年站定在亭中。

元澄知他有事，便示意舞姬们上前敬酒。他自己对一群色迷瞪眼的上官告罪，好似喝多了微晃起身。却是越走，身形越正，笑容越淡。

待他至铭年面前，哪里有半分醉意?

八月了，虽然太阳底下灼热难当，不过元府后面地敞天高，树一林，草一丛的，风在成片荫下，凉下不少，吹得那些上官很是逍遥自在。主人不在，照样美人在抱，笑声直入元澄的耳。

“大人，三公子给您送了帖子，还有礼物来。”铭年恭敬地将帖子递给元澄，同时歪斜着身，将夹在胳膊下的木盒小心翼翼地放在石桌上。毕竟少了一条手臂，比普通人要显得笨拙些。

元澄等着他，直到他再度站直，这才坐上石凳，开始看帖子。

铭年每每这种时候，心里就特别庆幸跟了个好主子。看似事小，他却能感到大人对自己的尊重。记得刚来那会儿，他也是如此做，被这么盯着，还以为动作笨拙大人厌恶。直到有一回夹得不好，东西放不下去，大人问他要不要帮忙，他才知道，不是厌恶他笨，而是在必要的时候能帮他。他以前在太学打杂，传递个东西，谁会帮他？稍有不慎，摔了，就是一顿打骂。遇到这样的主人，他怎能不死心塌地?

“大人，三公子这张帖子怎么比别人小那么多?”铭年见元澄将那张小于半个巴掌的帖子翻过来。

“她的心思总有点与众不同的。”元澄漫不经心地回答，目光不离手中的小名帖。

正面一角垂下鲜艳的红萸花，下面画了江水，江上有帆，写着“红萸船场”四个字。背面白底墨线，不齐整，看着却挺好。几行紫色小字，草楷体，以“墨哥，红萸掌事”这六字最醒目。最后一行写着到船场的路径，他才发现原来那些墨线不是无谓

的，而是一幅简单的地图，用浅灰色字标着最后一行中所提到的地方。

墨紫觉得一般用的名帖太大，袖子里放着占地方，荷包也不好做那么大，而且她只是掌事，又不是东家，做成名片状比较显得“谦逊”。

问题是她想得挺“谦逊”，偏她结义大兄不谦逊，竟效法她这种名帖，用更名贵的纸张辅以名家的字和画给自己做了一叠，当花瓣那么撒给人。紧接着，金银钱庄的金大少也开始用这样的小帖，广为派发。

这帖还让元澄取了一个名字：知舟帖。

知舟帖让元澄金银这一官一商来用，且又小巧易携带，便在上都纸业刮起一阵旋风，并很快席卷全国，成为达官贵人最常用的名帖。

再说回元澄，将墨紫的名帖收进流风袖，一边觉得这小帖子实在好用，一边拿起桌上的木匣子，看着便是一笑。

那木匣子没什么花样，就是做工不错，没有毛糙的地方，摸起来很光滑，却是连漆都没上过。

他笑，是因为匣盖上刻的那两个字——

心意。

他对墨紫说过，若她要他帮忙，不用事前送礼，只要事后给他一份心意就成。不久前，他给她送去华大夫夫妇和落英，又小救她一次，这会儿就送心意来了？

他瞥见铭年的脖子伸得长长的，而他自己也是好奇不已。

指尖一挑，匣扣便开了，再抬指，盖子露出一条缝隙来。

顿时，花香扑面。

铭年眼睛闪亮，不禁道好香。

将匣盖整个打开，他又听铭年长长“啊”了一声，而他目光敛了起来。

一匣子的干花瓣，雪花般白，没有一丝杂色。他自入官场，年年赏花，知那是白芍药。白芍药的干花瓣之中，有一朵盛放的白色大花。与芍药单瓣不同，花瓣如亭台楼宇一般层层叠叠，在风中微颤，却那么雍容华贵。

花中之王，国色天香，牡丹也。

香气引来了亭外飞舞的两只彩蝶，在白牡丹上流连不去。

铭年虽然觉得这匣子的花瓣和花漂亮非常，但说道：“三公子为何送大人花啊？”

他突然想到歪里去，立刻瞪大了眼，说话结巴：“大……大……大人……”不会吧？难道三公子，不，墨姑娘这是表达钦慕之意？

“铭年，你结巴了，要不要喝口水？”元澄倒了一杯茶水，给铭年推过去。

铭年见元澄亲自给他倒茶，心里激动，嘴上说着怎敢劳大人，手上动作一点不慢，拿着喝尽了，再规规矩矩地放回去。

“好了，你接着说吧。”元澄笑了笑，“大人什么啊？”

他修长的手指碰碰匣中的牡丹，然后，顿然。

"大人，恕我贸然。我以前在太学的时候，常听学生们说与谁家姑娘小姐赏花摘花戴什么的，好像是两情相悦的意思。我想，我就想，墨姑娘或许……"说出来是需要勇气的，但铭年看一眼元澄，勇气却卡壳了。

元澄的手抬起，放下，再抬起，再放下，先是指腹轻轻碰触，接着双指夹着花瓣摩挲，渐渐有些紧。

铭年心道，这么捏法，花瓣会掉了。

元澄突然伸出双手，将白牡丹从匣子里拿了出来。芍药的花瓣纷纷洒落，那朵牡丹仍被风轻扑着颤动，同时让亭外的阳光照得明艳起来。两只彩蝶虽然因元澄的动作受惊飞开，但在亭子里绕，似乎不舍这般的芳香。

"铭年，你可知，牡丹三四月间开放，最晚的，也不过六月。"他左手支头，右掌托着那朵牡丹，眸中光芒流转，仿佛要溢出来似的。

"呃？我虽不知那么详细，不过牡丹是春天开的。"铭年想到这儿，诧异了，"不对啊。既然不是花期，这朵白牡丹从哪儿来的?"

元澄墨眉一挑，笑意越发深了，"你自己摸摸看。"

铭年轻轻碰了碰花瓣，不觉有异。

"用点力揉。揉坏了，我再问你三公子要一朵。"元澄鼓励道，"她既然贿赂我，当然能再大方些。"

铭年也学元澄双指捏紧，皱皱脸，然后大吃一惊，连忙松开手，指着白牡丹，"大人，这花……这花……"

元澄把牡丹放回匣子，合上盖，吩咐道："把三公子的礼收到我房里去。"

不等铭年回话，他出了亭子，往树下醉意正酣的宴席走去。越近那嬉笑声，他的影子就越斜，两片衣袖装了满满的风。坐下时，眼迷面笑，一派风流。

"几位大人久等，我这府里也没什么拿得出手的，还请将就了。"他声音潺潺，如山涧轻快。

"郑大人，元大人府上这野趣虽妙，不过您不觉得堂堂太学博士住的地方，未免太寒酸了?"一个半醉的官员往元澄那儿一瞥，遂对山羊胡的上官说道。

其他人纷纷附和。

元澄连忙告罪，说委屈了上官们。

山羊胡乃是吏部尚书，一听是个道理，眼望着一位妙色舞姬，想都不想就说："这件事交给我办。元大人乃是皇上嘉许的有才之士，今后必是我大周栋梁，怎能亏待了？便是按六品的衔，也得好好整整。不过，这野趣得留一处下来，不然，岂不是少了这样自在的烤肉吃?"

众人哈哈大乐。

元澄应了"是"，显得高兴之极，"谢几位大人厚爱，元某没齿不忘。只是这官宅破土动工之事，还需跟工部打声招呼。元某官微职小，恐怕——"

“元大人不用担心。工部尚书蒋大人与我交情笃深，且讨好他也容易。他最喜收集木雕，你若有巧夺天工的木头疙瘩，送他一个，再由我这边来说，保准立马开工。”郑大人今日十分尽兴。

元澄的真正身份属于秘密。他在南德见的大周官员不多，像萧家这样的天子近臣已经被令噤口，而元澄之名在南德也没几个人叫，只说元宰辅、元相、元师、元贪官。因此，用本名混在大周的官员中，很多人还以为他是饱学的斯文官儿。皇帝有意帮他隐瞒，再加上他一直有心经营，这些便是高官，却难将此元澄跟南德元相联系在一起。

元澄微微一笑，起身对各位官员施礼说谢。

元澄坐下来，美人在侧，诱惑之姿为他献上美酒。他伸手去接，那美人趁势贴前，单薄透明的纱衣难掩玉峰蛮腰。他不过淡淡地看一眼，那美人就吓得退了回去，却不敢离太远，坐在他身边强颜欢笑。

手指把玩着夜光杯，萦绕他的，唯有一缕花香，久久不散。

“夜上梧桐静，云中月色独。”

墨紫隐隐听得有人在她耳边念了两句诗，又反应过来是男人声音，立刻从枕头下抓出一根老粗的木棍，恶狠狠说道：“说！你是谁？哪来的？谁派的？”

“你是不是该先睁开眼，再问这么多话？”浅笑吟吟，声音恁地耳熟。

“我要能睁自然睁的。你知不知道，好梦酣然时被吵醒，最累。”听出是谁，墨紫放下棍子，揉开眼皮。

一入眼，这样一幅画面。

身着黑衫的温润男子，乌发梳上去，光滑如帛，高髻木簪。他坐在窗前的木椅上，手里一张纸笺。窗纸上的月光将他身后映得雪白，衬得眸染墨，浓郁成夜。

“你写的？”元澄放下纸笺，似乎望过来。

不确定，是因为他背对着月光。

墨紫意识还处于混沌中，问道：“什么我写的？”

“夜上梧桐静，云中月色独。”

“哦——嗯。”

“你这里没有梧桐，屋外那棵是榆钱树。而且，今夜无云。”亏他读完这两句，特意推窗看了一下，想赏赏如此的风景。

墨紫眼一翻，“元先生才华横溢，难道不懂意境的奥妙？你眼里看不到梧桐，我却看得到。你说今夜无云，我却见了云海出月。关键是，总不能说夜上榆钱叶，无云明月光吧。”

元澄笑出声来，“想不到墨哥大有诗才，失敬失敬。”

墨紫哼一记，“勉强就别说，跟别人的虚伪，跟我不必了。”

那道俊朗的身形突然站起来，往她床前走了两步，影子便触到她的被子。

“元澄！”墨紫心急就喊，又怕把隔壁屋子的赞进吵起来，忙压低声音，“你深更半夜跑到红萸来，究竟找我什么事？”她这回结结实实地养了半个月的伤，确定不会再复发，才开始跑红萸。三天来她都住在场子里，等明天最后一日招工完毕。

“我来回访。”多聪明的姑娘，将他看得那么清楚。但他偏想跟她兜兜圈子。

“回访？”

“收了你的帖子和心意，我却不像你面都不露，一定要亲自来谢谢才行。正好今夜良辰美景——”影子越过整张木床，从内墙攀直了上去。

墨紫叹一口气，伸手抚额，“元澄，你今天这么反常。高兴的，还是生气的？”

影子渐渐退开去，他又坐回了椅子，把后半句话说完，“适合喝上一壶好酒。”

她起身穿上一件长衫，坐到他对面，推开窗，银白铺满桌，江水味道涌进来。

元澄看她当着自己的面往白色里衣上套青衫，又是轻轻一笑，“你真把自己当男子？”

墨紫横他一眼，“你最狼狈的时候，我都瞧见了。而我最狼狈的时候，你也都瞧见了。再说，要是地震，我穿里衣就敢往外跑。”

元澄翻起桌上的瓷杯，斟了两杯酒。他是当真带了好酒来的。

两人就这么一小杯慢慢饮着，谁也不说话，但看窗外。不一会儿，先喝完的那个先开口。

墨紫道：“那份礼，你可还满意？”再度养伤期间，再度无聊。想着没道理白受他的好处，就做了这么一份“心意”。

“如我刚才所说，你若亲自送来，我会更满意。”

元澄笑了笑，又给自己倒一杯，“墨哥这双手倒是真巧。不但驾船造船，还能以假乱真。单凭那雕花的绝技，定有人愿千金奉之。”

“所以，我以为这份礼是很够表达意思了。”

“那是自然。听说你怕造船秘技传出，都在封闭屋子里，我又亲眼看到你闯过鬼门后将船拆解，而你亲手雕白牡丹给我，我猜是故意透露你另一样秘技。能让墨哥对我如此信任，我愧不敢当。”

墨紫将自己的雕术展现在他面前，不只是信任他，还有要给他利用的意思。他和她，是互利者友。他帮她一次，她就想帮还他一次。

“元澄，你来，可是有事要我做？”

墨紫就见元澄从怀中拿出一张折叠着的纸来，摊开在桌上一看，她就皱起了眉。

“元澄，我只会造船，不会造屋。”那是一份府邸的结构图，“你找错人了。”

元澄不急不忙，“这张是工部交与我的元府重建图，他们自会派人督造。”

墨紫虽然不会造屋，但她手工了得，平日里也雕了不少亭台楼阁，仔细再看图，

嘿嘿笑了两声,“你真是好本事。这重建图大刀阔斧,势必将你家弄得富丽堂皇,美轮美奂。照此看,你会成为大周住得最奢侈的一个太学博士。”

两人讲话常常针锋相对,因此元澄对她的笑讽不以为意,指着图纸的某处,“只是这个地方,非得你来动手不可。我会安排你和你的人进府,但你必须选最可信任的人帮你一起建。就像——你过鬼门的那四个兄弟,能一船一命的。”

墨紫认真起来,顺着他所指的地方看了好一会儿,有点不太确定,“莫非——?元澄,你究竟想做什么?”

“你那日问我,身上背负的可曾放下?”他旧话重提。

“那时,你说你不知道。”

“我想了想,元家一百多条性命,总不能就白白死了。”

“你想复仇了吗?”墨紫说这句话的时候,很冷静。她不是软弱的人,不会似别的女子那样,苦口婆心劝什么放下仇恨。

不是当事人,绝对不会明白历经生死劫的痛苦。

他如果自己想明白了,那挺好。人生苦短,为自己活着,很潇洒。但他如果放不下,就干脆去讨公道,直到心里满足,就真正解脱了。两条路,其实是各人的选择罢了。就好像,如果她的过去放过她,那么她也放过以前的人和事。但如果他们非要找上门来,她也绝不会像从前那样傻呵呵,一定会连本带利地讨回来。

元澄静静地望着她,笑容苍凉,语气悲悯:“如果不复仇,我还能做什么呢?”

墨紫不是第一回听到他这样的说话语气。把他从南德救出来的一路,他便是如此在绝望中挣扎着要生存,却又想放弃生存,那么自相矛盾。

如果不复仇,他还能做什么?

如果不造船,她还能做什么?

“我帮帮看。”她说道,“反正复仇也不一定非要搞得腥风血雨。说不准最后不成功则成仁,就算尽力。也说不准,半道找到新目标,就放弃旧的了。”

元澄听她讲得头尾不接,不由得好笑,“你不成功则成仁去吧,别拉上我。”

墨紫去拿酒壶,却被元澄抢了先,只能对着一滴不剩的酒杯蹙眉,“元澄,你不是来跟我喝酒的吗?小气成这样。”

“工程十日后动工,你在这期间内找好人,顺便想想怎么建才能避开他人的耳目。一切所需,跟我报账就是。”元澄将最后一杯酒饮尽,起身走到门前。

“那是。我哪来银子?”墨紫跟在后面,送客。

开了门,她看到外头有个瘦小的中年汉子,是没见过的生面孔。

“你不可能带千牛卫来这儿吧?”

“他不是。”元澄跨出门槛,“你别送了,回去睡吧。”

墨紫嗯了一声,正要转身,就听那汉子对元澄说什么隔壁的小子让他点睡了,是不是就那么放着。

她回头瞪眼,“元澄,你的人把赞进点睡了,有人来偷袭我怎么办?”

元澄吩咐那人去给赞进解开。

墨紫一歪脑袋,“你身边什么奇奇怪怪的人都有,还缺我吗?”

元澄瞧着她,只说一句:“我快死的时候,身边什么奇奇怪怪的人都没有,只有你。”

等中年汉子出来,他便走了。

就听赞进在隔壁大叫:“奶奶的,谁拍我?”

第三十五章 红萸三关

这日，是红萸招工的最后一天，仍然是来的人多，留的人少。

真正开始接触这一行，墨紫才发现，果然有手艺有经验的匠人不多，多数人是比较能干粗活的苦力，搬搬抬抬还行，刨木钉板这些基础功夫参差不齐，至于看船图能说出个所以然的，十个当中都难有一个。

到太阳快下山时，她总共招了八名船匠，其中包括当初在小巷遇到的两个。玉陵来的那个美男子叫丁修，南德的光头牛鼻子还真姓牛，叫牛皋。两人第一天就来了，正经过了她出的考题，大概是八人中技艺最高的两个。尤其是丁修，据他说，是玉陵皇都船场的学徒匠师。而牛皋是造私船的，简单的渔船小舟自不在话下，刀工很不错。另外六个上都人，各有一技之长，只是经验上还欠缺。

丁修、牛皋没地方去，就住在红萸船场。这三天，两人也帮着墨紫过过眼。丁修近匠师级，自是对人一看就明。牛皋三日下来，隐隐地有些当头的架势。

墨紫看在眼里，喜在心里。这两人，弄得好，将会成为她得力的帮手。

丁修有个五岁的儿子丁丁，与两三岁的妞妞成了好朋友。这不，两人正在花圃那里捉蝴蝶。孩子的笑声特别清脆，咯咯嘻嘻的，令人不由得跟着笑。别看牛皋大老粗，孩儿心性，见招工收尾了，就去和两个孩子闹。

墨紫笑着，侧脸去看丁修，发现他眼圈红了。

“丁师傅，你不用急眼，牛皋看着笨，心还挺细的，不会伤到孩子。”

“墨哥误会了。我只是看到妞妞，就想起失散的小女儿，她今年也两岁，却不知同她娘亲流落何方。我拙荆本是殷实之户的女儿，未曾吃过苦，没想到——”

丁修这么一说，墨紫脑中丁零乱响，突然想起那位卖给她梳子的大婶来。

“丁师傅，你妻子和女儿可有什么特征？”

“我妻相貌端庄，我女儿伶俐可爱。”

墨紫眉毛一耸，“丁师傅，所谓特征呢，就是与众不同的地方，比如有麻子啦，胎记啦，缺胳膊少腿啦。我在六月里看到过一对玉陵逃难来的母女在集市上卖杂货，听那位大婶说，女儿两岁，夫君好像是在宫里当工匠，路上失散了。”

注意到丁修眼睛越来越亮，她说得更起劲，“那位大婶说投靠的亲戚骗了她的银子，只好当了首饰做点小买卖，怎样都要留在上都等相公和儿子。我跟她买了一把旧梳子，已经不能梳头的梳子，不过上面的牡丹——呃，疼啊！”

原来手腕被丁修一把抓住了，且往死里掐，手抖得如秋风中的落叶。这当然是因为丁修太激动的缘故。

“那定是我妻女，梳子从我一本书中掉出，我妻瞧着喜欢，便带在了身上。不知墨哥在何处看见她俩？”

“在城南庆民坊见到的。不过，她那些货实在也卖不出去的样子，倒是她自带解渴的后山泉水很是甘甜，就建议她改卖水。她说她要赶在城门开的一大早，你若起早些，从南边三门守起，没准会有收获。若然不行，就从山中有泉的城郊村落找。既然你们一家人都已经在上都了，一定会见面的。”真是无巧不成书啊。这夫妻二人，一个帮她恢复了记忆，一个将要帮她造船。她也算做了一桩大好事。

半年来，丁修第一次听到妻女的下落，哪里还待得住。

牛皋如今跟他是好兄弟，听了前因后果，便跟墨紫请个假，拉着他直奔上都南城去打听。

墨紫对着丁丁和妞妞大眼瞪小眼，最后被两人拉着玩捉迷藏的游戏。她正趴在地上学猫叫，想把孩子引出来，没注意门前来了两个人。

“红萸船场既然过了三关，怎么还是门可罗雀？我瞧你闲得没事干，一个人在这儿猫扑蝶。”男子的声音傲然不已。

墨紫跳起来，回身一看，是闽松。

“松少爷，稀客啊！我正跟孩子们玩呢。”叫了丁丁和妞妞出来，裘大东把他们带到后面去。她打量着闽松，见他布衫布裤单布鞋，奇道：“你家破产了？”

闽松一愣，但反应得很快，“你才破产了。”

“日升没倒的话，松少爷为何穿得这么——老百姓？”

闽松不接她的茬，瞧瞧四周，楼虽然新，地方却小，心里不情愿，又想到老爷子的命令，冷冷地站在原地哼气。

墨紫问道：“难道松少爷是来找我请客？那常吉和陈志怎的没同你一起来？我说好了也请他们的。”

闽松皱了老半天的眉头，放低了声音，说出一句话。

墨紫掏掏耳朵，以为自己瞬时性失聪，“你说什么？”

闽松眼神有些凶，嘴巴上下动。

可她还是没听见。

一只乌鸦叫。落日将她的影子拉得老长。那么凄凉——

等等，她要是聋了，为什么听得到乌鸦叫？

她有点光火，“闽松，你小娘们啊！说话跟没吃饱了饭一样。”

闽松横眉冷对，刚要回击，却听见有个很不耐烦的声音。

“这位少爷说，他来找活儿干。”

墨紫“哦”到一半，叫起来：“什么？”

闽松此刻没空管她惊不惊讶，回头瞪那个多嘴的，“你谁啊？关你什么事？”

“这位少爷，太阳要下山了，你自己拖拖拉拉，要进不进的，也别耽误我的工夫。”那人斜跨出来，一身洗褪色的旧白衫，肩上一个灰包袱，一双鞋已经磨薄了，隐隐显出袜色。身高与闽松差不多，却比闽松魁梧，且剑眉虎目，不过额上一道长疤，还有那讥诮的神情，竟成了愤世嫉俗的长相。

“你们俩不是一起的？”墨紫还以为那人是闽松带来的随从，所以刚才没细瞧。

“自然不是。”闽松吊着眼看那位。

“我区区一个小老百姓，怎么可能认识这样的少爷？”那位也吊眼看闽松，然后问墨紫，“请问这里是不是招船工？”

闽松被激起脾气来了，“你等等！凡事有个先来后到，我在你之前，当然该由我先问。”

那位切一声，“你刚刚问过了，还问了两遍。这位掌事的没听见，怪得了谁？既然是有钱人家的少爷，吃喝玩乐便罢，跑到正经地方来做什么？你不用赚钱吃饭，我还等着糊口呢。”

“好，墨哥，你说，你用我们两个中的哪一个？”闽松扔过来一颗炸弹，把墨紫圈进这场较量。

“我瞧你俩的架势，不像来找工，倒像来打擂台的。”

愤青立刻一愣。刚听什么松少爷和这位掌事聊得熟络，以为自己会被骂一通赶走，毕竟一路行来，恶嘴脸看得太多了。

“你俩不用争先抢后，我招工也不是谁先来就先雇谁。”墨紫指着旁边两个新竖的大木桩子，“看到那条红线没？用锯子贴着线锯一片木下来，不能过厚或过薄，就要正正好好。这截香烧完，没完成的请自行走人。”

“这样就行了？”闽松没当一回事，他五岁开始玩锯子，那是最基本的工具之一。

“这关过了，还有两关。”墨紫眨眨眼，“松少爷，这可比日升的三关好闯多了，我叫它们一锯一摸一眼。”

闽松知她故意调侃他，“闯三关也不是日升定的，是整个船行的规矩。你再油

腔滑调，跟我抱怨却没用。”而且，红萸如今是英雄，他则丢了日升的脸。

所以，要将功补过。

锯子产生的木屑，像沙粒，随着落日的最后一道余晖，流成金线。

闽松拿起锯下的木片，按墨紫的要求差不多是一指节厚度，抬眼看到线香比起刚才还有半截，就觉得很满意。

墨紫瞧过，也没多说，只是点点头，就看那个愤青。

闽松也看，不过，差点没笑出来。不像自己站在一个点，一气锯下去，那个边绕边锯，一圈圈锯进去。

“墨哥，这还用看结果吗？他根本就是个生手。”

墨紫将食指竖在嘴前，示意他安静。因为那么近的距离，愤青能听到。然而，她看愤青，仍不疾不慢，这里锯一会儿，那里锯一阵，似乎并未受闽松那些话的影响。她觉得这人有点意思。

香灰掉下，火星子挣扎，愤青终于把木片磨了下来，交给墨紫。

闽松跟着一瞧，锯子锯过去的那面一片毛糙，被狗啃过似的，便说：“墨哥，现在你能让他走了吧？”

“为何？”愤青不解，“我照足了要求，一片木，线给的厚度，不管表面毛不毛，且在规定时限内完成，为何我不过？”

墨紫笑，“他让你走，又不是我让你走，谁说你不过？”

她又转头对闽松说：“松少爷既然来我红萸，只管拿自己的本事出来，至于别人，就留给我来做主吧。”

闽松张了张口，但墨紫说得不错，他确实没有资格指手画脚。

“两位请跟我来。”墨紫领头进了小楼的其中一间房。

闽松、愤青一前一后跟着走进去。到里面一瞧，真没见过这么奇怪的摆设。对着门的一面墙竖着三块围成扇形的白色木板，椅子一排排，前面低，后面高，大概能坐上三四十人。椅子前放着长条形的桌子，也是由低到高的。两人同时疑惑，这是干什么用的？

墨紫让两人坐在最前排，“我会给你们看一张船图，数到六十之前，上面标着号的部分，请尽量记住形状特征。一共十六个号。等一下，我会让你们蒙眼摸一些板，数到一百八十。你们要在这时限内把符合十六个号的板挑选出来。最多能拿十六块，其中对一半以上的，就算过了。有没有疑问？”

两人摇头。

墨紫将中间一块板往上一翻，三百六十度转圈，板的背面就成了正面，开始数数。一分钟到，啪——又把板翻了过来。去给两人蒙眼布，又将早准备好的模板各堆到他们面前，接着数三分钟。

这一摸，对懂船的人来说，考的是对船体的熟悉度；对不懂船的人来说，考的是记性。

闽松那边，墨紫都不用看。她比较关注的，是那位愤青。如果她没看错，愤青连锯子都不是很会拿，恐怕不但非船工出身，而且是外行。不过，脑袋似乎灵活，能扬长避短。因此，她并没急着淘汰他。船技不像练武功，基础的看手上功夫，再往上就得用脑子，所以即便成年后从头学，也有可能成大器。

就近观察，更发现此人聪明。他一遍摸下来，先选出八块模板，居然没有一块错。然后再摸一遍，便很不能确认，到最后倒数三十秒，几乎就是随便拿了放到一边。若她没猜错，他在短短六十秒的看图时间内，集中记了八个形状比较有特色的部分。就像他锯木，只是讨巧，能混过去就好的方法。

结果，闽松十六块都拿对，而愤青则是十六对十，还有两块蒙对。

闽松蒙着眼，并不知道愤青的策略，对他拿准十块，还稍稍惊讶了一下。

墨紫当然说话算数，两人都过第二轮。

“第三关是什么?”闽松觉得前两关虽然简单，不过设得新奇。日升招人，一般给一块木料，看一下刀工就能决定用还是不用。

“面试。”

“面试?”闽松又听见新名词。

“这回不是一起考，而是一个个来。闽松，你到门外等一会儿。这位——”

“我叫卫庆。”

“卫庆出来，你才可以进来。”

闽松走出去后，墨紫看了卫庆好一会儿。

卫庆见她迟迟不说话，又被盯着，感觉不太自在，“墨掌事，有话可以直说。”

“卫庆，你觉得我该用你吗？我这次招的是船匠，并不是普通的船工，需要一定的经验和手艺。你，以前没干过船工吧?”

“所谓的船匠和船工，我可瞧不出有什么不同。再说，不管我有没有经验，有没有手艺，你的两关我都过了。莫非，你要反悔？原来，这世上多是出尔反尔之辈。”

“那可不能这么说。我承认你过了两关，不过这第三关，在我手里，由不得你决定。若是谈得不好，你便过不了第三关。三关皆过，我才能用。换句话说，我得看人一些内在的，而不是外在的特质。你要是因此觉得我出尔反尔，我也没办法。红英虽小，人却绝不随便用。大实话，我看得出来你急需一份工。不过，为什么来红英？你明明一点经验也没有，大概以前锯子都没拿过。”

“我自小喜欢坐船。还有，你招工启事上最后一句话，迎自信且智勇者。我虽不会半点技艺，但来了，便是勇。我能连过两关，便是智。我相信墨掌事不用我，日后必定后悔，便是自信。”不知为何，卫庆觉得这个掌事的目光很真诚，没有要耍弄人的意思。

墨紫哈哈一笑，“说得好！”

“墨掌事说好，可是要用我了？”卫庆目光炯炯。

“可用，不过不是船匠，而是船工，试用三个月。每月薪金二两银，包食宿，各季发两套衣。你若不嫌我小气，便留吧。”

没想到竟然就这样进了红萸。二两银，包吃住，还发衣服，最重要的是能学到本事，卫庆那瞬间突然发现老天爷对他不是那么坏。“多谢墨掌事。”感激之心如泉水喷涌，到嘴边却只有“谢”字。多说无用，看日后的努力吧。

“是要谢我。换了别人，恐怕难用一个外行。”墨紫大方地受了，“不过，你若在三个月内表现不好，我照样让你走人。”

卫庆表示明白。

“下面是例行手续，了解一下你本人的情况。”墨紫翻开名册簿，“你是哪里人氏？”

“……洛州。”卫庆面色突然有些阴沉。

墨紫正低头写字，没留意他表情的变化，“既然是大周的，可有户本？”

“……有。”卫庆再吞吞吐吐。

墨紫察觉了，抬起头来，“按官府给船行定的规矩，若有户本，得看一看的。你带在身上了吗？”

“……带……只是一定要看吗？”卫庆不是头一回遇到要看户本的，他从来不肯拿出来，但红萸这份工，他真心想干。

墨紫联想到她自己还在裘三娘名下挂着，“卫庆，逃奴或者逃犯，我可不敢用。”

大周的船行定期受到工部查验，因为是掌握国之命脉的一行，对船工身份要求很严，绝不能私用逃奴或逃犯。而他国来的，需要到户部办理临时户本。所以，丁修和牛皋的落户问题，她已经拜托给元澄。

“我当然不是逃奴，也不是逃犯。”一身落魄，却可笑他出身的家境并不贫苦。

“那就没问题了。不管你是以什么身份挂在户本上，只要不触犯大周律，我会一视同仁。”墨紫微笑。

可等她打开户本一瞧，终究愣住了。倒不为其他，就是根本没想到这个卫庆的老爹居然是和她有过一面之缘的卫大。那他和卫六娘岂不是兄妹？

“你知道我爹？”卫家这些年风生水起，在上都也经营着不少铺子。卫庆一看墨紫惊讶的神色，他的心就下沉。

“我知道。我还知道你姑姑刚封了敬王府侧妃，你六妹配了敬王府的二公子。”

卫庆拿上包袱，站起来就要走。

“卫庆，你这是做什么？”墨紫坐着不动，抬头仍笑。

“我爹已经跟所有认识的人打过招呼，说绝不能用我。墨掌事不必为难，我走便是。”至于姑姑六妹，跟他无关，他不过是个庶子。

“哦？不过，你爹没跟我打过招呼。我跟他其实一点不熟。而且这年头，消息传递起来慢，你爹也没那么大本事会知道，你我都不用怕他找上门来。”墨紫挥挥户本，“还有，你忘了这个。拿上它，到小楼后面找一个叫裘大东的，他会带你去住的地方。刚建好，有木香味，应该很好入睡。三餐有固定的时辰，你问裘伯就好，过时不候，只有冷包子垫饥。”

“……”卫庆眼中一抹感激，“他不会来找我。”

“所以，你努力干活吧。相信我，如果你离开红萸，应该不会是因为你爹，而是因为你自己不够勤快。我最不可能养懒人，因为我是小气鬼。”墨紫合上名册，“出去时，请帮我把闽松叫进来。多谢！”

卫庆想说什么，却只深深躬了身，转身昂首走出去。

闽松凸出双眼。

墨紫从旁拿了一块弯模板，放在他脸下。

“你干什么？”很生气。

“怕你眼珠子掉下来，给你接好，免得掉地上脏了。”墨紫嘻嘻哈哈。

“你凭什么不用我？那不会拿锯子的家伙你都能用，我有哪点比不上他？”

“凭我是这里说话算数的人，而这第三关更是由不得你。”他急，她可不急，“松少爷，你好好的日升不待，为何要来我这儿？红萸不过刚刚开业，我连一张订单都还没有，所以别说你觉得红萸有前途，你家老爷子保护伞下不能大展拳脚，想要独立出来。这种话，我一句都不会信的。”

闽松本来还就想这么说，因此被堵了回去，临时要改口，但又不擅长，最后说出两个“我”字，就没话了。

墨紫瞧他憋得脸红，叹口气说道：“松少爷，我并不想给你看恶脸，不过，我这儿庙小容不下大佛，你别为难我。就请你给个面子，回去吧。”

闽松听到这么个人居然放低了姿态，便知她主意已定，但他来此也经过一番挣扎，不想轻易放弃，“墨哥，其实我想学你的造船术。”

墨紫一挑眉，“你终于承认了。”她猜到的，不过顾全对方的骄傲，没好意思说白。

“我知你不愿将船技外传，但百花川那三桅三角帆实在令我好奇。究竟为何，这样的桅帆能一统乱风，逆风而如履平地，漩流中安然无恙？闽家虽有九术，却从不曾有一术能做到如此。只要墨哥肯教我，我愿重金捧上且奉你为一技之师。”闽松说着，双膝一屈，竟直直地跪了下来。

墨紫忙去扶他，“松少爷，这个我可不敢当。我既没未从过名师，在这行亦没有名气，拜师收徒，连匠师资格都不是，我怎么能？”

他的坦诚让她头疼，他的坚持更让她头疼。三桅三帆是为了过鬼门，让水蛇他们后来拆解，就是怕被有心人学去，又用于不好的地方。她自己都是被迫露了这一手，自然不可能教给别人。

闽松见墨紫那些话虽然是托词，但拒绝的意图不容置疑，仍不肯起身，“墨哥可知，我闽松若奉你为一技之师，你从此便是匠师了。若日后我继承家主位，你也自然升至大匠师的位置，无须参加船行设定的考校。”

墨紫却不为这些名衔所动，因此只是笑一笑。

闽松可不笨，“墨哥掌红萸，难道不是为了扬名?”

天晓得，她最怕的就是扬名，立刻摇摇头，“我掌红萸，不过是遵从我东家的吩咐罢了。有算命先生说，祖业不可废，否则会影响我东家的富贵命。我东家身边一时也无人可用，才非要我接受的。对船，我略知一二，可若同你日升里头的师傅比，单是闽老爷子一人，都是万万不及的。”

“墨哥这话可是敷衍了。”闽松眼中傲意渐起，慢慢站起身，修长身形如松一般直，“老爷子果然料事如神，我来之前，他已经跟我说过，你一定会以各种理由来拒绝我。”

墨紫眸光微敛，“既然他已经料到了，为何你还要来?”

“因为，老爷子给我出了个点子。”闽松从怀中掏出一张纸，折得四四方方。

“哦?”墨紫看那张纸铺开，眼睛便一亮。

那是一张船图，上面是大江船，标二千石载重。

“这是我三叔于月前向日升订下的两艘大货船，虽然是自家生意，价钱稍低些，每船三千两。如果你用我，老爷子发话，这份订单就是你红萸的。如何?”闽松刚才跪，是真心。现在诱，也是真心。他对技艺的追求，十分执着。

墨紫此刻想的，却是闽老爷子真——厉害啊!

她红萸万事俱备，只欠订单。闯三关，虽然为红萸打出了一定名气，但这几日，都是找工的人上门来，没有客人。毕竟，红萸寻找新客源需要时间。而此时，闽松一出手，就是两艘大船六千两的卖价，对她来说，简直是无法抵抗的诱惑。

裘三娘给她定的是五千两，多的归她自己。这两艘船一接下来，她什么都不用担心，只要等着一年期满，把自己的卖身契拿回来。然后，是走是留，便再不必听命于任何人。

可是，她闭闭眼，再张开，无限遗憾，“松少爷，你还是回去吧。”

闽松比刚才更惊。他说到订单就是红萸的，她的眼睛明明光芒四射，一副太好了的模样。为什么一转眼，她却仍然拒绝他? 但目光恋恋不舍，虽然叫他回去，可是咬牙切齿，根本很不甘愿。

“墨哥，订单一收，红萸就得忙上半年。而且你该很清楚，这可不仅仅是一张单子的事。一旦红萸的船记出现在我闽氏江运上，今后就有很多人来求你们的船。这样大的好处，我却只要学你一样——三桅帆船。”不是全部的秘技。

“松少爷，这样大的好处，也得有同样大的肚子吞得下才行。你也瞧见了，我这

里简陋，不过八名匠工，一名船工。不瞒你，八名匠工中，只有两名对船较熟，其余六名是有手艺却没多少船行的经验。我东家吝啬，本钱没给多少，如今就剩一千多两。我一个人便生了三头六臂，可要吃下两艘二千石的大江船，那就是白日做梦。”墨紫挣扎的神情已经烟消云散，眸中清澈，“我曾听过一句话，机会是给那些有准备的人的。我没准备好，若贪心接了这单子，只恐怕会有很多问题冒出来。到时措手不及，损失可能远超过六千两银子。”

闽松拍起手来，“好一个机会是给那些有准备的人。墨哥，我闽松算是佩服得五体投地。”

墨紫不懂他什么意思。

“老爷子说，若你敢接这张单子，你便是蛇吞象，贪婪成祸。若你是真聪明，必舍了这么大的好处，看得长远。他嘱咐我，若是前者，我便留下单子回日升；若是后者，叫我不要拘泥于学技，就当一般的船匠，跟你一年半载。”老爷子的意思，不一定要拜师，也不一定要手把手地教，才能学到东西。眼睛看，用心体会，一样能成长。“你知道，日升的人都认识我，红萸却不一样。你帮我隐瞒一下身份，我就能从底层做起。”

“松少爷——”

闽松将图纸收回去，却又掏出另一张折纸来。

“我不管你这怀里放了多少张船图，没用。”

“以后叫我阿松就行了，闽姓是这行出名的大姓，很容易让人识穿的。”偏这位胸有成竹要在这里干活了一样。

墨紫一看，这张船图她见过，在第一关里，还亲手打造过船模。两层，七百石载重，货客两用的行江船，算是中等大小。

“这张订单是章州刺史大人下的，十一月中旬交船，押金五百两，试航没问题后再付一千二百两。”闽松解释完，又道，“还是这句话，用我，这单子归红萸。”

肯定又是闽榆老爷子教的。这只老狐狸，考验他自己的侄孙还不算，还考验她。前面的试探，他多半有把握她会眼红但不会眼瞎，但这张单子，便是确定她眼红且眼馋。大小正合适的饵，那么香喷诱人。

“刺史大人的船，为何不找官家船场？而且，跟你们下的单，转给我们，刺史大人不一定会愿意。”墨紫想得很细致。

“如今边境不平，官家船场正忙着造战船，谁还理会这样的小单子？单子是跟我们下的，但只要最后取船地在我日升内湾就行。当然，验船也会由我们来，你只需付二百两银子的检验和泊船费。”亲兄弟明算账，所以该清楚的不能马虎。

墨紫咽咽口水，一番心理交战后，乖乖投降。到手一千五，又是她能掌控的局面，很不错。更何况，对方退了一步，她再坚持就傻了。

“你既然想留，我就留吧。你说过，不跟我学艺只干活，希望日后别叫苦。从底

层做起，便是船工。同卫庆一样，每月薪二两，包食宿，每季两套衣。"

"和卫庆一样?"太大材小用了吧? 闽松不太乐意，"我在日升是匠师。"这个墨哥没出现以前，他的目标是年底通过大匠师的考校。

"是谁说要从底层做起，阿松兄弟?"墨紫觉得闽老爷子英明，这位少爷需要历练，便挥挥手表示此事没有商量的余地。

他就是客气的，闽松想辩。

这时有人敲门，裘大东带了个人进来。

墨紫一看，小衣!

墨紫跟着小衣，一路快马加鞭。一下马，白荷冲了过来。难得见她真着急的模样，粉脸急红了，双手揪紧裙子，好像那裙子绊脚，会站不稳一样。

"墨紫，小衣跟你说了吧? 姑娘她打定主意，我怎么劝都不听。这会儿，我让红梅拦着呢。想来想去，只有你的话姑娘还听得进耳。昨日姑爷回府，刚打发了人说已经在来路上。你一定要劝劝姑娘，千万不能冲动，不然那会毁了她一辈子的。"白荷拉着墨紫就走。

"什么打算还会毁了奶奶一辈子?"留意到白荷叫回裘三娘姑娘，墨紫笑道，"你一声声叫姑娘姑娘的，不怕姑爷听到不喜欢?"

白荷脚下生风，"哪还顾得那许多! 小衣没跟你说么?"

"她不爱说话，只说你找我有急事，拉着我就上马。"

"就昨夜里，奶奶无聊，便让我们陪着她去望秋楼。吃饭时还好好的，跟琴姑姑说尘娘是个宝，还夸岑二经营得好，也夸你来着。说没有你，望秋楼也成不了气候。"白荷说道。

墨紫一听便说："奶奶喝酒了吧?"

"喝了。就是几壶波斯来的葡萄酒，那东西甜甜的，又没什么酒劲。再说，奶奶虽然喝了酒就爱说话，每次酒醒后就不记得了。可今早一起身，昨晚上玩笑的话，记得真真的。"

"到底说什么了? 难不成是想问萧三郎要休书?"墨紫随口一说。

白荷眸子睁圆，"你怎么知道?"

真的? 墨紫眼眸也睁了睁，"我说说罢了，不认真的。前些日子我养伤时，不是还挺好的?"

进了裘三娘的屋子，便听到红梅正劝得苦口婆心，说这么闹开来，休书要不着，倒在长辈面前失了宠，千万不能冲动，事事该考虑周全才是。

没听见裘三娘说话，墨紫进去一瞧，原来这位大小姐正在桌前奋笔疾书。一旁的绿菊，磨墨有点战战兢兢。

"奶奶这是准备要不到休书，就自己给姑爷写一封休书，是不是?"面对束手无

策的众姐妹，唯她还能开得出玩笑。

裘三娘抬头，冲她笑得姹紫嫣红，眼儿对三大丫头转了个圈，“居然把你叫回来了。也好，帮我看看措辞如何，免得失礼于人。”

红梅一拍额头，“我的好奶奶，休书这东西本身就是失礼于人，便是提笔写，都错错错了。”

“就许他萧三写，不许我裘三写？咱们女子，就天生是等休书的命？”裘三娘搁笔，开始吹干墨迹。

墨紫上前，真去看裘三娘写的什么。“休书”二字虽然没写，内容八九不离十。不过，男子休书有七出做依据，而裘三娘这封的关键在于八个字——貌合神离，同床异梦。

“奶奶，这‘同床异梦’四字不妥。你跟姑爷没同过床吧？依我看，不如说貌合神离，情淡如水，比较贴切。”她不但真看，还真挑毛病。

白荷哀叫，一声姑娘，一声墨紫。

“这个好。”裘三娘率性把纸揉成团，往桌下一扔，又叫绿菊磨墨。

“奶奶，再写之前，跟咱们说说，为何突然想休了姑爷？”墨紫顺水推舟，“虽然我知道这件事一定会发生，可是不是也发生得太快了些？你们成亲才三个月。”

白荷松口气，墨紫总算认真起来了。

“才三个月吗？我以为三年了呢。”裘三娘把纸笔推开，“墨紫，我当你懂的。”

墨紫笑着，“奶奶这是说度日如年？”

“不至于这么惨，却在咏古斋里过得不痛快，比瞧张氏眼色过日子更不痛快。裘府里，我若出门，谁敢拦我？一入敬王府，便是我不争自己的相公，也遭人忌恨陷害。好不容易出来了，萧三又赖着不走，弄得长辈们三天两头叫大夫来，我是死是活自是无妨，她们的心头肉却不能叫我拖累。可我最烦的，不是这些——”裘三娘叹息了。

墨紫很少见她无奈，“奶奶想要继续行走于商市，却寸步难行。”

“墨紫，你能爬梯，我连爬梯都不能。”终究，少奶奶的生活，不那么适合她。她忍得了一时，忍不了一世。

“也许我当初劝奶奶嫁，还是莽撞了。”墨紫不怕承认自己错。

裘三娘眸色明灿灿，“若我不嫁萧三，也一定有张三李三，落在张氏手里不如落在我自己手里。”

“奶奶可知，那时我们想得万般好，却独漏算了一样。”墨紫也叹息一声，“以为咱们会被姑爷打进冷宫，谁都不来管地过悠闲日子，不料——”萧三并不冷情，也不迂腐，对裘三娘似乎有真情了。

“就像只大头苍蝇，怎么赶都赶不走？”裘三娘嫣然一笑。

“奶奶，姑爷那是担心你！”白荷不明白，这么好的一桩事，为何姑娘如此反感。

"奶奶恕我放肆。"红梅插嘴,"白荷说三爷担心奶奶,我倒觉得是三爷对奶奶动了心。奶奶若趁此机会,收住三爷,未必不是美事。"

"红梅,你跟着我时间短,恐怕不了解我。我这人,若真喜欢了什么,就会势在必得。选这门婚事,说实在的,还不为别的,就是因为萧三休了两妻,偏宠妾室,想借此做自己想做的事。没有用情,我就不在乎他有妾有子。可我如果对他用了情,以我的性子是不会容下金丝的,对金丝的孩子,也做不到视若己出。到时,搅得天翻地覆,我便成了众人眼里的恶妇,而金丝就是被正室欺压的悲妾。何必——要做到那种地步?明知继续下去争斗难免,我若是在这里就放手,便彼此太平了。"裘三娘这番话竟是出自深思熟虑。

墨紫眸子微敛,裘三娘有点奇怪。

裘三娘继续说道:"白荷、绿菊,你们莫忘了,当初便是说好,嫁作人妇,再抛头露面经商,就少了很多顾忌。拿了休书,咱们几个就相依为命,没有娘家没有婆家,自由自在地过日子。如今,我已准备好出来单过,你们只管跟着就是。"

说完,便让三人出去,独独留下墨紫。

"裘水云。"墨紫当丫头以来,第一次直呼其名。

裘三娘眯起眼,一抹歪掉的、佯怒的笑容,"你这是翅膀展开了。"

"以女人对女人的立场,想问问你吧。"墨紫却目光如水,"你,动情了?"

"墨紫,别逼我当恶人。虽然,我对你很坏。不过,怎么办呢,我对有些人,并不想使坏,比如白荷、绿菊,比如……"裘三娘眼中一丝黯然。

"比如萧三郎。"墨紫沉静说道,"动情,却未深情,所以要抽身。"

"知我者,墨紫也。虽然我不想承认,你说对了。"萧三不看一个人的出身,但看才华,也不介意她是商贾之女,同她畅谈天地。不盲目崇尚高官厚禄,对学问的追求很纯粹。看似不羁,其实内心十分纤细。可以说,这个人,她越懂他的时候,就会发现越多的吸引力。

"我怕了。"裘三娘又说,"昨晚,在望秋楼,看到萧永身边坐了一个漂亮葛秋,而我发现自己竟然生气,而不是高兴有钱赚的时候,我就怕得要命了。"

"墨紫,我不知道,除了他休我或我休他,我还能如何。"今夜,裘三娘心乱如麻。

墨紫凝视着面若桃花的女子,瞬间,有点茫然。

原来,世上女子都一样,哪怕再坚强再独立,再聪明再能干,若为一个人种了情根,便都傻了痴了呆了。

从来,两人之间没有这么静过。一个坐着用笔涂鸦,一个站着用脚涂鸦。

窗纸已经深色,红梅、白荷进来掌了灯,又无声无息地出去了。

"你可知,萧三的第一个妻是真有情郎。"裘三娘突然盯着纸愣了愣,有些恼怒地将纸团了一扔。

纸团骨碌碌滚到墨紫脚边。

墨紫克制住要去捡起的冲动，同时听裘三娘的这话，不由得惊问，“什么？不是金丝搞的鬼吗？”

“你听我慢慢说。那一位未出嫁前就已经有了心上人，对方是她父亲的幕僚，因地位低微，两人不敢说破。婚后，萧三见她总郁郁寡欢，自然就远了。不知何时，她又和她的心上人恢复来往。她生性善良，对萧三并无情意，本来和金丝之间相安无事，却突然处处针对起金丝来。金丝忍耐不了，便反过来捉她的错处，居然查出这件事。于是，才用了捉奸这一计。看上去好像那一切都是金丝安排的，但萧三却说是第一任故意透露给金丝知道，并在推波助澜之下，确定会让他撞见。她下堂之后，她父兄不过装装样子闹了几日，然后就被家里送到庵中。如今，你道怎的？”裘三娘淡淡一笑，垂眸，再抬眼。

墨紫摇摇头，她当然有些预感，却说不真切，不如乖乖当听众。

“如今，她已经是两个孩子的娘了，同她心上人远走他乡。那个大儿，出生在庵里。这一切，还是萧三知情后出面成就的好事。谁都不知道，便是金丝也只以为是自己成功了而已。”

墨紫长长舒一口气，“市坊之间，甚至敬王府，传的只是零星片段，让人浮想联翩，而真相其实离得那么近，又是十万八千里远。”

“那些谣言，一半是金丝放出去的，另一半是萧三让他那些朋友传的。”

“果然，不知他人事，莫论他人非。”墨紫摇头感叹，然后想到第二任，“难道，姑爷的第二任也是如此？看似错不在妻，其实恰恰相反？”

“不。这第二任，却是真狠的。一出生便是世家嫡女，把宅子里那些妻妾争宠的招数运用得淋漓尽致。萧三看出她骄横，照样对她不理睬。谁知，她不但对金丝屡次痛下杀手，更是在两个孩子身上下了一种慢性毒。那种毒，持续服用，五年内就会身体虚弱，五感衰退，一场风寒就会要了小孩子的命，称为五岁枯。大人吃了，却是无妨。萧三听闻她家庶子女多年少夭折，便暗中留了心，扣下一些吃食，送去查了，可没有异样。他想起天恩寺的忘年交方丈大师见多识广，便请他帮忙过眼。结果，就在孩子饮水的杯子沿发现了不为人注意的乳白色草汁。萧三怒她拿无辜的孩子开刀，便让人对金丝提及了此事，暗示以牙还牙。他那儿当幕后军师，金丝前方对敌，将第二任无形的狠毒暴露到所有人面前。那位喊冤喊了几日，萧三给她看了五岁枯，她才不得不自求下堂。这事老王妃和王妃不太知情，老王爷和王爷却知情。所以，对方尽管也是高门贵户，只得忍了。听说那位回娘家后，她的母亲也被送到家庙里去伴她，余生将青灯古佛。”裘三娘盯着摇晃的烛光，再叹口气，“我觉得他做得不妥的是，不该缩在后头，让金丝出面，还故意隐瞒真相。金丝如今这般强横，何尝不是因他这般的自负而娇宠大的？”

“我猜姑爷不想显示自己婆婆妈妈管自己后院里的事，金丝又是最早伴在他身边的，他很自信她的本性纯良。殊不知，人的贪念，只会膨胀。从这回她给你下毒，就看得出来。金丝已经有了两个孩子，她便是不为她自己，也得尽到一个母亲的责任。金丝这般，姑爷要承担一大半的错。”

“墨紫，如果你是我，你怎么做？”

“这个如果永远都不成立，奶奶何必多此一问？怕只怕，这休书恐怕是要不来的。不说姑爷对你有情，即便是上面那么多长辈，也决不允许第三次再休。”

再休第三妻，倒霉的就不是萧三一个，而是整个敬王府了。

“那样好不好？我回去就扮恶妇，来个害妾毒子，自求下堂？反正这方法有人用过，萧三郎他最恨恃强凌弱，以大欺小。我要是变成第二任的样子，他赶我都来不及。”裘三娘支着美人尖的小巧下巴。

“奶奶，人家是娘家势大，事情才以自求下堂混过去的。咱们娘家无人无势，你要是那么做，必是送到庵里去当姑子，一辈子别想出来。再说，经你现在这么一说，姑爷他聪明得都过了头。跟你处了三个月，他会瞧不出你的真性子来？”

“照你这么说，这份休书我是等不来了？”裘三娘突然直起身子，一下子拿起狼毫，“墨紫，来给我磨墨，他不给，那我还是自己写吧。”

墨紫禁不住笑出来，“女人写休书给男人，男人觉得没面子，更不放你走了。要我说，你若跟他真是一点感情没有，和离是唯一的路。可惜，你动了情。”

“然后呢？”裘三娘那双明艳的眸子盯住了她。

墨紫耸耸肩，秋水眸那般清澈，“没有然后，你得自己想。世间，唯‘情’字最难解。而我，给不了你答案。我只能说，人以诚待你，你也以诚待之，那么凡事都会有解决的方法。”

两人之间，又一片沉静。

“姑爷！姑爷！您慢点走！奶奶正跟墨紫说话呢，就出来了。”白荷的声音穿过园子而入了耳。

墨紫还是一身男装，便说：“奶奶，我去换件衣服？”

裘三娘听着外面的脚步，杏眼眯起，光芒沉在眼底，恢复了往日的慵懒表情，“不用，横竖姑爷看过你男装扮相，料他应该不会吃惊。”

墨紫不慌不忙，好像猜中她会明白自己的意思一样，平望着她，笑说一声“是”。

“三娘！”

未见其人，先闻其声。

裘三娘和墨紫一前一后，走到外间。

红梅就外头报：“奶奶，三爷来了，还有二爷。”

“萧二？他最近可来得勤快。难不成还怕我走私货？”裘三娘撇撇嘴，眼波流转到墨紫身上，“莫非，在船上发生了什么我不知道的事？”

“没有。”墨紫回笑，“奶奶放心，咱们互相握着把柄，谁也讨好不了去。最坏的情况，便是二爷鼓动姑爷跟你生分了，那还正好帮了你一把。俗话说，远距离的情意是维持不了多久的。等姑爷不黏你，你瞧不见姑爷，感情自然就会淡。"她轻描淡写，撇过萧二的话题。

"这是哪儿的俗话说？我瞧就是你自己编的。"

裘三娘话音还没落，萧三就掀了帘子。

墨紫眼中，裘三娘是心思辗转，看萧三的眼神飘忽不定，而萧三郎是容光焕发，瞧裘三娘的眼神亲切宠溺。

"我跟娘说，你身子虽好了，还需要静静调养一段时日。娘应了，让你再多住半个月，只要在中秋前回府即可。你可高兴？"

裘三娘眼睛一亮，说出来的话却很扫兴，"谁要你多事去跟婆婆说？"

萧三一点不被影响，兴致仍高，"你若想去哪儿逛，我带你去便是。天恩寺方丈大师一直想见见你，不如我们明日去，可好？"

都说伸手不打笑脸人，裘三娘对着这样的萧三没办法硬心肠到底，淡淡嗯了一声。

烛火突突儿跳。

"白荷做得一手好菜。二哥不日就要去巡视附近水寨，我想他月余吃不到好东西，就拉他来打秋风。三娘，你不介意咱们多加双筷子吧？"萧三笑意盈盈。

这时，墨紫感到身后起风，脖子一凉，余光里便进来一个高大的影子。

"我自是不介意。二伯也不请自来三四回了，怎么突然跟我客气？"看着萧维，裘三娘语气还是不好。

萧永的眉头一蹙即展，看到墨紫，正好转个话题，"咦，你这丫头，大半月不见你，又是一袭青衫，该不会偷溜出去玩了？"

墨紫不说话，单看裘三娘。

裘三娘状似漫不经心，"不是溜出去的，是我允的，让她帮我办事去了。"

萧三愣了愣，一张口——

"一个女子，外出办什么事？"声音却发自他二哥口中。

裘三娘哼了一声，微启唇——

"二爷这话真稀奇，我家奶奶是个有嫁妆有产业的贵夫人，围在身边的都是丫头，不让丫头去办事，难道奶奶自己去办不成？女子怎么了？你身上的衣服，不是女子绣的花，你脚下的鞋子，不是女子纳的底，你手下将士的过冬棉衣，不是女子的一针一线？既然穿得，踩得，用得，却不让女子出门，究竟是何道理？"这声音当然是墨紫。

萧三郎见墨紫双手垂两旁，头微低着，脸不抬眼不看，明明说话的态度好像很恭顺，一个字一个字该流过耳就出去，却偏偏如高地瀑布，哗啦啦冲到胸膛里，狠狠

地敲上了硬骨。

“二哥，你那套大男子主义，在这儿就别拿出来了。”萧三笑嘻嘻，似乎是打着圆场，却坚定站在他的妻这边，“惹恼了一干女将，吃亏的，可是你的肚皮。”

萧二瞪大了眼，侧头盯着自己的弟弟，仿佛面前是个陌生人一般。什么时候，见过萧三这么直接地帮女人说话？是不是该找个机会，对弟弟说实话，让他了解他的妻那些多姿多彩的过去？还有他妻子这个最得意的丫头，偷渡了一个危险的人物，却在一条破船上叫嚣着让自己滚下水。

他垂下眼睑，不过瞬间的思量，便恢复了冷然。听母亲说三郎与裘三娘似乎感情正好，想来是故意说好话来哄她开心，他何必计较？再说，他还有些事要问那个墨紫丫头，别在这里弄僵了。

晚膳摆在园中亭。四周放下了摆风的青纱，又点起熏蚊虫的香。香几上放了一把凤尾琴，青纱轻扫，便发出低吟。

酒过二巡，萧三便拉着裘三娘，要她弹琴。

墨紫已经换了女装，站在亭外，时不时给添个油加个香。听裘三娘的琴声，清澈空灵。突然，加入萧三的淡吟。竟是高山流水，在暑夜中那般凉畅。这二人，先不管情归何处，此时此刻，已然忘我，陶醉在琴声和歌声之中。

“给我掌灯。”

头顶上，一声低沉。墨紫抬眼，萧维就站在身侧，一眼不看她。

“酒未干，食未尽，席未散，夜未央，二爷却是要走了？”

“不走，难道惹人嫌？你这丫头话恁多，让你掌灯，掌灯便罢。”双袖飞起，萧维已在一丈开外。

墨紫遂不再多言，同对面而来的红梅、绿菊轻轻点头，拿了一盏琉璃灯，赶上萧二，照起亮来。行了半路，静了半路，却能听到琴声不断。

“墨哥。”萧维打破沉默。他本来想听墨紫先开口的，但她一言不发，一盏灯掌得好像全神贯注似的。

墨紫脚下一顿，不回头，却是笑音，“二爷叫我墨哥，可是要旧事重提？”

她没看到萧二目敛精光，一息钦佩，只听到他低沉微冷的声音。

“确有一事请教。”

墨紫转过身来。

琉璃盏的灯火中，她带笑且抬眼，望着他的面容犹如一朵绽放中的金色牡丹花。他突然想起来，这不是第一次看到她如此明艳。只要她不再是一副假恭顺低眉顺目的样子，只要她目光灼灼言辞咄咄，那张总是隐藏在影子中的小脸便会美得令人惊艳。

那种美，如出云之月，每一次的光华乍现，便镌刻进骨子里一分，渐渐再难忘却。

“萧将军这般客气，且容我猜上一猜。莫非，是想问船？”语调共琴声飞扬，墨紫

眸中满满金芒。

萧维点头道："正是问船。脚踩的桨，核桃的形，那只船不知你何处购得，可知何人所造？"

"萧将军问来何用？"萧二终于开口了，墨紫这回明知故问。

"你只要回答我，无须问那么多。"

墨紫贝齿咬唇，松开之后，眼一眯又一笑，"那我回答将军，我不知道。"

萧维有点不可置信，俊脸沉了又沉，"你戏弄我？"

"萧将军此话怎讲？您堂堂的将军，我一个丫头，敢戏弄您吗？不过——"语气一转，明眸善睐，"将军这么不容他人拒绝，亦不予尊重的问法，我不答又如何？撒谎又如何？论身份，我是萧三奶奶的丫头，不是将军您的丫头。若撇开这些，你有求于人，却又态度倨傲，怎能得到答案？"

萧维冷冷望着她，"那么你是撒谎了？"

"是。"

墨紫那副你奈我何的神情，看得萧维皱紧了眉头，"你，好大的胆。"

墨紫哼一笑，萧家二郎只会用官腔说话，到底是少年得志，意气风发太早，所以习惯看扁别人，尤其是女人。

"我的胆不大。是将军喜欢以为墨紫胆大。"她摇摇头，"实话答你，我不能说。刚我问将军，问来何用。其实将军不说我也知道，是要用在水战之中。正因如此，我无法告诉你。我答应过，不让这样的技艺成为杀人的工具。萧将军虽然爱国心切，墨紫却帮不上忙。抱歉。"

她答应过的人，正是她自己。

"你不说，我难道不会查？没有其他办法不成？"僵持了片刻，萧维说道。

"你若查得出来，又何必问我？将军若是想派人再到惊鱼滩得到那条船，我得告诉你，那船已经变成木板条了，不必浪费人力物力，还有生命。"

萧维本来是有此想法的，这时听她这么说，自然一惊，"你拆的？"

"我拆的。跟你说过，那是最后一次走私货，不拆难道留给居心叵测之徒？"墨紫手里的灯悠悠荡了一圈，"二爷，走吧。"

萧维听她喊二爷，这便是不想再说下去的意思，他没问清楚，不甘心，但也毫无办法。

灯儿金黄金黄的，夜浓墨般，却被划开了，延伸出一条路径。

说话声没了，脚步声远了，裘三娘睁开眼，在帐幔里问道："墨紫走了？"

帐子撩开，白荷轻柔地打个花结，"嗯，刚走，说有应酬呢。"

"应酬啊——"裘三娘笑得有些疲倦，"很久没听到这词了。"想一年前，她在江南，与人拼酒拼琴，真是痛快的日子。

白荷纤细的身子一僵，竟然在床前重重跪下。

“白荷，你起来说话。”裘三娘半点不惊讶，缓缓起身，光脚踩着青砖。

红梅、绿菊笑着进来，见状，脸色均是一变，扑通两声，跟着跪了。

“敢情你们商量好的，那么，一个个都起来，再让一个开口。”裘三娘有气无力。她在何去何从间辗转反复，奇怪自己的急火性子究竟跑去了哪里。

没人起来。“姑娘，奴婢们不明白，姑爷对姑娘百般示好，姑娘为何还要拿着休书？”忍了一宿，白荷决定问个清楚明白。

“奴婢知姑娘与别的闺中小姐不同，自小跟老爷闯遍大江南北。普天下，像姑娘这般见识多才艺出众的女子，奴婢没见过几个。姑娘爱往外跑，奴婢更是清楚不过。可，姑娘，女子终要嫁人安定的。若姑爷对姑娘不好，奴婢们自然不敢多说一句。可姑爷的心思，便是咱们这些粗笨人，也瞧得出来。姑娘要坚持离开王府，不说王爷王妃会如何反对，姑娘的名节也无法保全。姑娘出府，或能如从前一般快意，可姑娘是否想过，能快意一辈子吗？”好个白荷，只字不识，说得句句有力，“离开裘府前，干娘同我说，裘夫人临终只有一个希望，便是您能嫁得一个好夫君，待您如珠如宝，一世安康。干娘让我好生服侍您，无论如何要在王府里安稳下来。奴婢斗胆，给姑娘磕头，求姑娘三思再三思，切不可冲动行事。”

额头撞地，咚沉有声。

“奶奶，三思！”红梅也磕。

“姑娘，绿菊最笨，只是这么大的事，不能再等等吗？”说完，绿菊跟着一磕。

“别磕了，搅得我心烦意乱，脾气上来，谁都拦不住！”从小一起长起来的情分，还有红梅知心贴暖的情分，裘三娘看不下去这些丫头求她。她有心要像墨紫那样飞翔，却发现一入侯门深似海，手脚都被束缚着，动一发而牵动很多人。

裘三娘这么一说，三人谁都不敢磕了，直挺挺地跪着。

“墨紫走前，还说了什么？我听她说了一段呢。”到头来，唯有此女知她。

白荷咬唇。昨夜听来，墨紫大概和姑娘一样，对休书一事抱无所谓的态度。因此她第一次犹豫了，该不该实话传达。虽说，她不是很明白墨紫话里的意思，但怕裘三娘听了，会下定决心。

裘三娘嫣然一笑，“你不说，我就当墨紫是站在我这边的了。”

绿菊嘀咕，“墨紫从来都是站在姑娘那边的。”

裘三娘听了笑意更深，“那好，有一个在我这边，我就——”

白荷以为裘三娘执意了，忙道：“墨紫说，姑娘不必故意假了性子，只要做自己就是。仍是那句话，他人以诚待你，你便以诚待他。他的秘密已经全告诉了你，你的秘密也告诉他便是。他若无法接受，姑娘再想下一步不迟。他若万般割舍不去，姑娘顺心而为也未尝不可。有心人易得，一心人难得。姑娘要是看清了，便全在姑娘的心意。舍，便舍。得，便得。不必顾虑太多。还说——”

裘三娘急问:"还说什么?"

"还说姑娘本不是忸怩之人,瞻前顾后,反失了姑娘的真性情。姑娘曾说,你不像她,拳头藏在袖子里,不敢出来。那她等着看姑娘这次,一击命中,管他大宅深院,还是市井广空,哪里都能快意人生。没有人说,非斗才可赢。不战而——"传达不下去了,白荷一抬眼,便是一怔。

裘三娘满目生辉,疲累的倦容一扫而光,"好一个顺心而为!好一个舍便舍,得便得!好一个大宅深院,市井广空,快意人生!好一个不战而屈人之兵!真是听君一席话,胜读十年书。太过忸怩,反而不像我了啊!"

"小衣!"她声音一高。

消失了一夜的小衣没一会儿就进到屋里来。

裘三娘将枕下休书拿了出来,看得跪了一地的大丫头们心中一颤,"去,把这交给墨紫,让她保管着,该给人看的时候,千万别手软。"

小衣不管其他人再苦起来的面色,接过便走了。

红萸船场内,墨紫刚坐下来,闽松刚开始笑话那个室内造船的大木棚子,小衣就来了。说了一句保管着,该给人看的时候千万别手软,又一阵风似的不见了。

"这丫头是谁啊?眼高于顶的,且说话从不让人明白。"短短两日,闽松已经见过小衣两次。

"我东家的大丫头,对了,现在也是你东家了。"墨紫看着信封上两个字,又听了小衣的话,面露苦色。这不是让她当恶人吗?而且,她怎么知道什么时候该不手软?她如今和裘三娘,隔得远着呢!

"搞清楚,我是冲着你的本事来的,可不是冲着你东家。"闽松眉宇之间傲然清朗,"我闽氏一族可不当他人的奴才。"

"哟,松少爷这是骂咱们墨哥是奴才啰!"跟着赞进进来的,嬉皮笑脸,臭鱼是也。后面有他的两位兄长。三人都背着一个大包袱。

"……"闽松这才想起来墨紫的身份,讪讪然,"谁骂他了?"

"你们仨怎么来了?"墨紫起身相迎,"可是岑二让你们来的?"

"咱哥仨几日前跟岑二说不给他干了,来你这儿讨活做,省得以后借来还去的麻烦。"臭鱼手上还拎着个大铺盖,"墨哥,收不收啊?咱不白吃饭。平时,看个场子。你要咱下水试船,那也是一句话的事。"

墨紫听到这儿,高兴得合不拢嘴,拍手道:"太好了。我其实早想提,就怕你们腻了水,不敢扰你们优哉游哉。"

"我们本是腻了,不过跟着墨哥走了几回,不知怎么便又牵肠挂肚的?"半江的呼声至今犹如在耳,热血沸腾。臭鱼接着说,"墨哥,这是豹帮徐九的帖子,昨日送到望秋楼,岑二让我们捎给你。"

赞进听了,说道:"这回不会又是谁冒名顶替吧?咱多带点人,打得他们魂飞魄散。”

“应该不会。”墨紫粗粗一看，“是豹帮的传位大会，广邀船行船帮的各派人马见证呢。八月初八，好日子。”

“你认识徐九?”闽松拎着臭鱼的铺盖，面上一丝诧异。

船帮帮主的交替，邀请船行的人，是规矩。但广邀帖和个人帖有很大的区别。他来之前，老爷子收到的是豹帮老帮主的帖子，而其他船行，不过就是来不来都无所谓的广邀帖。船行船帮互不干涉，但利益关系牵涉很多。持谁的个人帖，便代表着一方势力。就像老爷子是老帮主信任的一种助力，而能收到徐九帖子的墨紫，显然代表着他是徐九重视的一股力量。一方是垂垂老矣的旧势力，一方是蒸蒸日上的新势力。名不见经传的红萸，竟略高了日升一筹。怪不得，老爷子说红萸的出现，将打破船行现有的平衡，当机立断把他送了进来。

“打过交道。”帖子上写她可带一桌人，“怎样，大伙去见识见识?”

“好啊！又有热闹！”臭鱼最来劲，“船帮子有的就是好高粱酒！”

“墨哥，我兄弟不去。”肥虾缓缓说出一句。

臭鱼的表情就像给浇了一盆冰凉的水，很沮丧，嘴上还争取，“大哥，那些人未必认——”

“我说，不去。”肥虾的声音并不严厉。他只是没有表情，空白得吓人。

“不去就不去，凶啥。”臭鱼嘟哝。

“墨哥，你帮他带几坛子好酒回来。”相比吓到小孩的肥虾，水蛇那张长脸，无比亲切起来。

对三兄弟之间的异动，墨紫一句不多问，只笑着称好。

她没有料到，这顿好酒，又险些要了她的命。

图书在版编目(CIP)数据

掌事 贰/清枫聆心著.—杭州:浙江文艺出版社,2015.9

ISBN 978-7-5339-4085-0

Ⅰ.①掌… Ⅱ.①清… Ⅲ.①长篇小说—中国—当代 Ⅳ.①I247.5

中国版本图书馆CIP数据核字(2014)第283926号

责任编辑 陈 潇
装帧设计 嫁衣工舍
内文设计 吕翡翠
责任校对 许红梅
责任印制 朱毅平

掌事 贰

清枫聆心 著

出版 浙江文艺出版社
网址 www.zjwycbs.cn
经销 浙江省新华书店集团有限公司
印刷 浙江万盛达实业有限公司
制版 浙江新华图文制作有限公司
开本 700毫米×980毫米 1/16
字数 314千字
印张 16
插页 1
版次 2015年9月第1版 2015年9月第1次印刷
书号 ISBN 978-7-5339-4085-0
定价 32.00元